WAS EIN KERL WILL

JUDI FENNELL

MERJINN PRESS

PHILADELPHIA, PENNSYLVANIA

Was ein Kerl will

Eine freundschaftliche Pokerwette unter Freunden ... und der Verlierer muss einen Monat lang Häuser putzen. Die Manley Maids stehen Ihnen zu Diensten ... Zufriedenheit garantiert. Es ist das, was ein kerl will...

Alles, was das Finanzgenie und Wunderkind Beckett Fields anfasst, wird zu Gold – nun ja, zumindest seit er seinen Namen geändert und sein Leben umgekrempelt hat. Doch als er bei der monatlichen Pokerrunde setzt, sieht es so aus, als hätte ihn sein Glück gerade verlassen.

Oder etwa doch nicht?

Dr. Jennifer Bingham hat ihr ganzes Leben lang alles richtig gemacht, angefangen in der Highschool, als sie versuchte, einem süßen Kerl zu helfen, den alle anderen für einen Versager hielten. Und jetzt zieht Jennifer, dank des Chaos, das ihre Zwillingsschwester aus ihrem Leben gemacht hat, ihre Nichte Sami auf.

Als Bad Boy Beckett auftaucht, um ihr Haus zu putzen – mittlerweile unter einem anderen Namen –, versucht sie zu vergessen, wie er sie vor Jahren abserviert hat. Doch wegen der Lügen ihres Ex-Mannes, den Folgen der Fehler ihrer Schwester und dem Rätsel, wer der Vater ihrer Nichte sein könnte, überlässt Jennifer nichts mehr dem Zufall.

Bis Sami wegläuft, um ihren Vater zu finden, und Beckett mit seiner Unterstützung, seiner Wahrheit und seiner Liebe in die Vollen geht.

Das ist eine Wette, die Jennifer bereit ist einzugehen.

Jungsabend zu Hause

Dritter Freitag im Monat

»Seht sie euch an und weint, Ladies.«

Liam Manley legte sein Blatt offen hin, was einen Chor aus Stöhnen vom Rest des Tisches auslöste.

Beckett Fields verkniff sich ein Verdammt noch mal. Er verlor selten beim Poker – hauptsächlich, weil Zahlen und Wahrscheinlichkeiten sein Ding waren. Wäre Kartenzählen nicht illegal, könnte er sich in Vegas ein verdammt schönes Leben machen, und obwohl das, was er tat, technisch gesehen kein Kartenzählen war, bezweifelte er, dass die Casino-Bosse das anders sehen würden.

Liam war das offensichtlich egal, denn sein Royal Flush schlug Becks Full House.

Genauso wie Seans Straight Flush mit der Sechs als höchster Karte.

Und Kerrys vier Achten.

Kirks vier Neunen.

Alle Augen richteten sich auf Cooper. Besonders die von Beck. Der Kerl konnte kein Blatt haben, das ein Full House schlug. Er konnte einfach nicht.

Die Wahrscheinlichkeit dafür war bei all diesen anderen Siegerhänden astronomisch gering.

Cooper legte seine Karten auf den Tisch.

Full House. Könige und Sechsen.

Beck brauchte sein Blatt eigentlich nicht noch einmal anzusehen, tat es aber trotzdem. Dreien und Zweien.

Er hatte verloren.

»Beck?« Liam klopfte auf den Tisch. »Wirst du sie jetzt die ganze Nacht anstarren oder verrätst du uns endlich, welcher von diesen Verlierern ins Dienstmädchenkostüm schlüpfen muss?«

Ach, Mist. Genau; das stand auf dem Spiel. Die monatliche Pokerrunde der Manley-Brüder und ihrer Freunde erhöhte am dritten Freitag im Monat den Einsatz: Der Verlierer verlor mehr als nur Geld. Jesus. Schlimm genug, dass er verlieren musste, aber musste es ausgerechnet heute Abend sein? Und dabei hatte er gedacht, sein Glück hätte sich gewendet, als er seinen Namen änderte.

Offensichtlich nicht.

Er atmete aus und legte die Karten auf den Tisch. Er zählte im Geiste bis drei, bevor der Jubel losbrach.

Die Jungs schafften es nur bis zwei.

»Diesmal lieber du als ich in dieser grünen Hose, Kumpel«, sagte Cooper.

Liam raffte seine Chips ein. »Und du schuldest mir noch was aus der Nebenwette.«

»Ich dachte, Wahrscheinlichkeiten wären dein Ding, Beck.« Kerry grüßte ihn mit erhobenem Bier.

»Ja, Verlustwahrscheinlichkeiten«, schnaubte Kirk.

»Ach, so schlimm ist es nicht«, sagte Sean. »Ich meine, für Mac zu arbeiten, hat mir was Gutes eingebracht. Lee und Bry auch.«

»Ja.« Liam nickte, während er perfekt ausgerichtete und perfekt nervige Stapel bildete und sich sowohl über den Sieg als auch darüber freute, das Mädchen erobert zu haben. Der Bastard. »Aber Beck sucht keine Ehefrau. Knall-sie-ab-und-pack-sie-ein-Beck. Rein und raus in einer Stunde.«

Kerry neigte sein Bier in Liams Richtung. »Vielleicht sollte deine Schwester das als neuen Slogan verwenden. Das würde der Liste der verfügbaren Dienstleistungen der Manley Maids eine interessante Note verleihen.«

Beck ließ sie reden. Sie hatten es sich verdient. Immerhin hatte er gewusst, worauf er sich einließ, als er seinen Einsatz erbrachte. Der Verlierer arbeitete einen Monat lang für den Reinigungsdienst von Mary-Alice Catherine Manley. Angefangen hatte alles mit einer verlorenen Wette, als Sean zum ersten Mal die Uniform hatte anziehen müssen, aber die Masche war zu einer großartigen Marketingtaktik geworden. Was den Rest von ihnen betraf, nun ja, es war schlichtweg zum Totlachen, dem Verlierer dabei zuzusehen, wie er sich einen Monat lang abrackern musste.

Außer wenn er der Verlierer war.

Gott, er hatte seit etwa fünfzehn Jahren nicht mehr verloren. Nicht mehr, seit er dem einen netten Mädchen, das in der Highschool mit ihm gesprochen hatte, eine Abfuhr erteilt hatte, aber das war nur so gewesen, weil er ihrer damals nicht würdig gewesen war. Er hatte keine Aussichten gehabt. Er war kurz davor gewesen, aus dem Pflegesystem herauszuwachsen – ohne Bleibe, ohne Geld, ohne Pläne und ohne die geringste Ahnung, wie er überleben sollte.

Man sollte meinen, dass all das, was er in der Zwischenzeit erreicht hatte, dafür sorgen würde, dass dieser eine Moment ihn nicht mehr heimsuchte, nur weil er eine Pokerwette verloren hatte, aber ja, das tat er. Denn Verlieren war ätzend.

Und genau das war scheinbar auch der Staubsauger, den er nun benutzen musste.

Kapitel eins

Eine Putzkraft.

Er war eine verdammte Putzkraft.

Hier, um Dreck und Staub und Mehltau und Toiletten zu schrubben.

Wie zur Hölle war das passiert?

Beck blickte sich um, bevor er aus seinem Mercedes stieg. Gott steh ihm bei, falls ihn einer seiner Klienten in diesem lächerlichen Aufzug sah. Grünes Hemd, grüne Hose; er sah aus wie der Rührstab aus dem letzten Rum-Gebräu, das ihm der Barkeeper vor zwei Monaten auf Aruba serviert hatte.

Was er nicht alles darum geben würde, wieder an diesem Strand zu sein.

Er rückte die Baseballkappe zurecht, die Liam, sein sogenannter Kumpel, zusammen mit der Uniform für Macs Reinigungsservice dazugelegt hatte. Sie war im selben Kotzgrün gehalten – obwohl Lee darauf bestanden hatte, es sei Mint –, aber welche Farbe es auch war, zumindest warf sie einen Schatten auf sein Gesicht. Die Sonnenbrille half ebenfalls. Gott sei Dank hatte Mac seinen Namen nicht auf das Hemd gestickt, als wäre es das Trikot irgendeiner Mannschaft. Team Manley, vorwärts Team.

Wohl eher: Vorwärts nach Hause, Team.

Er öffnete seinen Kofferraum und entfaltete das halbe Dutzend Mülltüten, mit denen er den Werkzeugkasten voller Putzutensilien umwickelt hatte –

ebenfalls im Kotzgrün. Alles, was ihm jetzt noch fehlte, war, dass eins von den Dingern auslief.

Er schnappte sich den Staubsauger, den Mop-Besen-Verschnitt und einen Eimer. Er hätte seine Assistentin mitbringen sollen. Fiona war ein Ass darin, mehrere Dinge gleichzeitig zu jonglieren.

Abgesehen davon, dass er niemanden wollte, der ihn so sah. Schlimm genug, dass er die verdammte Uniform hatte anprobieren müssen, bevor Mac ihn aus ihrem Büro gelassen hatte – und er hatte ernsthaft in Erwägung gezogen, einfach dort zu bleiben, bis sie ihn aus der dämlichen Wette entließ –, aber er würde sich vor niemandem blicken lassen, den er kannte. Er würde sich das beim nächsten Branchen-Dinner bis in alle Ewigkeit anhören müssen.

Beck hievte die Sachen in seine Arme und versuchte, so schnell wie möglich vom Bordstein zum Vorgarten zu gelangen, wobei er den Umweg über die Einfahrt zum gemauerten Weg ignorierte. Die Abkürzung über den Rasen sparte etwa dreißig Sekunden seines Arbeitswegs.

Die Hundescheiße, in die er trat, sollte ihn das nun das Dreifache an Zeit kosten.

Verdammt noch mal.

Er zog die industrieerprobten Stiefel mit Stahlkappen, die etwa so bequem waren wie ein Paar High Heels für Frauen – Stilettos wären wahrscheinlich sogar bequemer –, durch das Gras, um den Dreck loszuwerden.

Das half nicht viel.

Seufzend hüpfte er auf einem Bein zum Haus und setzte sich auf die Stufe zwischen dem Ziegelweg und der Veranda. Er riss einen Lappen aus dem Bündel in seiner Büchse der Pandora voller Putzmittel, besprühte ihn mit einem organischen Was-auch-immer-Reinigungsspray und würgte beinahe, während er das komplizierte, rutschfeste Profil der Stiefel säuberte.

Er hätte dieses letzte Blatt niemals spielen dürfen. Aber die Jungs hatten angefangen, ihn als Feigling zu beschimpfen, und nun ja, was sollte er sagen? Er war noch nie jemand gewesen, der vor einer Herausforderung zurückwich.

Sein Sozialarbeiter hatte damals, als er noch im System gewesen war, immer gesagt, dass ihn das noch in Teufels Küche bringen würde. Er hätte auf ihn hören sollen.

Schließlich sprühte er das Reinigungsmittel direkt auf seine Sohle, bis der, nun ja, Unrat flüssig genug war, um von selbst aus dem Profil zu laufen. Dann benutzte er den Lappen, um den Schuh abzutrocknen, in der Hoffnung, auch die letzten Überreste zu erwischen, damit er sie nicht mit ins Haus schleppte.

In das Haus, das er hier putzen sollte.

Mistkerl.

Beck packte die Vorräte zusammen und suchte dann nach einem Ort, um den Lappen zu entsorgen. Auf keinen Fall kam das Ding zurück in die Kiste, und seine Hosentasche war auch tabu. Die Hose war so eng geschnitten, dass es eine Beule geben würde. Sagen wir: eine zweite Beule, falls er auch nur an etwas Sexuelles dachte, so verdammt eng wie das Teil war.

Gott sei Dank konnte er ehrlich behaupten, dass er sich in seinem ganzen Leben noch nie weniger sexy gefühlt hatte.

Jennifer Bingham schob zwei Lamellen ihrer Holzjalousie ein Stück weiter auseinander. Sie hatte noch nie jemanden gesehen, der sexier war als der Kerl, der sich da draußen vor ihr bückte und dabei die engste Hose trug, die man außerhalb eines Sportstadions finden konnte. Und wenn man bedachte, dass der attraktive Baseballstar Jared Nolan sowie Bryan Manley, das neueste Sexsymbol der Kinoleinwand, beide zu ihren Kunden gehörten, wollte das schon etwas heißen.

Aber falls dieser Typ ein neuer Kunde sein wollte, musste er erst noch lernen, dass sie keine Hausbesuche machte und definitiv niemanden an ihrer Haustür erwartete, egal wie krank das Haustier auch sein mochte.

Nur... er trug kein Tier bei sich. Er trug... einen Staubsauger?

Ach, verdammt. Der Reinigungsservice. Heute war der Tag, den sie vor Wochen vereinbart und dann völlig vergessen hatte.

Jennifer ließ die Lamellen los und sah sich in ihrem Wohnzimmer um. Sie stöhnte auf. Der Streuner, den sie aus ihrer Tierarztpraxis zur Pflege aufgenommen und schließlich behalten hatte, hatte mit Haarausfall auf seine Antibiotika reagiert, und Sami hatte beschlossen, dieses Jahr schon früh ihre Winterkleidung durchzusehen. Egal wie oft Jennifer ihr sagte, dass das Wohnzimmer kein riesiger Kleiderschrank war, das Kind hörte einfach nicht, was nur einer der Gründe war, warum sie schließlich nachgegeben und einen Reinigungsservice engagiert hatte. Sami war sieben, benahm sich aber wie siebenundzwanzig und wollte die entsprechende Garderobe dazu.

Jennifer hob einen Haufen von – ach, verdammt. Sami war auch wieder an ihren Schrank gegangen. Thongs waren für Siebenjährige absolut unangebracht, und angesichts des Mangels an Dates, den sie in letzter Zeit hatte, wahrscheinlich etwas, das sie wegpacken sollte, bis ihr Sozialleben wieder Fahrt aufnahm.

Besonders dann, wenn das Kind sie überall verteilt hatte, damit dieser Typ sie einsammeln konnte.

Es klingelte an der Tür. Mist.

Jennifer raffte so viel Kleidung wie möglich auf und ließ sie in einem riesigen Haufen neben der Treppe fallen. Sie würde ihm sagen, dass das Wäsche sei, die sie gerade zum Sortieren in ihr Zimmer bringen wollte. Und genau das würde sie dann auch tun.

»Mami, soll ich die Tür aufmachen?«, rief Sami aus dem Durchgang zur Essecke. In Absätzen. In Jennifers neuen Pumps, um genau zu sein. Denen, die Jennifer noch nicht einmal getragen hatte.

Sami trug außerdem ihr kleines Schwarzes, und es reichte bis unter die Absätze. Großartig, eine falsche Bewegung und diese Stilettos würden das Kleid zerfetzten wie ein Locher.

»Nicht bewegen, Sami. Ich mache die Tür auf.« Sie fischte einen weiteren Thong von einem Kissen auf dem Sofa und schleuderte ihn in Richtung des Haufens.

Daneben. Natürlich.

Es klingelte erneut.

»Ich komme!« Sie hüpfte über ihre neuen Stiefel – die halb aus dem Karton hingen, in dem sie geliefert worden waren – und sprang die zwei Stufen zum Treppenabsatz im Flur hinauf, packte die Klinke und riss die Tür auf.

Der Kerl auf der anderen Seite fiel direkt auf sie drauf.

Verdammt, das Hartholz war wirklich hart, als es auf ihren Rücken traf. Und auf ihren Hintern.

»Heilige Scheiße, tut mir leid«, sagte er und rappelte sich hastig von ihr herunter.

Diese Hose von ihm ließ absolut nichts der Fantasie überlassen. Bei der Passform konnte man quasi seine Konfession ablesen.

Nicht, dass sie hinschauen sollte.

Aber wie konnte sie anders? Sie lag auf der perfekten Höhe—

Oh mein Gott. Jennifer rutschte auf allen vieren von dem Typen weg und versuchte, sich auf alles andere zu konzentrieren als das, worauf sie gerade fixiert gewesen war.

Wer hatte diese Uniform entworfen? Hatte derjenige vorher für die Chippendales gearbeitet? Wenn an den Nähten Klettverschluss war, würde Jennifer ihn sofort zur Tür hinaus befördern.

»Hier, lass mich dir aufhelfen.« Er streckte ihr die Hand entgegen. »Geht es dir gut?«

Sie starrte auf seine Hand. Dann sah sie ihn an.

Nein, es ging ihr nicht gut. Schlimm genug, dass sie sein bestes Stück inspiziert hatte; das Gesicht war ebenso beeindruckend. Die Schultern waren auch nicht zu verachten, und die Unterarme waren gerade so definiert, dass sie am liebsten zupacken und nie wieder loslassen wollte.

»Ms. Bingham?«

»Doktor.« Mist. Das war nicht das, was sie hatte sagen wollen. Es klang so überheblich, wenn sie nicht in der Praxis war, aber es war ihre Standardreaktion, wenn jemand sie so nannte.

»Du brauchst einen Doktor? Herrje. Tut mir leid, dass ich auf dir gelandet bin. Bleib genau da. Ich rufe den Notruf.«

Sie schüttelte den Kopf. »Nein. Das meinte ich nicht.« Sie stellte ihre Füße auf die erste Stufe hinunter in das tiefergelegte Wohnzimmer und stand etwas wackelig von selbst auf. »Es geht mir gut. Aber ich bin Doktorin. Tierärztin, um genau zu sein.«

Der Typ musterte sie. Und nicht auf die nette Art. Eher so nach dem Motto: »Eine Ärztin in Yogahosen und einem übergroßen T-Shirt?«

»Ich habe meinen Arztkittel in der Praxis gelassen.« Trotzdem zupfte sie das T-Shirt ein Stück nach unten. Yogahosen klebten an Stellen, die sie nicht unbedingt fremden Männern präsentieren wollte, die sie gerade erst kennengelernt hatte. Offensichtlich hatte sie nicht damit gerechnet, dass der Reinigungsservice einen Mann schicken würde – und definitiv keinen, der so aussah, als käme er frisch vom Cover eines Liebesromans.

»Bist du wirklich okay? Ich habe offensichtlich nicht damit gerechnet, dass die Tür aufgeht, während ich anklopfe.«

»Tut mir leid deswegen. Ich wollte so schnell wie möglich herkommen und habe nicht durch den Türspion geschaut, sonst hätte ich dich gesehen und die Tür nicht aufgerissen, sodass du reinfällst.« Heiliger Strohsack, sie plapperte. Sie plapperte sonst nie. Das Einzige, worauf Jennifer stolz war, war, dass sie nicht plapperte. Sie war der besonnene Zwilling. Diejenige, die alles im Griff hatte. Diejenige, die immer nachdachte, analysierte und alles noch einmal durchdachte, bevor sie handelte. Plappern gehörte nicht zu ihrem Repertoire.

Obwohl es anscheinend jetzt dazu gehörte.

»Bist du sicher, dass du dir nicht den Kopf gestoßen hast?« Er zog eine Augenbraue hoch und der Boden unter ihr schien zu schwanken.

Sie kannte ihn. John Becker. Der Bad Boy aus der Highschool, für den sie in ihrem Abschlussjahr geschwärmt hatte. Derjenige, der immer für sich geblieben war, wenn sie in der Nähe war. Derjenige, der den einzigen Annäherungsversuch, den sie je bei einem Jungen gewagt hatte, brüsk zurückgewiesen hatte. »Ich glaube, ich muss mich setzen.«

Er packte ihren Oberarm – verdammt, damit hatte sie nicht gerechnet – und führte sie hinüber zum Sofa.

Sie sollte ihm sagen, dass er sie loslassen soll. Das sollte sie wirklich. Sie würde ihr Gleichgewicht sicher wiederfinden, wenn er nur aufhören würde, sie zu berühren.

Natürlich ließ er sofort los, als sie sich gesetzt hatte, und sie wollte das Universum verfluchen, weil es ausgerechnet diesmal auf sie hörte.

Aber dann strich er ihr eine Haarsträhne aus dem Gesicht.

»Besser?«

Oh, ihr ging es viel besser. Einem großen Teil von ihr ging es viel besser. Stellen, die sich schon lange nicht mehr so angefühlt hatten—

»Danke. Es geht mir gut. Wirklich. Ich habe heute nur das Frühstück ausgelassen.«

Sie log so offensichtlich. Sie hatte Arme Ritter für Sami gemacht und die Reste ihrer Nichte aufgegessen. Aber als Ausrede taugte es.

»Das ist nicht gut. Gar nicht gesund.«

Als Ärztin stimmte sie ihm zu. Als Frau, die nichts dagegen hätte, ein paar Kilo zu verlieren, würde sie widersprechen. Aber sie hatte nicht vor, sich mit ihm zu streiten. Sie war einfach nur überrascht, dass sie überhaupt mit ihm reden konnte. »Nun, danke für die Hilfe. Und entschuldige, dass ich die Tür so schwungvoll geöffnet habe.«

»Ach was, deine Tür. Du kannst sie aufmachen, wie du willst.«

Redeten sie gerade wirklich über ihre Tür? Kein Wunder, dass sie in letzter Zeit keine Dates gehabt hatte, wenn das ihre Art war, mit Männern zu sprechen. Und kein Wunder, dass er damals kein Interesse gehabt hatte.

»Also, wo soll ich anfangen?«

Ihre Lippen wären ein guter Anfang. Sie war seit Ewigkeiten nicht mehr geküsst worden—

Oh. Anfangen. Im Sinne von: Putzen.

Oh Gott. Ihr Haus. Der Typ aus ihren Jugendträumen war hier, um ihr Haus zu putzen. Wenn sie gewusst hätte, dass sie ihn schicken würden, hätte sie aufgeräumt. Nun, wenn sie daran gedacht hätte, dass er heute kommt—

Oh, jemine. Kein Wort, das sie benutzen sollte.

»Ähm, in der Küche, schätze ich?« Das würde ihr die Chance geben, ihr Schlafzimmer wieder in Ordnung zu bringen.

»Alles klar, dann.«

Er stützte sich auf seine Oberschenkel ab, um aufzustehen, und Gott steh ihr bei, Jennifer konnte nicht anders, als das Spiel der Muskeln unter dieser Hose zu beobachten, während er Richtung Küche ging. John Becker war an genau den richtigen Stellen breiter geworden, von denen sie immer nur geträumt hatte.

Traurigerweise hatte sie von ihm geträumt. Oft.

Aber sie hatte ihre Lektion in Sachen Bad Boys gelernt, also war es vielleicht ganz gut, dass er keine Anstalten in ihre Richtung machte. Besonders da er sie offensichtlich nicht wiedererkannte.

Ihr Ego war darüber hellauf begeistert.

Er blieb neben der Pflanze am Kamin stehen. »Muss ja eine Wahnsinnsparty gewesen sein.« Er nickte in Richtung der Pflanze. »Bewahrst du deine Unaussprechlichen immer im Weihnachtskaktus auf?«

Jennifer wollte am liebsten vor Scham im Boden versinken, aber sie straffte die Schultern, zupfte den Thong von den stacheligen Blättern und schob ihn in ihre Gesäßtasche. »Tut mir leid. Die Wäsche ist heute Morgen quasi explodiert.«

»Ich habe gehört, dass Wäsche gefährlich sein kann.«

Das Funkeln in seinen Augen brachte sie zum Lächeln.

»Mami? Flopsy muss mal raus.« Sami marschierte aus der Küche ins Zimmer, wohin sie sich geschlichen hatte, obwohl Jennifer es ihr verboten hatte, wobei die Absätze auf dem Boden klackerten und das schwarze Kleid hinter ihr herschleifte.

»Ich bin gleich da, Schatz.«

Flopsy kam allein prima zurecht, obwohl ihm ein Bein fehlte, aber Sami bestand darauf, dass Jennifer mit ihm nach draußen ging. Ihre Nichte hatte Probleme damit, allein zu sein. Vor allem, weil ihre Mutter sie in der Nacht, als sie verhaftet worden war, allein gelassen hatte – und auch während der zwei Tage, die Andrea gebraucht hatte, um von ihrem Trip runterzukommen und sich zu erinnern, dass sie eine Tochter hatte. Das war vor zwei Jahren gewesen, und Sami lebte seitdem bei Jennifer. Da Andrea für weitere zehn Jahre nicht rauskam, machte das Jennifer praktisch zu Samis Mutter.

»Wer bist du?« Sami stemmte eine Hand in die Hüfte und sah den Putzmann an.

»Ich bin Beck. Wie heißt du denn?«

»Ich bin Sami.«

»Schön dich kennenzulernen, Sami. Das ist ein hübsches Kleid.«

»Es gehört ihr.« Sie deutete mit dem Daumen auf Jennifer. »Ich probiere es nur an.«

»Ah. Nun, du siehst sehr hübsch darin aus.«

Samis Gesicht leuchtete auf. »Danke. Du siehst auch gut aus.«

Kindermund tut Wahrheit kund.

Beck – so hatten ihn die Jungs in der Schule genannt – rieb sich die Hände und sah Jennifer an. »Also. Die Küche?«

»Oh. Richtig. Hier entlang.« Sie wies mit der Hand in den Raum, aus dem Sami gerade gekommen war, und ging im Geist das Chaos durch, das er dort vorfinden würde.

Ein Glück hatte sie nach dem Frühstück aufgeräumt, aber falls Nero sich an Flopsys Futter zu schaffen gemacht hatte, würde es eine ziemliche Sauerei sein. Der Kater liebte es, den Hund zu terrorisieren, und Flopsy war so dankbar, überhaupt ein Zuhause zu haben, dass er ihn gewähren ließ.

Gott sei Dank hatte Nero noch kein Chaos angerichtet, sodass Jennifer nicht allzu peinlich berührt war. Aber es gab einen Grund, warum sie eine Reinigungskraft engagiert hatte.

Flopsy begrüßte sie mit seinem unbeholfenen dreibeinigen Gehopse.

John – nein, Beck – zog eine Augenbraue hoch. »Ich nehme an, das hier ist Flopsy?«

Jennifer zuckte zusammen, aber sie hatte dem Köter den Namen nicht gegeben. Er hatte auf seinem Anhänger gestanden, als sie ihn in einer leeren

Styropor-Kühlbox auf der Stufe der Klinik gefunden hatte. Es schien grausam, aber er hörte darauf, und sie dachte sich, dass das Ausgesetztwerden Albtraum genug für das arme Ding war, also wollte sie seinen Namen nicht auch noch ändern.

»Komm schon, Kleiner. Mami bringt dich raus.« Sami wichen an Jennifer vorbei, um zur Tür zu rennen, stolperte über das Kleid und machte einen Hechtsprung Richtung Fliesenboden, aber glücklicherweise hatte Beck schnelle Reflexe und fing sie in seinen Armen auf, bevor sie aufschlug.

»Hoppla, kleine Maus. Alles okay?«

Sami war definitiv okay. Sogar mehr als okay, wenn man nach dem Helden-Blick ging, den sie ihm zuwarf.

Sie nickte Beck zu und tätschelte seinen Arm. »Danke fürs Retten.«

Jennifer hätte am liebsten die Augen verdreht. Sami war ein bisschen jung, um ihre weiblichen Reize an Männern zu erproben, aber offensichtlich wusste das Kind das nicht. Leider war das etwas, das sie von ihrer Mutter geerbt hatte. Jennifer konnte sich nur ausmalen, was Sami alles gesehen hatte – und versuchte angestrengt, es sich nicht vorzustellen. Andrea hatte viele schlechte Entscheidungen in ihrem Leben getroffen, und die meisten davon hatten mit Männern zu tun gehabt.

»Kein Problem, Prinzessin. Wollte nicht, dass du dir die Nase am Boden stößt. Dafür bist du viel zu hübsch.«

Okay, Beck trug für eine Siebenjährige, deren Lieblingsfilm Cinderella war, ein bisschen dick auf. Jennifer wollte nicht, dass Sami sich in den Kopf setzte, dass Märchenprinzen ständig in Not geratene Jungfrauen retteten. Das war nicht gesund. Oder real.

Wie Jennifer aus erster Hand wusste.

Sie nahm Sami aus Becks nur allzu fähigen Armen und setzte sie ab. »Komm schon, Sami. Du musst aus diesem Kleid raus und dein Zimmer aufräumen, damit Beck es putzen kann.«

Sami wandte ihren Blick nicht von Beck ab. »Er wird es putzen? Warum?«

»Weil das mein Job ist.« Er zeigte auf das Logo auf seinem Hemd – das über einer sehr beeindruckenden Brust gespannt war.

Verdammt. Jennifer wollte das nicht bemerken.

»Siehst du? Da steht Manley Maids.«

»Du bist eine Putzfrau? Ich dachte, das sind nur Mädchen.«

Jennifer hätte schwören können, ihn murmeln zu hören: »Dachte ich auch«, aber er schüttelte nur den Kopf.

»Jeder kann das machen. Es ist ein guter Job.«

»Ich will eine Prinzessin sein.«

»Aber das bist du doch längst.«

Diesmal verdrehte Jennifer wirklich die Augen. Jetzt reichte es aber.

Sie drehte Samis Kopf so, dass ihre Nichte sie ansah. »Okay, Süße. Nach oben. Beck hat nicht den ganzen Tag Zeit, und ich schätze, du wirst für dein Zimmer mindestens den größten Teil davon brauchen.«

Sami schmollte. »Ich will nicht.«

»Tja, er auch nicht. Aufräumen ist nicht der Grund, warum er hier ist. Das musst du machen, bevor er putzen kann.«

»Dann musst du dein Zimmer auch aufräumen. Da ist es genauso unordentlich.«

»Und wer ist daran schuld?«

Sami sah weg und verzog den Mund, bevor sie antwortete. »Ich.«

»Genau. Wenn du also nicht beide Zimmer machen willst, schlage ich vor, du bewegst dich. Ich komme hoch, sobald ich Flopsy rausgelassen habe.«

»Na gut«, brummte Sami und ging zur Tür.

»Und zieh bitte meine Schuhe aus. Beck wird nicht da sein, um dich aufzufangen, wenn du auf der Treppe fällst.«

Jennifer würde persönlich dafür sorgen. Sami brauchte nicht noch mehr Gründe, um Beck so anzusehen, als wäre er die Antwort auf all ihre Gebete. Falls Andreas Leben nicht schon ein perfektes Beispiel dafür war, warum man das nicht tun sollte, musste Sami sich nur Jennifers eigene gescheiterte Ehe ansehen. Trent hatte Verrat und Abhängigkeit auf ein ganz neues Level gehoben.

Samis Schultern sackten bei einem lauten Seufzer nach unten. Das Kind sollte Schauspielerin werden. »Schon gut.«

Sie zog die Schuhe aus und rannte aus dem Zimmer.

»Und renn nicht! Du stolperst über das Kleid!«

»Da hast du ja alle Hände voll zu tun«, sagte Beck, als Jennifer den Kopf schüttelte und sich ihm wieder zuwandte.

»Es ist hier definitiv nie langweilig, wie man an dem Chaos sehen kann.«

Flopsy rollte sich zu ihren Füßen auf den Rücken und wedelte mit seinen drei Beinen – sein Signal, dass er Aufmerksamkeit wollte.

»Entschuldige mich, während ich den Hund rauslasse.«

Beck sah der reizenden Doktor Bingham hinterher, wie sie zur Tür hinausging, der arme Hund hinterherhopste. Er musste zugeben, die Masche des Köters, ihre Aufmerksamkeit zu erregen, hatte funktioniert. Man stelle sich vor, der menschliche Teil der Bevölkerung würde damit anfangen –

Die Sache war die, er konnte sich die Frau Doktor nur allzu gut auf dem Rücken mit den Beinen in der Luft vorstellen.

An die Arbeit, Fields.

Beck schüttelte den Kopf. Ja, je früher er anfing, desto eher konnte er hier wieder verschwinden. Wobei er sagen musste, dass der Gedanke nicht mehr ganz so drängend war wie zuvor. Er hätte niemals erwartet, dass seine Kundin so heiß sein würde. Diese Yogahosen, die sie anhatte, hätte sie sich eigentlich auch sparen können, so wie sie alles betonten. Frauen war wohl nicht klar, wie sie darin aussah – besonders solche, die offensichtlich tatsächlich Yoga machten. Wenn jetzt noch jemand welche aus Netzstoff entwerfen würde, würde sich jeder Mann auf diesem Planeten im Fitnessstudio anmelden.

Hm, vielleicht sollte er sie entwerfen. Im Interesse der Verbesserung der Menschheit und so.

Er lachte leise. Er hatte genug mit den Firmen seiner Klienten zu tun, ohne dass er versuchen müsste, eine eigene zu gründen. Auf diese Weise bekam er einen Teil des Erlöses, ohne die Kopfschmerzen zu haben.

Er hob den Stapel Post auf dem Tresen auf, um ihn auf den Küchentisch zu legen, und spürte ein ganz anderes Ziehen, als er den Namen auf dem Umschlag las.

Jennifer Langston Bingham.

Wow. Sie war es tatsächlich. Er hatte sich schon gedacht, dass sie ihm bekannt vorkam, als er ihr vom Boden aufgeholfen hatte.

Jennifer Langston und ihre Zwillingsschwester Andrea waren die heißesten Mädchen in seinem Abschlussjahrgang gewesen. Er hatte das Glück gehabt, Andrea vor Jahren in einer Bar abzuschleppen. Eigentlich hatte Andrea ihn abgeschleppt. Nicht, dass er sich beschwert hätte. Er hatte gerade den größten Deal seiner bisherigen Karriere klargemacht und war am Feiern gewesen. Dass eines der heißesten Mädchen aus der Highschool ihn anmachte, war das Sahnehäubchen auf dem Kuchen gewesen.

Bis er sie am nächsten Morgen dabei erwischt hatte, wie sie in seinem Badezimmer Lines zog. Er hatte sie rausgeschmissen und die Sache vergessen.

Aber er hatte Jennifer nie vergessen. Während Andrea so unmittelbar sexy gewesen war, war Jennifer subtiler gewesen. Eher das Mädchen von nebenan.

Und es sah ganz so aus, als hätte Mr. Bingham zugegriffen und sich jedermanns Traumfrau geangelt. Glücklicher Bastard.

Beck sah sich nach einem Foto des Typen um. Er steckte sogar kurz den Kopf zurück ins Wohnzimmer. Bilder von Sami schmückten die Wände, aber kein Familienfoto.

Merkwürdig.

Noch merkwürdiger war der fehlende Ehering an Jennifers linker Hand, als sie die Küche wieder betrat, den hinterherhoppelnden Anhang im Schlepptau.

Hm... War Mr. Bingham am Ende vielleicht gar nicht so glücklich gewesen?

Nun, man würde über Beckett Fields niemals sagen können, dass er eine Gelegenheit ungenutzt verstreichen ließ, besonders wenn das Schicksal ihm gerade eine direkt in den Schoß geworfen hatte.

Und ja, in seinem Schoß, genau da wollte er Jennifer Langston Bingham haben.

Kapitel zwei

Jennifer sah sich in ihrem Schlafzimmer um und versuchte, einen Grund zu finden, es nicht verlassen zu müssen. Sie wollte John – Beck – nicht gegenübertreten. Es war ihr schwergefallen, ihn so zu nennen, aber es würde verdammt seltsam aussehen, wenn sie ihn John nannte, da er sich offensichtlich nicht an sie erinnerte. Und die Demütigung, erklären zu müssen, wer sie war, wäre es einfach nicht wert.

Sie seufzte und warf ein weiteres Kissen auf ihr Bett. Der Bad Boy der Klasse. Er war nur in einem ihrer Kurse gewesen, und das war im Abschlussjahr, wo er sich natürlich ganz nach hinten gesetzt und mit diesem schmollenden, sexy Blick alles beobachtet hatte, während ihre Fantasie mit ihr durchgegangen war.

Sie war einmal auf ihn zugegangen – hatte ihm Hilfe bei einem Projekt angeboten –, aber er war zurückgewichen, als hätte sie die Pest.

Schade, dass Trent nicht zurückgewichen war. Das hätte ihr eine Menge Schmerz, Geld und Schande erspart, als einer der Assistenten ihn dabei erwischt hatte, als er versuchte, den Medikamentenschrank in ihrer Klinik aufzubrechen.

Sie hatte wirklich ein Händchen für solche Typen, das stand fest.

Jennifer nahm ihren rosa Seidenmorgenmantel von der Bank am Fußende ihres Bettes und hängte ihn hinter die Tür. Das war Schnee von gestern, und

Trent suchte sich angeblich Hilfe wegen seiner Suchtprobleme. Sie hoffte, dass er seine Dämonen besiegte, aber sie konnte diesen Kampf nicht mit ihm gemeinsam führen, weil er ihr den Rücken gekehrt hatte. Er hatte alle möglichen fiesen Dinge über sie gesagt, und am Ende hatte sie die Ehe nicht mehr für jemanden retten wollen, der sie nur ausgenutzt hatte.

Ja, diese Lektion hatte sie sich definitiv zu Herzen genommen. Bad Boys hatten in ihrem Leben nichts mehr zu suchen.

Unten krachte etwas, gefolgt von einem »Miiiiiaaaaaauuuu«, Flopsys schrillem Kläffen und einem sehr männlichen Fluch.

Anscheinend hatte ein Bad Boy aber sehr wohl einen Platz in ihrem Haus.

Jennifer holte tief Luft und wappnete sich für den Gang nach unten – was sie an das Wort Lenden denken ließ, und sie wollte ihre Lenden eigentlich aus alldem heraushalten.

Eigentlich stimmte das nicht. Ihre Lenden waren mehr als nur ein wenig einsam, und Johns – Becks – sahen genau nach dem aus, was man brauchte, um die Einsamkeit zu vertreiben.

Genau deshalb hielt sie sich von diesen Lenden fern. Heiße Bad-Boy-Lenden brachten ihr nur Ärger ein.

Nero jaulte erneut auf. Das war ein Problem. Normalerweise war es Flopsy, der den Kürzeren zog. Wenn also Nero jaulte, drehte hier irgendwer völlig am Rad.

Noch so ein Bild, das Jennifer nicht gebrauchen konnte, während sie die sichere Umgebung ihres Zimmers verließ, um John – Beck! – noch einmal gegenüberzutreten.

Dieser verdammte Kater hatte ihn nur einmal schief angesehen und dann beschlossen, ihm das Leben zur Hölle zu machen.

Beck starrte auf den großen, pelzigen Klumpen namens Nervensäge. Schwarz-weiß gemustert, sah das Ding aus wie ein Pinguin, der zu viele Oreos gefressen hatte. Aber der Schein trog, denn das Biest war verdammt flink.

Armer Flopsy. Er war gerade damit beschäftigt gewesen, seinen eigenen Schwanz zu jagen – eine Metapher für das Leben, an die sich Beck nur zu gut aus seiner Jugend erinnerte. Dann war die Katze aufgetaucht, war heimlich über den Küchentisch geschlichen, hatte sich auf den Stuhl vorgearbeitet und sich dann langsam auf den Bauch gleiten lassen. Sie hatte eine Pfote über die

Kante hängen lassen und dem Hund mit ausgefahrenen Krallen eins über den Schädel gezogen.

Flopsys drei Beine hatten nachgegeben, er war unsanft auf seinem Schwanz gelandet, und Beck hätte schwören können, dass der Kater irgendwie mit der Grinsekatze verwandt war.

Dann war der Hund wieder auf die Beine gekommen, hatte den selbstzufriedenen Kater verdammt noch mal überrascht, und die Jagd ging los.

Für so einen Brocken konnte sich die Katze verdammt schnell bewegen. Unglücklicherweise bewegte er dabei auch Sachen. Der Stuhl kippte um, riss einen Teil der Post vom Tisch mit, die sich auf dem Boden verteilte, was Flopsy den Halt raubte. Der Hund schlitterte gegen die Vorratstür, die dadurch irgendwie aufsprang, woraufhin ein Mopp herausfiel und Beck am Hintern traf, während er versuchte, den Hund zu fangen, und ... wer zum Teufel wusste schon wie, aber plötzlich lag der Weihnachtskaktus auf dem Boden, Flopsy winselte, während er versuchte, von den stacheligen Blättern wegzuspringen, und der Kater hockte oben auf dem Bücherregal und jaulte sich die Seele aus dem Leib, als wäre er das Opfer und als wäre nichts davon seine Schuld.

Als Erstes sammelte Beck den armen Hund vom Kaktus auf. Der kleine Kerl hatte schon genug Probleme beim Laufen, da brauchte er nicht auch noch Nadeln in den Pfoten.

Beck setzte sich auf das Sofa und drückte seinen Daumen sanft in eine von Flopsys Pfoten, um die Ballen zu spreizen. Der kleine gescheckte Mischling sah ihn mit besorgtem Blick an.

»Keine Sorge, Kumpel. Die holen wir raus.«

Der Kater rollte sich oben auf dem Möbelstück auf den Bauch und seufzte lautstark. Es klang eher wie ein Schnauben.

»Werd du mir bloß nicht zu gemütlich dort oben.« Beck funkelte den Kater an. »Deine Zukunft findet in einer Transportbox statt.«

Er hätte schwören können, dass das verdammte Vieh ihm zuzwinkerte.

»Was ist passiert? Ist alles okay?«

Die Frau Doktor – und die überaus reizende Jennifer Langston Bingham – schlitterte Zentimeter vor der Sofarückseite zum Stehen. Ihre Socken machten den Sprint ins Zimmer mehr als riskant.

»Passen Sie lieber auf, wo Sie hintreten. Die Pflanze ist gefährlich.« Beck hielt eines der Blätter hoch, die in Flopsys Pfote gesteckt hatten.

»Oh nein. Wie ist das denn passiert?« Sie ging um das Sofa herum und setzte sich neben ihn und den Hund.

»Fragen Sie den Kater. Er scheint hier das Sagen zu haben.«

»Nero?«

Beck schnaubte. »Sie haben Ihre Katze doch nicht etwa nach einem Kaiser benannt.«

»Stimmt, habe ich nicht. Er hatte den Namen schon, als ich ihn übernommen habe.«

»Wissen Sie, das Schöne daran, Streuner bei sich aufzunehmen, ist doch, dass man ihre Namen ändern kann.« Bei ihm hatte das funktioniert. John Becker war ein Kind ohne Zukunft gewesen. Eine vergessene Statistik im Sumpf der Menschheit. Beckett Fields hingegen befehligte das Vermögen anderer Leute und hatte selbst eines angehäuft, was ihm das Haus eingebracht hatte, das er immer wollte, dazu das neueste Automodell und einen Lebensstil, um den ihn viele beneideten.

Es hatte ihm auch eingebracht, dass er jetzt ein Haus putzte, aber zum Glück war das nur für einen Monat.

»Ich ändere ihre Namen nicht«, sagte die Frau Doktor. »Namen sind wichtig. Darüber identifiziert man sich.«

Beck wollte nicht mit ihr streiten. Sie erkannte ihn offensichtlich nicht, und dafür war er dankbar. John Becker war ein Versager ohne Perspektive gewesen. Sicherlich niemand für die Jennifer Langstons dieser Welt. Das eine Mal, als er Mitleid in ihren Augen gesehen hatte, als sie ihm Hilfe bei einem Projekt angeboten hatte, hatte ihm das klargemacht. Beck kam nicht mit Mitleid klar, und er wollte sicher nicht, dass sie sich als diesen Typen an ihn erinnerte.

Denn als Beckett Fields hatte er vielleicht tatsächlich eine Chance bei ihr, falls die Sache mit dem fehlenden Ehering ernst gemeint war. Ja, er war nicht gerade begeistert davon, dass sie eine Tochter hatte, aber es war ja nicht so, als wollte er die Frau heiraten. Ein netter, ungezwungener Flirt, um diesen alten Highschool-Schwarm endlich aus dem System zu kriegen, würde völlig ausreichen.

»Hier. Geben Sie ihn mir.« Jennifer rückte näher. »Ich bin mir ziemlich sicher, dass Erste Hilfe für Hundepfoten nicht in Ihrer Stellenbeschreibung steht.«

Sie hob Flopsy von seinem Schoß, und, heilige Scheiße, sein Schwanz stand sofort stramm, als ihr Handrücken über seinen Oberschenkel streifte.

Beck sprang auf und drehte ihr den Rücken zu. Er versuchte, an irgendetwas anderes zu denken, um sich zu beruhigen. Herrgott. Er hatte schon in der Highschool einen Ständer wegen ihr gehabt, aber niemals so heftig wie jetzt.

Der Kater hieb nach ihm, als er ihm zu nahe kam.

Na ja. Das brachte seinen Kleinen wieder etwas auf den Boden der Tatsachen zurück.

Dann fauchte ihn der Kater an.

Beck knurrte zurück. Mitten im Knurren wurde ihm klar, was für ein Idiot er gerade sein musste, und das brachte sein bestes Stück endgültig zurück in den Normalzustand. Es hatte wohl doch Vorteile, sich wie ein Trottel aufzuführen. Und es war besser, wie ein Idiot den Kater anzuknurren als sie.

Er musste herausfinden, ob sie Single war.

»Also, äh ...« Er schnappte sich ein Kissen vom Sessel neben dem Bücherregal und tat so, als würde er es gegen seine Bauchmuskeln aufschütteln, während er sich zu ihr umdrehte. »Wie sieht Ihr Zeitplan hier aus? Mac sagte, Sie wollten drei Tage die Woche?«

Jennifer schüttelte den Kopf und blies sich mit einem Atemzug eine Haarsträhne aus dem Gesicht.

Sie hatte verdammt süße Lippen.

»Für die ersten zwei Wochen, dann reduzieren wir auf einmal pro Woche. Ich habe äh, ein paar Dinge schleifen lassen und ich habe einfach nicht die Zeit, alles wieder in Schuss zu bringen. Sie hat Ihnen doch gesagt, dass es sowohl sowohl um Organisation als auch um Reinigung geht, oder?«

»Ja.« Nein. Er machte keine Organisation; dafür hatte er seine Assistentin Fiona. Vielleicht würde er Fi engagieren, damit sie das für ihn übernahm.

Andererseits würde ihm dann Zeit mit Jennifer durch die Lappen gehen, und falls sie Single war, würde er sich diese Gelegenheit nicht entgehen lassen.

»Welche Zeiten passen Ihnen also? Ganztags? Wann kommen Sie und Ihr Mann nach Hause? Ich würde gerne vorher fertig sein. Zeit für die Familie ist wichtig.«

Zumindest war es das, was man ihm erzählt hatte. Keine Familie, bei der er untergebracht gewesen war, hatte ihn wirklich am Abendessenstisch haben wollen. Fairerweise konnte man ihnen das nicht vorwerfen. Er war ein sturer

Bock mit einem riesigen Problem mit Autoritäten gewesen und hatte jeden weggestoßen, der versucht hatte, ihm zu helfen – die Anwesende eingeschlossen.

Erst nach einem halben Dutzend Nächten auf der Straße, nachdem er aus dem System geflogen war, und ein paar Monaten in Obdachlosenheimen war ihm klar geworden, was für ein Idiot er gewesen war. Er hätte es leicht haben können, hätte sich vielleicht sogar in eine Familie einschleichen können, dass sie ihn behalten wollten, aber er war zu cool gewesen, um jemanden zu brauchen. Das hatte er auf die harte Tour gelernt.

»Was die Zeit angeht: Ich bringe Sami gegen acht ins Camp und fahre dann in die Klinik. Um sechzehn Uhr dreißig bin ich mit ihr wieder zu Hause.«

Kein Wort über einen Ehemann. Das hieß aber nicht, dass sie keinen hatte. Und wie sollte er das herausfinden, ohne sie direkt zu fragen?

Was sprach eigentlich dagegen, direkt zu fragen? Er war noch nie schüchtern gewesen, wenn er etwas wollte.

Außer, dass das hier geschäftlich war und es nicht sein eigenes Geschäft war. Mac Manley war ein hart arbeitendes Kind – eine hart arbeitende Frau. Er kannte den Zwerg, seit sie noch Zöpfe und die abgelegten Sachen ihrer Brüder getragen hatte, also fiel es ihm schwer, sich daran zu erinnern, dass sie erwachsen war. Er wollte den Ruf ihrer Firma nicht ruinieren, indem er eine Kundin anbaggerte. Irgendwie musste er das, was er wissen wollte, auf anderem Weg herausfinden.

Sami. Kinder waren berüchtigt dafür, Informationen preiszugeben. Er würde sich an sie halten.

»Ihnen ist schon klar, dass es fast neun Uhr dreißig ist, oder?« Er stupste sie leicht an. Es schadete nie, eine kumpelhafte Basis aufzubauen.

»Die Klinik ist montags geschlossen. Samstage sind meistens sehr stressig, deshalb möchte ich zumindest so etwas wie ein Wochenende haben.«

Er würde also montags für sie putzen. Das würde ihm Zeit geben, in ihrer Nähe zu sein.

Oder er konnte sich einfach eine Katze zulegen und sie bei der Arbeit besuchen.

Nero und sein Größenwahn miauten von der Spitze des Bücherregals herab.

Vergiss es. Beck hatte plötzlich eine gewaltige Abneigung gegen Katzen.

Und ein Hund kam auch nicht infrage. Die brauchten zu viel Aufmerksamkeit. Vielleicht ein Fisch. Behandelte sie Fische?

»Ich hätte auch gerne den Schuppen ausgemistet und ordentlich eingeräumt. Seit mein Ex-Mann – ich meine, das Werkzeug wurde schon eine Weile nicht mehr benutzt und es wurde dort einfach alles nur reingeworfen.«

Die Steilvorlage, die er brauchte. »Ein schlechter Gärtner?«

Sie zuckte zusammen und sah weg. »Mein Ex. Er war nicht gerade der Zuverlässigste, wenn es um Gartenarbeit ging.«

Jackpot. Die Frau war Single. Und Beck hatte so das Gefühl, dass Gartenarbeit nicht das Einzige war, bei dem der Kerl unzuverlässig gewesen war.

Was für ein Arschloch. Wer angelt sich Jennifer und vermasselt es dann?

»Klar. Der Schuppen ist kein Problem. Darum kümmere ich mich, wenn ich mit dem Haus fertig bin. Wo wir gerade dabei sind, lassen Sie mich mit diesem Chaos hier anfangen. Wobei ich glaube, dass Sie das mit dem Kater regeln müssen. Er scheint mich nicht zu mögen.«

»Nero mag niemanden. Außer Sami. Er quält den armen Flopsy schon genug, sodass ich ernsthaft überlegt hatte, für den Hund ein anderes Zuhause zu suchen. Aber dann fing er an, Sami überallhin zu folgen, und ihre Albträume hörten auf. Damit hat er sich seinen Platz im Haus verdient.«

»Albträume?«

Sie zuckte wieder zusammen. »Hm. Ja. Sami hatte ein paar schlimme Albträume.«

Das ließ Beck darüber grübeln, bei was sonst Mr. Bingham noch unzuverlässig gewesen war.

Er wollte den Kerl verprügeln. Der Mistkerl bereitete seinem eigenen Kind Alpträume? Sami wusste es zwar nicht, aber keinen Vater zu haben, war besser, als einen schlechten zu haben.

Dasselbe galt für Ehemänner, und Beck würde dafür sorgen, dass Jennifer begriff, wie viel besser sie ohne diesen Kerl dran war.

Ganz persönlich.

Kapitel drei

»Was machst du da?« Sami, deren Lippen mit viel zu viel Lippenstift umrandet waren und deren T-Shirt über eine Schulter rutschte, lehnte die linke Hüfte gegen die Säule am Fuß der Treppe, während die rechte Hand in einer Femme-fatale-Pose auf der anderen Hüfte ruhte, von der ein Kind in ihrem Alter noch nichts wissen sollte.

Was zum Teufel hatte ihr Vater ihr angetan?

Wut durchstürmte Beck so schnell, dass er seine Reaktion fast nicht kontrollieren konnte. Es stimmte etwas ganz und gar nicht, wenn eine Siebenjährige sich so provokant gab. Die Sache war die, dass er nicht glaubte, dass sie wusste, was sie tat, auch wenn sie wusste, wie man es tat. Gott sei Dank immerhin für diese kleinen Gnaden, aber, Herrje, Jennifer musste dem Ganzen bald ein Ende setzen, denn das Kind würde mit dem Alter nur noch dreister werden.

Er hielt den Blumentopf hoch, den die Katze umgestoßen hatte. »Ich mache die Bescherung weg. Willst du helfen?«

»Nicht wirklich.« Ihr Blick streifte ihn von oben bis unten. »Ich will dir dabei zusehen.«

Beck umklammerte den Übertopf ein wenig fester und holte tief und langsam Luft. Wo zur Hölle hatte sie diesen Mist gelernt? »Tut mir leid, Kleine, aber ich werde nicht dafür bezahlt, dich zu unterhalten.« Okay, vielleicht hatte er seine Reaktion doch nicht so sehr unter Kontrolle, wie er sollte, aber er würde sich nicht für den enttäuschten Blick in ihrem Gesicht entschuldigen. Sie musste lieber früher als später lernen, dass weibliche Reize nicht die beste Methode waren, um Freunde zu finden – zumindest nicht die Art von Freunden, die sie haben sollte. »Warum schnappst du dir nicht den Besen dort drüben und hilfst mir, Neros Chaos aufzuräumen? Ich habe gehört, er mag nur dich.«

Der Lolita-Look verschwand, als sie kerzengerade aufsprang. »Nero ist mein bester Freund auf der ganzen Welt.«

Eine halbe Legion Römer hatte dasselbe behauptet, und man sah ja, was mit denen passiert war. »Äh, das ist schön. Es ist immer gut, Freunde zu haben.«

»Hast du Freunde?« Sie zerrte den Ausschnitt ihres T-Shirts wieder zurück auf ihre Schulter. »Weil du irgendwie grummelig bist. Leute mögen keine grummeligen Freunde. Na ja, außer der Katze. Weißt du, Grumpy Cat? Der hatte viele Freunde, aber das war, weil er berühmt war. Aber Nero ist nicht grummelig. Er ist nur launisch.«

Gehüpft wie gesprungen … Beck war einfach froh, dass sie von dem Freunde-Trip runter war. Er hatte tatsächlich nicht viele Freunde. Liam, seine Brüder und die Porters waren so ziemlich alle. Er hatte früher nicht gerade freundschaftliche Beziehungen gepflegt, und als er erst einmal beschlossen hatte, das College durchzuziehen und etwas aus sich zu machen, war er zu ehrgeizig und zu fokussiert gewesen, um welche aufzubauen. Die Frauen, mit denen er schlief, zählten nicht, daher rührte auch der Spitzname »Flachlegen und Eintüten«, den die Jungs ihm gegeben hatten. Nicht gerade sein ruhmreichster Moment, aber andererseits traf es zu.

Er reichte dem Kind den Besen. »Sicher habe ich Freunde.«

»Spielt ihr zusammen Ball und so?« Sie fing an, einen Teil des Drecks aufzukehren, und konzentrierte sich dabei so stark, dass sie ihn nicht ansah.

Warum hatte er das Gefühl, dass es einen Grund gab, warum sie ihn nicht ansah?

»Wir haben früher Ball gespielt. Erwachsene Männer tun das nicht.«

»Mr. Nolan schon.«

Jared Nolan. Der Junge aus der Gegend, der zum Profisportler geworden war. Der Kerl führte ein verdammt glückliches Leben. Beck hing manchmal mit ihm rum, weil Liam mit ihm befreundet war, aber sie waren nicht die Sorte Freunde, die sich einen Baseball zuwarfen.

»Woher kennst du Mr. Nolan?«

»Er kommt in die Praxis meiner Mama. Er hat Katzen.«

Natürlich hatte er die. Warum sollte Nolan auch keine Katzen haben? Wahrscheinlich mochten sie ihn auch noch.

Wie auf Kommando sprang Nero vom Bücherregal auf die Rückenlehne des Sessels, auf den Flopsy sich zurückgezogen hatte, um sich zu erholen. Dabei verschob er das Kissen hinter dem Hund und sorgte so dafür, dass der geschundene Vierbeiner in die plötzliche Lücke zwischen diesem und dem unteren Kissen fiel, was das arme Ding zum Aufjaulen brachte.

Nero, Beck schwor es, lächelte schon wieder und stolzierte davon, um seinen großen, fetten Hintern auf dem Couchtisch zu platzieren.

»Willst du deine Katze nehmen?«, fragte er Sami und schritt hinüber, um Flopsy zu helfen, dessen Beine in der Luft strampelten, während das arme Tier versuchte, sich wieder aufzurichten. Schlimm genug, dass er nur drei Beine hatte, musste die Katze ihn auch noch außer Gefecht setzen?

Nero war böse.

Doch er sah aus wie das größte, flauschigste Stofftier der Welt, als Sami ihn hochhob und in ihren Armen wiegte.

»Hat er einen Käfig, in den du ihn stecken kannst?«, musterte Beck die Katze skeptisch. Ein leerer Bierkarton aus einer Kiste könnte ihn vielleicht halten, aber es müssten Flaschen sein, keine Dosen. Das war eine verdammt massive Katze.

»Nero mag keine Käfige. Er hört nicht auf zu heulen, wenn wir ihn in einen stecken.«

War ja klar. »Nun, wir müssen ihn von Flopsy fernhalten. Der arme Hund kann kaum zwei Schritte machen, bevor die Katze auf ihn losgeht.«

Sie kraulte der Katze den Bauch und ein tiefes Grollen kam von dem Dämon. Er war passend benannt worden.

»Flopsy mag es, wenn Nero mit ihm spielt. Ihm war langweilig, bevor Nero angefangen hat, mit ihm zu spielen.«

»Wohl eher friedlich«, murmelte Beck, hob Flopsy auf und schob die Kissen wieder an ihren Platz.

Der Hund leckte seine Hand, als er ihn wieder absetzte.

Alberner, dummer, treuer Dussel. Hunde hatten nicht den Verstand, den

Gott ... Katzen gegeben hatte. Ja, Katzen wussten, wie der Hase lief. Vielleicht mochte Nero Beck deshalb nicht – er erkannte einen Geistesverwandten, wenn er einen sah, denn Gott wusste, Beck war öfter als nicht auf seinen Füßen gelandet und hatte sich dabei jedes Mal neu erfunden.

»Willst du ihn streicheln?« Sie streckte ihm die Arme entgegen. »Er mag es, wenn man ihm den Bauch krault.«

»Nein, danke, passt schon.« Beck ging zurück zum zerbrochenen Pflanzgefäß, zog die lächerlich engen Hosen an seinen Oberschenkeln hoch und bückte sich, um den Rest der Scherben aufzusammeln. »Behalt du ihn fest, bis ich das hier sauber habe. Dann können wir die Küche in Angriff nehmen.«

»Warum? Was ist mit der Küche?«

»Nero hat die ganze Post überall verteilt, als er vom Tisch gesprungen ist.«

Sie kuschelte ihr Gesicht in das Nackenfell der Katze. »Ooooh, hat das kleine Kitty Kätzchen Angst bekommen?«

»Kleines Kätzchen? Das Ding ist fast so groß wie du. Und er hatte keine Angst; er war hinter dem Hund her.«

Sami rollte mit ihren großen braunen Augen. »Er hat mit Flopsy gespielt. Er mag Flopsy. Und Flopsy mag ihn. Sie sind allerbeste Freunde.« Sie rieb ihre Nase an Neros. »Und sie sind auch meine allerbesten Freunde.«

Irgendetwas an dieser fast trotzigen Aussage klang seltsam. Als ob sie wollte, dass er sie herausforderte, weil Tiere ihre besten Freunde waren.

Da war etwas, das Sami nicht aussprach. Und es wirkte so, als würde sie versuchen, es ihm zu sagen, aber was auch immer es war, Beck kam nicht dahinter.

Verdammt, er musste nicht der Seelenklempner für das Kind spielen. Er hatte genug eigene Probleme in seinem Leben, ohne zu versuchen, ihre zu lösen. Obwohl er gelernt hatte, dass es nicht viel gab, was eine gute Ausbildung und ein Haufen Bargeld nicht richten konnten.

»Sami?«, rief Jennifer von oben. »Wo bist du?«

»Ich bin hier unten, Mami. Nero braucht eine Umarmung.«

»Nun, dein Zimmer muss aufgeräumt werden, also setz die Katze ab und komm bitte hoch.«

»Wie wäre es, wenn du die Katze mitnimmst?«, schlug Beck schnell vor. »Dann kannst du mit ihm reden, während du aufräumst.«

»Du magst Nero nicht, oder?«

»Nero mag mich nicht.«

»Das ist albern. Nero mag jeden. Aber okay, ich nehme ihn mit. Ich könnte jemanden zum Reden gebrauchen.«

Beck sah ihr nach, wie sie wegging. Er konnte es nicht genau benennen, aber irgendetwas war mit diesem Kind …

Er schüttelte sich. Kinder spielten in seiner Welt keine Rolle. Seine Mutter hätte ihn nicht in die Welt setzen sollen; während er also froh war, hier zu sein – jetzt –, sah er keinen Grund, diese Wohltat fortzusetzen. Man musste ein ganz besonderer Mensch sein, um Vater zu sein, und obwohl er in seiner Jugend ein paar guten begegnet war, hatte er insgesamt keine Grundlage, um zu wissen, was ihn zu einem guten Vater machen würde. Es war also nur gut, dass er nicht plante, ein Kind seiner Unwissenheit auszusetzen. Genauso wie es gut war, dass Sami ihre Katze nahm und verschwand. Er war mit seinem Latein am Ende.

Er fegte den Rest des Drecks und die Scherben des Tontopfs in das Kehrblech, nahm dann auf, was vom Pflanzgefäß übrig war, und ging in die Küche.

Er stellte die Pflanze in die Spüle, leerte den Inhalt des Kehrblechs in den Müll und fing an, die Schränke zu durchsuchen, um zu sehen, ob Jennifer etwas anderes hatte, in das er die Pflanze setzen konnte.

»Oh, das hätte ich schon weggemacht.«

Wenn man vom Teufel spricht … Eigentlich eher von einem Engel. Ihr blondes Haar wirkte wie ein Heiligenschein, und sie hatte so kristallblaue Augen und ein so breites, strahlendes Lächeln, dass –

Gott, er wurde lächerlich. Wann hatte er jemals gedacht, eine Frau sei engelhaft? Und außerdem mochte er sie lieber ein wenig teuflisch. Das sorgte für eine unterhaltsame Nacht im Bett. Jennifer war wahrscheinlich eher der Typ für die Missionarsstellung bei ausgeschaltetem Licht.

Mann, was er nicht alles geben würde, um das herauszufinden.

»Hey, dafür bin ich ja da. Zum Saubermachen.« Er lehnte sich gegen die Spüle und verschränkte die Arme – hauptsächlich, weil er wusste, wie sein Brustkorb wirkte, wenn er das tat. Er trainierte genau aus diesem Grund. Nun, nicht aus reiner Eitelkeit, obwohl es ein schöner Nebeneffekt war. Er trainierte, um fit zu bleiben und sich gut zu fühlen. In seinem Job war Stress ein riesiger Faktor. Sport half, ihn im Zaum zu halten. Und wenn Frauen auf das Ergebnis standen ... nun ja, hey. Er würde sich sicher nicht darüber beschweren.

Allerdings schien sein Körper auf Jennifer keinen Eindruck zu machen. Sie sah kaum in seine Richtung, als er posierte, sondern entschied sich stattdessen dazu, auf die Knie zu gehen und einen der Unterschränke zu öffnen.

Nicht das, was er eine Frau tun sehen wollte, wenn sie auf den Knien war.

Er machte fast einen Schritt auf sie zu, fing sich jedoch rechtzeitig ab. Was zum Teufel dachte er sich? Sicher, das hier war Jennifer, aber sie war eine Kundin. Und er war kein solcher Hund, dass er sie jetzt plump anmachen würde, nur um sein Ego zu füttern. Er war zwar seit ein, zwei Monaten ohne Date gewesen – heiliger Strohsack, es waren schon fünf –, aber das hieß nicht, dass er sich an alles heranschmeißen musste, was X-Chromosomen hatte. Ein Mindestmaß an Beherrschung besaß er ja schließlich noch.

Dann stand sie auf, ließ etwas fallen und bückte sich direkt vor ihm, um es aufzuheben.

Im Ernst, von diesem Mindestmaß war gerade so ziemlich alles aufgebraucht.

Sie hob auf, was auch immer sie fallen gelassen hatte, stand dann auf und drehte sich um.

Und erwischte ihn dabei, wie er sie anstarrte.

Mist.

Beck schnappte sich das Kehrblech und hielt es ihr hin. »Ich wollte Sie gerade fragen, ob Sie das hier brauchen.«

»Haben Sie aber nicht.«

Nach ihrer Aussage folgte ein Herzschlag oder zwei des Schweigens.

Es war keine Frage gewesen.

Warum also verspürte Beck den Drang zu antworten? »Nein. Tut mir leid. Ich, äh ...« Zum ersten Mal in seinem Leben fiel Beck kein geschmeidiger Spruch ein.

Stattdessen entschied er sich für die Wahrheit.

»Ich konnte mich nicht bewegen, als Sie sich vor mir gebückt haben. Zumindest nicht auf eine Weise, die Sie angemessen gefunden hätten.«

Das war eine klare Ansage. Entweder würde sie darauf einsteigen oder einfach nur die Flucht ergreifen.

• • •

Jennifer hatte keine Ahnung, wie sie auf sein unverblümtes Flirten reagieren sollte.

Es gab kein Vertun darüber, was er gemeint hatte. Und es gab auch kein Vertun darüber, was ihre weiblichen Instinkte davon hielten.

Zum ersten Mal seit Jahren – Jahren – bekam sie weiche Knie, und Schmetterlinge, die wohl im Winterschlaf gelegen hatten, erwachten zum Leben.

Aber das hier war John Becker. Ein Bad Boy.

Er fuhr sich mit einer Hand über das Gesicht. »Hören Sie, tut mir leid. Das war unangebracht.«

Ein Bad Boy, der sich entschuldigte. Das war neu. Trent hatte immer anderen die Schuld gegeben. Er hatte nie Verantwortung für sein Handeln übernommen.

»Es wird nicht wieder vorkommen.«

»Schade.« Oh Mist. Hatte sie das laut gesagt?

Die Art, wie sich seine Mundwinkel nach oben bogen, verriet ihr, dass sie es getan hatte.

»Was schade?« John – Beck – legte das Kehrblech auf die Arbeitsplatte und ging dann – stolzierte – auf sie zu.

Jetzt war sie diejenige, die sich nicht bewegen konnte.

Du solltest weggehen. Und zwar jetzt.

Sie konnte nicht.

Er blieb direkt vor ihr stehen.

Direkt. Vor. Ihr.

Sie glaubte, dass ihre Zehen sich fast berührten.

Sie schluckte. Sie sollte weggehen. Nicht dort stehen bleiben mit der Arbeitsplatte im Rücken, dem Herd zu ihrer Rechten und der Ecke, die zu einer weiteren Schrankwand führte und sie einpferchte. Sie könnte zur Seite wegwitschen, oder sie könnte hierbleiben und ihm die Stirn bieten.

Dann legte er seine Hand an ihre Wange und sie hatte keine Wahl mehr. Oh, nicht etwa, weil er sie nicht gehen lassen würde, sondern weil sie es gar nicht wollte.

»Mir ist gerade klargeworden, dass ich mich noch gar nicht richtig vorgestellt habe.« Seine Stimme war eine Nuance zu sehr auf der erotisch-rauen Bad-Boy-Seite. Aber andererseits hatte sie seine Stimme schon immer gemocht. Es hatte früher nicht viel an ihm gegeben, was sie nicht gemocht hatte.

Sah so aus, als wäre heute ihr Glückstag.

»Mein Name ist Beckett Fields.«

Ihre Augen rissen weit auf. Beckett Fields? Er war nicht John Becker?

Jennifer starrte ihn an. Er sah definitiv aus wie John Becker. Dieselben wunderschönen grünen Augen. Dieselbe perfekte Nase, obwohl sie sicher war, Gerüchte gehört zu haben, dass sie mindestens zweimal gebrochen gewesen war. Dasselbe dichte, tiefschwarze lockige Haar, durch das sie schon als Teenager ihre Finger gleiten lassen wollte und das sie jetzt am liebsten packen würde, um ihn an sich zu ziehen.

Nein, er war es, aber aus irgendeinem Grund hatte er einen neuen Namen.

Wie auch immer, er erinnerte sich offensichtlich nicht an sie, also würde sie ihn auch nicht aufklären. Sie wollte den Moment nicht noch einmal durchleben, als er es gar nicht hatte abwarten können, so schnell wie möglich von ihr wegzukommen.

Nur jetzt ... kam er noch einen Schritt näher.

»Und ich hoffe verdammt noch mal, dass Sie mir keine scheuern, wenn ich das tue, aber falls doch, warten Sie wenigstens, bis ich fertig bin.«

Die Worte kamen an, aber ihre Bedeutung noch nicht ...

Bis Beckett Wie-auch-immer-er-sich-nennen-wollte sich vorbeugte und sie küsste.

Kapitel vier

Sie sollte dem hier wahrscheinlich ein Ende setzen.

Ihm vielleicht sogar eine Backpfeife verpassen, wie er es vorgeschlagen hatte.

Zumindest hätte sie irgendeine Art von Protest einlegen sollen.

Ja, genau das war es. Protest.

Nur ein kleines bisschen.

Und das würde sie auch tun.

Gleich.

Für den Moment würde sie es genießen. Wer wusste schon, wann sie wieder die Gelegenheit dazu bekäme, denn wie auch immer sein Name heutzutage lautete, er wusste verdammt gut, wie man küsst. Vom genau richtigen Griff an ihrem Kiefer über den perfekten Druck seiner Lippen bis zum Gleiten seiner Zunge gegen ihre Unterlippe ...

Das war so unangebracht.

Aber so verdammt gut.

»Mami?«

Jennifer riss sich von Beckett los und wünschte sich zum ersten Mal, seit Sami bei ihr eingezogen war, sie hätte das Mädchen nicht aufgenommen.

Was nur dazu führte, dass sie sich wegen des Kusses noch schlechter fühlte.

Denn sie hatte ihn zugelassen. Sie war dort gestanden, hatte sich von ihm küssen lassen und nicht das Geringste getan, um ihn aufzuhalten. Hatte sie denn nichts aus der Vergangenheit gelernt?

»Mami? Wo bist du?«

»Äh, unten, Schatzi. Was brauchst du?«

Beckett-Wie-auch-immer zog eine Augenbraue hoch.

Das war nicht misszuverstehen. Und selbst wenn, ließ ihn die Erregung, die sie an ihrem Unterleib spürte, genau wissen, was er brauchte.

Und das Ziehen zwischen ihren Schenkeln verriet ihr, dass sie ebenfalls Bedürfnisse hatte.

»Nero steckt in meinem Schrank fest und ich krieg ihn nicht raus.«

Jennifer seufzte. Dieser Kater war der bedürftigste Streuner, den sie je mit nach Hause gebracht hatte. Und das schloss Sami mit ein. »Ich komme sofort hoch.«

»Durchkreuzt von einem Kaiser.« Beckett kratzte sich am Kiefer. »Ich bin sicher, das ist früher oft passiert.«

»Nero ist eine echte Herausforderung. Ich glaube, er wurde von seinen Vorbesitzern misshandelt.«

»Das wahrscheinlich aus gutem Grund.«

»Das hast du jetzt nicht wirklich gesagt. Es gibt absolut keinen Grund, ein Tier zu misshandeln. Tiere reagieren nur auf das, was man ihnen entgegenbringt.«

Beckett hob abwehrend die Hände. »Tut mir leid. Du hast recht. Tiere, Kinder ... sie sind alle gleich. Produkte ihrer Umwelt.«

Jennifer legte den Kopf schief. Das war etwas, das John Becker hätte sagen können ... Aber Beckett Fields mit seinem Mercedes – sie hatte aus dem Fenster geschaut – und seiner Attitüde? Er hatte gerade erst bewiesen, dass Menschen über ihre Herkunft hinauswachsen konnten, also war sein Kommentar eigentlich hinfällig.

Wahrscheinlich nichts, was sie mit ihm diskutieren wollte, da er sich ja nicht daran erinnerte, sie zu kennen –

Oh Gott. Er hatte keine Ahnung gehabt, wen er da gerade küsste. Wenn ihm das jemals klar würde, würde sie vor Scham sterben.

»Ma-mi!«

»Bin gleich da.« Niemand konnte ein zweisilbiges Wort so in die Länge ziehen wie ein junges Mädchen. Und die Verzweiflung, die darin mitschwang ... Jennifer konnte die Genervtheit bis hierher spüren. Aber sie war mehr als dankbar für den Vorwand, hier wegzukommen, also machte sie ein paar Schritte zur Seite, da Beckett sich keinen Millimeter rührte.

»Beeil dich«, sagte er, als sie um die Ecke der Küchenschränke bog.

Sie machte noch zwei Schritte und sah ihn dann an. »Das darf nicht wieder vorkommen.«

»Sicher wird es das.«

»Nein, wird es nicht. Wir hatten Glück, dass Sami oben war, aber ich will nicht riskieren, dass sie so etwas sieht.« Und zu riskieren, wie eine Idiotin dazustehen, aber das behielt sie für sich.

»Sami weiß nicht, dass Erwachsene sich küssen?«

»Sie hat mich noch nie dabei gesehen und ich möchte auch nicht, dass sie es tut.«

»Warum nicht? Du kannst es doch so gut.«

Der Mann war viel zu charmant für ihr eigenes Wohl. Jennifer spürte, wie ihr die Röte in die Wangen schoss. Und sie hasste das. Sie war verdammt noch mal über dreißig. Sie sollte eigentlich darüber hinweg sein, wegen eines simplen Kusses rot zu werden.

An diesem Kuss war rein gar nichts simpel, Schätzchen.

Jennifer schüttelte den Kopf. »Hör zu, wir haben das jetzt aus unserem System raus. Es darf nicht wieder vorkommen.« Sie drehte sich um und ging in Richtung Treppe. »Ich werde es nicht zulassen.«

Das würden wir ja noch sehen.

Beck sah ihr nach, wie sie aus dem Raum schritt. Gott, er liebte Yogahosen an Frauen, die sie auch tragen konnten. Und wenn er sich nicht irrte – und er irrte sich selten, wenn es um die Unterwäsche von Frauen ging –, trug sie außerdem einen String-Tanga.

Danke, Victoria's Secret.

Seine Männlichkeit regte sich. Okay, vielleicht sollte er Miss Victoria noch nicht danken. Einen Ständer bei der Arbeit zu haben war definitiv kein beneidenswerter Zustand. Es wäre ihm wesentlich lieber, wenn das nach der Arbeit passieren würde. Vorzugsweise dann, wenn Jennifer Langston Bingham einen Babysitter für ihre Tochter engagierte und den Abend mit ihm verbrachte.

Machten Babysitter heutzutage eigentlich Übernachtungen? Er hätte nichts dagegen, Jennifer volle zwölf Stunden ganz für sich allein zu haben.

Aber in der Zwischenzeit musste er sie sich mit ihrem Kind, einem dreibeinigen Hund und einem diktatorischen Kater teilen. Und mit Putzmitteln.

Beck rollte mit den Augen, während er metaphorisch die Ärmel hochkrempelte und sich wieder den Besen schnappte. Tierhaare. Darauf war sein Tag also reduziert worden. All sein nächtliches Büffeln über die Finanzmärkte, seine zahllosen mathematischen Gleichungen und Algorithmen, die unzähligen Kaltakquisen, um seine erste Million zusammenzukratzen, und jetzt kehrte er die Hinterlassenschaften vierbeiniger Kreaturen zusammen. Oder im Fall der armen Flopsy dreibeiniger.

Er hätte an jenem Abend niemals zum Pokern gehen sollen.

Aber Liam hatte ihn herausgefordert aufzukreuzen und ihn mit einer Nebenwette darüber geködert, wer der Verlierer des Abends sein würde – am Ende hatte er also doppelt verloren.

Ja, Liam wusste genau, wie er ihn kriegte. Er wusste, dass er keiner Herausforderung widerstehen konnte – nun ja, außer der einen, bei der er genau diese Jennifer zum Abschlussball hätte einladen sollen. Liam hatte gedacht, es wäre urkomisch, Beck hatte gedacht, es wäre erbärmlich. Selbst wenn er den Mut aufgebracht hätte, sie zu fragen, hatte sie zu den Elite-Kids gehört. Auf keinen Fall hätte sie sich herabgelassen, mit ihm auszugehen. Und er hätte es ihr nicht einmal verübelt. Als ob er auch nur zwei Groschen zum Zusammenkratzen gehabt hätte, geschweige denn die hundert Dollar, um einen Smoking zu mieten. Was die Karten, das Abendessen, eine Limousine und einen Blumenstrauß anging ... Er hätte ihr genauso gut einen Verlobungsring schenken können, so wenig Geld, wie er besessen hatte.

Aber jetzt ... Jetzt konnte er Jennifer geben, was auch immer ihr Herz begehrte. Jetzt war er jemand, den sie sich ein zweites Mal ansah – und er hatte sie genau dabei erwischt.

Zum ersten Mal seit über fünfzehn Jahren fühlte er sich würdig.

Er schüttelte den Kopf. Er hatte das Gesicht und den Körper, die Gott ihm gegeben hatte, aber es hatte Geld gebraucht, um ihn an den Punkt zu bringen, an dem er sich wohlfühlte mit dem, wer er war und wohin sein Leben führte. Traurig, aber es war, wie es war. Er hatte hart dafür gearbeitet und es sich selbst bewiesen. Er hatte jemandem etwas zu bieten, falls und wenn er sich dazu entscheiden würde.

Und bei Jennifer könnte er sich durchaus dazu entscheiden.

Doch dann folgte ihre Tochter ihr wieder die Treppe hinunter.

Kapitel fünf

Beck beschloss, dass Sami die größte Klette der Welt war. Das Kind ließ seine Mutter keine Sekunde aus den Augen.

»Können wir uns ein Eis holen, Mami?« Sie fuhr mit der Handfläche über die Lehne des Ledersofas, auf dem Jennifer saß.

»Nicht jetzt, Sami.«

»Wie wäre es mit Kino?«

»Der Tag ist viel zu schön, um in einem Kinosaal zu hocken.«

»Die Spielhalle?«

Jennifer atmete aus. Lautstark. »Von dem Laden bekomme ich Kopfschmerzen.«

Sami ließ sich rückwärts über die Rückenlehne des Sofas plumpsen, sodass sie eine Art Kopfstand auf dem Sitzpolster machte. »Dann sollten wir dir Kopfhörer kaufen. Im Elektroladen gibt es ein paar echt gute.«

»Wir gehen nicht auf Gadget-Jagd.«

»Wie wäre es dann mit den Outlets? Da waren wir schon lange nicht mehr.«

»Wir fahren nicht zur Mittagszeit in die Outlets. Da wird es zugehen wie im Zoo.«

»Na gut«, Sami schlug die Beine in einer Rückwärtsrolle über den Kopf und landete auf den Knien vor dem Sofa, »können wir in den Zoo gehen? Vielleicht ist es dort wie in einem Geschäft.«

»Das steht heute nicht auf dem Plan, Sami.« Jennifers Stimme war so ausgeglichen wie bei seiner Ankunft.

Beck schüttelte den Kopf, während er Fingerabdrücke im Siebenjährigen-Format vom Edelstahlkühlschrank wischte. Er wusste nicht, wie sie so ruhig bleiben konnte, denn wenn das Kind Jennifer noch ein einziges Mal fragte, ob sie sie irgendwohin bringen könne, würde Beck seinen Fahrer rufen, damit er sie im Viertel herumkutschierte, nur um etwas Ruhe zu haben. Jetzt reichte es aber auch mal. Das Kind musste begreifen, dass Geld nicht auf Bäumen wuchs.

Er wischte mit dem Lappen über den hochwertigen Herd, der in die Granitarbeitsplatte eingelassen war. Den mit der ebenso hochwertigen Warmhalteschublade darunter.

Andererseits, angesichts der anderen High-End-Geräte und der mehrstufigen Kanten des Granits, ganz zu schweigen von den maßgefertigten Schrank-Upgrades allein in diesem Raum, konnte man dem Kind wohl kaum verübeln, dass es glaubte, das Geld wachse tatsächlich auf Bäumen. Dieses Haus war nicht billig. Getrommelte Kalksteinfliesen in der Küche, breite Dielen aus Altholz im restlichen Haus, extra lange Fenster, gewölbte Decken und eine wunderschöne Kamineinfassung aus Onyx ... Jennifer und ihr Ex hatten es nicht schlecht getroffen. Und wenn sie das Haus alleine hielt, ging es ihr auch nicht gerade schlecht. Das Kind war wahrscheinlich bis ins Mark verwöhnt.

Er beobachtete sie dabei, wie sie versuchte, einen Kopfstand auf dem Boden zu machen, wobei sie den Rücken gegen die Armlehne des Sofas stützte. Eigentlich war sie ein süßes Kind. Sie sah ihrer Mutter zwar ähnlich, aber das lockige schwarze Haar musste von der Seite des Vaters stammen, da ihre Tante Andrea ebenfalls blondes Haar hatte. Samis Augen waren grün, während Jennifers kristallblau strahlten. Darin unterschieden sie und Andrea sich, denn Andreas Augen waren eher dunkelblau gewesen. Wie eine stürmische See. Früher hatte er gedacht, das läge daran, dass sie der wildere Teil der Zwillinge war – was sich in der Nacht bestätigt hatte, in der sie sich in einer Bar getroffen hatten und sie ihn mit nach Hause hatte nehmen lassen.

Die Frau hatte nicht den Funken einer Hemmung besessen, und das hatte ihn fragen lassen, ob Jennifer genauso war.

Ja, er war dieser Typ gewesen. Derjenige, der die Liebe mit der einen

Schwester machte, während er an die andere dachte. Er war nicht stolz darauf, aber außer ihm hatte es niemand gewusst.

Er blickte durch die Durchreiche von der Küche ins Wohnzimmer, wo sie die Kleidung zusammenlegte, die über den Möbeln verteilt gelegen hatte. Der Großteil davon war in Samis Größe, also war entweder der Trockner im Zimmer explodiert und hatte die Kleidung verteilt, oder Sami war es gewesen – und Beck wusste, worauf er wetten würde.

Er zuckte zusammen. Er sollte sich wohl von jeglichen Wetten fernhalten. Das war es ja, was ihn in dieses Schlamassel gebracht hatte.

Dann blickte Jennifer auf und ihre Blicke trafen sich.

Hmm, zu verlieren war gar nicht so schlimm, wie er gedacht hatte.

Sami versuchte sich an einem weiteren Kopfstand, aber ihr Fuß krachte auf den Hocker, der als Couchtisch diente.

»Sami, jetzt reicht's.« Jennifer hechtete zu dem Kleiderstapel, der dort ordentlich aufgetürmt lag, legte das Teil, das sie gerade gefaltet hatte, obenauf und hielt ihn ihr entgegen. »Hier. Du kannst das wegräumen. Dann hast du etwas zu tun, wenn dir anscheinend so langweilig ist.«

»Ugh.« Sami stapfte mit all dem Weltschmerz los, den eine Siebenjährige aufbringen konnte, und riss die Kleider an sich, wobei sie einen Großteil der Arbeit ihrer Mutter wieder zunichtemachte. »Warum kannst du nicht mal cooler sein?«

»Ich bin total cool ... nachdem du deine Aufgaben erledigt hast.«

»Aufgaben machen keinen Spaß.«

»Deshalb heißen sie ja auch Aufgaben.« Jennifer gab ihr einen leichten Klaps auf den Po. »Und jetzt ab mit dir. Je schneller du es machst, desto schneller –«

»– bin ich fertig. Ich weiß.« Sami wirbelte herum und sah ihn.

Ihr mürrisches Gesicht verschwand augenblicklich. »Oh, hi. Ich habe ganz vergessen, dass du noch da bist.«

Schon klar. Er erkannte eine eiskalte Masche, wenn er sie sah. »Jep, ich bin noch da.«

»Kannst du mir helfen, das wegzuräumen?«

Mensch, die Kleine konnte ihren Charme echt spielen lassen. Siebenjährige Jungs sollten sich besser in Acht nehmen, sonst würden sie im Handumdrehen nach ihrer Pfeife tanzen.

»Tut mir leid, Kleine, aber deine Mutter hat dich darum gebeten. Ich habe meinen eigenen Job. Siehst du?« Er hielt den Lappen hoch und schüttelte ihn.

Was dazu führte, dass die Krümel, die er gerade von der Arbeitsplatte aufgesammelt hatte, in einem feinen Regen wieder darauf herabrieselten. Großartig. Noch mehr Arbeit.

Na ja. So würde er noch ein Weilchen länger hierbleiben.

Sami zog eine Schnute. »Och, bitte? Ich sorge auch dafür, dass Nero nicht in mein Zimmer geht, wenn du da bist.«

»Sami!« Jennifer klang empört, aber Beck lachte nur. Man musste der Kleinen Punkte für den Versuch geben.

»Was denn?« Sami sah ihre Mutter an. »Ich komme im Schrank nicht ganz nach oben, um alles wegzuräumen.«

»Dafür hast du doch die Kommode. Die gefaltete Wäsche kommt da rein, weißt du noch?«

»Hab ich vergessen.« Sami sah ihn wieder an – und zwinkerte ihm zu –, bevor sie aus dem Zimmer hüpfte.

»Eine kleine Schauspielerin hast du da.«

»Erzähl mir nichts.« Jennifer stützte die Hände auf die Knie und stand auf, dann strich sie sich ein paar Haarsträhnen aus dem Gesicht. »Mir graut es schon vor ihrer Teenagerzeit.«

»Ich habe gehört, die kann ziemlich hart werden.«

»Wenn sie auch nur annähernd so ist wie meine Schwester, werde ich das vielleicht nicht überleben.«

»Was hat deine Schwester denn angestellt?«

Jennifer machte ein seltsames Gesicht und beschäftigte sich dann damit, die Zeitschriften auf dem Beistelltisch zu ordnen, und Beck bekam den Eindruck, dass sie alles tat, um ihm nicht in die Augen sehen zu müssen. »Ach, du weißt schon. Das Übliche. Hat nicht auf meine Eltern gehört, ist an die falschen Leute geraten ... Sie hat sie ganz schön durch die Mangel gedreht.«

»Und du warst das brave Kind.«

Es war keine Frage gewesen – weil er die Antwort kannte –, aber sie antwortete trotzdem. »Jap.«

Jetzt richtete sie sich auf und presste die Hände in ihr Kreuz, um den Rücken knacken zu lassen – was ihre Vorderseite auf sehr vorteilhafte Weise zur Geltung brachte.

Mist. Er durfte so etwas nicht bemerken, während ihre Tochter im Haus war. Obwohl ihn das nicht von anderen unangebrachten Gedanken abgehalten hatte.

Oder von einem Kuss.

»Kommst du denn mit allem zurecht?«

Er musste ein paar Sekunden nachdenken, um ihre Frage einzuordnen.

Ah. Richtig. Die Putzsachen. »Ja. Sicher. Kein Problem. Hab alles dabei.«

Ernsthaft? So antwortete er ihr? Er war kein verknallter Teenager mehr; er sollte in der Lage sein, einer schönen Frau einen zusammenhängenden, vollständigen Satz zu liefern. Verdammt, er hatte schon mehr Gespräche mit gutaussehenden Frauen geführt, als er zählen konnte. Warum ihm das bei ihr so schwerfiel, wusste er nicht.

»Normalerweise ist es im Haus nicht so chaotisch, aber auf der Arbeit war in letzter Zeit viel los, und Sami morgens aus dem Haus zu kriegen, ist ein Kraftakt. Sie erinnert mich so sehr an meine Schwester, das ist fast unheimlich.«

Er wollte nicht an ihre Schwester denken. Diese eine Nacht, die er mit Andrea verbracht hatte ... Er bereute sie jetzt fast schon, denn wenn er eine Chance bei Jennifer haben wollte, wollte er nicht, dass sie erfuhr, dass er auch mit ihrer Schwester zusammen gewesen war. Das könnte die Dinge ziemlich, tja, kompliziert machen.

»Vielleicht solltest du Sami engagieren, die Bude zu putzen. Kinder können immer eine Lektion in Sachen Verantwortung gebrauchen.« Er wischte die Arbeitsplatte zum zweiten Mal ab. Er würde sie noch ein Dutzend Mal abwischen, wenn es bedeutete, dass er hierbleiben und mir ihr reden konnte.

»Hast du Kinder?«

»Nein.«

»Ah. Klugscheißerei von der Seitenlinie. Theorien sind toll; es ist die verdammte Praxis, die einem die ganzen Theorien über den Haufen wirft.« Sie schnappte sich die Zeitschriften. »Ich schmeiße die einfach weg. Nicht so, als hätte ich Zeit, sie zu lesen.« Sie drückte sie sich gegen die Brust – schade. »So. Es ist jetzt alles aufgeräumt, also sollte es für dich nicht zu schwierig sein zu putzen, während wir weg sind.«

»Ihr geht weg?« Verdammt. Ihre Anwesenheit machte das Ganze erträglich, aber ohne sie ... Wie lange musste er das hier noch machen? »Gibst du dem Druck nach?«

»Kaum. Ich erledige Besorgungen an meinem freien Tag, wenn auch nicht die Art, die Sami gefällt. Und da heute mein freier Tag ist ...«

»Du willst mich ganz allein der nicht gerade zärtlichen Gnade des Kater-Kaisers überlassen?«

»Nero wird dich nicht belästigen. Er macht morgens seine Übung ›Jag den Hund‹ und danach ist er im Erkerfenster in meinem Büro für den Rest des Tages abgemeldet. Du kannst auf dem Polster direkt um ihn herumsaubsaugen, er wird sich nicht rühren.«

»Klingt tatsächlich wie ein römischer Kaiser. Fütterst du ihn auch mit Trauben von Hand?«

Er entlockte ihr das Lächeln, auf das er gehofft hatte.

»Ssscht.« Sie legte den Finger auf die Lippen und lenkte so seine Aufmerksamkeit auf sie.

Wem machte er eigentlich etwas vor? Er brauchte keine Hilfe, um ihre Lippen zu mustern.

»Lass das Nero nicht hören«, sagte sie. »Bisher ist es mir gelungen, ihn nicht auf diese Idee zu bringen.«

»Ach was, gegen ein bisschen Verwöhnprogramm von Zeit zu Zeit ist doch nichts einzuwenden.« Er konnte sich nur zu gut vorstellen, wie er sie ein bisschen verwöhnte.

Unter anderem.

»Ich werde dich daran erinnern, dass du das gesagt hast, wenn Nero will, dass du ihn mit dem Löffel fütterst.«

Das war's dann mit den Fantasien. »Das ist nicht dein Ernst.«

»Doch. Und daran ist allein Sami schuld.«

»Ich kann mich nicht erinnern, dass Katerfüttern Teil meiner Stellenbeschreibung war.«

Sie lachte, und das machte ihr ohnehin schon schönes Gesicht regelrecht umwerfend. Witzig, wie Zwillinge so ähnlich und doch so verschieden sein konnten. Andreas Gesicht hatte nie so gestrahlt wie Jennifers.

»Na gut. Ich schätze, das bleibt wohl weiterhin Samis Revier.« Sie ging in Richtung Treppe. »Ich schau mal nach, wie sie in ihrem Zimmer vorankommt, und dann sind wir dir nicht mehr im Weg.«

Er hätte nichts dagegen, wenn sie ihm im Weg wäre – vorzugsweise, indem sie sich in seinen Haaren festkrallte, während er in sie eindrang –

Gott sei Dank stand er an der Arbeitsplatte, sonst hätte Dr. Jennifer eine Frontalansicht davon bekommen, was das Reden mit ihr genau bei ihm bewirkte. Wobei sie es gespürt haben musste, als er sie geküsst hatte.

Sie musste wissen, dass sie ihn völlig aus dem Konzept brachte.

Beckett Fields berührte sie auf eine Weise, wie es schon lange niemand mehr getan hatte.

Jennifer musste sich mit den Zeitschriften Luft zufächeln, als sie die Treppe zu Samis Zimmer hinaufging. Dieser nächste Monat würde eine echte Herausforderung werden.

»Ich will nicht weggehen.«

Vielleicht sogar eine größere als der Umgang mit Sami in einer ihrer Launen.

»Sami, du weißt, dass wir heute Besorgungen machen.«

»Ich will aber nicht.« Sami ließ ihren Hintern auf die rosa Bettdecke plumpsen, die sie sich ausgesucht hatte, und verschränkte die Arme. »Ich will hierbleiben und mit Nero spielen.«

»Schatz, Nero wird schlafen. Du weißt, dass er den ganzen Nachmittag sein Schläfchen hält. Komm schon, du kannst mit ihm spielen, wenn wir zurück sind.«

»Nein.«

Jennifer hielt ihr Seufzen im Zaum. Die Therapeutin, bei der sie war, um Sami den Übergang in ein sogenanntes »normales« Leben zu erleichtern, hatte gesagt, sie solle versuchen, nicht zu viele Emotionen zu zeigen, besonders keine Wut, wenn Sami auf stur schaltete. Samis Sturheit war ihr Versuch, ihr Universum zu kontrollieren, weil Andreas Taten es aus der Bahn geworfen hatten.

Jennifer versuchte geduldig zu sein, wirklich, aber Sami konnte nicht in allem ihren Willen bekommen. »Willst du mir sagen, warum nicht?«

»Weil ich zu Hause bleiben will.«

»Warum?«

»Weil es mir hier gefällt.«

Okay, das war eine gute Sache. Die Therapeutin meinte, sobald Sami eine

Bindung zu dem Ort aufgebaut hätte, würde sie sich sicher genug fühlen, um das Gefühl zu haben, dazuzugehören. Dass sie endlich einen Ort hätte, der ihr gehörte. Deshalb hatte Jennifer mit ihr diese Einkaufstour gemacht, um das Zimmer so zu dekorieren, wie Sami es wollte. Dass es nun rosafarbener war als eine Zuckerwatte und mit genug Glitzer bedeckt, um den Kronjuwelen Konkurrenz zu machen ... Jennifer war einfach nur froh, dass Sami abends nicht mehr dagegen ankämpfte, ins Bett zu gehen.

»Ich weiß, dass es dir hier gefällt, Liebes, aber wir müssen Lebensmittel einkaufen gehen, sonst können wir Nero und Flopsy nicht füttern.«

»Kannst du nicht alleine gehen?«

»Ich kann dich nicht alleine hierlassen.«

»Bin ich doch gar nicht. Beck ist ja da.«

Beck. Als wären sie beste Freunde – oder als wäre eine waschechte, helden-verehrende erste Schwärmerei wie ein Güterzug über Sami hinweggerollt. Es würde viel Arbeit kosten, sie zurück in den Bahnhof zu lenken.

»Es tut mir leid, Sami, aber Beckett ist hier, um das Haus zu putzen, nicht um Babysitter zu spielen.«

Nicht, dass Jennifer Sami die Schwärmerei vorwerfen konnte. Beckett war verdammt heiß. Und er konnte küssen, tja, wie Jennifer es schon lange nicht mehr erlebt hatte. Es hatte eine Weile gedauert, bis sie überhaupt wieder an Dates gedacht hatte, nachdem sie Trent mit den Fingern in der – sozusagen – medizinischen Keksdose erwischt hatte, und sie hatte erst eine Handvoll hinter sich gebracht, bevor Andrea ihr und Samis Leben auf den Kopf gestellt hatte.

Also ja, sie hatte eine Entschuldigung dafür, dass sie ihn nicht aufgehalten hatte, als er sie geküsst hatte.

Aber was war sein Grund dafür, es überhaupt zu tun?

»Warum nicht, Mami? Ich mag Beck.«

Was sollte sie in dieser Situation nur tun? Gott, man sollte ihr einfach einen Yorkie mit einer komplizierten Gebärmutter-OP vorsetzen, und sie käme bestens klar. Aber ein siebenjähriges Kind mit Identitätsproblemen überforderte Jennifer so sehr, dass sie sich fühlte, als wäre sie selbst noch in der Grundschule. Nein, streich das. In der Grundschule hatte sie nur Einsen gehabt; damals hatte sie gewusst, was sie tat. Da hatte sie sich nur um sich selbst kümmern müssen. Jetzt wurde alles, was sie tat, daran gemessen, was gut für die arme Sami wäre, die schon so viel durchgemacht hatte. Jennifer hatte schreckliche Angst, sie fürs Leben zu zeichnen, obwohl sie es in der Realität kaum schlimmer machen konnte als ihre Schwester. Aber das half in der Situation auch nicht weiter.

Also beschloss sie, sich auf das eigentliche Problem zu konzentrieren. »Weil Beckett nicht hier ist, um auf dich aufzupassen.«

»Aber er muss gar nicht auf mich aufpassen. Ich bin kein Baby mehr. Ich kann ihm sogar helfen.«

Jennifer gelang es, den Schauer zu unterdrücken, der bei diesem Gedanken durch ihren Körper lief. Sami und Reinigungsmittel ... keine sichere Mischung. Das Fiasko mit dem Spülmaschinenreiniger letzte Woche war der beste Beweis. Es hatte bis nach ein Uhr nachts gedauert, bis Jennifer die ganze Seife vom Küchenboden gewischt und den armen Flopsy gebadet hatte, der – Gott hab ihn selig – nicht mehr Verstand als ein Floh besaß und Samis »Seifenzeichnungen« unbedingt hatte untersuchen müssen. Zum Glück hatte Jennifer ihn erwischt, bevor er seine kleinen seifigen Pfotenabdrücke im ganzen restlichen Haus verteilt hatte, aber die Küche war schon Chaos genug gewesen.

»Aber ich brauche dich, damit du mir hilfst. Du musst die Cornflakes aussuchen, die du möchtest, und die Kekse für dein Pausenbrot. Außerdem finden wir ohne dich nie die besten Pfirsiche.« Sie hatte schnell gelernt, dass Lob für Samis Selbstvertrauen Wunder wirkte.

»Ich will Oreos und Apple Jacks wie immer. Das sind meine Lieblingssachen.«

Jennifer kaufte ihr die Nonchalance nicht ab. Das Aussuchen ihres eigenen Essens war das Highlight von Samis Woche, und solange sie es nicht übertrieb, kaufte Jennifer ihr meistens, was sie wollte, da Andreas Fähigkeiten beim Lebensmitteleinkauf umgekehrt proportional zu ihrem Hang zu illegalen Aktivitäten gewesen waren. Das arme Kind hatte länger von diesen billigen Tütensuppen gelebt als jeder Student. Jennifer arbeitete immer noch daran, Sami eine ausgewogene Ernährung beizubringen, daher war diese Weigerung, etwas zu tun, das Sami früher Spaß gemacht hatte ... Becketts Anziehungskraft war einfach zu stark. Etwas, das Jennifer nur zu gut verstand. Was ein Problem werden könnte. Für sie beide. Sie musste das im Keim ersticken.

Nochmals: für sie beide.

Jennifer stand auf. Möge das Ersticken beginnen – ach, verdammt. Das weckte in ihr nur die Vorstellung, wie er an ihrem Hals knabberte.

Jennifer seufzte, griff sich die letzten paar T-Shirts vom Bett und ging zur Kommode. »Komm schon, Sami. Wir müssen los. Ich bin sicher, Beckett ist noch hier, wenn wir zurückkommen.«

Hoffte sie zumindest.

Sie ließ die Kleider in die unterste Schublade fallen. Herrje, was war nur mit ihr los? Sicher, sie hatte schon eine Weile kein Date mehr gehabt – zwei Jahre, um genau zu sein – und sie war noch viel länger nicht mehr geküsst worden ... aber es war ja nicht so, als wäre sie eine sexhungrige, einsame Frau. Sie hatte ein ausgefülltes Leben mit Freunden, ihrer Karriere und jetzt Sami. Sie sollte nicht wegen irgendeines Typen weiche Knie bekommen, selbst wenn sie früher mal in ihn verknallt gewesen war.

Früher mal?

Sie schloss die Schublade. Okay, sie fand ihn also immer noch heiß. Es gab viele heiße Typen da draußen.

Aber haben die dich geküsst?

Gute Frage. Eine bessere Frage war, warum er sie geküsst hatte. Es war nicht gerade professionell von ihm gewesen; eigentlich sollte sie ihn melden.

Klar. Wo sie sich doch so gewehrt hatte ...

»Komm schon, Süße. Wir müssen los.« Jennifer drehte sich um.

Sami war unter die Decke gekrochen. »Nein!«

»Sami, ich mache keine Witze. Außerdem: Je eher wir losfahren, desto eher sind wir wieder zurück.«

»Wird Beck dann noch hier sein?«

»Wenn wir uns beeilen.« Sie tippte Sami durch die Bettdecke an die Zehen. »Komm schon. Es wird lustig.«

»Mit ihm wäre es lustiger.«

Das wäre es wohl. »Aber er arbeitet jetzt.«

»Stimmt gar nicht. Er putzt nur.«

»Das ist für ihn Arbeit. Das ist seine Arbeit. Er wird dafür bezahlt. Wir können ihn nicht stören.«

»Warum nicht? Du wirst bei der Arbeit auch ständig gestört. Da kommen immer Leute in die Zimmer, wenn du gerade beschäftigt bist.«

»Ja, aber das liegt daran, dass das Notsituationen sind, in denen ich Entscheidungen treffen muss.«

»Also trifft Beck auch Entscheidungen?«

Jennifer kniff die Augen zusammen. Andrea war genauso intelligent wie sie, und die Gene waren definitiv an ihre Tochter weitergegeben worden, weshalb Jennifer ein wenig misstrauisch war, worauf das Kind mit dieser Fragerei hinauswollte. »Ja.«

Sami warf die Decke beiseite, sprang mit einem breiten Lächeln aus dem Bett und rannte an Jennifer vorbei. »Dann kann er entscheiden, ob ich bleiben darf.«

»Sami!« Jennifer versuchte sie zu greifen, doch das kleine Mädchen war schneller.

Samis Schritte polterten die Hartholzhalle hinunter. »Beeeeeeeeck!« Ihr Ruf hallte von den Wänden des zweistöckigen Foyers wider.

»Was ist los? Ist alles okay bei dir? Wo ist deine Mum?«

In Becketts Stimme schwang dieselbe Panik mit, die Jennifer im Herzen spürte, wenn auch aus anderen Gründen. Sie wollte absolut nicht, dass Sami das tat, aber es war, als wäre die Zeit stehen geblieben und alles liefe nur noch in Zeitlupe ab. Alles außer Sami.

»Mami will, dass ich mit ihr Lebensmittel einkaufen gehe und so Zeug, aber ich will nicht. Ich will hierbleiben und mit dir abhängen, du hast doch nichts dagegen, oder? Ich kann dir helfen und so, ich kann sogar aufpassen, dass Nero dich nicht stört, damit du keinen Riesendreck wegmachen musst, und ich helfe dir, indem ich dir Sachen bringe und so, damit du nicht so viel arbeiten musst, also sag bitte, dass ich hierbleiben darf, anstatt mit meiner Mami mitzugehen, bitte, bitte, bitte.«

Jennifer kam im Wohnzimmer zum Stehen, genau in dem Moment, als Sami tief Luft holte.

Beckett starrte sie an, als hätte sie in einer fremden Sprache gesprochen.

»Sami.«

Zwei Köpfe drehten sich zu ihr um. Einer voller Erleichterung und der andere … voller Trotz.

Sie kannte diesen Blick. Es war derselbe Blick, den Andrea immer aufgesetzt hatte, wenn ihr jemand sagte, dass sie etwas nicht tun dürfe.

»Komm schon, Schatz. Lassen wir Beckett wieder an die Arbeit gehen.«

»Ich will nicht weg. Ich will hierbleiben und Beck helfen.« Sami stampfte mit dem Fuß auf und verschränkte die Arme.

»Sami, wir haben darüber gesprochen. Beckett arbeitet, und auf dich aufzupassen gehört nicht zu seinem Job.«

»Er muss nicht auf mich aufpassen. Ich passe auf ihn aus. Ich kann ihm

Sachen reichen.« Ihre Stimme klang etwas unsicherer, ihre Augen huschten wachsam zu ihm herüber. Aus irgendeinem Grund hatte Sami sich an ihn gehängt und ließ nicht locker.

Und obwohl Jennifer es völlig nachempfinden konnte, konnte sie Sami nicht einfach Beckett aufs Auge drücken. Der arme Kerl sah aus wie ein Reh im Scheinwerferlicht.

»Sami, komm jetzt. Wir gehen. Wir sind bald wieder da. Du ziehst das jetzt unnötig in die Länge, und Beckett muss wieder an die Arbeit.«

»Nein.« Sami schob die Unterlippe vor. »Bitte, Beck? Sag Mami, dass es okay ist, wenn ich hier bei dir bleibe.«

»Nun, ich –«

»Samantha Renee, hör sofort auf damit. Du bringst Beckett in eine unangenehme Lage. Ich habe Nein gesagt, und ich meine es auch so. Komm jetzt mit.« Jennifer hielt ihr die Hand hin.

Sami rannte zu dem Sessel neben dem Fernseher, warf sich hinein, rutschte hin und her und verschränkte dann erneut die Arme. »Nein.«

»Äh, vielleicht –«

Jennifer hob die Hand. Sie wusste, was er sagen wollte, und das war das Letzte, was Sami jetzt hören durfte. »Sami, ich habe Nein gesagt. Wir gehen jetzt.«

Sami zog die Beine an die Brust und schlang die Arme darum, wobei sie den Kopf schüttelte, bis ihre Locken ihr wirr im Gesicht hingen.

Jennifer kannte diese Pose. Und sie fürchtete sie. Es war so nah an der Embryonalstellung, wie Sami nur kommen konnte, ohne flach auf dem Boden zu liegen. Es war ihre »Kernschutz«-Pose. Instinktiv. Die Pose, von der die Therapeutin gesagt hatte, dass es am meisten Geduld erfordern würde, sie zu überwinden.

Jennifer suchte gerade nach dieser Geduld. Sie fuhr sich mit der Hand durchs Haar und hasste es, dass sich das alles vor Becketts Augen abspielte. Verdammt, dass es sich überhaupt abspielte. Sie hatte gedacht, sie hätten das überwunden oder zumindest, dass Sami nicht so schnell darauf zurückgreifen würde. Jennifer wusste nicht, wie sie sie da herausholen sollte, ohne nachzugeben. Etwas, das sie nicht tun wollte, weil es Sami die implizite Erlaubnis gäbe, dieses Verhalten jedes Mal an den Tag zu legen, wenn sie ihren Willen nicht bekam.

»Ähm, wenn ich darf?« Beckett flüsterte es betont leise und deutete mit dem Kopf in Richtung Küche, aber Sami hörte es.

Sie pustete sich mit einem Atemzug ein paar Haare aus den Augen.

Zumindest diese Bewegung war ein Anfang, und Jennifer war es völlig egal, dass es nur passierte, weil Beckett gesprochen hatte. Die Therapeutin nannte diesen fast katatonischen Zustand Samis Bewältigungsmechanismus – eine Art Dissoziation, um das Gefühl zu haben, dass die Emotionen, die um sie herumwirbelten, sie nicht berühren konnten.

Es war so verdammt traurig. Wenn Andrea nicht schon weggesperrt wäre, würde Jennifer sie eigenhändig anzeigen für das, was sie Sami angetan hatte.

Mit einem letzten Blick auf ihre Nichte nickte sie und folgte Beckett in die Küche.

Er führte sie zu den Fenstertüren, die zur Terrasse führten, so weit weg von Sami, wie es innerhalb des Hauses möglich war. »Hör zu«, flüsterte er. »Wenn es so eine große Sache ist, kann sie bei mir bleiben. Das macht mir nichts aus. Selbst wenn du sie dazu kriegst, mitzugehen, wird der Ausflug nach dem hier kein Erfolg. Und du bist wahrscheinlich schneller fertig, wenn sie bei mir bleibt. Ich kann sie beschäftigen. Verantwortung, weißt du? Sie lernt dabei was, ohne es überhaupt zu merken. Und Mac kann für mich bürgen; ich bin kein unheimlicher Typ, um den du dir Sorgen machen musst.«

Das wusste sie. Mac Manley hätte eine umfassende Hintergrundprüfung durchgeführt, bevor er jemanden in das Haus eines Kunden schickte. »Davon bin ich überzeugt, aber ich kann dich doch nicht bitten –«

»Tust du ja nicht. Sie hat gefragt. Und da ich derjenige bin, der Okay sagt, untergräbt das nicht deine Autorität. Wir stellen es so dar, als bräuchte ich Hilfe, damit sie es nicht so sieht, als hätte sie ihren Kopf durchgesetzt. Was sagst du dazu?«

Sie wollte sagen, dass er ein Märchenprinz war, aber aus der Sache mit den Märchenprinzen hatte sie dank ihres Ex gelernt.

Sie entschied sich für ein einfaches Danke. »Das ist sehr großzügig von dir. Ich weiß nicht, warum sie sich so in den Kopf gesetzt hat, mit dir abzuhängen, aber oben konnte ich sie nicht davon abbringen, und du siehst ja, wie festgefahren die Idee jetzt ist.« Jennifer nickte in Richtung Wohnzimmer. »Ich weiß das wirklich zu schätzen. Und ich werde dich bezahlen.«

»Hast du mein Auto gesehen? Ich brauche das Geld nicht.«

»Warum arbeitest du dann als Reinigungskraft?«

»Lange Geschichte. Die heben wir uns für ein andermal auf. Also, was sagst du? Darf sie bleiben?«

»Wenn du dir sicher bist.«

Beckett nickte und ging zurück zu Sami. »Bin ich.«

War er nicht.

Er war sich überhaupt nicht sicher. Was zum Teufel wusste er schon über siebenjährige Mädchen, die Wutanfälle bekamen?

Verdammt viel weniger, als er über fünfunddreißig – äh, neununddzwanzigjährige sexy Frauen wusste, die angesichts des Starrsinns einer Siebenjährigen völlig am Ende waren. Er wollte Jennifer einfach nur unter die Arme greifen.

Er schritt zurück ins Wohnzimmer. Er musste das richtig formulieren, damit Jennifer ihr Gesicht wahrte und das Kind nicht glaubte, es hätte seinen Willen bekommen, nur weil es danach verlangt hatte.

Aber der Anblick von Sami, wie sie da saß, förmlich zu einem Ball zusammengerollt, erschütterte seinen Entschluss fast wieder. Da war irgendetwas bei ihr im Gange, das er nicht verstand, aber er hatte gesehen, wie Jennifer ihre Reaktionen und Antworten dem Kind gegenüber abgewogen hatte. Klassische Ratschläge einer Therapeutin. Sami hatte also Probleme, an denen sie professionell arbeiteten. Bewundernswert. Er wäre diesen Weg vielleicht auch gegangen, wenn er eine Familie gehabt hätte, die sich genug gekümmert hätte, um ihn dorthin zu bringen; stattdessen hatte er alles alleine gemacht, indem er lernte und sich den Arsch aufriss, bis am Tag keine Zeit mehr für Spaß blieb. Aber das war okay, er war auf sein Ziel fokussiert gewesen und jetzt lebte er seinen Traum.

Nun, in diesem Moment nicht gerade. Im Augenblick war das hier eher ein Albtraum. Oder wäre es zumindest, wenn Jennifer nicht wäre.

Er ging vor Sami in die Hocke und legte seine Hände auf ihre Arme. »Sami? Ich könnte tatsächlich deine Hilfe gebrauchen und ich habe deine Mami gefragt, ob du hierbleiben kannst, um mir zu helfen. Würdest du das gerne machen?«

Hätte sie ihre Reaktion nur vorgetäuscht, um zu bekommen, was sie wollte, wäre sie aus ihrem kleinen Ball herausgesprungen und hätte ihn umarmt oder so, aber das tat sie nicht. Nein, sie blinzelte ihn nur durch ein

Büschel schwarzer Locken an, ihre grünen Augen glänzten von Tränen, die sie sich zu weinen weigerte.

Das Kind hatte Rückgrat. Das gefiel ihm.

Er strich ihr eine Haarsträhne aus dem Gesicht. Ihre Haut war so weiß, dass sie wie Porzellan wirkte. Oder vielleicht lag das an der Angst.

Becks Herz brach ein kleines bisschen. Was zum Teufel hatte ihr Vater ihr angetan, um dieses Verhalten auszulösen?

»Sami?«

Sie snifft, und er war froh über irgendeine Reaktion.

»Möchtest du hierbleiben und mir helfen?«

Sami knabberte einen Moment lang an ihrer Unterlippe und nickte dann. Es war kurz, kaum wahrnehmbar, aber es war ein Nicken.

Beck atmete aus und ließ sich auf die Fersen zurückfallen, ließ aber seine Hände nicht von ihren Armen. »Na gut, dann fangen wir mal an. Wir haben ein gewaltiges Pensum vor uns.«

»Aber ich dachte, du sollst das Innere des Hauses machen.« Ein ganzer Satz und sie löste ihre Arme; ein weiterer Fortschritt. »Für draußen haben wir einen Gärtner.«

Beck ließ seine Hände zu ihren Beinen gleiten und setzte – so unauffällig wie möglich – ihre Füße auf den Boden ab. »Das ist nur eine Redensart. Aber ja, ich meinte das Innere. Das ist ein riesiges Gebäude.«

Sie nickte. »Fast wie ein Schloss.«

»Und was ist besser für eine Prinzessin als ein Schloss?«

»Ein Märchenprinz.« Sami sprang auf und sagte es so sachlich, dass er schon wusste, was kommen würde, bevor sie es aussprach; sie war wieder voll auf der Höhe. »Möchtest du also unser Prinz sein?«

Kapitel sechs

Es dauerte ein paar Sekunden – vielleicht sogar eine Minute –, bis Beck nach dieser kleinen Bombe seinen Atem wiederfand.

Märchenprinz. Er. Es wäre lustig gewesen, wenn es nicht, nun ja, nicht lustig wäre.

Sicher, er mochte das Geld und das Aussehen haben, die zu diesem märchenhaften Beinamen passten, aber damit endeten die Gemeinsamkeiten auch schon. Er war nicht im Begriff, sein Königreich mit irgendwem zu teilen, und auf keinen Fall war er bereit, sich auf die Suche nach einer Prinzessin zu begeben. Dieser Zug war schon lange abgefahren – mit der Frau, die hinter ihm stand, um genau zu sein.

Für eine Sekunde – definitiv kürzer, als er gebraucht hatte, um wieder zu Atem zu kommen – überlegte er, wie das Leben verlaufen wäre, wenn er sie tatsächlich zum Abschlussball eingeladen hätte. Wenn er genug Mut und Geld hätte zusammenkratzen können, um es wirklich zu tun.

Sie hätte ihn nicht besonders charmant gefunden. Er war damals ziemlich verbittert gewesen, und manche behaupteten, das wäre er heute noch. Zumindest hatte er jetzt die Mittel, damit umzugehen. Damals war er einfach nur ein wütender Brocken voller Groll gewesen.

»He, Beck? Würdest du?« Sami tippte ihm auf die Schulter und holte ihn aus seinem kleinen Ausflug ins Nimmer-Nimmer-Niemals-Land zurück.

»Wie wäre es, wenn wir mit dem heutigen Tag anfangen und schauen, wohin er uns führt?« Er stand auf und strich ihr die weichen Locken aus dem Gesicht. »Also. Du sagtest, du willst mir helfen?«

Sie nickte, woraufhin die Locken sofort wieder nach vorne fielen.

»Na gut.« Er sah zu Jennifer, die mit einem so besorgten Gesichtsausdruck dastand, dass sie eigentlich nicht hübscher hätte wirken dürfen, es aber doch tat. »Verabschiede dich von deiner Mama.«

»Tschüss, Mami.« Sami machte einen Schritt auf ihn zu und winkte so heftig, dass er spürte, wie sie gegen sein Bein schwankte. »Beck und ich machen das Haus ganz hübsch für dich.«

Jennifer blinzelte ein paar Mal und zwang sich dann zu einem Lächeln. »In Ordnung, Schatz. Wir sehen uns, wenn ich zurückkomme.«

Sie sah ihn an, und er war froh, dass die Frage zwar in ihren Augen stand, aber nicht ausgesprochen wurde. Je mehr Aufhebens sie darum machte, desto größer würde es in Samis Kopf werden, und fürs Erste mussten sie es einfach gut sein lassen. Was auch immer Samis Probleme waren, im Moment war sie glücklich und in Sicherheit, und das war es, was zählte.

Er hingegen war alles andere als in Sicherheit.

Zwanzig Minuten nachdem Jennifer gegangen war, fragte sich Beck, was er da bloß getan hatte. Das Kind hatte es irgendwie geschafft, unter seine harte Schale zu schlüpfen und sich in sein Herz zu bohren. Zwanzig Minuten! Er kannte Leute seit zwanzig Jahren, die nicht einmal an der Oberfläche gekratzt hatten, aber Sami … sie hatte einen Weg hinein gefunden, von dem er nicht einmal gewusst hatte, dass er existierte.

Sie kehrte den Schmutzhaufen, auf dessen Beseitigung sie bestanden hatte, auf das Kehrblech, das er für sie hielt. »Und dann wollte Flopsy einen Hundekuchen, aber als er versuchte, an den Schrank zu kommen, ist er umgefallen. Das war so traurig. Ich frage mich, ob er weiß, dass er nur drei Beine hat. Ich meine, ich schätze, er weiß es, aber weiß er auch, dass er eigentlich vier haben sollte? Ich frage mich, wie das ist, wenn man nur drei hat? Natürlich habe ich nur zwei, aber so viele soll ich ja auch haben. Was glaubst du, Beck? Ist Flopsy traurig, weil er nicht so viele Beine hat wie andere Hunde? So wie ich. Ich habe keinen Papa, so wie andere Leute. Hast du einen? Einen Papa, meine ich?«

Sie hatte achtzehn der letzten zwanzig Minuten ohne Pause geplappert, und ausgerechnet dafür hielt sie inne und wartete auf eine Antwort? Gott stehe ihm bei.

»Jeder hat einen Vater, Sami. Ob er ein Teil von ihrem Leben ist, steht auf einem anderen Blatt.«

»Nö. Ich habe keinen Papa.«

Er wollte gerade sagen, dass sie natürlich einen habe, als er sich daran erinnerte, dass der Kerl dem Kind wohl etwas Schreckliches angetan haben musste. Vielleicht blendete Sami ihn und alles andere mit ihrer Einigel-Taktik aus, und er würde ganz sicher nicht derjenige sein, der sie daran erinnerte. Wer wusste schon, was für ein Trauma das auslösen würde?

Verdammt, er war so gar nicht zum Elternteil geeignet.

Er packte den Besenstiel unten und schob den restlichen Haufen zusammen, während sie ihn oben festhielt. »Tja, weißt du was? Ich habe auch keinen.« Das entsprach zumindest der Wahrheit. Er hatte nie einen Vater gehabt; nur irgendeinen Kerl, der das genetische Material geliefert hatte, damit seine Mutter ihn zur Welt bringen konnte.

Um ihn dann dort zurückzulassen.

Beck schluckte die Bitterkeit hinunter. Er hatte nicht nur überlebt, sondern war erfolgreich geworden. Das Auto draußen war der Beweis dafür. Ebenso wie die Immobilien, die er besaß, und das Unternehmen, das seinen Namen trug.

»Du auch nicht? Siehst du? Ich wusste, dass wir allerbeste Freunde sein können.« Sie tätschelte ihm den Kopf, als wäre er ihr kleiner Hund.

»Ich dachte, Nero wäre dein bester Freund? Es könnte schwierig werden, beste Freunde zu sein, die sich gegenseitig nicht mögen.«

»Aber du hast gesagt, Nero mag dich nicht, nicht, dass du Nero nicht magst. Man kann allerbeste Freunde sein, wenn einer den anderen mag, weil man dann einfach nur nett zu ihm sein muss und er irgendwann einsieht, dass man lieb ist. Genau so war es bei mir und Cassie Mumford.«

»Du mochtest Cassie nicht?«

»Nein, du Dussel. Sie mochte mich nicht. Aber Mami hat gesagt, ich soll nett zu ihr sein, weil es schwer ist, auf jemanden böse zu sein, der nicht zurück böse ist. Das war schwer, aber ich hab's geschafft, und jetzt sind Cassie und ich Freundinnen. Sie hat auch keinen Papa. Warum glaubst du, haben wir keine Papas, Beck?«

Weil Rabenväter Versager waren?

Er sollte seine eigenen Probleme wohl lieber nicht auf das Kind projizieren. Sie würde die Wahrheit noch früh genug erfahren. »Ich bin mir nicht sicher, aber worüber ich mir ganz sicher bin, ist, dass da irgendein Kerl verdammt viel verpasst, weil du ein echt tolles Kind bist.«

Der Blick, den sie ihm zuwarf, bestätigte nur, dass sie immer noch auf ihrem Märchenprinzen-Trip war. »Glaubst du wirklich?«

»Ich weiß es.« Mann, dieses Bedürfnis nach Bestätigung. Er konnte förmlich spüren, wie es in Wellen von ihr ausging. Und er verstand es nicht. Jennifer liebte das kleine Mädchen offensichtlich abgöttisch. Was war passiert, dass Sami sich ihres eigenen Wertes so unsicher war? Oder war es nur ihr Wert in den Augen eines Mannes?

Er kannte ihren Vater nicht einmal, aber abgesehen davon, dass der Kerl die Sache mit Jennifer vermasselt und sie verlassen hatte, wollte Beck ihn am liebsten noch mehr dafür bestrafen, was er seiner eigenen Tochter angetan hatte. Kein Kind sollte ohne Vater durchs Leben gehen müssen. Ob die Eltern nun verheiratet blieben oder nicht, ein Kind hatte das Recht auf beide Elternteile. Das war vermutlich das Thema, bei dem er am empfindlichsten reagierte, und da er selbst von beiden Elternteilen im Stich gelassen worden war, hatte er allen Grund dazu. Die Tatsache, dass es ihm im Leben gut ging, war kein Allheilmittel gegen das Gefühl, verlassen worden zu sein.

»Das hast du gut gemacht, Sami.« Er stand auf und hielt ihr das Kehrblech hin, damit sie sehen konnte, was sie zusammengekehrt hatte. »Schau mal, wie viel du sauber gemacht hast.«

»Mami wird sich freuen. Sie sagt immer, hier sieht es aus, als hätte ein Klon eingeschlagen.«

»Ich glaube, du meinst Zyklon.«

»Ja. Genau das.« Sie legte den Kopf schief und biss sich ein wenig auf die Unterlippe. »Beck?«

»Ja?«

»Was ist ein Zyklon?«

Und einfach so erinnerte sie ihn daran, dass sie immer noch ein kleines Kind war, dessen Schmerz und Emotionen viel größer waren als sie selbst.

Sein Herz wurde noch ein kleines Stück weicher. »Hast du den Film Der Zauberer von Oz gesehen?«

»Aha.«

»Weißt du noch, wie Dorothy nach Oz gelangt ist?«

»Durch den Tornado.«

»Den nennt man auch Zyklon.«

»Du meinst, ein Tornado ist durch unser Haus gefegt?«

Diesmal wuschelte er ihr durchs Haar. »Ja. Tornado Sami. Sie hat überall Klamotten hingeworfen.«

Sie kicherte. »Du bist albern. Das hab ich gar nicht.«

»Sah für mich aber so aus. Oder hat deine Mutter beschlossen, deine Kleider als Deko zu benutzen?«

Sami kicherte noch mehr. »Du bist lustig.«

»Ja, lustig anzusehen.« Er spitzte die Lippen und schnitt eine Grimasse.

Sami legte den Kopf schief und sah ihn an, das Lachen in ihren Augen wich einem nachdenklichen Ausdruck, und plötzlich wirkte sie viel älter als ihre sieben Jahre.

Am liebsten hätte er den Bastard verprügelt, der ihr das angetan hatte.

»Du siehst nicht lustig aus. Ich finde, du siehst nett aus. Gut aussehend.«

Er brauchte nicht auch noch eine Schwärmerei in ihrem Märchenprinzen-Repertoire. »Gut aussehend, was? Wo hast du denn das Wort gelernt? Gibt es irgendwelche Jungs in deiner Klasse, die gut aussehen?«

Sie tippte sich an die Lippe, was sie nur noch reifer wirken ließ.

»Nein. Nicht wirklich. Tommy Keswick ist süß, aber er sieht nicht gut aus. Obwohl ich gehört habe, wie ein paar Mamis gesagt haben, dass mein Lehrer, Mr. Hampton, gut aussieht.«

»Hat deine Mutter das auch gesagt?« Verdammt. Er hätte sich für diese Frage am liebsten selbst getreten. Er sollte sie nicht in seine höchst erwachsene Schwärmerei hineinziehen.

»Nein. Mami findet keine Jungs gut aussehend. Ich glaube, sie mag Jungs nicht besonders.«

Was sowohl verdammt schade als auch eine gute Nachricht für ihn war.

Nun ja, es wäre eine gute Nachricht, wenn er vorhätte, etwas dagegen zu unternehmen. Aber nach der Einigel-Szene, die er gerade miterlebt hatte, würde er das nicht tun. Dieser Kuss mit Jennifer war eine einmalige Sache gewesen. Sami brauchte niemanden in ihrem Leben, der nicht dauerhaft bleiben würde, und so sehr er Jennifer auch begehrte, war er sich Samis Bedürfnissen doch sehr bewusst. Er konnte seine eigenen Wünsche nicht über ihre stellen.

Er klopfte sich die Hände ab und sah sich nach dem Karton mit den Putzsachen um. Er schätzte, dass der grüne Werkzeugkoffer, den Mac ihm gegeben hatte, effizient war, um alle Utensilien griffbereit zu haben, und zudem ein gutes Werbemittel für ihre Firma darstellte, aber es war ein solcher Gegensatz zu seiner Rolle als Reinigungskraft, dass es ihn zum Schmunzeln gebracht hätte, wenn er nicht selbst die Reinigungskraft wäre.

»Aber ich wette, sie findet, dass du gut aussiehst. Findest du sie hübsch?«

Gott bewahre ihn vor bedürftigen, verkupplungswilligen Grundschülerinnen. »Ich bin mir sicher, dass viele Leute deine Mutter hübsch finden.«

»Ja, aber findest du das auch?«

Es sah nicht so aus, als wäre göttliche Intervention in Sicht. »Natürlich. Sie sieht aus wie du.«

»Nein, tut sie nicht. Sie hat blonde Haare und ich schwarze.« Sie zupfte an ihren Locken. »Ich wünschte, ich hätte blonde Haare. Schwarze Haare sind hässlich.«

»He, ich habe auch schwarze und ich finde sie völlig okay.«

»Für Jungs vielleicht.« Sami schmollte. »Einige Mädchen nennen mich Schatten. Sie sagen, ich verschmelze mit den Schatten.«

Genau das, was ein verunsichertes Kind nicht hören musste.

»Die sind nur neidisch, weil du so hübsche Locken hast, die weich und seidig sind. Frauen bezahlen Stylisten viel Geld, damit ihre Haare so aussehen wie deine. Du hast großes Glück.«

Sie legte wieder den Kopf schief. »Das sagst du nur, weil deine Haare auch schwarz sind. Und hey.« Sie trat einen Schritt näher und ein breites Lächeln erschien auf ihrem Gesicht. »Deine Augen sind grün wie meine.«

»Das sind sie.« Er wuschelte ihr erneut durchs Haar. Dieses Märchenprinzen-Ding war gar nicht so übel, wenn er dafür sorgen konnte, dass sie sich allein durch die gleiche Haar- und Augenfarbe gut fühlte, und sie sah ihn definitiv an, als wäre er ihr persönlicher Held.

Oh. Vielleicht war das doch keine so gute Sache. Er wollte dem Kind nicht das Herz brechen.

»Okay, Kleines. Wir müssen weitermachen, statt zu quatschen, sonst kommt deine Ma nach Hause und das Haus ist immer noch unordentlich.«

»Das ist es sowieso immer; das macht nichts.«

»Doch, das macht es, denn sie bezahlt mich dafür, es ordentlich zu machen. Ich finde, wir sollten im Wohnzimmer fertig werden, und dann kannst du mir helfen, die Speisekammer zu organisieren.« Das waren Worte,

.en er im Traum nicht gedacht hätte, dass er sie jemals aussprechen
– und schon gar nicht gegenüber einer Siebenjährigen.

»Dürfen wir die Snacks essen, die auf den Boden fallen?«

»Dafür ist der Hund da.«

»Dann sollte ich ihn lieber holen.« Und damit flitzte sie in Richtung ihres Zimmers davon.

Beck sah ihr nach. All diese Energie ... Er war auch so gewesen. Wahrscheinlich hatte er ADHS gehabt, aber es hatte niemanden gegeben, der interessiert genug gewesen wäre, um die Diagnose zu stellen. Er hatte ein paar gute Pflegefamilien gehabt, aber das System hatte ihn immer wieder weitergereicht, selbst wenn er hätte bleiben wollen. Er hatte diese Logik nie verstanden; warum durfte ein Kind nicht bleiben, wenn es die Familie mochte und gewollt war? Die Antwort war gewesen, dass man nicht wollte, dass er eine zu starke Bindung aufbaute. Auch das ergab keinen Sinn. War der Zweck einer Vermittlung in eine Familie nicht eigentlich, ihn aus dem System herauszubekommen? Der beste Weg dafür wäre doch gewesen, eine Bindung zu einer Familie aufzubauen, die ihn wollte.

Er hatte es damals nicht verstanden und als Erwachsener verstand er es immer noch nicht. Erst recht nicht, als er mit achtzehn Jahren aus dem System geworfen worden war und keinen Ort hatte, an den er gehen konnte. Wenn er Teil einer Familie gewesen wäre, wäre er nicht in Obdachlosenheimen gelandet. Doch nachdem er zum dritten Mal »umgesiedelt« worden war, hatte er es aufgegeben, eine Bindung zu einer Familie aufbauen zu wollen. Es tat am Ende nur noch mehr weh, sie wieder zu verlieren.

Deshalb spendete er heute Tausende von Dollar an Obdachlosenheime und organisierte Benefizveranstaltungen, um Gebäude zu kaufen, Mieten zu zahlen und Möbel sowie Lebensberatung für Menschen bereitzustellen, die im selben Boot saßen wie er früher.

Und er tat es im Stillen. Er wollte nicht, dass Beckett Fields in irgendeiner Weise mit John Becker in Verbindung gebracht wurde. Seine Pflegeunterlagen waren zwar unter Verschluss, aber er wollte nie, dass dieser Teil seines Lebens bekannt wurde. Wenn er ihn auslöschen könnte, würde er es tun. Die Namensänderung war das Einzige, was dem nahekam.

Gott sei Dank hatte er es getan. Zumindest konnte Jennifer ihn jetzt ansehen und nicht das Kind sehen, das er einmal gewesen war. Sie hätte ihn niemals geküsst, wenn sie gewusst hätte, wer er wirklich war.

<h1 style="text-align:center">Kapitel sieben</h1>

Sie hatte John Becker geküsst.

Jennifer bekam diesen Kuss einfach nicht aus dem Kopf.

Warum hatte er es getan?

Wenn er wüsste, wer sie war, hätte er es niemals getan. Nicht nach dieser peinlichen Abfuhr in der Highschool. Eigentlich sollte sie es ihm nur so zum Spaß erzählen, bloß um seine Reaktion zu sehen.

Wahrscheinlich wäre es pures Entsetzen, was ihr den Spaß sofort verderben würde.

Sie seufzte und griff nach einer weiteren Flasche Waschmittel. Wie traurig war es bitteschön, dass sie einem Typen nachhing, der sich nicht einmal an sie erinnerte, während sie im Gang für Reinigungsmittel im örtlichen Supermarkt herumlungerte?

»Hey, Doc!« Kelsey Owens, die Besitzerin eines wunderschönen Rottweiler-Pittbull-Mischlings, winkte ihr vom anderen Ende des Ganges zu.

»Hallo, Kelsey. Wie geht's Magic Mike?« Jennifer mochte es eigentlich nicht besonders, wenn Leute ihren Hunden leichtfertige Namen gaben – Namen definierten schließlich sowohl Menschen als auch Tiere –, aber in Magic Mikes Fall war der Name perfekt. Es gab kein Gramm Fett zu viel an seinem Körper, und es war ein Vergnügen, ihn in Bewegung zu sehen, voller

Geschmeidigkeit und Anmut. Kelsey sorgte für die richtige Ernährung, Bewegung und Erziehung, was Jennifer an ihr als Tierhalterin sehr bewunderte.

»Bestens, jetzt, wo der Gips ab ist. Vielen Dank, dass Sie sich so um ihn gekümmert haben.«

»Das Kompliment gebe ich gern zurück. Ich weiß nicht, ob viele Leute es so geduldig hingenommen hätten, ihren Hund in eine Schlinge zu legen und ihn so ruhigzuhalten wie du.«

Das Vorderbein von Magic Mike war so zertrümmert gewesen, als er in ein Murmeltierbau-Loch gerannt war, dass man über eine Amputation nachgedacht hatte. Aber da Jennifer wusste, wie sehr Kelsey das Tier liebte, und nachdem sie die extremen Maßnahmen besprochen hatten, die nötig sein würden, um zu verhindern, dass er das Bein belastet, bis es stark genug für sein Gewicht war, hatte sie zugestimmt, die Rettung zu versuchen. Glück und Kelseys Hingabe hatten zu einem guten Ergebnis geführt.

»Nun, Sami hat auch viel geholfen.«

»Danke, dass du sie dableiben hast lassen.« Jennifer konnte sich ein Lächeln nicht verkneifen. Sami war bei einem Hausbesuch dabei gewesen, und Jennifer hätte sie am liebsten mit der Brechstange von Magic Mikes Seite wegholen müssen, als es Zeit zum Aufbruch war. Sami hatte gebettelt, ihn dort besuchen zu dürfen, und Kelsey hatte angeboten, Sami vom Camp abzuholen und sie bei sich zu behalten, wenn Jennifer lange arbeiten musste. Davon hatten alle profitiert. Es sah ganz so aus, als hätte Sami Jennifers Liebe und Mitgefühl für Tiere geerbt, und es machte sie glücklich zu wissen, dass ein Teil von ihr in ihrer Nichte steckte.

»Ich überlege, einen Gefährten für ihn zu holen. Er war so einsam in seiner Schlinge, aber ich wollte erst mit Ihnen Rücksprache halten, ob er schon bereit ist, mit einem Welpen zu spielen. Ich möchte keinen Rückschlag riskieren.«

Jennifer konzentrierte sich auf Kelsey, mit dem Kopf wieder voll im Job. »Komm doch mit ihm in der Praxis vorbei, dann machen wir noch ein Röntgenbild und eine körperliche Untersuchung. Ich möchte alle Fakten haben, bevor wir diese Entscheidung treffen.«

»Okay, ich rufe sofort in der Praxis an.«

»Super. Dann bis dann.«

»Tschüss, Doc. Und sagen Sie Sami bitte liebe Grüße von Magic Mike.«

»Mache ich.«

Kelsey holte ihr Handy heraus, während sie ihren Wagen den Gang entlangschob.

Jennifer sah ihr nach und registrierte wehmütig den Unterschied zwischen Kelsey und ihrer eigenen Schwester, der ihr eigenes Kind völlig egal war. Kelsey hatte Tausende von Stunden und Dollar in die Pflege ihres Hundes investiert und würde es weiter tun, aber Andrea hatte nicht einmal versucht, von ihrer Kokainsucht loszukommen, um ihre eigene Tochter großzuziehen. Die Dinge, die Sami mitansehen musste ...

Sie sprachen nie darüber. Sami sprach auch mit der Therapeutin nicht darüber. Es war in ihr angestaut und eines Tages würde es aus ihr herausbrechen. Jennifer wusste das so sicher, wie sie hier stand, aber sie war machtlos, es zu ändern. Natürlich ging sie mit Sami zur Therapie, sie machten die Übungen, die die Therapeutin vorschlug, und sie versuchte, ihre ganze Aufmerksamkeit auf Sami zu richten, wenn sie zusammen waren, aber es hatte die Tür zu Samis Schmerz noch immer nicht geöffnet.

Geduld war eine Eigenschaft, die Jennifer im Umgang mit Andrea hatte kultivieren müssen, und bei Sami setzte sie sie nun sinnvoll ein. Aber es hatte wehgetan, dass Sami heute nicht mit ihr mitkommen wollte. Ein völlig Fremder war reizvoller als sie selbst. Nach all den Nächten, in denen sie sie gehalten hatte, wenn Sami schreiend aufgewacht war. Nach all den Camping-ausflügen, Freizeitparks, Filmen und Shoppingtouren, die sie in ihren Zeitplan gequetscht hatte ... Die Kompromisse, die sie bei der Arbeit eingegangen war, um für Sami da zu sein ... Von all dem wusste das Kind nichts. Sollte sie auch nicht. Kinder sollten solche Dinge als selbstverständlich ansehen; es sollte ein nahtloser Teil des Aufwachsens sein. Aber Jennifer musste besonders hart arbeiten, um Sami so etwas wie Normalität zu geben, weil das arme Kind aus so einer zerrütteten Situation kam. Wenn sie also den Vormittag mit Beck verbringen wollte, musste Jennifer sie lassen – solange er bereit dazu war.

Wahrscheinlich starrte er inzwischen schon auf die Uhr. Sami konnte sehr neugierig sein. Es war, als würde sie die Warum-Phase der Dreijährigen jetzt erst durchmachen. Wahrscheinlich war es auch so, denn Andrea wäre zu weggetreten gewesen, um ihr zu antworten, als Sami drei war. Der arme Beck bereute wahrscheinlich schon, das Angebot überhaupt gemacht zu haben.

Sie schnappte sich eine Packung Trocknertücher, warf sie in den Wagen und steuerte auf die Kasse zu. Er war so nett gewesen, ihr die Gelegenheit und Freiheit zu geben, ihre Erledigungen in der Hälfte der Zeit zu machen, die sie normalerweise mit Sami im Schlepptau bräuchte, also sollte sie besser zurück-kehren und ihm denselben Gefallen tun. Sie war sich sicher, dass er nicht den ganzen Tag in ihrem Haus verbringen wollte.

Beck amüsierte sich prächtig – Worte, von denen er nie gedacht hätte, dass er sie im Zusammenhang mit dem Putzen eines Hauses jemals sagen würde. Aber Sami war ein Unikat, und wie sich herausstellte, hatten sie denselben Sinn für Humor. Als sie Flopsys Ball unter das Sofa gerollt hatte und er stecken geblieben war, hatte er über ihren Einfallsreichtum gelacht, mit dem sie versuchte, ihn wieder herauszubekommen. Das Kind gab nicht so schnell auf – eine Eigenschaft, die er bewunderte und sehr schätzte. Sie hatte alles benutzt, was ihr einfiel, um den Ball dort rauszuholen, aber leider waren ihre Arme zu kurz und sie konnte nicht sehen, was ihre Füße da trieben, so dass sie nun jedes verfügbare Kissen unter das Sofa gestopft hatte, in dem Bemühen, ihn herauszuschieben. Er dachte gar nicht daran, vorzuschlagen, das Sofa anzuheben, da sie entschlossen war, es auf ihre Weise zu schaffen, und wer war er schon, den Fortschritt einer angehenden Bauingenieurin aufzuhalten?

»Ich muss nach draußen gehen.« Sie klopfte sich die Hände ab, als sie aufstand, und stemmte sie dann in die Hüften.

»Nach draußen? Aber der Ball ist doch hier drin.«

»Das weiß ich doch, du Dussel, aber ich brauche einen großen Stock. Ich gucke mal bei dem Baum im Hinterhof nach einem.«

»Es gibt hier im Haus bestimmt Dinge, die besser geeignet sind. Und die bringen keine Käfer und Rinde mit rein. Du weißt schon, weil wir gerade erst geputzt haben.«

»Oh.« Sie sah sich im großen Wohnzimmer um. »Wir haben wirklich geputzt!«

»Natürlich haben wir das. Das war doch unser Ziel, oder?« Er hatte ein Spiel daraus gemacht – er hatte ihr erzählt, sie würden Hinweise für ihre Mami verstecken, die sie finden sollte, wenn sie nach Hause kam. Hinweise, die an bestimmte Orte mussten, wie die Zeitschriften in den Altpapierbehäl-ter, die Bücher ins Regal, die Fernbedienung in den Korb auf dem Hocker. Und die herumliegenden T-Shirts und Shorts, die Jennifer übersehen hatte, als sie versucht hatte, hastig aufzuräumen, bevor er gekommen war, lagen nun ordentlich gefaltet auf den Stufen zur Treppe.

Er war Inspektor Clouseau gewesen und sie Inspektor Gadget, und sie hatten nach »Fingerabdrücken« gesucht. Zum Glück war sie mit dem Fachbegriff vertraut, aber nicht mit der Methodik, denn alle Fingerabdrücke, die auf den Möbeln gewesen waren, waren zusammen mit dem Staub verschwunden.

»Stimmt.« Sie gab ihm ein High-five. »Mami wird uns lieben.«

Er hätte fast laut gelacht. Jennifer? Ihn lieben? Kaum. Nun, sie würde John Becker nicht lieben, aber könnte sie etwas für Beckett Fields empfinden?

Beck ließ das Staubtuch in einer Staubwolke sinken. Jennifer sollte etwas für ihn empfinden? War er jetzt völlig übergeschnappt? Er musste wohl zu viel Reinigungsmittel eingeatmet haben – ach, verdammt. Hatte Sami das auch? Daran hatte er nicht gedacht. Er hätte ihr wahrscheinlich eine Maske aufsetzen oder sie erst gar nicht in die Nähe der Chemikalien lassen sollen. Großartig. Was für ein verantwortungsbewusster Erwachsener er doch war – genau deshalb gehörten Kinder nicht zu seiner Zukunftsplanung.

Wenn sie allerdings alle wie Sami wären –

»Denkst du das auch, Beck?«

Gott sei Dank unterbrach sie diesen Niemals-im-Leben-Gedanken. Er hatte eindeutig zu viel Chemie geschnuppert. »Was denke ich denn, Sami?«

»Mami. Denkst du, sie wird uns dafür lieben?«

Ihre kleinen Augenbrauen zogen sich zusammen und legten ihre Stirn in Falten, wie es ihre gebotoxten Älteren nie mehr erleben würden.

»Ich glaube, deine Mami wird dich immer lieben, ganz egal, was passiert.«

Nun verzog Sami die Lippen zur Seite und tippte sich auf die Unterlippe. »Da bin ich mir nicht so sicher.«

»Was? Aber natürlich wird sie das. Deine Mami hat dich sehr lieb.«

»Ja, ich schätze, Jennifer hat mich lieb.« Sami bückte sich nach dieser seltsam beiläufigen Bemerkung wieder und steckte ihren Kopf unter das Sofa. »Ich glaube, du musst jetzt Hercules rufen.«

»Wer ist denn das? Noch ein Haustier?« In Anbetracht der Namen der zwei, die er bereits kennengelernt hatte, war er etwas zögerlich, einem namens Hercules zu begegnen.

Sami drehte ihr Gesicht in seine Richtung und pustete sich schwarze Locken aus den Augen. »Na, du weißt schon ... Hercules. Wie im Film. Er ist Gottes Sohn. Er ist stark genug, um das Sofa anzuheben.«

Okay, sie hatte Disney ein wenig mit der griechischen Mythologie vermischt, aber er wusste endlich, wovon sie sprach.

»Nun, ich bin mir nicht ganz sicher, wie ich Hercules erreichen kann, da der Olymp ziemlich weit weg ist. Wie wäre es, wenn ich das Sofa anhebe und du dir den Ball schnappst?«

»Echt? Bist du so stark? Lässt du es mir nicht auf den Kopf fallen?«

»Natürlich werde ich dir kein Sofa auf den Kopf fallen lassen. Ich bin mindestens so stark wie Hercules.«

»Bist du das wirklich?«

Klasse. Da war sie wieder, die Heldenverehrung. Er hätte einfach jemanden in irgendetwas besser sein lassen sollen als sich selbst.

Es war diese verdammte Wettbewerbsnatur von ihm. Die, die ihn überhaupt erst in diesen Schlamassel gebracht hatte.

»Ja. Das bin ich.« Er ging zum Ende des Sofas. »Soll ich es beweisen?«

Sami verschränkte die Arme und tippte sich wieder auf die Unterlippe, was ihn misstrauisch machte, was sie wohl im Schilde führte. »Ja. Bitte.«

Er ging in die Hocke und hievte das Sofa von unten hoch. Es war ein Schlafsofa, daher war es kein Wunder, dass der Ball stecken geblieben war, so tief wie es am Boden stand. Und die Kissen glichen jetzt einem Schutzwall darum herum.

Sami kletterte über die Kissen und kicherte, als ihr Fuß abrutschte und sie auf Händen und Knien direkt vor dem Ball landete.

»Genau wie Harry PotterQuidditch-Spiel!«

Er wusste vage, wer Harry war, hatte keine Ahnung, was Quidditch war, und erst recht keine Idee, wie das mit einem Ball vor ihrem Gesicht zusammenhing, aber wenn es sie zum Lächeln brachte, war er voll dabei.

Sie sprang auf die Füße und hüpfte mit erhobenen Händen im Zimmer herum. »Zehn Punkte für Gryffindor!«

Eltern verstanden ihre Anspielungen wahrscheinlich, aber er hatte keine blasse Ahnung. Trotzdem: Ein Grund zum Feiern war ein Grund zum Feiern.

»Zehn Punkte!« Er setzte das Sofa ab und schloss sich ihr bei der Hüpferei an, dankbar, dass Jennifer nicht in der Nähe war. Nichts zerstörte Männlichkeit so sehr wie das Herumhüpfen wie ein Känguru in lindgrünen Hosen.

• • •

Der Kerl hatte noch nie heißer ausgesehen als in diesem Moment.

Jennifer blickte durch das Seitenfenster neben der Haustür auf ihre Nichte und Beckett, die im Wohnzimmer herumtanzten. Wer hätte gedacht, dass John Becker – Beck – Beckett, wie auch immer er genannt werden wollte – so etwas Albernes mit einem kleinen Mädchen machen würde?

Sie war so was von nicht über ihre Schwärmerei hinweg. Der Kuss hatte nicht gerade geholfen, und das hier ... Sie könnte sich sehr leicht in Beckett verlieben.

Was nicht passieren durfte. Jennifer hatte nicht vor, Männer in Samis Leben ein- und ausgehen zu lassen. Der Mann, den sie irgendwann mit nach Hause bringen würde, um ihn Sami vorzustellen, würde der Eine sein. Sie würden eine Weile daten, sich kennenlernen, sehen, ob die Beziehung eine Zukunft hätte, und erst dann würde Sami überhaupt von seiner Existenz erfahren, bevor sie ihn kennenlernte.

Nach dem Gesichtsausdruck zu urteilen, den Sami da drinnen machte, genoss sie es in vollen Zügen, Beckett kennenzulernen.

Genau wie du es würdest.

Jennifer brachte diese Stimme in ihrem Kopf zum Schweigen. Es war ein Leichtes, sich vorzustellen, dass sie es genießen würde, ihn kennenzulernen – das war schließlich der Raison d'Être charmanter Bad Boys; ihr Lebensmotto war es, Frauen dazu zu bringen, sich in sie zu verlieben. Aber es war auch eine Sackgasse. Schon erlebt, schon versucht, verloren. Diesen Weg ging sie nicht noch einmal.

Sie hingegen ging den Weg zur Hintertür. Es ergab keinen Sinn, die Feier zu stören und sie merken zu lassen, dass sie zugeschaut hatte. Wenn sie durch die Waschküchentür eintrat, würden sie sie hören, bevor sie sie sahen.

Ihr Handy klingelte, bevor sie es in die Küche schaffte. Normalerweise würde sie es auf die Mailbox gehen lassen, aber das war der Klingelton ihrer Großmutter. Oma Lois war technisch nicht gerade die Versierteste. Wenn sie Jennifer also auf dem Handy anrief, das sie nur für Notfälle benutzte, musste Jennifer abheben.

Sie verlagerte die Tüten auf einen Arm und drückte die Annahmetaste, bevor die Verbindung abbrechen konnte. »Hallo, Oma. Was gibt's?«

»Eh?«

Jennifer seufzte. Oma Lois weigerte sich strikt, die Hörgeräte zu tragen, die Jennifer ihr gekauft hatte. Sie sagte, die Welt sei zu laut.

»Ich habe gesagt: ›Hallo, Oma.‹ Was brauchst du?«

»Was brauche ich denn immer? Ein warmes Tuch für meine Hände und ein gemütliches Sofa für meinen Hintern. Und meine Jennifer, die mich mal besuchen kommt. Du hast dich schon länger nicht mehr blicken lassen.«

»Ich weiß. Es tut mir leid. Ich hatte so viel zu tun mit der Arbeit und Sami.«

»Du hast das Mädchen immer noch bei dir? Wie willst du jemals einen Ehemann abgreifen, wenn du das Kind von jemand anderem mit dir herumschleppst? Du warst schon immer zu weich zu Andrea. Lass sie ihre eigenen Kämpfe ausfechten.«

Oma Lois wusste nicht, welche Kämpfe Andrea genau ausfocht; Jennifer hatte ihr nur das Nötigste erzählt, so dass die Oma dachte, Andrea würde »an sich arbeiten«, denn die Wahrheit – falls sie Oma nicht umbrachte – würde bei jeder Gelegenheit wieder hochgewürgt werden, und Sami musste sich ihr eigenes Leben aufbauen können. Im Dreck von Andrea festzustecken, würde niemandem helfen.

Da Sami sich zum Glück immer beschwerte, dass Oma Lois nach alten Socken roch und nichts hörte, hatte Sami auch nicht das Bedürfnis nach übermäßig viel Kontakt zu ihrer Urgroßmutter.

»Gab es etwas Bestimmtes, Oma?«, seufzte Jennifer, während sie die Waschküchentür aufschloss. Sie wünschte, sie könnte die beiden länger als zehn Minuten in einem Raum lassen, aber die Pflegerin von Oma Lois in der Seniorenresidenz meinte, sie würden sich nur deshalb ständig zanken, weil sie sich so ähnlich seien.

Sollte man sich nicht gerade dann gut verstehen?

»Was ich will, ist, dass Sie mich besuchen kommen. Wann wird das passieren?«

Jennifer stellte die Einkaufstüten auf die Waschmaschine und hörte, wie der Stock ihrer Großmutter auf dem Parkett in ihrem Wohnzimmer klopfte, wo sie meistens ihre Nachmittage verbrachte, wenn kein Bridge- oder Mah-Jongg-Spiel anstand.

»Ich bin mir nicht sicher, Oma. Diese Woche bin ich wahrscheinlich jeden Abend ausgebucht.«

»Quatsch!« Omas Lieblingsschimpfwort tönte laut und deutlich durch die Funkwellen. »Sie müssen sich Zeit für mich nehmen, bevor ich weg bin, sonst wird es Ihnen leidtun.«

Es stimmte. Sie liebte ihre Großmutter wirklich, auch wenn die Frau so starrköpfig wie ein Felsbrocken war. Sie fragte sich oft, ob es die Angst war, eine solche Reaktion bei ihrer Großmutter hervorzurufen, die sie auf dem rechten Weg gehalten hatte, während Andrea so weit vom Kurs abgekommen war, dass sie in eine Abwärtsspirale geraten war.

»Ich werde sehen, was ich mchen kann –«

»Mamiiiiiiii!« Sami kam im Vollsprint aus dem großen Wohnzimmer auf sie zugerast, was weit genug entfernt war, um ordentlich an Geschwindigkeit aufzunehmen.

Jennifer wappnete sich für den Aufprall.

»Mami? Du lässt immer noch zu, dass sie dich Mami nennt? Das ist ja völlig absurd. Das Kind wird noch genauso verwirrt aufwachsen wie deine Schwester, wenn du das nicht klarstellst.«

Gegen den Aufprall davon konnte sie sich nie wappnen. Oma Lois hatte sich von Andrea so verraten gefühlt, dass sie die Fehler der Mutter nun auf das Kind übertrug, was Jennifer nie verstehen würde.

»Hey, Kleines.« Sie keuchte kurz auf, als Sami gegen sie prallte, und hielt sich mit einer Hand am Türrahmen fest, um nicht auf dem Hintern zu landen.

»Das Kind ist alles andere als ein Baby.« Es war wirklich erstaunlich, dass die Pfleger im Seniorenheim behaupteten, Oma sei eine so ruhige Dame. Ganz zu schweigen davon, dass Oma jedes Wort perfekt hörte. Jennifer hatte schon lange den Verdacht des selektiven Hörens. »Und wenn Sie sie weiterhin so behandeln, wird sie so enden wie ihre Mutter. Am Ende setzt sich das Blut eben doch durch.«

»Mit wem reden Sie da?« Samis Locken fielen ihr in die Augen, als sie den Kopf schief legte.

Jennifer war hin- und hergerissen. Sie wollte es Sami nicht sagen, weil sonst die Begeisterung aus ihrem Gesicht verschwinden würde, aber wenn sie log, würde Oma Lois sie bloßstellen und gekränkt sein.

Sie hasste es, zwischen den Stühlen zu sitzen.

»Hey, Eure Hoheit!« Beckett ritt auf seinem weißen … Besenstiel? herein, um den Tag zu retten. »Es ist unhöflich, jemanden beim Telefonieren zu unterbrechen. Komm her, ich reite dich eine Runde auf meinem Pferd.«

Sami kreischte vor Vergnügen, und ihre Augen leuchteten wieder vor lauter Heldenverehrung. Nun, abzüglich der Menge, die in Jennifers Augen zu sehen sein musste, denn in diesem Moment hätte sie ihn küssen können – schon wieder –, weil er sie beide aus diesem unangenehmen Moment gerettet hatte.

»Was ist das für ein Gott erbärmlicher Lärm?«, schrie Oma Lois beinahe. »Und Sie wundern sich, warum ich diese Krachmacher nicht tragen will, die Sie mir aufschwatzen wollen? Nein danke.«

»Das ist nur Sami, die Spaß hat mit –« Oh, nein. Sie würde Beckett bestimmt nicht erwähnen. Jeder Mann im Umkreis von dreißig Kilometern war in Omas Augen potenzielles Ehematerial, und Jennifer hatte schon mehr als ein peinliches Abendessen überstehen müssen, bei dem irgendein fremder Typ unter einem seltsamen Vorwand bei Oma aufgetaucht war ... Oma sollte die Kerle wenigstens vorwarnen, dass sie für ein Date da waren. Stattdessen hatte sie schon den Kabelfernseh-Typen, den Wasserwerker und den UPS-Fahrer zur Essenszeit einbestellt und sie dann aufgefordert, sich dazuzusetzen ... Es war zum Im-Boden-Versinken.

»Mit wem?«

»Äh, einem Freund.«

»Wenn das ein Freund von Sami ist, dann heiße ich Johannes Karstadt. Wer ist Ihr Freund und wann lerne ich ihn kennen?«

Jennifer zuckte zusammen. Sie kannte Omas Reaktion schon, bevor sie überhaupt antwortete. »Er ist kein Freund; er ist zum Arbeiten hier.«

Sami galoppierte zum Durchgang zum Hausflur. »Beck ist sehr wohl mein Freund, Mami.«

Jennifer wusste genau, woher Sami diesen Tonfall und die Lautstärke hatte – vom anderen Ende der Telefonleitung.

»Beck, was? Beck wie weiter?«

Da gab es kein Entkommen mehr. »Beckett Fields –«

»Beckett Fields? Der Beckett Fields?«

Oma kannte Beckett? Als sein neues Ich oder als das alte, aber mit neuem Namen? Und wie um Himmels Willen sollte sie ihn kennen? »Du kennst ihn?«

»Darauf kannst du Gift nehmen. Er macht manchmal diesen Finanzbericht in den Nachrichten. Er weiß wirklich, wovon er redet. Also, ich habe ein kleines Vermögen mit einer der Aktien gemacht, die er angeblich im Auge behalten hat. Der Junge ist mächtig schlau. Hübsch ist er auch noch. Du solltest ihn zum Essen mitbringen.«

»Oh, ich glaube nicht –«

»Ja, Mami!« Sami sprang vom »Pferd« und rannte zu ihr herüber. »Wir sollten Beck zum Essen mitbringen.«

»Du wirst ihn auf jeden Fall mitbringen, Jennifer Lorraine. Ich akzeptiere kein Nein.«

Wie zum Teufel die beiden das andere Ende eines Telefongesprächs durch eine nicht aktivierte Freisprecheinrichtung hören konnten, war Jennifer ein Rätsel. Die Pflegerin schien wirklich recht zu haben, was die Ähnlichkeit zwischen Sami und Oma anging.

Und der arme Beckett saß mittendrin. Er ritt auf seinem »Pferd« hinter Sami her, sah gut aus und war verschwitzt, obwohl er mit dem Besen zwischen den Beinen eigentlich lächerlich hätte wirken müssen, und sah nun zwischen ihr und Sami hin und her wie bei einem Tischtennis-Match.

»Au ja, Beck! Oma Lois sagt, du darfst zum Essen kommen!«

»Das habe ich nicht gesagt, Kind –«

Jennifer regelte die Lautstärke hektisch herunter. Sami musste nicht hören, wie ihre Urgroßmutter sie wieder vom Essen auslud.

»Du kommst doch, oder, Beck? Zum Essen mit Oma Lois? Sie wohnt an einem echt coolen Ort mit total vielen Zimmern und all ihren Freunden. Na ja, außer Mister Hughley. Oma Lois sagt, er riecht nach alten Socken, aber eigentlich ist sie das. Ich hab's ihr nur noch nicht gesagt. Ihr Parfüm ist eklig und sie nimmt zu viel davon, aber was willste machen?« Sami zuckte mit der ganzen weltmännischen Gelassenheit die Achseln, die man mit sieben Jahren aufbringen konnte. »Du kommst also, ja? Wann ist es, Mami? Heute Abend?«

»Heute Abend?«, schaltete sich Oma ein, zum Glück ohne den Teil mit den alten Socken zu kommentieren. »Fabelhaft. Ich werde Rudolpho anweisen, etwas Besonderes zuzubereiten.«

Jennifer wollte vor Frust am liebsten losschreien. Sie hätte stattdessen die Stummschalttaste drücken sollen, denn jetzt hatte sie eine Einladung zum Essen am Hals, aus der sie nicht mehr rauskam. Und Beckett auch nicht, wenn es nach Sami und Oma Lois ging.

Kapitel acht

Oma und Sami hatten Runde 1 gewonnen.

Jennifer saß neben Oma, Beckett ihr gegenüber und Sami neben ihm.

Er hatte sich ordentlich herausgeputzt.

Zu ordentlich.

Nachdem er von Sami zur Teilnahme genötigt worden war, hatte Beckett die Putzaktion für heute beendet, nachdem er das Erdgeschoss fertiggestellt hatte. Er versprach, morgen wiederzukommen, um den Rest zu erledigen, war dann zu sich nach Hause gefahren, um zu duschen und sich umzuziehen, und war schließlich mit kleinen Blumensträußen für sie alle drei aufgetaucht.

Sami hatte sofort beschlossen, dass sie lernen wollte, wie man ihre Blumen in einem Buch presst, und sie hatten sie mühsam davon überzeugen müssen, damit zu warten, bis sie vom Abendessen zurückkamen.

Also hatte Jennifer ihren Strauß und den von Sami in dieselbe Vase auf dem Küchenfensterbrett gestellt und war mit Beckett und dem anderen Strauß für Oma Lois zum Seniorenheim gefahren.

»Es war so liebenswürdig von Ihnen, uns Gesellschaft zu leisten, Mr. Fields.« Oma Lois trug dick auf.

Jennifer brachte es nicht übers Herz, ihr zu sagen – jetzt, wo Oma Lois sich von ihrer besten Seite zeigte –, dass »Mr. Fields« Zeuge des Schreiduells geworden war, das ihr heutiges Telefonat dargestellt hatte. Er war es fast wert, ihn zum Abendessen dabeizuhaben.

Ach, wen machte sie hier was vor? Ein Abendessen mit Beckett war viel wert. Und da Oma den Großteil des Redens übernahm, konnte Jennifer ihre Teenie-Fantasien ein wenig zum Spielen herauslassen.

Wie oft hatte sie sich genau dieses Szenario vorgestellt, minus etwa fünfzehn Jahre. Aber ohne Kind in der Nähe. Und auch ohne Oma, wenn man es genau nahm.

»Vielen Dank für die Einladung, Ma'am.«

Oma wurde tatsächlich rot. Jennifer hätte nie gedacht, dass sie das in ihrem Leben noch miterleben würde.

»Lassen Sie das mit dem ›Ma'am‹. Nennen Sie mich einfach Lois. Alle meine Freunde tun das.«

Jennifer hustete in ihre Serviette.

Oma Lois gab ihr unter dem Tisch einen »Stupser«.

Oma Lois' »Stupser« waren immer ein wenig schmerzhaft.

»Ich bin einfach begeistert, dass Sie gerade Jennifer besucht haben, als ich mit ihr sprach. Was haben Sie dort eigentlich gemacht?«

Oma warf Jennifer einen verschmitzten Blick zu – als ob niemand sonst am Tisch ihn bemerken würde.

Natürlich bemerkte Sami ihn, und ihrem zufriedenen kleinen Grinsen nach zu urteilen, war sie völlig einer Meinung mit ihrer Urgroßmutter – noch etwas, von dem Jennifer nie gedacht hätte, es in ihrem Leben zu sehen.

Beckett räusperte sich und setzte sich in seinem Stuhl etwas aufrechter hin. »Ich war dort, um, ähm … nun ja –«

»Er hat mich in Anlagefragen beraten.« Eine kurze Google-Suche hatte den Grund für Omas sofortiges Erkennen seines Namens ans Licht gebracht. Offensichtlich war dieser neueste Job von ihm nicht für die Öffentlichkeit bestimmt, also würde Jennifer ihn nicht verraten. Oma hingegen war alles andere als diskret, wenn sie glaubte, einen Scoop gelandet zu haben, und wenn er Häuser putzte, würde Oma das definitiv herumerzählen. Jennifer war es fast peinlich zuzugeben, dass sie seinen Namen nicht erkannt hatte. Aber andererseits hatte sie ihn als John Becker im Kopf gehabt, nicht als irgendein geniales Finanzgenie.

Sieht so aus, als hätte er ihre Hilfe in Mathe doch nicht nötig gehabt.

»Wird auch Zeit, dass du mal eine kluge Entscheidung in Bezug auf deine

Zukunft triffst, Mädchen.« Oma reichte Beckett den Brotkorb, als hätte sie Jennifer nicht gerade erst gedemütigt.

Aber Jennifer dachte nicht daran, sich einschüchtern zu lassen. Sie hatte Tiermedizin studiert; sie war kein Dummchen, und Oma kannte nicht jeden Aspekt ihres Lebens. »Meine Zukunft ist bestens geplant, Oma. Aber es schadet nie, sich alle Optionen offenzuhalten.«

»Das stimmt.« Oma reichte Beckett die Butter. »Sind Sie eigentlich verheiratet, Mr. Fields?«

Großartig. Sogleich sollte sich der Boden auftun und sie verschlucken – obwohl es nicht so war, als hätte sie nicht damit gerechnet. Es war kein Geheimnis, dass ihre Großmutter sich mehr Ururenkel wünschte.

Sami war ebenso berechenbar; sie saß da und grinste über das ganze Gesicht. Das Kind war Oma Lois ähnlicher, als Jennifer bisher klar gewesen war.

Beckett warf ihr ein mitleidiges Lächeln zu, er verstand also zumindest die Lage. »Nein, ich bin nicht verheiratet.«

»Na, ist das nicht ein Zufall? Jennifer auch nicht.« Oma hob ihr Glas zum Gruß. Es enthielt Traubensaft, weil Alkohol sich mit ihren Medikamenten nicht vertrug, aber sie tat gerne so, als wäre es Wein. »Vielleicht wollen Sie beide sich mal zusammensetzen, um sich gegenseitig zu bemitleiden.«

Jennifer sah Beckett an und zog die Augenbrauen hoch. Dem, was Oma da sagte, war nicht zu entkommen, also war es am besten, sich mit ihm zu verbünden, um ihre Großmutter bei Laune zu halten, ohne die Erwartung, dass daraus tatsächlich etwas werden würde. »Wir werden das in Erwägung ziehen, Oma.«

Oma fuchtelte mit ihrer Gabel in ihre Richtung. »Werd mir bloß nicht frech, Jennifer. Ich weiß genau, was du da machst. Glaubst du, ich durchschaue dich nicht? Diese Augen mögen zwar Grauen Star haben, aber ich bin nicht von gestern. Ich merke, wenn man mich nur beschwichtigen will. Mit Mr. Fields hier könntest du es wesentlich schlechter treffen. Wie wir ja alle wissen.«

Ja, Trents kleiner Ausflug in den Medizinschrank war in allen Zeitungen gelandet. Jennifer konnte es nicht leugnen, auch wenn sie es liebend gerne getan hätte.

Wenn Trent doch nur einen privaten Zusammenbruch hätte haben können, aber nein; er hatte es unbedingt reißerisch und öffentlich und demütigend machen müssen. Verdammt, sogar Beckett hatte wahrscheinlich davon gehört.

Toll. Genau das, woran sie jetzt nicht denken wollte.

Aber Beckett kam wieder einmal auf einem unsichtbaren weißen Besenstiel angeritten und rettete den Augenblick.

»Ach, ich weiß nicht, Ma'—äh, Lois. Ich bin ziemlich beschäftigt. Arbeite ständig. Beziehungen brauchen Aufmerksamkeit und Pflege, damit sie halten, und mein Lebensstil ist nicht gerade ideal, um eine aufzubauen. Ich bin da nicht gerade der Experte.«

»Sehen Sie? Das haben Sie gemeinsam. Meine Enkelin nämlich auch nicht.«

Schön, manche Leute verloren im Alter ihren Filter, aber musste Oma ihre Gedanken während dieses Gesprächs wie Konfetti verstreuen? Jennifer wünschte, sie hätte sich mehr Mühe gegeben, Oma die Einladung zum Abendessen auszureden. Aber Sami war so Feuer und Flamme gewesen und Jennifer hatte auch ein wenig mehr Zeit mit ihm verbringen wollen ...

»Und du hattest heute Spaß, oder, Beck?« Jetzt schaltete sich auch noch Sami in das Gespräch ein, und Jennifer konnte förmlich sehen, wie es im Kopf ihrer Nichte arbeitete. Sogar Beckett, mit den Mathekenntnissen, von denen sie in der Highschool dachte, er hätte sie nicht, konnte sehen, worauf Samis Eins-plus-eins-plus-eins hinauslief.

»Ich hatte wirklich Spaß, Sami. Danke für den tollen Tag.«

Omas Augen weiteten sich, als sie Jennifer ansah.

Zeit für ein neues Thema. Um unser aller Willen. »Ich habe heute Kelsey gesehen, Sami. Sie sagte, Magic Mike geht es prächtig, und sie wollte sich bei dir bedanken.«

Samis Lächeln wurde breiter. »Ich liebe Magic Mike. Er ist so ein guter Welpe. Es war jammerschade, dass er sich wehgetan hat. Meinst du, wir hätten Flopsys Bein auch retten können, so wie bei Magic Mike, wenn er schon bei uns gewesen wäre, als er sich verletzt hat?«

Flopsys Bein war ein ständiges Gesprächsthema zwischen ihnen. Sami wollte ihn unbedingt heilen, und Jennifer musste ihr immer wieder erklären, dass er, auch wenn sie ihm sein Bein nicht zurückgeben konnten, trotzdem glücklich war, weil er bei ihnen ein gutes Zuhause hatte. Die Parallelen zu Samis eigenem Leben trieben Jennifer jedes Mal die Tränen in die Augen. So auch jetzt.

»Mr. Fields – darf ich Sie Beckett nennen?« Oma Lois tupfte sich die Lippen mit der Serviette ab, eine Angewohnheit, die sie immer dann an den Tag legte, wenn sie sanft und vornehm wirken wollte.

Jennifer unterdrückte den Impuls, mit den Augen zu rollen. Wenn Oma sich erst einmal in ein Thema verbissen hatte, gab es kein Halten mehr, und ihr Einschmeichel-Faktor lief gerade zur Höchstform auf.

»Natürlich, Lois. Das wäre mir sehr recht.«

»Haben Sie diesen Freitagabend schon etwas vor?«

»Aber Lois, fragen Sie mich etwa nach einem Date?«, gab Beckett sich keine Mühe, das Lachen in seiner Stimme zu verbergen, während Sami das Entsetzen nicht aus der ihren verbannen konnte und Jennifer sich an der Gemüse-Lasagne verschluckte, die Rudolpho zubereitet hatte.

»Ih-gitt. Du kannst nicht mit Oma Lois ausgehen; die ist viel zu alt.«

»Ich wäre Ihnen dankbar, wenn Sie auf Ihre Manieren achten würden, junge Dame.« Eines musste man Oma Lois lassen, wenn sie für Beckett eine Show abzog: Sie war wesentlich vorsichtiger mit dem, was sie zu Sami sagte.

»Ich war doch höflich, Oma.« Sami schob sich eine Gabel Lasagne in den Mund, und Jennifer hätte gewettet, dass sie nicht die Einzige am Tisch war, die diese Aktion als das erkannte, was sie war: Samis selbst auferlegte Verhaltensänderung nach dem Motto: Wenn-du-nichts-Nettes-sagen-kannst.

Das Interessante an der Beziehung zwischen Sami und Oma war, dass keine von beiden der anderen etwas übel nahm. Sie gaben sich beide nichts und kamen immer wieder zurück. ›Zwei vom gleichen Schlag‹, lautete das Urteil der Krankenschwestern, und Jennifer fing an, das zu glauben.

»Sie waren ungezogen. Natürlich habe ich Mr. Fields nicht nach einem Date gefragt. Am Freitag findet in der Innenstadt ein Finanzsymposium statt, mit einem Abendessen im Anschluss. Ich hatte vor hinzugehen und wollte wissen, ob er auch dort sein wird.«

»Oh.« Sami lehnte sich zurück, ordentlich zurechtgewiesen, aber Jennifer wusste, dass das Kind Grund für seinen Verdacht gehabt hatte, und Jennifer graute es davor, dass alles ans Licht kam.

Aber es gab keine Hoffnung. Omas Abschweifungen waren wie Hochgeschwindigkeitszüge: schnell, tödlich und kaum jemals zu stoppen.

»Ich werde tatsächlich dort sein«, sagte Beckett. »Ich werde an diesem Tag in drei Podiumsdiskussionen sprechen. Vielleicht begleiten Sie mich ja zum Abendessen?«

»Vielleicht tue ich das.« Oma tupfte sich erneut die Lippen ab und lehnte sich sehr zufrieden mit sich selbst zurück.

Und das konnte sie auch sein. Die Nachforschungen, die Jennifer angestellt hatte, besagten, dass Beckett von dem Moment an, als er die Finanzwelt betrat, so etwas wie ein Wunderkind gewesen war, und die Aktien, die er im Auge behielt, entwickelten sich meist prächtig. Es gab Diskussionen darüber, ob das daran lag, dass er sie beobachtete und sein Interesse sie bekannt gemacht hatte, oder ob sie auch ohne seine Hilfe gut gelaufen wären und er sie einfach im Aufschwung erwischt hatte. So oder so, Beckett Fields verstand sein Handwerk.

Wie seltsam war es, dass Jennifer stolz auf ihn war?

Aber jeder, der sich aus eigener Kraft hochgearbeitet und etwas aus sich gemacht hatte – und das so erfolgreich –, musste dafür bewundert werden.

Vielleicht war er ja gar kein so schlimmer Junge mehr?

Oma Lois führte das Gespräch durch den Rest der Mahlzeit und konzentrierte sich auf ihr Portfolio und darauf, was Beckett von ihren verschiedenen Positionen hielt. Jennifer hörte zu, eher um zu sehen, wie sehr er sich verändert hatte, seit sie ihn das letzte Mal gekannt hatte, als wegen irgendwelcher cleveren Börsentipps. Ihr Portfolio war auf gutem Weg, das zu leisten, was sie brauchte, also hatte sie den Luxus, einfach nur zuzuhören.

Er wusste, wovon er sprach, und das merkte man. Er war nicht mehr derselbe Kerl, den sie aus der Highschool kannte. Dieses trotzige Gehabe, das er wie den Globus des Atlas mit sich herumgetragen hatte, war zu Selbstbewusstsein geschliffen worden, und es hatte einfach etwas an einem Mann, der sein Selbstvertrauen wie ein bequemes Hemd trug. Ganz anders als der mürrische und wütende Junge, der sich die Haare über die Augen hängen ließ, vornübergebeugt an seinem Tisch saß, eine Lederjacke über seinen breiten Schultern, und dessen Fuß ständig so heftig wippte, dass der Lehrer ihn bitten musste, damit aufzuhören – was natürlich dazu führte, dass er es erst recht tat. Er war ein Rebell gewesen. Ganz James Dean, Bad Boy. Aber sie hatte die Unsicherheit darunter gesehen – zumindest hatte sie das geglaubt. Doch seine Zurückweisung hatte das lächerlich gemacht.

Wenn sie ihn jetzt ansah, würde sie ihn niemals als unsicher bezeichnen. Niemals denken, dass es auch nur einen Moment gegeben hatte, in dem er an sich selbst gezweifelt hatte.

Und vielleicht hatte es den auch nie gegeben. Vielleicht hatte sie sich das alles nur eingebildet, weil sie es so wollte. Sie hatte schon immer die unterlegene Seite unterstützt. Hatte schon immer Streuner aufgesammelt. Sie hatte gesehen, wie John Becker sich in sich selbst zurückzog, und sie hatte Mitleid mit ihm gehabt.

Sein Fuß berührte ihren, als er auf seinem Stuhl hin- und herrutschte.

Nur ... das war kein Mitgefühl, was sie da empfand.

John Becker, der weinerliche Teenager, war zu einem Prachtkerl von einem Mann herangewachsen.

Und nach dem Gesichtsausdruck von Sami zu urteilen, erkannte sie, wohin Jennifers Gedanken geführt hatten.

Nun, hoffentlich nicht ganz genau, wohin sie geführt hatten, aber das Kind hatte Jennifers Interesse bemerkt.

Was Ärger bedeuten konnte.

Jennifer aß den letzten Bissen ihrer Lasagne auf und legte dann ihre Gabel ab. »Es tut mir leid, diese faszinierende Diskussion unterbrechen zu müssen, aber ich muss Sami nach Hause bringen. Sie hatte einen anstrengenden Tag, und sieben Uhr morgens kommt verdammt früh.«

»Och nö, ich will noch nicht gehen.«

Natürlich wollte sie das nicht. Das erste Mal überhaupt, dass Sami nicht von Oma Lois weg wollte, und es passte so gar nicht in Jennifers Pläne.

»Wir können ein andermal wiederkommen, Schätzchen.« Ohne Beckett. Was den Besuch beenden würde, bevor er richtig angefangen hatte, mit einer nörgelnden Sami und einer tadelnden Oma Lois.

Jennifer wusste nicht, warum sie sich das überhaupt antat.

Schon gut, das stimmte nicht. Sie wusste es. Diese beiden brauchten einander. Und egal, wie sehr sie es beide leugneten, die Krankenschwestern hatten recht; sie waren sich so ähnlich, dass man Samis Einsamkeit in Oma Lois' Gesicht leicht wiedererkennen konnte. Das war der Grund, warum Jennifer so oft hierherkam, wie es ihr Zeitplan zuließ. Früher war es häufiger gewesen, bis Sami bei ihr eingezogen war, denn so sehr Jennifer ihre Großmutter auch liebte, Sami brauchte mehr von ihrer Zeit, und Zeit war eine Ware, die Jennifer weder vermehren noch dazukaufen konnte. Sie war nur eine einzelne Person, die versuchte, für alle das Beste zu tun.

»Bleibst du noch, Beck?« Sami kaute auf ihrer Unterlippe, den Kopf zur Seite geneigt.

»Ich muss mich auch langsam auf den Weg machen.« Er stand auf, legte seine Serviette auf den Tisch und ging dann zu Omas Stuhl hinüber. »Darf ich Sie ins Wohnzimmer begleiten, Lois?«

Seine ritterliche Art erlaubte es Oma Lois, ihre Würde zu bewahren, während sie sich mühsam erhob. In letzter Zeit fiel es ihr immer schwerer, und sie hasste es, einen Stock zu benutzen. Meistens widersprach Jennifer ihr nicht und ließ Oma Lois sich an ihrem Arm abstützen, aber Oma Lois musste in Bewegung bleiben. Als Medizinerin wusste Jennifer, wie wichtig es war, diese Muskeln zu benutzen, da man sonst riskierte, sie ganz zu verlieren.

Beckett reichte Oma Lois ihren Stock, und – oh Wunder – die Frau leistete nicht den geringsten Widerstand, als sie ihn nahm.

Tatsächlich sah es so aus, als würde Oma Lois sich schwer auf Beckett stützen, selbst während sie den Stock vor sich her bewegte.

Ihre Großmutter baute entweder schneller ab, als sie zugab, oder sie war eine extrem gute Schauspielerin.

Jennifer würde auf Letzteres tippen, aber in Anbetracht von Oma Lois' Alter hatte sie das Gefühl, dass es Ersteres war.

»Komm, Sami«, sagte sie und erhob sich von ihrem Stuhl, »helfen wir dabei, das Geschirr auf Rudolphos Wagen zu stellen.«

»Du meinst, wir müssen es nicht abwaschen?« Komisch, dass ausgerechnet die Tatsache, die Sachen nicht in die Spülmaschine räumen zu müssen, Samis Augen wie am Weihnachtsmorgen zum Leuchten brachte.

Es war nicht so, dass Jennifer sie wie eine Sklavin schuften ließ, aber Hausarbeiten hießen in Samis Kopf aus gutem Grund so.

In Jennifers Kopf hießen sie so, wegen der Arbeit, die es machte, Sami dazu zu motivieren. Aber ihre Nichte musste lernen, dass Taten Konsequenzen hatten, und wenn es nur ein Spülbecken voller schmutzigem Geschirr war, wenn sie essen wollte.

»Nö, aber wir müssen es wegräumen.«

»Okay. Können wir dann mit Beck noch irgendwo ein Eis essen gehen?«

»Schätzchen, Beckett hat sein eigenes Leben. Er hat schon genug Zeit mit uns verbracht. Außerdem kommt er ja morgen wieder.«

Beck sah auf, während er Lois in ihren Sessel half, und bemerkte Samis niedergeschlagenes Gesicht. Er überlegte kurz, ob er es sich nicht doch noch mal überlegen sollte, morgen aufzutauchen. Das Kind hängte sich zu sehr an ihn. Und um ehrlich zu sein, genoss er ihre Gesellschaft ein wenig zu sehr. Er hätte nie gedacht, dass er das mal über ein Kind sagen würde, aber sie hatte Mumm und Energie und sie war schlichtweg zum Schießen.

Und dann war da noch ihre Tante ...

»Vielen Dank für das Abendessen heute, Lois.« Er bettete sie in ihren Sessel am Fenster und ignorierte die vielsagenden Blicke, die die Frau ihm und Jennifer den ganzen Abend über zugeworfen hatte. Man brauchte nicht viel Menschenkenntnis, um zu merken, dass sie die Kupplerin spielte. Wo war sie eigentlich gewesen, als er damals nichts lieber gewollt hatte, als mit Jennifer anzubandeln?

Ach was, selbst damals wäre er wohl schreiend davongelaufen. Er war kein Wohltätigkeitsprojekt. Genauso wenig wie er auf Goldgräberinnen stand. Nicht dass man Lois so nennen konnte – Jennifer verdiente offensichtlich gut –, aber er wusste, dass er für Mütter und Großmütter eine gute Partie war, und bisher hatte ihn noch keine einfangen können. Und so sehr es ihm auch nichts ausmachen würde, Jennifer näher kennenzulernen – im biblischen Sinne gesehen –, sie war ihm zu sehr Familie. Er würde am Ende nicht nur ihr Herz brechen, sondern auch das von Sami und Lois. Viel zu viel Verantwortung für ihn. Er mochte es, dass er sich nur um sich selbst kümmern musste. Beziehungen, die auf ein Happy End zusteuerten, waren nicht sein Ding. Er war völlig zufrieden mit einem Happy-Jetzt. Jennifer hätte genauso gut ein riesiges, grelles Neonschild tragen können, auf dem stand: »Finger weg.«

Die Botschaft kam bei ihm laut und deutlich an.

»Ich freue mich schon auf Freitagabend, Beckett. Das dürfte sehr aufschlussreich werden.«

Da war etwas in Lois' Stimme ... »Inwiefern?«

»Ach, Sie wissen schon, wegen meiner Anlagen. Wer auch immer gesagt hat, dass man einem alten Hund keine neuen Kunststücke beibringen kann, hatte keine Ahnung, wissen Sie, was ich meine?«

Warum hatte Beck das Gefühl, dass Lois in Rätseln sprach?

Er klopfte ihr auf die Schulter. Je länger er blieb, desto mehr Hoffnungen machte er ihr. »Ja, am Freitag wird es eine Menge Informationen zu sichten geben. Ich finde, man muss die Daten erst ein paar Tage sacken lassen, um sie zu verarbeiten.« Was nicht stimmte. Er hatte die Hälfte des Materials, das verteilt werden würde, selbst geschrieben; er kannte es in- und auswendig, aber sein Gehirn arbeitete auf Frequenzen und in Geschwindigkeiten, die andere Leute nicht erreichten.

In der Schule hatte ihn das zum Außenseiter gemacht. Er hatte gewusst, dass er geistig anders war, und viele Jahre lang hatte er gedacht, das läge daran, dass er von einem Heim zum nächsten gereicht worden war. Aber dann hatte er Mr. McArthur in Statistik gehabt, und es war gewesen, als würde er plötzlich durch einen kristallklaren Teich blicken, statt durch den Urschleim der vorangegangenen elf Schuljahre.

Sobald er jedoch anfing, besser zu werden, wurde er gehänselt, entweder als Streber oder als Betrüger, also hatte er gelernt, ganz schnell einen Gang zurückzuschalten.

An der Uni hingegen ... Da war es ihm völlig egal gewesen, was irgendwer zu sagen hatte. Er hatte sich den Arsch aufgerissen, um sein Studium selbst zu finanzieren, und als auf perfekte Noten Stipendiengelder folgten, hatte er mit beiden Händen zugegriffen. Ein paar ordentliche Investitionen, um seine Theorien zu testen, hatten es ihm ermöglicht, sein Studium nicht nur in vier Jahren ohne Schulden abzuschließen, sondern auch mit einem hübschen Sümmchen auf der hohen Kante für schlechte Zeiten. Oder für große Risiken am Markt, bei denen er sehr gute Chancen hatte.

Ja, er wusste also, dass Frauen dem Reichtum folgten, und opportunistische Omas schlichen sich ständig an ihn heran. Er hatte schon vor Jahren gelernt, wie man beide abwimmelte.

Er tätschelte ihre Hand. »Ich freue mich darauf, Sie dann zu sehen.«

»Passen Sie auf sich auf.« Sie klopfte ihm auf den Rücken, und für eine Sekunde – eine kurze, winzige, fast flüchtige Sekunde – spürte er, wie dieses Klopfen durch ihn hindurchbrannte und irgendwo in der Nähe seines Herzens anklopfte.

Ja, er sah zu, dass er ganz schnell von dort verschwand.

Kapitel neun

»Wir sollten Kekse backen.«

»Sami, es ist sechs Uhr morgens. Um diese Zeit backt niemand Kekse.«

»Genau deshalb sollten wir es ja tun.«

Jennifer öffnete mühsam ein Auge. Sie hatte noch dreiundzwanzig Minuten Schlaf vor sich und wollte jede einzelne Sekunde davon auskosten. Normalerweise war sie diejenige, die Sami weckte. Dass ihre Nichte nun zu der unchristlichen Zeit von fünf Uhr siebenundfünfzig hier hereinplatzte und wie ein Grizzlybär auf ihrem Bett herumtrampelte ... Jennifer war mehr als misstrauisch.

Und müde. Gott, war sie müde. Sie war lange wach geblieben und hatte viel zu viel über einen gewissen Jemand nachgedacht, der in — verdammt — knapp über einer Stunde hier auftauchen sollte. Und Jennifer hatte keineswegs vor, noch hier zu sein, wenn er kam.

Sie strampelte die Bettdecke weg — nun ja, fast. Sami saß darauf und hielt Jennifer wie eine Motte in einem Kokon gefangen.

»Heißt das, wir backen welche?«

Jennifer strich sich die Haare aus dem Gesicht und gähnte. »Nein, Sami. Wir müssen dich heute Morgen ins Camp bringen. Ich habe gleich als Erstes eine OP und du weißt, dass ich ungern zu spät komme.«

»Stimmt. Der arme Welpe muss seine Medizin bekommen, und wenn du nicht rechtzeitig anfängst, wacht er vielleicht zu früh auf und hat Schmerzen.«

Jennifer zuckte zusammen. Sie hatte diese kleine Notlüge an einem der ersten Tage benutzt, an denen Sami bei ihr eingezogen war und eine ziemliche Sturheit an den Tag gelegt hatte. Die Verantwortung auf die Operation und das Wohl des Hundes zu schieben, war das Einzige gewesen, worauf Sami reagiert hatte.

Es war nicht gerade ihre Sternstunde gewesen, das Kind anzulügen, aber es hatte funktioniert. Leider vergaß Sami so etwas nie.

»Na gut, können wir sie dann heute Abend backen? Für das nächste Mal, wenn Beck kommt? Kommt er morgen auch wieder?«

»Ich bin mir nicht sicher. Eigentlich soll er nur drei Tage die Woche kommen.«

»Was macht er an den anderen Tagen? Kann er mit mir ins Camp kommen?«

»Süße, er muss arbeiten. Er kann nicht mit ins Camp.« Sie zerrte am Bettlaken.

Sami sprang auf, Hoffnung und Begeisterung strahlten aus ihrem Lächeln. »Kann ich dann mit ihm zur Arbeit gehen? Ich könnte ihm ganz viel helfen. Er hat gesagt, ich bin eine gute Helferin.«

Die Heldenverehrung war in vollem Gange, und das konnte nichts Gutes bedeuten.

Jennifer schwang die Beine aus dem Bett. »Das sagt Sharon auch immer.« Sie hielt engen Kontakt zur Camp-Betreuerin, um sicherzugehen, dass Sami keine Probleme unterdrückte, die sich im Umgang mit den anderen Kindern äußerten. Bisher war das Camp eine sehr gute Sache für Sami gewesen. Der Familientherapeut hatte gesagt, dass es Sami das beste Gefühl von Sicherheit geben würde, wenn sie in einer strukturierten Umgebung aktiv und mit anderen Kindern in ihrem Alter zusammen wäre, wenn Jennifer nicht bei ihr sein konnte. Ein weiterer Grund, warum Dating in letzter Zeit keine Priorität gehabt hatte.

»Darf ich also, Mami? Kann ich mit Beck zur Arbeit gehen?« Der kleine Knirps hüpfte neben dem Bett auf und ab, als wäre der Boden ein Trampolin.

»Schatz, Arbeitsplätze sind nicht für Kinder gemacht.«

»Aber ich komme doch auch manchmal zu deiner Arbeit und habe dort viel zu tun.«

»Meine Arbeit ist anders als die von Beckett. Bei ihm geht es nur um Besprechungen und Mathe.«

»Mathe?« Sami verzog das Gesicht. Nicht gerade ihr Lieblingsfach. »Bäh.«

»Genau. Im Camp wirst du viel mehr Spaß haben.«

»Glaub ich auch.« Sie fuhr mit den Fingern am Bett entlang und machte am Ende eine Pirouette — was Jennifer daran erinnerte, dass sie sie für den Tanzkurs anmelden musste. »Wird er da sein, wenn ich nach Hause komme?«

»Ich bezweifle es. Wir sind ja nicht so unordentlich. Ich schätze, Beckett wird mit dem Putzen bis zum Mittagessen fertig sein.«

»Oh.« Sami atmete auf eine Weise aus, wie es nur eine enttäuschte Siebenjährige konnte. »Können wir ihn zum Abendessen einladen?«

Das war definitiv keine gute Idee. »Ich bin mir sicher, dass Beckett schon Pläne für das Abendessen hat. Vergiss nicht, er hatte auch schon ein Leben, bevor er uns kennengelernt hat.«

»Ja, aber wir könnten Spaß haben. Er mag mich. Das hat er gesagt. Er hat gestern über all meine Witze gelacht, und er fand es gut, dass ich ihm geholfen habe.«

»Das liegt daran, dass du lustig bist, Süße, aber er ist ein Erwachsener. Erwachsene gehen mit anderen Erwachsenen zum Essen und machen nach dem Abendessen Sachen für Erwachsene.«

»Na ja, du bist doch auch erwachsen. Vielleicht will er ja Sachen für Erwachsene mit dir machen.«

Wenn es nur so wäre ...

Jennifer verbannte diese kleine Fantasie aus ihrem Kopf. »Tja, ich habe Pläne mit einer gewissen Siebenjährigen, also werde ich heute Abend keine Sachen für Erwachsene machen.« Sie zerzauste die Locken, die sie sich als Kind selbst immer gewünscht hatte, die ihr Genpool aber nicht hergab.

Sami hatte schon mehr als einmal angemerkt, dass sie weder Haare wie ihre Mutter noch wie ihre Tante hatte, und bisher war es Jennifer gelungen, das Gespräch in andere Bahnen zu lenken. Aber das würde nicht mehr lange funktionieren. Sami war ein schlaues Kind.

Es war ein Gespräch, dem Jennifer nicht gerade entgegenblickte. Wenn es darum ging, wer ihr Vater war, würde die Aufklärung über Bienchen und Blümchen weit über die rein technische Seite hinausgehen.

»Wir haben Pläne? Was denn für welche?« Sami fing wieder an zu hüpfen

— so ein Unterschied zu dem Füßeschleifen, das sie an den Tag gelegt hatte, als sie anfangs eingezogen war.

»Ich dachte, wir gehen zum Fish Fry und spielen Videospiele.« Das war ein lokales, kinderfreundliches Restaurant mit Arcade-Automaten und Preisen. »Willst du eine Freundin mitnehmen?«

»Oh, darf ich? Cassie war da noch nie. Es würde ihr gefallen. Darf ich sie wirklich mitnehmen?«

»Na klar darfst du.« Die Scheidung der Eltern von Cassie Mumford hatte dazu geführt, dass Cassie im Grunde nur noch ein Elternteil hatte, was für ihre Mutter fatale finanzielle Folgen hatte. Deshalb hatte das kleine Mädchen schon öfter bei ihnen gegessen.

»Wir brauchen Partner-Outfits. Können wir Partner-Outfits besorgen? Und Sneaker. Wir haben beide weiße. Können wir rosa Schnürsenkel dafür kaufen?«

Jennifer musste ständig einschreiten, wenn Sami sich umdrehte, um eine Frage zu stellen, damit das Kind nicht über ein Möbelstück stolperte oder gegen eine Wandecke prallte, aber das war ein kleiner Preis dafür, sie so glücklich zu sehen.

Und dafür, dass sie Beckett vergessen hatte.

»Wie wäre es, wenn wir uns Fish-Fry-T-Shirts holen, wenn wir dort sind? Sag ihr, sie soll eine weiße Shorts und ihre Sneaker anziehen, und wir besorgen euch sogar rosa Schleifen für die Haare. Wie klingt das?«

»Oh, Mami, du bist die Beste!« Sami schlang ihre Arme um Jennifers Taille, und Momente wie dieser waren es, die jede Anpassung, die Jennifer vornehmen musste, damit Sami bei ihr leben konnte, der Mühe wert machten.

* * *

Manche Dinge waren die Mühe einfach nicht wert.

Beck stand im Türrahmen von Samis Schlafzimmer und wollte am liebsten seinen Kopf gegen die Tür schlagen. Und das würde er vielleicht auch tun, wenn er überhaupt bis zur Tür käme.

Er hatte gestern noch Witze über den Tornado gemacht, aber jetzt?

Wie viele Klamotten hatte dieses Kind eigentlich?

Jedes einzelne Kleidungsstück war im ganzen Zimmer verstreut.

Zusammen mit einem halben Dutzend Handtüchern, ein paar Sätzen Bettwäsche und jedem Kuscheltier, das der Menschheit bekannt war.

Großartig. Er hatte geplant, heute in weniger als zwei Stunden hier fertig zu sein, aber daraus würde jetzt wohl nichts werden.

Er holte sein Handy raus und rief Liams Nummer auf.

»Hey, Beck. Was gibt's? Schon fertig?«

»Wohl kaum.« Liam hatte ihn hergefahren, damit er sein Auto zur jährlichen Inspektion bringen konnte, und wollte ihn zum Mittagessen abholen, um den Wagen wieder abzuholen. »Planänderung. Sieht so aus, als hätte die Prinzessin, die hier wohnt, beschlossen, jedes Outfit anzuprobieren, das sie besitzt, und ihre Hofdame muss wohl die Geduld verloren haben. Hier sieht es aus wie Sau, also werde ich eine Weile brauchen.«

»Jennifer Langston ist anspruchsvoll? Das hätte ich nicht gedacht.«

»Nicht sie. Das Kind. Hier liegt alles Kreuz und quer.«

»Ah. Kinder. Ein kleines Mädchen, oder?«

»Sieben, benimmt sich aber wie siebzehn.« Die Sharpes waren eine der Familien gewesen, bei denen er gelebt hatte, und Amy, ihre Älteste, war auch so eine kleine Modepuppe gewesen. Er erinnerte sich noch gut daran, wie es ihn geschüttelt hatte, wenn er an ihrem Zimmer vorbeigegangen war und es dort so ausgesehen hatte. »Wie kommen die bloß auf die Idee, dass sie diesen ganzen Scheiß jemals anziehen werden?«

»Erzähl mir nichts davon. Ich musste mich schon mit Cassidys Kleiderschrank rumschlagen.«

Liams Verlobte, Cassidy Davenport, war die Tochter eines der reichsten Männer der Stadt. Sie war Stammgast in den Gesellschaftsspalten gewesen, immer topgestylt — bis ihr Vater sie vor die Tür gesetzt und Liam die Scherben aufgesammelt hatte. Beck hatte Liams Motive infrage gestellt, denn obwohl Cassidy wunderschön war, war sie so anspruchsvoll, dass selbst sein Lebensstil dagegen zahm wirkte.

Aber Lee war glücklich, also wer war Beck, um die wahre Liebe infrage zu stellen? Nun ja, zumindest für seine Freunde.

»Und dafür bist du ein besserer Mensch.«

Lee schnaubte. »Hm-hm. Sicher. Als ob ich noch besser werden müsste.«

»Idiot.«

»Arsch.«

Beck lachte leise. »Gewonnen.« Er hatte an dieser Front genug zu tun, da konnte er Lee den Sieg im verbalen Schlagabtausch überlassen.

»Gut, wenigstens erkennst du an, wer hier das Sagen hat. Sag mir Bescheid, wenn ich dich abholen soll. Ich habe hier genug zu tun, um mich bis nächsten Monat zu beschäftigen. Wann immer du fertig bist, bin ich es auch.«

»Danke, Lee.«

»Kein Ding. Wir hören uns.«

Beck atmete tief durch, als er das Telefonat beendete. Wo zum Teufel sollte er überhaupt anfangen?

Der Haufen auf dem Bett bewegte sich.

Und knurrte.

Nero.

Das konnte ja heiter werden ...

Zwei Stunden später triefte selbst sein Sarkasmus vor Sarkasmus. Spaß? Daran war absolut nichts lustig. Nicht einmal die Belohnung, wenn er mit Samis Zimmer fertig war und Jennifers Zimmer machen durfte. Er hatte während einer Toilettenpause — oder der »Verhindere-dass-ich-schreiend-aus-dem-Haus-renne-Pause«, wie er sie getauft hatte — einen Blick hineingeworfen und war dankbar festzustellen, dass sie nicht Samis Vorbild in Sachen Haushaltsführung war. Jennifers Zimmer war schön ordentlich, das Bett war gemacht, und er wettete, dass jedes einzelne ihrer Toilettenartikel in Reih und Glied im Arzneischränkchen stand.

Nicht, dass er nachsehen würde. Ein bisschen Selbstbeherrschung besaß er ja.

Er legte den Stapel T-Shirts auf die Ecke von Samis Bett. Er hatte eigentlich nicht vorgehabt, die Wäsche zu falten, aber die Wäschekörbe waren voll mit Samis Socken und Unterwäsche – die er mit einem Küchenbesen in den Korb befördert hatte. Es fühlte sich irgendwie falsch an, diese intimen Dinge anzufassen, also hatte er es gelassen. Aber das ließ ihm keinen Platz für den Rest ihrer Kleidung, außer sie zu falten und auf dem Bett zu stapeln, was seine Arbeit nur noch verlängerte.

Er klopfte auf den Stapel, um sicherzugehen, dass er nicht verrutschte. Glücklicherweise hatte Nero — nachdem er ihn ein paar Mal angefaucht hatte — beschlossen, dass der Kampf um ein unordentliches Revier es nicht wert war, und hatte sich verzogen, vermutlich um den Hund zu ärgern. Aber da kein markerschütterndes Jaulen zu hören war, war das vielleicht gar nicht der Fall.

Das machte ihn nur ein wenig nervös, was ihn erwarten würde, wenn er wieder nach unten ging.

Na ja. Eins nach dem anderen. Jetzt, wo die Möbel wieder sichtbar waren, konnte er mit dem Staubwischen und Staubsaugen anfangen —

Natürlich hörte er genau in diesem Moment ein ohrenbetäubendes Jaulen aus der Küche, gefolgt von einem wütenden Katzen-Miau, während irgendetwas scheppernd zu Boden ging.

Gott bewahre ihn vor Haustieren. Er verstand die Sache mit den Tieren überhaupt nicht. Warum sollte man ein vollkommen ordentliches, wertvolles Objekt mit Tierhaaren und Krallenspuren ruinieren? Und dann kam noch dieses Chaos dazu —

Wieder krachte etwas, also machte sich Beck auf den Weg nach unten. Besser, er schritt ein, bevor noch eine Katastrophe passierte.

Jennifer war spät dran. Mrs. Whitman war im letzten Moment mit ihrem Zwergpudel Jonah vorbeigekommen, der sich vor einer Maus erschreckt hatte und in einen Rosenstrauch gesprungen war. Das arme Ding sah aus, als wäre es von einem Stachelschwein erwischt worden, als sie die Dornen entfernt hatte, während sie selbst ständig von Samis Textmitteilungen bombardiert wurde.

»Beeil dich!«

»Wo bist du?«

»Wir verpassen den ganzen Spaß!«

Sie hatte Kelsey in einem Notfallanruf erreicht, die glücklicherweise in der Lage war, die Mädchen vom Camp zur Klinik zu bringen. Sobald Jennifer sich gewaschen hätte, wollten sie nach Hause fahren, um die zusätzlichen Bons zu holen, die Sami in ihrem Zimmer von ihrem letzten Besuch im Fish Fry gehortet hatte. Sie und Cassie wollten noch mehr Preise gewinnen.

Im Ernst, dieser Laden sollte in Erwägung ziehen, Bons heimlich an Eltern zu verkaufen, nur damit sie dort in weniger als drei Stunden wieder herauskamen. Andererseits war es im Sinne der Besitzer, die Kinder länger im Laden zu halten, damit sie die Nerven der Eltern so weit zermürbten, bis diese für »nur noch ein Spiel« mehr Geld lockermachten. Jennifer hatte das alles schon durchgemacht.

Sie warf ihren Laborkittel in den Wäschekorb, sah noch einmal nach den Tieren, die über Nacht bleiben mussten, besprach deren Pflege mit den beiden Praktikanten, die Nachtschicht hatten, und ging dann in den Warteraum. »Seid ihr bereit, Mädels?«

Sami sprang von der hölzernen Wartebank auf, die tief genug war, damit Hunde und Katzenboxen direkt neben ihren Besitzern stehen konnten, während diese warteten. »Und wie, Mami!«

Cassie glitt von der Bank. »Du hast Glück, dass deine Mami hier arbeitet. Ich wünschte, meine Mami würde das auch tun.«

Jennifer notierte sich im Kopf, mal nachzufragen, ob Cassies Mutter Büroerfahrung hatte. Sie konnten am Empfang immer Hilfe gebrauchen.

Sie schnallte die beiden auf dem Rücksitz ihres SUV an und nahm dann die Nebenstraßen zu ihrem Haus, um dem Berufsverkehr so gut wie möglich auszuweichen. So wie es aussah, kostete der Umweg nach Hause wegen der Bons zwanzig Minuten, aber diese zwanzig Minuten waren die Ruhe und den Frieden wert, zwei zufriedene Siebenjährige zu haben. Ganz zu schweigen davon, dass der arme Flopsy wahrscheinlich schon ungeduldig vor der Tür hin- und herlief, und das sah selbst bei einem vierbeinigen Tier nicht gut aus. Sie hatte Beckett eine Nachricht hinterlassen, ob er Flopsy mal kurz rauslassen könne, bevor er ging, und sie hatte ohnehin geplant, hier kurz anzuhalten, falls sie zu einer vernünftigen Zeit fertig würde, also sollte mit Flopsy alles in Ordnung sein.

Ein Blick in ihr Haus verriet ihr jedoch, dass mit Flopsy ganz und gar nichts in Ordnung war.

Eine dreibeinige Spur aus Dreck schlängelte sich von der Küche bis ins Esszimmer und weiter ins Wohnzimmer, und Jennifer wollte gar nicht erst raten, wie weit sie noch reichte.

»Bleibt hier, Mädels. Ich will nicht, dass ihr auch noch Matsch im ganzen Haus verteilt.« Sie würde Flopsy in seine Box schicken müssen, und sei es nur zu seinem eigenen Besten. Es bestand überhaupt kein Zweifel daran, dass Nero dahintersteckte, und die Tatsache, dass der Hund nicht angerannt kam, als sie eintrat, ließ sie Schlimmes befürchten, welchen Unfug die Katze diesmal ausgeheckt hatte. Der arme Flopsy war einfach viel zu gutgläubig für sein eigenes Wohl.

Und Beckett Fields war viel zu heiß für ihre.

»Was machst du eigentlich noch hier?« Die Worte sprangen aus ihrem Mund, bevor sie sie wieder einfangen konnte.

Beckett wirbelte herum, Flopsy zappelte in seinen Armen, während er versuchte, die schlammigen Pfoten von seiner Kleidung fernzuhalten. »Falls es deiner Aufmerksamkeit entgangen ist: Dein Hund hat beschlossen, den Boden und einige Möbel mit Schlamm zu verzieren.«

»Die Möbel? Oh nein.«

»Oh doch.« Er lockerte den Griff um Flopsy. »Nicht, dass es direkt seine Schuld wäre. Diese Katze ist das personifizierte Böse.«

»Psch.« Sie legte einen Finger auf die Lippen und warf einen Blick zurück in die Küche. »Sag das nicht zu laut. Sami wäre am Boden zerstört.«

»Gott bewahre, dass Sami sich aufregt.« Er blies sich mit einem schweren Seufzen eine Haarsträhne aus den Augen. »Ganz egal, dass ich schon vor Stunden hier weg sein sollte.«

»Oh, tut mir leid. Du hast recht.« Sie löste ihre Füße vom Boden – was rein gar nichts mit dem Schlamm zu tun hatte – und nahm Beckett Flopsy aus den Armen. »Danke für die Schadensbegrenzung. Ich übernehme ab hier.«

»Von mir aus.« Er klopfte sich die Hände ab. »Aber ich werde morgen wiederkommen müssen. Diese Katze ...« Er schüttelte den Kopf. »Ich weiß nicht, warum du dich mit dem Vieh abfindest.«

»Wirklich?« Sie hievte Flopsy in eine bequemere Position auf ihre Hüfte. »Du meinst also, beim ersten Anzeichen von Ärger sollte ich ihn einfach vor die Tür setzen? Ihn seinem Schicksal überlassen?«

»Es wäre für alle anderen gnädiger.«

»Und ihm zeigen, dass er nicht gewollt ist? Nein danke. Sami wäre untröstlich, wenn Nero etwas zustößt. Und er und Flopsy raufen sich gerade zusammen.«

»Du nennst das« – er deutete mit einer ausladenden Geste auf den Raum – »zusammenraufen?«

Jennifer zuckte zusammen. Zwei Vasen waren hinüber, die Pflanzen über jede Rettung hinaus zerfleddert, und diese Schlammstreifen ... Sie würde eine Teppichreinigungsfirma beauftragen müssen.

»Morgen werde ich ihn in die Küche sperren.«

»Was hast du gegen die Küche?«

Er sagte das so mürrisch, dass Jennifer unwillkürlich lachen musste. Das wiederum steckte ihn an, und bevor sie sichs versah, musste sie Flopsy auf den Boden setzen, um wieder zu Atem zu kommen.

Und als Beckett mit der Hand ihren Arm entlangstrich, um ihr mit Flopsy zu helfen, stockte ihr der Atem erneut.

Ihr Lachen erstarb.

Seines ebenso.

Sie standen da, seine Hand noch immer an ihrem Arm, die Blicke ineinander verhakt, und Jennifer konnte ihr Herz in den Ohren hämmern hören.

»Jennifer –«

Wie in Zeitlupe sah sie ihn näher kommen, sein Blick wanderte von ihren Augen zu ihren Lippen, und Jennifer wollte, dass er die Distanz zwischen ihnen überbrückte –

»Beck!«

Bis Sami ins Zimmer gerannt kam.

Gott sei Dank tauchte sie jetzt auf und nicht zwanzig Sekunden später, denn Jennifer war sich mehr als sicher, dass sie und Beckett in einem Kuss verschmolzen wären, den eine Siebenjährige nicht sehen sollte.

»Hey, Sami!«

Er fing Sami auf, als sie sich ihm entgegenwarf.

Ach, man müsste noch einmal so jung und unbefangen sein. Wie es wohl wäre, wenn sie sich ihm so entgegenwerfen würde?

Ihre Zehen – und viele andere Körperteile – kribbelten bei dem Gedanken.

»Was machst du noch hier?« Sami tätschelte seine Wangen. »Mami hat gesagt, du bist weg, bevor wir nach Hause kommen.«

»Nun, das wäre ich auch gewesen, aber Nero hat beschlossen, Flopsy auf ein Abenteuer zur Erkundung des Amazonas-Regenwaldes mitzunehmen.«

»Du bist albern. Der Regenwald ist in Südamerika, nicht hier.«

»Das weißt du?«

»Natürlich. Ich habe mal darüber gelesen.«

Jennifer schüttelte lächelnd den Kopf. Sami hatte ein fast fotografisches Gedächtnis. Das machte es verdammt schwer, die Kleine hinters Licht zu führen.

Der Weihnachtsmann und der Osterhase hatten nicht einmal das erste Mal überlebt, als Andrea ihr von ihnen erzählt hatte. Andererseits waren damals wahrscheinlich ein paar kinduntypische Substanzen im Spiel gewesen, und Samis Lügendetektor war schon in jungen Jahren gut geschärft worden.

»Nun, er hat ihn jedenfalls auf eine Art Abenteuer mitgenommen. Hast du den Schlamm gesehen?«

»Ja, hat sie.« Jennifer strich Sami die Haare zurück. »Als ich dir gesagt habe, du sollst in der Küche bleiben. Ist Cassie dort?«

»Na ja, schon, aber ich habe Beck gehört und ich dachte –«

»Du dachtest, meine Anweisungen seien nur Vorschläge?«

»Tut mir leid, Mami.« Samis Unterlippe bebte – und Jennifers Herz schmolz dahin. Sie hasste es, die Böse spielen zu müssen, aber sie konnte Sami nicht alles durchgehen lassen.

»Verabschiede dich von Beckett, und dann möchte ich, dass du ganz vorsichtig zurück in die Küche marschierst und Cassie Gesellschaft leistest. Du kannst deinen Gast nicht ganz allein lassen.«

Sami seufzte. »Okay.« Dann tätschelte sie wieder Becketts Wangen. »Kannst du uns ein bisschen Gesellschaft leisten, während wir auf Mami warten?«

Er ließ sie auf den Boden hinuntergleiten. »Ich glaube, es ist wahrscheinlich besser, wenn ich deiner Mutter helfe. Dann kann sie euch früher das Abendessen machen.«

»Sie macht uns kein Abendessen; wir gehen zum Fish Fry. Willst du mitkommen? Das macht riesigen Spaß.«

Jennifer legte ihre Hand auf Samis Kopf und drehte ihn weg. »Küche. Jetzt.« Der arme Beckett musste nicht in diese unangenehme Lage gebracht werden.

Nicht, wenn es andere Lagen gab, in denen sie ihn lieber sehen würde –

Das hatte sie jetzt nicht wirklich gedacht. Oh mein Gott, was war nur los mit ihr?

»Schon gut.« Mit gesenktem Kopf und schleifenden Füßen trottete Sami davon, genau so, wie sie vor zwei Jahren ins Haus gekommen war.

Jennifer schaute weg. Das war nicht dasselbe. Sami ging es jetzt besser. Sie wusste, dass sie geliebt wurde, ein Dach über dem Kopf und Essen auf dem Tisch hatte. Sie hatte die Beständigkeit, die Andrea ihr nie hatte bieten können. Das einzig Anständige, was Andrea für ihre Tochter getan hatte, war, das Sorgerecht an Jennifer zu übertragen. Also musste Jennifer dieses Bild der schluchzenden, verängstigten Sami in den hintersten Winkel ihres Gehirns verbannen. Sie hatte sich gut um Sami gekümmert, da durften ein paar strenge Worte der Zurechtweisung ihr nicht schaden.

»Ganz schön eigensinnig, die Kleine.«

»Ja.«

»Kommt sie nach ihrem Vater?«

Dieses Gespräch würde sie nicht führen. In dem unwahrscheinlichen Fall, dass er jemals begriff, wer sie war – und sich erinnerte, dass sie eine Zwillingsschwester hatte –, würde sie dem Gerüchteküche nicht noch mehr Futter liefern. Samis Vater stand als Gesprächsthema nicht zur Debatte. Vor allem, da Andrea nie seine Identität preisgegeben hatte. Sie hatte dem Typen außerdem nie von Samis Existenz erzählt, was die Sache mit der Sorgerechtsübertragung erleichtert hatte, also hatte Jennifer nicht weiter nachgehakt.

Und Beckett sollte das besser auch nicht tun.

Sie bückte sich, um Flopsy zu streicheln, der sich keinen Millimeter bewegt hatte. »Sami ist ihre eigene Persönlichkeit.«

Okay … das war deutlich.

Beck verstand die Ansage: keine Fragen zum Erzeuger. Der Typ war tabu.

Was ihm eigentlich ganz recht war.

Nicht, dass er irgendein Recht hätte, sich in die eine oder andere Richtung Gedanken zu machen, aber er mochte Sami. Und Jennifer …? Nun, er mochte Jennifer mehr als nur ein bisschen.

»Hey, tut mir leid, dass ich das hier nicht geschafft habe, aber ich bin in Samis Zimmer aufgehalten worden. Ich musste diese Sperrzone räumen, nachdem ich das Zeitschriftenregal wieder aufgerichtet hatte, das vorhin einen Abgang gemacht hat. Und als ich wieder hier unten war und diese nächste Chaos-Runde losging, waren die Schmutzstreifen schon gar nicht mehr zu zählen.«

»Was meinst du mit ›Sperrzone räumen‹? Sami hat ihr Zimmer gestern Abend vor dem Schlafengehen aufgeräumt.«

»Dann hat sie es heute Morgen wieder un-aufgeräumt. Ich glaube, ich habe zwei Stunden darin verbracht, nur um all ihre Klamotten zusammenzusuchen und zu falten.«

Jennifers Augen verengten sich und sie blickte zur Küche. »Sami?«

Sami kam wieder ins Zimmer gehüpft, voller Hoffnung und Aufregung.

Bis sie Jennifers Gesicht sah.

»Hast du heute in deinem Zimmer Unordnung gemacht?«

»Äh ...« Sami interessierte sich plötzlich brennend für den Fußboden – genauer gesagt für den Kreis, den ihr Zeh darauf ziehen konnte.

Warum kam er sich plötzlich so vor, als hätte sie ihn ausgespielt?

»Samantha Renee ...«

»Na ja, du hast gesagt, Beck muss bleiben, bis alles ganz sauber ist, und ich wollte ihn sehen, also dachte ich mir, wenn er in meinem Zimmer viel zu tun hat, ist er vielleicht noch da, und es hat geklappt, weil er immer noch da ist und ich ihn sehen durfte, auch wenn du mich ihn nicht lange genug hast sehen lassen.«

Sein Verstand hing noch etwa fünfzig Wörter hinterher, aber er begriff das Wesentliche.

Und statt sauer zu sein, fühlte er sich ... gewollt.

Es war ein seltsames Gefühl. Sicher, es hatten ihn schon früher Frauen gewollt, aber nicht rein um seiner Gesellschaft willen. Nicht so. Sami wollte ihn sehen, weil sie ihn mochte, so wie er war.

Es war beschämend schön, das Objekt der Zuneigung eines Kindes zu sein.

Jennifer ging vor ihr in die Hocke. »Sami, ich kann nicht glauben, dass du Beckett aus egoistischen Gründen mehr Arbeit gemacht hast. Das ist ihm gegenüber nicht fair. Du musst dich entschuldigen. Er hatte heute noch andere Dinge zu tun.«

»Tut mir leid.« Ihre Unterlippe schmollte und ihre Stimme wurde ganz leise. »Ich hab dich einfach vermisst, Beck.«

Gütiger Himmel, er spürte, wie ihn etwas durchströmte und sein Herz klopfte heftiger in seiner Brust. Das war lächerlich. Sie war ein Kind. Er mochte Kinder nicht einmal besonders. Zumindest nicht so sehr, dass er eines in seinem Leben haben wollte. »Es ist –«

Jennifer warf ihm einen Blick zu und schüttelte den Kopf.

Richtig. Verstanden. Er durfte die Kleine nicht bestärken. »Deine Mami hat recht, Sami. Ich hatte heute wirklich noch was vor. Ich hatte meine Pläne gemacht und musste sie dann wegen dir ändern. Das macht man nicht mit jemandem. Unfälle passieren und Leute müssen sich anpassen, aber absichtlich meinen Tag umzukrempeln, ohne mit mir zu reden ... das ist nicht okay.«

»Tut mir leid.« Jetzt rannen die Tränen über ihre Wangen.

Ach, verdammt. Das war ätzend.

Er sah Jennifer an.

Sie sah genauso erschüttert aus wie er.

Also ging er vor Sami in die Hocke und hob sanft ihr Kinn an. »Wie wäre es dann, wenn du es wiedergutmachst?«

»Okay.« Sie schniefte. »Wie? Möchtest du einen Teddybären?«

Er blickte zu Jennifer. Er wusste nicht, wie er damit umgehen sollte. Er hatte eher an Schere-Stein-Papier oder so was gedacht. Aber einem Kind ein Spielzeug wegnehmen? War das akzeptabel? Würde ihr das eine Lehre sein?

Jennifer nickte.

Na gut. »Das klingt nach einem fairen Tausch.«

Sami sah ihre Mutter an. »Ist das okay, Mami?«

»Ich denke, das geht in Ordnung. Du wirst etwas aufgeben müssen, das dir wichtig ist, weil du ihn dazu gebracht hast, etwas aufzugeben, das ihm wichtig war.«

»Okay.« Sami wischte sich mit dem Arm die Nase ab und sah zu ihm auf, die Tränen glitzerten an ihren Wimpernspitzen. Dann packte sie seine Hand und zog daran. »Komm mit.«

»Mitkommen?« Sein Blick schoss zu Jennifer –

Die entnervt aussah. »Sami –«

»Aber Mami, er muss doch mitkommen, um seinen Teddy zu holen.«

»Wohin mitkommen?« Er hatte so ein Gefühl, dass ihm die Antwort nicht gefallen würde.

»Zum Fish Fry, Dummkopf. Da ist der Teddybär.« Das Lächeln, das sie ihm schenkte, erinnerte ihn an das, das er selbst aufsetzte, wenn er seinen Willen bekam – sogar heute noch.

Er war von einer Siebenjährigen ausgespielt worden. Sowohl er als auch Jennifer.

Beck lachte. Wahrscheinlich nicht die Reaktion, die er hätte zeigen sollen, aber er konnte nicht anders. Die Kleine hatte die Tränendrüsen und die Entschuldigungen nur benutzt, um mehr Zeit mit ihm verbringen zu können.

Er konnte ihr ehrlich gesagt nicht nein sagen. Das Kind hatte die Mitleidstour zu perfekt durchgezogen, und Täuschungsmanöver dieses Ausmaßes mussten belohnt werden, wenn sie so erfolgreich waren.

»Sami, Beckett wird uns nicht zum Fish Fry begleiten. Ich fass es nicht, dass du dachtest, du könntest ihn dazu austricksen.«

»Ich trickse nicht. Ich meine es ernst. Die haben dort Teddybären und du hast gesagt, ich muss ihm einen geben, also kann ich das nicht machen, wenn er nicht mitkommt.«

»Du kannst ihn ihm morgen geben und damit basta.« Jennifer stand auf und klopfte sich die Hände an der Hose ab. »Und jetzt zurück in die Küche mit dir. Und während du auf Beckett und mich wartest, bis wir hier fertig sind, kannst du dir ein paar Küchentücher nehmen und anfangen, dort den Schlamm aufzuwischen.«

Sami stieß wieder die Luft aus – ein sehr tiefes Schnauben. Beck war kurz besorgt, Zeuge eines Weineranfalls zu werden, aber sie warf einen Blick in das Gesicht ihrer Mutter und überlegte es sich offenbar anders.

Das hinderte sie jedoch nicht daran, stampfend davonzugehen.

»Und stampf nicht so. Das macht Flopsy Angst.«

Der Hund sah nicht so aus, als hätte er Angst. Er war viel zu sehr damit beschäftigt, seinen Schwanz zu untersuchen und drehte sogar ein paar Kreise, um ihn zu jagen.

»Tut mir leid deswegen«, sagte Jennifer, sobald Sami außer Hörweite war. »Ich weiß nicht, was in sie gefahren ist.«

»Schon okay. Ich muss zugeben, es ist lange her, dass jemand so unbedingt in meiner Nähe sein wollte.«

Jennifer zog eine perfekte Augenbraue hoch. »Wirklich? Ich kann dir sagen, dass Oma und Sami nicht mehr so viel Zeit in einem Raum verbracht haben, seit Sami sprechen gelernt hat. Die einzige Gemeinsamkeit, die sie hatten, warst allerdings du.«

»Das liegt daran, dass beide ihre eigenen Pläne verfolgen.«

Sie wich einen Schritt zurück und blinzelte ihn an. »Das hast du gemerkt?«

Er hatte sie überrascht. »Jennifer, bitte.« Er nutzte das Thema aus, um näher zu treten und ihre Hand zu ergreifen. »Ich bin nicht von gestern. Verkupplungswütige Großmütter sind Teil meines Lebens, seit ich meine erste Million gemacht habe.« Davor war er ein mürrisches, streitlustiges Kind aus der Gosse ohne Zukunft gewesen. Erstaunlich, was Bildung, die richtige Einstellung und ein guter Anzug aus einem Typen machen konnten. Ein paar Milliönchen schadeten auch nicht. »Wenn ich nicht gelernt hätte, damit umzugehen, wäre ich schon vor Jahren verheiratet worden.«

»Du warst noch nie verheiratet?«

»Nein.« Und er hatte vor, dass das so blieb. Wenn seine eigene Mutter, die eine Person im Leben, die einen nicht im Stich lassen sollte, es tun konnte, dann konnte es jeder.

Ja, er hatte Bindungsängste. Große Überraschung. Es bräuchte jemanden, der unglaublich loyal und liebevoll wäre, um sie zu überwinden, und ehrlich gesagt glaubte er nicht, dass diese Person existierte.

»Wahrscheinlich besser so.« Jennifer tätschelte ihm die Schulter. »Ich wasche Flopsy, wenn du den Wischer holen gehst?«

Er war noch immer fassungslos über ihren Kommentar. Wahrscheinlich besser so? Jennifer Langston war die einzige Frau, von der er diesen Satz je gehört hatte – und die Letzte, von der er ihn erwartet hätte.

Und das Komische daran war: Es ließ die Flamme, die er einst für sie gehegt hatte, wieder hell auflodern.

Kapitel zehn

Er würde diesen Laden am liebsten abfackeln.

Beck blickte sich in dem schreienden Meer aus Furien um und fragte sich nicht zum ersten Mal in den erst fünfzehn – nein, sechzehn – Minuten, die sie hier waren, warum um alles in der Welt er Jennifer nicht beim Wort genommen und die Flucht ergriffen hatte, als sie ihm die Gelegenheit dazu bot.

Weil er mehr Zeit mit ihr verbringen wollte.

Und das hier war der Preis, den er dafür zahlen musste.

»Beeeeeeeeeeeeeeckeeeeeeeeeeettttttttttt!« Sein Name hallte durch die Röhrenrutsche, die Sami und ihre Freundin gerade zum zwölften Mal hinunterrutschten, oder so ähnlich.

Er begriff es nicht. Es gab nur eine einzige Sache, die er gerne zwölfmal hintereinander machen würde, aber selbst dann müsste es mit der richtigen Person sein.

Er warf Jennifer einen Blick zu.

Gott, sie war umwerfend.

Und das Ding war, sie schien es nicht einmal zu wissen. Ihr Haar war zu einem Pferdeschwanz gebunden – ein paar ausgefranste Strähnen hingen heraus, die sie beim Binden im Gummiband übersehen hatte – und das passende Shirt, das sie extra gekauft hatte, um im Partnerlook mit den neuen

Shirts der Mädchen zu sein, war aus dem Bund gerutscht und hatte ein paar Flecken von der orangefarbenen Pampe, die sie hier Pizzasauce nannten. Auf ihrem Hintern klebte ein blauer Zuckerwattenfleck – ja, er sah hin – und sie hielt sich das Knie, wo ein Kind mit einer Skeeballkugel gegen sie geprallt war. Dennoch lächelte sie immer noch.

»Wie kann dir das hier gefallen?«

Ihr Lächeln wurde noch breiter.

Diese metaphorische Fackel loderte heller auf.

»Willst du mich auf den Arm nehmen? Was gibt es an purer, ungezügelter Freude nicht zu lieben? Schau sie dir an. Diese Kinder sind so glücklich, das ist ansteckend.«

»Etwas ist hier definitiv ansteckend.« Er deutete auf die Desinfektionsmittelspender, die überall herumstanden.

»Mensch, Ebenezer, warst du als Kind nie an so einem Ort?« Ihre Augen weiteten sich und dann blickte sie weg. »Ich meine, naja, du weißt schon. Kinder. Sie machen gerne Lärm, rennen herum, werfen Bälle und springen von Dingen runter. Das macht einfach Spaß.«

Für eine Sekunde dachte Beck, sie hätte ihn vielleicht durchschaut. Erkannt, dass er eben nie an so einem Ort gewesen war. Seine Pflegefamilien hatten nie auch nur einen Cent mehr für ihn ausgegeben als unbedingt nötig.

Obwohl er, wenn er ehrlich zu sich selbst war, vielleicht auch nichts ausgegeben hätte, wenn er ein so mürrisches Kind wie ihn um sich gehabt hätte.

Sich einzugestehen, dass nicht die Familien das Problem gewesen waren, war eines der schwersten Dinge gewesen, die er als Erwachsener getan hatte.

Er blickte sich um und versuchte, diesen Ort so zu sehen, wie diese Kinder es taten. Jede Menge Farben, Hüpfburgen, ein paar Fahrgeschäfte, Spiele und Preise. Und Pizza. Zuckerwatte. Ganz normale Süßigkeiten. Ja, er verstand den Reiz, schätzte er. Aber der Lärm … Den verstand er nicht.

»Ich muss kurz telefonieren.« Er musste Lee Bescheid geben, dass er keine Mitfahrgelegenheit brauchte. »Ist es okay für dich, wenn ich kurz rausgehe?«

»Mir geht's gut. Geh nur.« Sie machte eine wegscheuchende Handbewegung, und er konnte nicht sagen, ob das Mitgefühl in ihrem Lächeln lag … oder Erleichterung.

. . .

Jennifer atmete lang und laut aus, als Beckett weggegangen war. Fast hätte sie es vermasselt.

Sie hatte tatsächlich vergessen, dass er John Becker war, bis zu dem Moment, als sie den Riesenbock geschossen und ihn gefragt hatte, ob er jemals an so einem Ort gewesen sei. Natürlich war er das nicht, und hätte sie das nicht geahnt, dann hätte es ihr die plötzliche Anspannung in seinen Schultern verraten.

»Mami, können wir jetzt gehen und Becks Teddybären gewinnen? Ich bin vom Rutschen ganz k.o.«

»Ich auch.« Cassie strich ihren Pferdeschwanz glatt. »Wirst du wirklich einen Teddybären gewinnen? Ich gewinne nie was.«

Jennifer griff nach ihrem Portemonnaie. Becketts Teddybär war gerade deutlich teurer geworden, denn sie hatte so das Gefühl, dass sie hier nicht wegkommen würden, bevor sie nicht drei dieser Stofftiere gewonnen hatten. »Kommt schon, Mädels. Mal sehen, wie gut wir beim Korbwerfen sind.«

»Au ja!« Die Mädchen rannten los in Richtung der Spielautomaten, während Jennifer versuchte Schritt zu halten und dabei Kinderwagen und anderen rennenden Kindern auf Mission auswich.

»Ich will den rosa Bären, Mami.« Sami zeigte auf einen fast einen Meter großen Bären, der über dem Spiel hing.

»Ich bin mir nicht sicher, ob Beckett der Typ für Rosa ist.« Jennifer schob drei Ein-Dollar-Scheine in den Automaten.

Zwei Bälle kamen heraus. Wegelagerei war das. Kein Wunder, dass sich der Laden hielt. Trotzdem konnte sie sich nicht über das Geld beschweren. Da Trent aus dem Schneider war, waren ihre Lebenshaltungskosten drastisch gesunken und ihre Ersparnisse proportional dazu wieder gewachsen. Und wofür war ihr Erspartes gut, wenn nicht dafür, dass sie sich um ihre Nichte kümmern konnte?

»Ich hole Beck den blauen, aber ich will den rosa Bären. Und Cassie will den grünen.«

»Sieht so aus, als hätten wir eine Menge Freiwürfe vor uns.«

Für achtundsiebzig Dollar, um genau zu sein.

Für einen einzigen Teddybären.

»Sami, wie wäre es, wenn wir in einen Spielzeugladen gehen und die anderen kaufen? Das wäre billiger.« Und schneller.

»Aber Mami, das macht doch keinen Spaß, wenn man sie einfach kauft.«

Sprach die Siebenjährige, die diese Wucherpreise nicht selbst bezahlen musste.

Jennifer hielt die Hand auf für die Tickets, die die Mädchen bisher gewonnen hatten. »Ich finde, wir sollten auch anderen Leuten eine Chance lassen. Wir haben einen für Beckett gewonnen. Du und Cassie könnt euch im Laden eure eigenen aussuchen.«

»Ja, lass uns das machen.« Cassie reichte ihre Tickets herüber.

Das kleine Mädchen hatte genau beobachtet, wie die Dollarscheine im Automaten verschwanden, und es hatte Jennifer das Herz gebrochen, ein Kind zu sehen, das sich des Wertes eines Dollars so bewusst war. Oh, sie würden es irgendwann lernen müssen, aber nicht so, wie Cassie es hatte lernen müssen.

»Aber –«

»Komm schon, Sami, vielleicht kriegen wir ja sogar passende Teddybären, so wie unsere passenden Shirts«, sagte Cassie, eine Verbündete, mit der Jennifer nicht gerechnet hatte.

»Ooh, passende wären toll! Ich kann meinen Molly nennen und du nennst deinen Polly.«

»Oder Holly.«

Sami stupste Cassie am Arm an und lächelte. »Oder Lolly.«

»Oder Dolly.« Cassie strahlte so breit, wie Jennifer es heute noch nicht gesehen hatte.

»Oder Jolly.«

»Oder Wally.«

Sami verschränkte die Arme. »Du kannst einen Teddybären nicht Wally nennen. Das ist ein Jungenname.«

»Aber Teddy ist doch auch einer.«

»Hm ... du hast recht.« Sie tippte sich an die Lippen und Jennifer konnte sehen, wie es in ihrem Kopf arbeitete. »Glaubst du, wir sollten Becks Bären Teddy nennen?«

»Ich finde, wir sollten seinen Wally nennen«, sagte Cassie. »Und wir kriegen Polly und Molly und sie werden alle allerbeste Freunde sein.«

»Ja. Allerbeste Freunde. Weil wir das ja auch sind, oder?«

Jennifers Herz zog sich zusammen. Sie liebte dieses Freundschaftsfest, das die Mädchen feierten – nichts ging über eine beste Freundin fürs Leben –, aber Beckett mit in die Mischung aufzunehmen? Das schrie förmlich nach Herzschmerz, wenn er seinen Teil der Freundschaftsvereinbarung nicht einhielt – woran Jennifer ihm nicht einmal die Schuld geben würde. Er hatte unterschrieben, um ihr Haus zu putzen, nicht um ein Teil davon zu werden.

Trotzdem war sie nicht bereit, ihre fröhliche Parade zu stören, während sie dem hüpfenden, eingehakten Paar zum Preiseschalter folgte.

»Wir hätten gerne den blauen, bitte.« Sami reichte der Teenagerin die Tickets, die Jennifer ihr gegeben hatte.

»Dunkel- oder hellblau?«, fragte das Mädchen.

Sami kräuselte die Lippen zur Seite. »Dunkelblau. Das ist erwachsener, finde ich.«

Cassie nickte, während Jennifer sich auf die Lippe biss. Weil die Farbe bei einem Teddybären, den sie einem erwachsenen Mann schenken wollten, ja so verdammt wichtig war.

Aber das war eine große Entscheidung für die Mädchen, und Jennifer wollte ihnen das nicht nehmen.

»Mami, haben wir genug Tickets, um Wally eine Krawatte zu kaufen?«

Eine Krawatte. Natürlich brauchte ein Stofftier Kleidung. Dieser Laden sollte einfach ein klaffendes schwarzes Loch neben der Tür haben mit einem Schild, auf dem stand: »Lass alle Hoffnung auf Bargeld fahren, wer du hier eintrittst.«

»Sicher, Schatz.« Jennifer kramte weitere Tickets aus ihrer Tasche.

»Und wie wäre es mit einem Hemd?«, fragte Cassie.

»Ich glaube, das wäre ein bisschen viel, meinst du nicht? Der arme Wally kommt bestimmt ins Schwitzen, wenn er ein Hemd und eine Krawatte tragen muss.«

»Stimmt. Weil er dann ja auch eine Hose und Schuhe braucht, und wer will schon einen Teddybären, der ganz schick für die Arbeit angezogen ist?«

»Richtig.« Cassie nickte. »Teddybären sollten sich nicht so schick machen müssen.«

»Aber wir wollen Kleider für unsere, oder, Cassie?«

»Passende.«

»Ja, passende. In Rosa.«

»Oder Lila.«

»Oder Lila.«

»Mir war gar nicht klar, dass Teddybären so anspruchsvoll sind.«

Jennifer wäre fast aus der Haut gefahren, als Beckett ihr das ins Ohr flüsterte.

»Sorry, ich wollte dich nicht erschrecken.«

Dann hätte er nicht einfach in ihr Haus spazieren sollen. »Schon gut. Ich habe dich nur nicht kommen hören.«

»Wie könntest du auch an diesem Ort? Ich kann kaum meine eigenen Gedanken hören; die Tatsache, dass wir überhaupt ein Gespräch führen können, lässt mich zweifeln, ob ich jemals wieder normal hören kann, wenn wir hier raus sind.«

»Es ist nicht so schlimm.«

»Sagt die Frau, die schon öfter hier war als ich. Dein Gehör ist bereits geschädigt.«

Noch etwas anderes würde Schaden nehmen, wenn sein warmer Atem weiterhin so köstliche Dinge mit ihren Nervenenden anstellte.

Gott sei Dank erblickte Sami ihn genau in diesem Moment. »Beeeeeeeeeeeeeeeeeck!!!!« Sie rannte herüber und stolperte dabei praktisch über den Teddybären.

»Hey, Knirps. Glückwunsch zum Gewinn des Bären.«

»Das ist dein Bär, weißt du noch?« Sie drückte ihm die gigantische Geldverschwendung in die Arme. »Er heißt Wally.«

»Wally, was? Ich wusste gar nicht, dass sie schon mit Namen geliefert werden.«

»Werden sie auch nicht, du Dussel, aber ich und Cassie haben ihn für dich getauft. Mami bringt uns jetzt in den Spielzeugladen, um unsere eigenen zu kaufen, weil sie hier keine passenden haben, und wir werden unsere Molly und Holly nennen –«

»Dolly.« Cassie tappte ihr auf den Ärmel.

»Dolly eben, und sie können Zwillinge sein. So wie meine Mama.«

»Ich glaube, du meinst Drillinge«, sagte Beckett und klemmte sich seinen Bären unter den Arm.

»Was sind Drillinge?«

»Du weißt doch, dass Zwillinge zwei Leute sind, die gleich aussehen? Nun, Drillinge sind drei Leute, bei denen das so ist.«

Er legte eine Hand auf Samis Schulter, eine Geste so natürlich, dass sie

Jennifer nicht hätte so tief berühren dürfen, aber das hier war John Becker, den sie dabei beobachtete, wie er so mit ihrer Nichte umging – der Typ, der damals auf ihre Berührung reagiert hatte, als hätte sie Lepra.

Dabei sagte sein Kuss von vorhin, dass er heutzutage alles andere als das dachte.

»Au ja, wir können Drillinge sein!« Sami umarmte Cassie und hüpfte auf und ab.

Beckett zog eine Augenbraue hoch. »Wie viel roten Farbstoff haben sie heute intus?«

»Ich tippe auf den Zucker.«

»Ah, der Absturz dürfte also bald folgen?«

»Wahrscheinlich genau in dem Moment, in dem sie ihre passenden Bären bekommen und wieder im Auto sitzen, wenn ich Glück habe.«

»Du meinst wir. Du musst mich noch zum Autohaus bringen, damit ich meinen Wagen abholen kann.«

»Oh, richtig. Das habe ich ganz vergessen. Haben die denn noch offen?«

»Der Schlüssel liegt unter der Matte, das spielt also keine Rolle. Wann immer wir fertig sind, ist es okay.«

»Ich kann dich absetzen, bevor wir zum Spielzeugladen fahren.«

»Oh, aber nein, Mami!« Sami zerrte an ihrem Shirt und zog es aus der Shorts. »Er muss mitkommen. Wir müssen Wally doch seinen Drillingsschwestern vorstellen.«

Jennifer versuchte unauffällig, ihr Shirt wieder ordentlich hineinzustecken. Es hatte etwas, nun ja, Intimes, ihr Shirt in seiner Gegenwart so zerzaust zu haben. »Sami, ich glaube, Beckett war für heute schon geduldig genug. Er muss nicht auch noch mit uns ins Einkaufszentrum kommen.«

»Schon gut. Das macht mir nichts aus.« Er streckte Sami die Hand entgegen. »Und es liegt sowieso auf dem Weg zum Autohändler, also keine große Sache.«

Eigentlich war es eine große Sache. Beck sprach die Worte zwar gelassen aus, aber er konnte kaum glauben, dass sie aus seinem Mund kamen. War er denn wahnsinnig geworden? Hatte dieser Ort seinen gesunden Menschenverstand gegrillt? Wer wollte schon zwei Stunden hier verbringen und dann auch noch in einen Spielzeugladen gehen? Und doch hatte er gerade genau dazu zugestimmt. Er musste wohl an einer von Kindern ausgelösten Psychose leiden oder so etwas in der Art.

Jennifer ging vor ihm zur Vordertür.

Oder so etwas in der Art.

Verdammt, diese Frau war sexier, als eine Mutter das Recht dazu hatte. Die Jeans-Shorts schmiegten sich an einen perfekten Hintern, und der Zipfel ihres Shirts, den sie beim erneuten Einstecken übersehen hatte, klappte immer wieder hoch und gab den Blick auf ein Stück gebräunten, festen Rücken frei, bei dessen Anblick es ihm in den Fingern juckte.

»Ist dieses Blau deine Lieblingsfarbe, Beck? Wir hätten auch den hellblauen nehmen können, aber ich und Cassie dachten, der sieht aus wie ein Babyspielzeug, und weil du kein Baby bist, wollten wir dir kein Babyspielzeug schenken. Haben wir die richtige Entscheidung getroffen?«

Wie Sami ununterbrochen plappern konnte, ohne darauf zu achten, wo sie hingingen, und es dennoch schaffte, all den Kindern, Buden, Fahrgeschäften und verirrten Skeeballs auszuweichen, über die er fast zweimal gestolpert wäre, und dabei noch seine Hand festzuhalten, würde er nie begreifen. Das Kind schien von einer unsichtbaren Barriere umgeben zu sein, die nichts durchdringen konnte.

»Beck?«

Er hielt ihr die Tür offen – Jennifer war dank ihrer langen Beine, die den Boden zwischen dem Ticketschalter und dem Ausgang im Nu überbrückt hatten, bereits draußen.

»Äh, ja. Dunkelblau ist prima. Gefällt mir.«

»Puh.« Sami stieß einen riesigen Seufzer aus, der ihren Pony fast senkrecht nach oben stehen ließ.

Ihm war nicht klar gewesen, dass die Farbwahl eines Bären eine so große Sache war. »Hast du gut gemacht, Sami.«

Das Lächeln, das sie ihm schenkte, war strahlend genug, um alle Maschinen und Lichter an diesem Ort mit Energie zu versorgen.

Er war sich nicht sicher, ob ihm das behagte. Er war ein viel zu großer Teil ihres Glücks und begriff nicht, warum. Okay, ihr Vater war im Alltag nicht präsent, aber es gab doch sicher irgendeine Besuchsregelung? Es war ja nicht so, als wäre er, Beck, Samis einzige Vaterfigur. Wie traurig wäre das denn nach nur zwei Tagen im Job?

Er versuchte mehrmals, das Thema von Samis Vater bei Jennifer anzusprechen, während sie im Spielzeugladen waren. Er fragte nicht direkt, wo der Kerl steckte, aber er streute genug Kommentare wie »Samis Vater muss sicher« oder »Wenn Samis Vater« ein, um ihr eine Steilvorlage zu geben, aber sie griff nie zu. Stattdessen wechselte sie das Thema und steuerte einen anderen Bereich des Ladens an.

Und so kam es, dass Sami und Cassie am Ende einen Berg Spielzeug besaßen, der für einen ganzen Weihnachtsmorgen gereicht hätte und den sie unbedingt »haben mussten«.

Cassie sah aus, als wäre der Weihnachtsmann höchstpersönlich mitten im Spielzeugladen erschienen. Beck konnte das nachempfinden, denn in seiner eigenen Kindheit hätte er nicht einmal im Traum auf eine solche Beute gehofft, doch hier stand Sami an einem Sommertag und bekam all das, während sie den Laden schon wieder nach Neuem absuchte.

Er sah zu Jennifer. Sie wirkte nicht wie der Typ, der ein Kind verwöhnte – das zahlte sich später im Leben nie aus –, doch sie bremste diesen Kaufrausch auch nicht gerade aus.

Ihm gefiel das Ganze nicht besonders. Oh, nicht ihre Erziehungsmethoden – er war kein Vater, also stand ihm kein Urteil zu –, aber dieser Überfluss …

»Hey, Ladies, ich habe eine Idee.« Er schnappte sich die Tüten voll Spielzeug und führte sie aus dem Laden.

»Geht es darum, das Spielschloss dort drüben mit der Spiralrutsche zu kaufen? Oder gehen wir in den Zirkus? Ich war noch nie im Zirkus. Oder, oh! Ich weiß! Ein Vergnügungspark. Da gibt es Gruselkabinette, also bräuchte ich kein eigenes Haus. Mami hat gesagt, sie geht diesen Sommer mit mir hin, aber mit dir wäre es noch viel schöner, Beck.«

»Und Cassie?« Er nickte dem armen Kind zu, das völlig erschlagen von dem ganzen Zeug an einem Blumenkübel beim Sitzbereich stand, zu dem er sie geführt hatte. Man stelle sich vor, was sie denken würde, wenn er tatsächlich das Spielschloss kaufte, das Sami so bewundert hatte.

»Ja, Cassie auch. Sie war noch nie in einem Vergnügungspark. Wir sollten sie mitnehmen. Dann habe ich jemanden, mit dem ich fahren kann, und du kannst mit Mami fahren.«

Es wäre ihm lieber, wenn Mami auf ihm fahren würde, aber diesen Gedanken behielt er schön für sich.

Die Röte auf Jennifers Wange, als sie ihn kurz ansah und dann den Blick abwandte, verriet, dass er vielleicht nicht der Einzige mit solchen Gedanken war.

Interessant …

»Nein, ich dachte weder an ein Spielschloss noch an den Zirkus.« Er ließ sich auf die Bank sinken, stellte die Tüten auf den Boden zwischen seine Beine und tätschelte den Platz neben sich. Sami hüpfte natürlich sofort neben ihn, während Cassie zögerlich auf der anderen Seite Platz nahm.

Jennifer blieb leider neben dem Mülleimer stehen und lehnte sich mit der Hüfte dagegen. Nun ja, zumindest war die Aussicht gut, wenn sie schon nicht neben ihm sitzen konnte. »Ich habe mir überlegt … Ihr wisst ja, wie viel Spaß es euch gerade gemacht hat, all diese Sachen auszusuchen?«

»Aha.« Sami rutschte näher.

»Also, ich dachte …« Er warf Jennifer einen Blick zu und versuchte zu überlegen, wie er das ausdrücken sollte, damit sie nicht glaubte, er würde ihre Erziehung kritisieren. »Wäre es nicht toll, Spielzeug für andere Kinder auszusuchen und es ihnen zu schenken?«

»Was für andere Kinder?« Samis Hand glitt auf seinen Oberschenkel. »Meine ganze Klasse?«

Er legte seine Hand auf ihre – und erlaubte sich, die Nähe zu genießen. »Nein. Ich meine Kinder, die nicht viel Spielzeug haben.«

»Meinst du so wie Cassie?«

Autsch. Kindermund tut Wahrheit kund.

»Ich habe doch ganz viel Spielzeug.« Cassies Unterlippe bebte, während sie die Schultern hochzog und Arme und Knöchel verschränkte – eine Haltung, die Beck nur zu gut kannte.

»Na ja, du hast nicht so viel wie ich.«

»Sami!« Jennifer schreckte auf und kam zu ihnen herüber. »Das ist nicht –«

»Was ich meinte, war …« Beck hob die Hand, um Jennifer zu stoppen. Er hatte das Ganze angefangen, er würde es auch klären. »… Natürlich hat Cassie Spielzeug. Es geht nicht darum, wie viel jemand hat; es geht darum, dass manche Kinder gar nichts haben.«

»Aber du hast gesagt 'nicht viel'. Und sie hat nicht viel.« Sami zog ihre Hand unter seiner hervor – was zeigte, wie emotional sie war – und ging ebenfalls in eine abwehrende Haltung mit verschränkten Armen über, während sie Cassie ansah. »Du hast es doch beim Fischessen selbst gesagt.«

»Ich habe einiges.«

Beck atmete aus und fuhr sich mit der Hand übers Gesicht. Er hatte das falsch angepackt. Er hätte ihnen einfach seinen Plan nennen und all diese Fragen vermeiden sollen. »Mädels, konzentrieren wir uns auf das, was ich gesagt habe.«

Er wartete, bis beide Augenpaare auf ihn gerichtet waren statt aufeinander. Das Letzte, was er wollte, war Zwietracht zwischen ihnen zu säen. »Ich dachte mir, wir könnten für eine Gruppe Kinder einkaufen gehen, die ich kenne. Sie haben keine Eltern, die ihnen Spielzeug kaufen, und dann könnten wir es ihnen schenken. Was meint ihr?«

Jennifer ließ sich neben ihm auf die Bank sinken. Nicht in Berührungsnähe, aber doch nah genug, dass er ein wenig von ihrer Wärme spürte, als die Spannung von ihren Schultern wich.

»Aber wir haben kein Geld zum Einkaufen. Mami lässt mich mein Taschengeld immer sparen.«

»Ich bekomme kein Taschengeld«, murmelte Cassie.

»Das ist okay. Ich habe das Geld, um es zu bezahlen, aber da ich mir nicht ganz sicher bin, was sich Mädchen so wünschen, müsste ich euch beide als meine Beraterinnen anheuern.«

»Beckett, das ist nicht nötig –«

Jennifer verstummte zwei Herzschläge später, nachdem ihre Hand auf seinem Knie gelandet war.

Er bemerkte es in der Sekunde, in der es geschah, und ihm blieb der Atem weg.

Er räusperte sich, unsicher, ob er froh war, dass sie die Hand sofort wieder wegzog, oder nicht. »Ich weiß, dass es nicht nötig ist, aber ich möchte es. Und, sind wir mal ehrlich, ich kann es mir leisten.«

Er wandte sich wieder den Mädchen zu. »Also, was meint ihr? Lasst ihr euch von mir als meine Einkäuferinnen anheuern?«

»Werden wir bezahlt?« Sami legte den Kopf schräg und sah so konzentriert aus, dass es ihn daran erinnerte, wie fokussiert er bei seinem ersten Aktiengeschäft gewesen war.

Und an das Geld, das darauf folgte. »Natürlich werdet ihr bezahlt.«

»Beckett –«

Jennifer bewegte sich auf der Bank und drehte sich ihm weiter zu, doch so sehr ihm dieser Gedanke auch gefiel, er sah sie nicht an. Er wollte ihr keine

Gelegenheit geben, das Ganze zu stoppen, denn aus irgendeinem Grund war ihm das plötzlich sehr wichtig geworden. »Weil es ein Job ist. Ihr müsst euch das Geld verdienen; ich werde es euch nicht einfach schenken.«

»Wie viel?«

»Beckett –«

Er ignorierte Jennifer erneut. Wahrscheinlich nicht sein glanzvollster Moment, aber er wusste, sie würde ihm sagen, dass er das nicht tun müsse – doch die Wahrheit war, dass er es musste. »Das ist eine gute Frage, Sami. Was fändet ihr als Stundenlohn fair?«

»Müssen wir eine ganze Stunde arbeiten?«

»Die meisten Leute arbeiten acht Stunden. Jeden Tag.«

»Jeden Tag?« Samis Mund klappte auf. »Meine Mami macht das nicht.«

»Eigentlich, Sami, tue ich das doch.« Jennifer rückte erneut auf der Bank herum, diesmal so, dass sie den Mädchen zugewandt war – und nahm so den Fokus von ihm. »Du siehst es nur nicht, weil ich einen Teil meiner Arbeit zu Hause erledige.«

»Du operierst in unserem Haus?«

»Nein. Papierkram. Ich prüfe Berichte und sorge dafür, dass das Geschäft im Budget bleibt. Ich schreibe E-Mails und kümmere mich um Lieferprobleme und einen ganzen Haufen anderer Sachen am Computer, nachdem du im Bett bist.«

»Das wusste ich gar nicht.« Sami legte den Kopf schräg und kaute auf ihrer Unterlippe. »Was bekommst du bezahlt? Können wir dasselbe bekommen wie Mami?«

Jennifer lachte, als sie ihn anstieß. »Du hast das angefangen. Es ist dein Insolvenzverfahren.«

»Danke.«

»Gern geschehen.«

Er mochte es, ihr Vergnügen zu bereiten, selbst wenn er dabei die Zielscheibe des Spotts war.

Okay, daran zu denken, ihr Vergnügen zu bereiten, war nichts, was er tun sollte, während ihr Kind neben ihm saß. Das würde er sich für sein Schlafzimmer aufheben.

Er atmete tief ein und konzentrierte sich auf die Mädchen. Zwei ernsthafte Gesichter warteten darauf, dass er ihnen sagte, was er zahlen würde. »Eure Mutter ist aufs College gegangen und dann zur Tierarztschule, um das zu lernen, was sie heute tut. Seid ihr zur Schule gegangen, um Shoppen zu lernen?«

»Natürlich nicht, du Dussel.« Samis Kichern war wahrscheinlich am anderen Ende des Einkaufszentrums noch zu hören. »Wir sind erst in der zweiten Klasse. Aber wir wissen, wie man shoppt. Hast du uns nicht gerade im Laden gesehen? Wir sind gute Einkäuferinnen. Also sollten wir auch viel Geld dafür verdienen.«

Das Kind hatte Mumm, das stand fest. Das konnte sie im Leben noch weit bringen. Bei ihm war es so gewesen.

Er zerzauste ihre Locken. Sami war ein tolles Kind. Falls er jemals ein Kind hätte, sollte es wie Sami sein.

Eiskalte Kälte überlief ihn. Falls er jemals ein Kind hätte? Er würde niemals Kinder haben. Er wäre ein lausiger Vater und er würde niemandem schlechte Erziehungsmethoden zumuten. Er hatte diesen Albtraum selbst erlebt.

Er rieb sich die Hände, um seinen Blutkreislauf wieder in Schwung zu bringen. »Du hast recht; ihr seid gute Einkäuferinnen. Und ich habe gehört, dass gute Einkäuferinnen heutzutage fünf Dollar die Stunde verdienen. Was sagt ihr? Wollt ihr zwei den Job für fünf Dollar machen?«

»Ja.« Cassie ließ ihn das letzte Wort kaum beenden, bevor sie mit großen Augen auf den Beinen war.

Sami hingegen rieb sich das Kinn und dachte über sein Angebot nach.

»Sami –« Jennifer holte zu einer Belehrung aus; er hörte es an ihrer Stimme.

»Nein, nein. Lass sie darüber nachdenken. Schließlich muss sie die Arbeit auch machen, wenn sie das Geld verdienen will.«

»Okay. Ich mache es. Aber wir dürfen aussuchen, was wir wollen, oder? Für die Kinder?«

»Das ist eine gute Frage. Wir werden ein paar Richtlinien festlegen müssen. Zum Beispiel, was der Höchstpreis ist, den ihr ausgeben dürft, und wie viel ihr pro Kind ausgeben könnt, solche Sachen.«

»Mann, dieses Ding mit der Arbeit ist echt hart.«

»Deshalb nennt man es ja auch Arbeit und nicht Vergnügen. Aber Arbeit kann Spaß machen.«

»Ja, besonders in einem Spielzeugladen.« Sami sprang auf. »Können wir jetzt anfangen?«

Er sah zu Jennifer. »Ich habe Zeit, wenn du welche hast. Oder musst du nach Hause zu deinem Papierkram und deinen E-Mails?«

Er bot ihr einen Ausweg an. Dafür hätte sie ihn küssen können.

Nun, sie hätte ihn aus einer ganzen Reihe von Gründen küssen können, aber der würde erst mal reichen.

»Eigentlich bin ich mit dem Papierkram auf dem Laufenden, ich muss also nicht im Dienst sein. Also sicher, wir können das heute Abend machen.«

»Juhu!« Die Mädchen fassten sich an den Händen und hüpften auf und ab.

Es tat Jennifers Herz gut, Sami so ungehemmt in ihrer Freude zu sehen.

»Komm schon, Cassie! Wer zuerst da ist!«

Jennifer wollte sie gerade aufhalten, damit sie nicht einfach losrannten – sie hatten schließlich Becketts Kaufvorgaben noch gar nicht besprochen –, aber er hielt sie zurück.

»Lass sie nur. Um die Details kümmern wir uns gleich.«

»Warum?«

»Warum? Weil sie wissen müssen, was sie ausgeben dürfen und was nicht. Sie brauchen einen Plan.«

»Nein. Ich meinte, warum tust du das? Warum bezahlst du sie? Warum lässt du sie überhaupt einkaufen?«

Eigentlich brauchte sie keine Antwort auf die letzte Frage, denn sie kannte die Antwort bereits. John Becker hatte es in seiner Kindheit schwer gehabt. Aber das erklärte nicht, warum er gerade jetzt auf diese Idee gekommen war. Und auch nicht, warum der Beckett Fields das tat.

»Ich ...« Er fuhr sich mit der Hand durchs Haar. »Hör zu, ich will nicht, dass das falsch rüberkommt. Sami ist deine Tochter und du hast das Recht, für sie zu tun, was immer du willst. Aber ich ...« Seine Lippen wurden schmal, dann schüttelte er den Kopf. »Ich hatte als Kind nicht viel. Und ich erkenne die Anzeichen bei Cassie, dieses Wissen, dass sie nicht viel hat, und den Hass darauf. Versteh mich nicht falsch, was du heute für sie getan hast, – sie hierherzubringen und ihr das Gleiche zu kaufen wie deiner eigenen Tochter –, das ist alles gut. Es ist sogar großartig. Aber es hat ihr auch vor Augen geführt, dass ihre eigene Mutter das nicht tun kann. Also dachte ich, ich schlage zwei Fliegen mit einer Klappe. Ich könnte ihr eine Möglichkeit geben, Geld zu verdienen, damit sie ihrer Mom unter die Arme greifen kann – was sie will; sie möchte das Leben ihrer Mom weniger stressig machen, und es wird ihr helfen, sich weniger hoffnungslos in ihrer eigenen Situation zu fühlen. Außerdem kenne ich wirklich eine Gruppe Kinder, die Spielzeug gebrauchen könnten. Es wird gut für Cassie sein zu sehen, dass sie nicht allein ist und dass sie faktisch mehr hat als diese Kinder. Um die Jungs kann ich mich kümmern, aber wenn es um Mädchen geht ... sagen wir einfach, ich bin nicht der Typ für Babypuppen. Oder für Make-up oder Springseile. Sie helfen mir, ich helfe ihnen. Eine Win-win-Situation.«

Jetzt wollte sie ihn wirklich küssen. Was für eine selbstlose Geste von ihm.

Sie würde ihn verlegen machen, wenn sie es ausspräche. Schon jetzt scharrte er mit dem Fuß, während er ihr das erzählte, und zeichnete mit der Schuhspitze einen Kreis auf den Betonboden der Ladenpassage, während sie vor dem Spielzeuggeschäft standen.

»Ich finde, das ist eine fantastische Idee.«

Ein Lächeln huschte über sein Gesicht, doch dann sah er sie mit ernstem Blick an. »Ich hätte dich fragen sollen, bevor ich es allen so plötzlich unter die Nase reibe. Das tut mir leid. Ich habe keine Kinder, deshalb ist diese ganze Erziehungssache neu für mich.«

»Du hast das gut gemacht. Ich meine, ja, ich hätte gern gewusst, worauf du mit dem Angebot hinauswillst, aber es ergibt Sinn, also hätte ich ohnehin nichts dagegen gehabt. Und danke, dass du dich entschuldigst. Das bedeutet mir viel.«

Sie sagte ihm nicht, dass das Elternsein auch für sie noch neu war. Okay, seit zwei Jahren neu, aber trotzdem war Sami damals ohne Handbuch zu ihr gekommen, genau wie damals, als Andrea sie zur Welt gebracht hatte. Jennifer improvisierte einfach und betete, dass sie Sami nicht noch mehr verkorkste, als Andrea es bereits getan hatte.

Eigentlich betete sie darum, dass sie den Schaden wiedergutmachen konnte, den Andrea ihrer beider Tochter zugefügt hatte. Denn Sami war Jennifers Tochter in jeder Hinsicht, die zählte.

»Also ... stürzen wir uns ins Getümmel?« Er wies mit einer Handbewegung zum Laden, wo Sami und Cassie bereits angefangen hatten, einen Vorrat anzuhäufen, der größer war als das, was Jennifer ihnen ohnehin schon gekauft hatte. »Ich denke, ich sollte diese Grundregeln jetzt festlegen, bevor sie das Budget in weniger als der ihnen zugewiesenen Stunde sprengen.«

Sie sah zu, wie er zu den Mädchen hinüberging, und fand es gut, wie er vor ihnen in die Hocke ging, um auf Augenhöhe mit ihnen zu sprechen. Sami strahlte, als er ihre Hand berührte ... und Jennifer konnte es ihr nicht verübeln.

Bei Cassie dauerte es etwas länger, ihr ein Lächeln zu entlocken – ein echtes Lächeln, eines ohne Sorgen dahinter. Jennifer kannte diesen Blick; sie sah ihn täglich bei Tieren, die verängstigt waren und Schmerzen hatten, wenn ihre Besitzer sie zu ihr brachten.

Beckett linderte Cassies Angst auf dieselbe Weise, wie sie es bei den Tieren tat: eine sanfte, aber feste Berührung, Blickkontakt und eine beruhigende Stimme. Sie konnte nicht hören, was er zu ihnen sagte, aber beide hörten aufmerksam zu, und nach dem zu urteilen, was sie vorhin von ihm gehört hatte, wusste sie, dass er nicht von oben herab mit ihnen sprach. Er benutzte Formulierungen, die sie verstanden, ließ ihnen aber die Würde ihrer eigenen Intelligenz. Sie mochte es wirklich, wie er das machte.

Es gab eine Menge an Beckett Fields, das man mögen konnte.

Sie ertappte sich dabei und war überrascht, dass sie ihn bei seinem neuen Namen genannt hatte und nicht bei dem des Jungen, den sie gekannt hatte.

Beckett stützte sich mit den Handflächen auf seine Oberschenkel und stand auf, wobei sich sein Hintern in seinen eng anliegenden Shorts ziemlich ansehnlich anspannte.

Ja, Beckett war definitiv kein Junge mehr.

Kapitel elf

»Können wir heute die Spielsachen zu den Kindern bringen?« Das war das Erste, was aus Sami herausplatzte, als sie und Cassie am nächsten Morgen zum Waffelessen in die Küche stürmten.

Der Duft von Waffeln weckte Sami immer auf eine Weise, wie es Guten-Morgen-Küsse nicht vermochten.

»Du hast heute Feriencamp.«

»Ich meinte danach.«

»Ich weiß nicht. Ich bin mir nicht sicher, was Beckett heute vorhat. Und wir müssen noch mit deiner Mom telefonieren.«

»Sie hat bestimmt nichts dagegen, wenn ich etwas Gutes tue, oder?« Sami hatte in letzter Zeit versucht, sich vor den wöchentlichen Telefonaten mit Andrea zu drücken, aber Andrea lebte für diese Gespräche, also tat Jennifer alles in ihrer Macht Stehende, damit die beiden zumindest ein paar Minuten miteinander sprachen. »Denn was Beck und wir gemacht haben, ist sehr gut, also müssen wir die Sachen zu den Kindern bringen.«

»Nun, ich weiß nicht, wann das sein wird, Sami. Beckett und ich haben das gestern Abend nicht besprochen.« Nein, sie hatten gestern Abend nicht viel besprochen – nicht, dass es die Gelegenheit dazu gegeben hätte. Die Mädchen waren voller Adrenalin und im Shopping-Rausch gewesen, sodass sie den ganzen Weg zum Autohaus durchgeplappert hatten, bis es zu anstrengend geworden war, ein Gespräch mit Beckett zu versuchen.

Er war auch nicht besonders gesprächig erschienen und hatte es stattdessen vorgezogen, sanft mit dem Finger gegen das Beifahrerfenster zu tippen, während er hinausstarrte.

Selbst als sie auf das Gelände des Autohauses gefahren war, hatte er nur in die Richtung seines Wagens gezeigt, und als sie daneben hielt, hatte er ein kurzes »Danke« gemurmelt, den Mädchen eine gute Nacht gewünscht und war dann so schnell in sein Auto gestiegen, als könne er es kaum erwarten, sie loszuwerden.

Sie konnte es ihm nicht verübeln. Immerhin hatte er nur unterschrieben, um ihr Haus zu putzen, nicht um Teil ihres Lebens zu werden, und der gestrige Tag hatte die Grenzen massiv strapaziert. Verdammt, sie hatten die Grenzen gesprengt, also war es kein Wunder, dass er versuchte, die Zäune wieder aufzurichten.

Daher hatte sie keine Ahnung, was seine Pläne waren – und so sollte es auch sein. Nur weil er ein paar Stunden am Tag in ihrem Haus war, gab ihr das nicht das Recht, alles über ihn zu wissen.

Auch wenn sie es wollte.

Beckett und seine guten Taten waren das, woran sie dachte, als Mr. Tillman Buster schon wieder wegen einer schlimmen Ladung Splitter in den Pfoten hereinbrachte. Dies war das dritte Mal in ebenso vielen Wochen, und sie war es endgültig leid, dasselbe Gespräch mit demselben Ergebnis zu führen. Warum der Mann die Lebensumstände seines Hundes nicht verbessern wollte, war ihr ein Rätsel, und sie konnte seine egoistische Einstellung nur mit Becketts uneigennütziger vergleichen.

Oh weh, sie hatte heute Morgen bereits in jeder erdenklichen Weise an Beckett gedacht.

Jennifer seufzte und schaltete diesen Teil ihres Gehirns ab. Sie musste sich auf den armen Buster hier konzentrieren, sonst würde er am Ende noch Treuepunkte sammeln, und das war in einer Tierklinik keine gute Sache.

»Mr. Tillman, Sie müssen Busters Hundehütte jetzt reparieren. Wir hatten Glück, dass er bisher nur Splitter abbekommen hat, aber was passiert, wenn er einen der Nägel erwischt, die das Ding zusammenhalten? Sie haben gesagt, es ist ein altes Bauwerk. Ich mache mir Sorgen, dass die Nägel rostig sind. Wir wollen kein Risiko für Wundstarrkrampf eingehen. In Busters Alter könnte ihn das umbringen.«

Sie wollte am liebsten den Tierschutz auf Mr. Tillman hetzen, aber einen Hund in einem Außengehege zu halten, verstieß nicht gegen das Gesetz, so sehr sie sich das auch wünschte. Hunde waren Rudeltiere; ihre menschlichen Familien waren ihr Rudel. Es war grausam, sie von ihrem Rudel zu trennen, und widersprach jedem natürlichen Instinkt des Hundes. Busters »Ungezogenheit«, mit der er versuchte, aus seinem Gehege auszubrechen, rührte daher, dass er bei seiner Familie im Haus sein wollte. Vor allem, seit die Tillmans den neuen Chihuahua hatten. Sie hatte versucht, dem Mann zu erklären, dass Buster nur eine Bindung zu dem neuen Hund aufbauen wollte, aber seine Frau hatte schreckliche Angst, Buster könnte das kleine Ding töten, und verlangte, dass der arme Buster in einem zweieinhalb mal zweieinhalb Meter großen eingezäunten Gehege mit einer Hundehütte lebte, die dringend eine Generalüberholung nötig hatte.

»Ich werde meinen Neffen anrufen und sehen, ob ich ihn diese Woche herbekommen kann. Die Arbeit ist heutzutage zu viel für mich, mit dem Hüftersatz und so.« Er kraulte Buster die Ohren, ein Zeichen von Zuneigung, das Jennifer Hoffnung gab, dass er tatsächlich tun würde, was er sagte.

Dennoch war es bereits drei Wochen her, also machte sie sich eine mentale Notiz, morgen auf dem Heimweg von der Arbeit dort vorbeizufahren – unter dem Vorwand, Busters Wunden zu kontrollieren, aber eigentlich, um zu sehen, welche Fortschritte an der Hundehütte gemacht wurden. Und vielleicht auch, um ein Gespräch mit Mrs. Tillman zu führen und ihr die Rudeldynamik zu erklären. Buster war wirklich ein lieber Hund; er wollte einfach nur bei der Familie sein, die er liebte.

Wollen wir das nicht alle?

Jennifer schüttelte den Gedanken ab. Trent hatte die Familie zerstört, von der sie geglaubt hatte, sie würden sie gerade aufbauen. Sie hatte eine Zeit lang darum getrauert, aber dann gab es Samis Situation, um die sie sich kümmern musste, und letztendlich hatte sie jetzt eine viel bessere Familie als die, die sie für so perfekt gehalten hatte.

Abgesehen von einer fehlenden Zutat ...

Was sie direkt zurück zu den Gedanken an Beckett brachte.

»Dr. Bingham?« Die leitende Tierarzthelferin – und gute Freundin – Sue steckte den Kopf ins Zimmer. »Entschuldige die Störung, aber Mrs. McCoy hat angerufen. Sieht so aus, als ob Lila heute Morgen in die Wehen gegangen ist, noch bevor alle wach waren. Sie möchte sie für die Entbindung nicht transportieren. Sie fragt, ob du zu ihr nach Hause kommen kannst? Sie sagte, Lila atmet schwerer, als sie erwartet hätte.«

Jennifer warf die Spritze, die sie gerade benutzt hatte, in den Abwurfbehälter an der Wand und griff nach ihrem Stethoskop in der Laborkitteltasche. »Kannst du meine Termine absagen?«

»Schon dabei.« Sue lehnte sich gegen die Tür, um sie offenzuhalten, während Jennifer mit Mr. Tillman und Buster fertig wurde und dann aus dem Zimmer eilte.

»Danke, Sue. Du bist eine Lebensretterin.« Jennifer ging im Kopf die Liste der Dinge durch, die sie mitnehmen musste. Lila bekam ihren sechsten Wurf, was in ihrem Alter keine besonders gute Idee war, aber Amy McCoy hatte unbedingt noch eine letzte Runde Welpen von ihrer preisgekrönten Showhündin haben wollen.

Es könnte Lilas letztes Alles sein, weshalb Jennifer darauf bestanden hatte, dass Amy den Hund für die Entbindung in die Klinik brachte. Aber wie üblich hatte Amy ihre eigenen Entscheidungen getroffen, und jetzt könnte Lila in Gefahr sein. Gott, sie hasste es, wenn Leute ihren Rat nicht annahmen. Sie war eine verdammt gute Tierärztin und verstand ihr Handwerk.

»Du bist hier die Lebensretterin, Doc. Ich bin nur deine Assistentin.« Sue hielt ihr die Arzttasche für Hausbesuche hin und hatte bereits dafür gesorgt, dass die tragbare Notfallausrüstung in den Kofferraum von Jennifers SUV geladen wurde. Das war der erste Schritt ihres Protokolls für Situationen wie diese.

Jennifer schnappte sich die Tasche und hängte sich das Stethoskop um den Hals. Es war einfacher beim Anschnallen, wenn es nicht in der Tasche steckte. »Erinnere mich daran, dir eine Gehaltserhöhung zu geben.«

»Gib mir eine Gehaltserhöhung.«

»Witzbold. Ich meine, wenn ich zurückkomme.«

»Wird gemacht.« Sue riss die Tür zum hinteren Parkplatz auf. »Viel Glück mit Lila.«

»Danke. Ich rufe dich an, sobald ich Neuigkeiten habe.«

. . .

»Na, schau mal an, wer sich endlich mal wieder blicken lässt.« Rob, Becks Leiter der Buchhaltung, klopfte mit den Knöcheln gegen seine Bürotür. »Aber du bist von deinem Urlaub ja nicht mal braun gebrannt.«

Beck hob eine Augenbraue und wandte den Blick vom Computerbildschirm ab. »Braun gebrannt?«

»Ich nehme an, du warst nicht auf den Inseln.«

»Wovon redest du, Rob?« Er hatte keine Zeit für Spielchen. Er hatte versucht, die Büroarbeit von zu Hause aus zu erledigen, aber nächtliches Surfen am PC nach einem Tag voller Hausputz und einer lautstarken Horde Kinder war nicht gerade förderlich dafür, sich wie üblich in den Zahlen zu verlieren. Er war nicht in Form und versuchte verzweifelt, wieder reinzukommen. Er hatte gestern zwei wichtige Aktienoptionen verpasst, weil er sie nicht automatisiert hatte, da er erwartet hatte, hier zu sein. Und jede vorprogrammierte Last-Minute-Kaufaktion konnte nach hinten losgehen, wenn das Timing nicht perfekt war. Das waren die Dinge, die er ungern Algorithmen überließ. Sein Bauchgefühl täuschte ihn seltener als die Algorithmen, denn letztendlich konnte niemand vorhersagen, was der Markt tun würde. Man konnte Schätzungen abgeben, aber es brauchte nur einen kurzfristigen Bericht oder einen Wetterumschwung oder, verdammt, den Tod von irgendjemandes reichem Vater, um die Wahrnehmungen zu verschieben.

Bei Beck drehte sich alles um Wahrnehmungen.

»Wir haben eine Wette laufen. Ich habe auf Bermuda getippt. Ein paar der anderen meinten Mexiko. Sarah hat dir mehr zugetraut und für ein verlängertes Wochenende in Paris gestimmt. Da du nicht gebräunt bist, würde ich sagen, sie war am nächsten dran – außer dass ein Wochenende in Paris normalerweise eine heiße Braut und Zimmerservice beinhaltet, und deiner griesgrämigen Laune nach zu urteilen, tippe ich darauf, dass entweder die Braut nicht aufgetaucht ist oder du gar nicht erst weg warst.«

»Ich war nicht in Paris.«

»Ah, nun, dann muss ich Sarah wohl die schlechte Nachricht überbringen.«

»Du wirst niemandem irgendetwas erzählen. Mein Privatleben ist in diesem Büro tabu.«

»Das ist völlig okay, solange du im Büro bist. Aber wie willst du die Leute davon abhalten zu reden, wenn du nicht da bist? Überwachungskameras?«

»Wir haben bereits Überwachungskameras.«

»Die keinen Ton haben. Und dazu da sind, die Investitionen zu schützen. Mir war nicht klar, dass dein Privatleben ebenfalls geschützt werden muss.«

Beck würde ihm bestimmt nicht sagen, dass er eigentlich gar kein Privatleben hatte. Sicher, er war bei Veranstaltungen mit Frauen fotografiert worden, aber da war keine Eine. Es hatte keine langfristigen Beziehungen gegeben. Verdammt, er hatte noch nie eine Frau mit in seine jetzige Wohnung genommen. Er hatte noch nicht genug Nullen auf seinem Bankkonto, um in diese Richtungen zu denken.

Und selbst wenn es genug wären – obwohl, ehrlich gesagt, was war schon genug? –, war er sich nicht sicher, ob er sie mit jemandem teilen wollte.

»Hat dieser Besuch einen anderen Zweck, als mich zu schikanieren? Ich habe viel zu tun.«

Robs Augen weiteten sich.

Mist. Das klang wirklich schroff. Beck war eigentlich stolz darauf, ein netter Chef zu sein. Kein launisches Ich-verdiene-mehr-als-du-Arschloch. Er hatte früher für solche Typen gearbeitet und festgestellt, dass es meistens bedeutete, dass ihre Ehe am seidenen Faden hing, die Hypothek den Großteil ihres Gehalts fraß oder sie kleine Schwänze hatten. Oder alles zusammen. Nichts davon traf auf ihn zu, also konnte er es sich leisten, großzügig zu sein.

»Tut mir leid. Ich habe viel im Kopf. Brauchst du etwas?«

Rob fing sich wieder, aber Beck konnte die Vorsicht in seinen Augen sehen. »Ich wollte nur kurz vorbeischauen, um dich willkommen zurückzuheißen und dich auf den neuesten Stand zu bringen. Nicht, dass es viel zu berichten gäbe. Fiona hat hier die Stellung gehalten und es gibt nichts Dringendes im Großraumbüro.«

Er hatte das Team im Großraumbüro handverlesen: die klügsten Köpfe, die versiertesten Analysten und Leute, die Polarbären Iglus verkaufen konnten. Er machte sich nie Sorgen um ihre Leistung – oder ihre Moral –, weshalb er auch keine Bedenken gehabt hatte, anderthalb Tage freizunehmen, um Jennifers Haus zu putzen.

Dass sich diese Zeit verdoppelt hatte, war kein Problem gewesen, weil er sie mit Jennifer verbringen durfte, aber jetzt musste er in seine reale Welt zurückkehren und dort ein wenig aufräumen.

»Großartig. Danke. Ich wusste, dass ich mich auf euch verlassen kann, damit der Laden läuft.«

»Irgendwelche anderen kleinen Abstecher, von denen wir wissen sollten?«

»Jetzt wirst du einfach nur neugierig.«

Rob lachte. »Ja, nun, ich würde meine Frau gern in das neue Restaurant ausführen, das gerade am See eröffnet hat. Sie hat schon Andeutungen gemacht, aber dann habe ich mir die Speisekarte angesehen. Keine Preise, und du weißt, was das heißt. Dann kann ich die neuen Golfschläger wohl vergessen.«

Beck drückte eine Taste an seiner Gegensprechanlage.

»Hey, Boss.« Fiona bestand darauf, ihn so zu nennen, und obwohl es Beck einen geheimen Kick gab, das zu hören, setzte es ihn auch unter zu viel Druck. Er führte sein Geschäft, um seine eigenen Kassen zu füllen, aber er hatte mit dem Wachstum der Firma nicht mehr alles allein erledigen können, woraufhin er nur widerwillig Personal eingestellt hatte. Der Gedanke, Menschen zu führen, bescherte ihm immer noch weiche Knie, weshalb er dafür sorgte, Manager zu haben, die das übernehmen konnten.

»Hey, Fi. Tu mir einen Gefallen und besorg Rob und seiner Frau einen Tisch im Chartiers. Setz es auf meine Rechnung.«

Rob trat einen Schritt vor. »Das musst du nicht—«

»Heute Abend?« Er hob fragend eine Augenbraue in Robs Richtung.

Rob nickte.

»Wird erledigt, Sir.« Fiona beendete das Gespräch, bevor er etwas erwidern konnte.

Gut so. Denn er würde sie wegen dieses »Sir« zur Rechenschaft ziehen. Das wusste sie auch. Und das war der halbe Grund, warum sie es tat.

»Ernsthaft, Beck, das wäre nicht nötig gewesen—«

»Die Golfschläger eines Mannes sind heilig. Essen sollte nicht zwischen dich und deine Schläger kommen.« Er nickte in Richtung der Tür. »Und jetzt raus hier und geh und erwirtschafte mir genug, um die Kosten zu decken.«

»Wird gemacht.«

Beck überlegte, das Leitbild der Firma in genau das zu ändern: »Wird gemacht.« Ihm war gar nicht klar gewesen, wie oft er das sagte, bis ihn anfangs alle nachgeahmt hatten. Dann hatte es irgendwie seine eigene Mystik entwickelt. Aber die Agentur, die er angeheuert hatte, um seine PR aufzubauen, sein Logo zu entwerfen und alles zu tun, damit er nicht nur seriös, sondern auch prestigeträchtig wirkte, hatte gesagt, ein Leitbild aus nur zwei Wörtern sei zu flapsig. Zu provokant. Zu protzig.

Tja, wenn der Schuh passte ... Es hatte ihn immerhin bis hierher gebracht.

»Äh, Beck?« Fiona meldete sich erneut, und die Tatsache, dass sie seinen Namen anstelle des frechen »Boss« benutzte, ließ ihn sofort aufmerksam werden.

»Was gibt's?«

»Ein Anruf für dich. Es ... sie klingt wie ein Kind.«

Er starrte das Telefon an, als verstünde er nicht, was Fiona da sagte. Weil er es nicht verstand. Er kannte keine Kinder – zumindest keine, die ihn bei der Arbeit anrufen würden.

»Hat sie einen Namen?«

»Sami?«

»Stell sie durch.« Beck ließ sich in seinen Stuhl sinken. Es konnte nur einen Grund geben, warum sie ihn anrief; Jennifer musste etwas passiert sein.

Es dauerte für Becks Empfinden verdammt noch mal viel zu lange, bis Fiona Sami durchgestellt hatte.

»Beck?«

»Sami, was ist los? Ist etwas mit deiner Mom?«

»Los? Wieso? Ist was mit J—Mami?«

Er konnte das Zittern in ihrer Stimme hören. »Sami, du hast mich angerufen. Ich dachte, du rufst an, um mir zu sagen, dass deiner Mom etwas passiert ist.«

»Oh. Nein. Ich bin im Camp und ich wollte wissen, wann wir die Spielsachen zu den Kindern bringen, weil wir heute eine Wanderung machen und morgen Kanufahren und ich muss denen Bescheid sagen, wenn Cassie und ich nicht da sind, damit sie sicherstellen können, dass jeder einen Partner hat. Du weißt schon, das Partnersystem?«

Beck sackte gegen die Rückenlehne seines Stuhls und fuhr sich mit der Hand über den Mund. Er fühlte sich, als hätte er gerade ein paar Jahre seines Lebens verloren.

»Beck?«

»Ich bin hier.« Er räusperte sich und setzte sich wieder auf, die Ellbogen auf den Schreibtisch gestützt, das Telefon fest gegen sein Ohr gepresst. »Ich kann die Spielzeuglieferung heute nicht machen, Sami, und für morgen bin ich mir nicht sicher. Aber da Wandern und Kanufahren eine Teamleistung sind, ist es wahrscheinlich eine gute Idee, wenn du da mitmachst. Wir können die Spielsachen an einem anderen Tag ausliefern.«

»Oh. Okay. Ich war mir nur nicht sicher, wann du uns wiedersehen willst, denn, weißt du, wir wollen nicht, dass die Kinder so lange auf ihre Spielsachen warten müssen. Sie haben die schon so lange nicht mehr gehabt, oder? Ich wette, sie sind traurig. Und ich finde immer noch, dass ihnen die Spielburg richtig gut gefallen würde. Es wäre, als hätten sie ihr ganz eigenes Zuhause.«

In Samis Worten schwang eine Menge Unterton mit, aber Beck verstand nicht, warum. Sicher, ihr Vater war offensichtlich ein Totalausfall, aber sie lebte in ihrem eigenen Zuhause und hatte eine Mutter, die sie liebte. Was hätte er nicht alles dafür gegeben, wenn seine Mutter sich nur ein bisschen angestrengt hätte, um wenigstens Essen auf den Tisch zu bringen, aber sie war dazu nicht fähig gewesen.

»Natürlich will ich euch wiedersehen.« Er legte den Kopf schief. Es stimmte; er wollte es wirklich. Und nicht nur wegen Jennifer. »Hey, Sami?«

»Ja?«

»Wie bist du an meine Nummer gekommen?«

»Gegoogelt.«

Er musste lachen. Wie die Welt sich doch verändert hatte. »Darfst du im Camp einfach so telefonieren und anrufen, wen du willst?« Er konnte verstehen, dass sie ihre Mutter anrufen durfte, aber einfach so einen Typen, der ihr Haus putzte?

»Äh ... ja.«

Von wegen. »Was hast du denen erzählt, Sami?«

»Was meinst du?«

Er konnte Herauszögerungstaktiken meilenweit gegen den Wind riechen. Er hatte die meisten davon selbst schon einmal angewendet. »Wem hast du gesagt, dass du anrufst?«

»Dich, du Dussel.«

»Und für wen halten die mich?«

»Das ist aber eine doofe Frage. Die denken, du bist Beck. Weil du es bist.«

»Und wer soll ich für dich sein?«

»Ich verstehe nicht.«

Oh doch, das tat sie sehr wohl, sonst würde sie sich nicht so dumm stellen. Sami war ein kluges Kind. »Sami, für wen halten die mich? Für deinen Arzt?«

Sie kicherte. »Du bist doch kein Arzt.«

»Ich weiß das und du weißt das. Wissen die das auch?«

»Keine Ahnung.«

»Doch, das weißt du. Du musstest ihnen sagen, dass du jemanden anrufst. Sie lassen dich doch nicht einfach so zum Plaudern deine Freunde anrufen, oder? Vor allem nicht, wenn ein Wanderausflug ansteht.«

»Ähm ...«

»Raus mit der Sprache, Kleine.«

Sie seufzte. Zweimal. »Ich hab ihnen gesagt, dass du ... nun ja ...«

Das würde ihm nicht gefallen. Das spürte er. »Wer, Sami?«

»Dass du mein Papa wirst und ich mit dir reden muss, weil es total wichtig ist wegen Mami und ich mit dir nicht reden kann, wenn sie dabei ist, also musste ich heute anrufen und bitte sei nicht sauer auf mich, aber sie hätten mich nicht telefonieren lassen, wenn es nicht total wichtig wäre, und ich finde es wichtig, dass die Kinder ihr Spielzeug kriegen, aber die Betreuer hier vielleicht nicht, weißt du, also musste ich eine kleine Lüge erzählen, damit ich erfahren kann, was wir machen, und bitte sei nicht sauer, Beck, bitte.«

Sie holte tief Luft am Ende dieses Monologs, als ihr die Puste ausging, aber Beck? Ihm blieb der Atem weg. Bei dem Wort Papa war ihm die Luft aus den Lungen gesaugt worden, und er war sich nicht sicher, ob er jemals wieder normal atmen können würde.

Er sackte erneut gegen die Rückenlehne seines Stuhls. Zweimal in einem Telefonat; das war ihm noch nie passiert. Er war selten so platt nach einem Gespräch gewesen, aber ein Wirbelwind im Westentaschenformat hatte geschafft, was die Chefs einiger der größten Konzerne nicht fertiggebracht hatten.

»Beck? Du bist nicht sauer, oder?«

Er sollte es eigentlich sein. Er war immer stolz auf seine Ehrlichkeit und seinen Ruf gewesen, und hier erfand dieses Kind Geschichten über ihn –

Ach, verdammt.

»Hast du ihnen meinen Namen verraten, Sami?«

»Ähm ... nein. Na ja, ich hab vielleicht ›Beck‹ gesagt, aber niemand kennt deinen Nachnamen.«

Er konnte wieder etwas leichter atmen – oder überhaupt wieder atmen. Zumindest würden die Medien keinen Wind von dieser Nicht-Story bekommen und sie ausschlachten.

»Okay, hör mir ganz genau zu, Sami. Ich verspreche, nicht sauer zu sein, aber nur unter der Bedingung, dass du niemandem meinen Nachnamen verrätst. Kannst du das machen?«

»Klar. Aber warum? Ist es ein Geheimnis?«

»Ja, irgendwie schon, und es wäre mir wirklich lieber, wenn es noch keiner erfährt, okay?«

»Okay, Beck. Oder soll ich dich anders nennen? Kann ich dich Papi nennen, damit sie denken, dass ich die Wahrheit gesagt habe?«

Und zum dritten Mal in weniger als einer halben Stunde schaffte Sami Bingham es, ihm jedes bisschen Luft aus den Lungen zu rauben.

Papi.

Das Wort sollte ihm eigentlich eine Heidenangst einjagen ... tat es aber nicht.

Er konnte sich vorstellen, Samis Vater zu sein – und mit ihrer Mutter zusammenzuleben.

Mit ihrer Mutter zu schlafen –

Ach du Scheiße. Er steckte in Schwierigkeiten, und die Sache nahm verdammt schnell an Fahrt auf.

»Pass auf, Sami. Du hast einmal gelogen. Das ist verzeihlich, aber wenn du die Lüge weiter erzählst oder sie immer größer machst, dann kriegst du Ärger, wenn die Wahrheit ans Licht kommt – und das wird sie; das tut sie immer. Bleiben wir für den Moment einfach bei Beck, und wenn dich jemand nach meinem Nachnamen fragt, sag ihnen, er lautet Beckett und deshalb nennst du mich Beck, okay?«

Er war ja genau der Richtige, um über das Lügen zu predigen.

»Das ergibt doch keinen Sinn. Warum sollte ich dich bei deinem Nachnamen rufen? Das wäre ja so, als würdest du Mami ›Bingham‹ nennen.«

»Vielleicht mache ich das ja.«

»Ich glaube nicht, dass ihr das besonders gefallen würde.« Plötzlich schwang eine Reife in Samis Tonfall mit. Genug, um in Becks Kopf die Alarmglocken schrillen zu lassen.

»Warum nicht? Es ist doch ihr Nachname.«

»Nein, es ist Trents Nachname, und sie mag ihn nicht besonders.«

Okay, das war eine völlig neue Dynamik, mit der er absolut nicht umzugehen wusste. Und er wollte es auch gar nicht. So sehr die Neugier auch an seinem Verstand nagte, gab es doch zu viele Warnsignale: Jennifer mochte den Nachnamen ihres Ex-Mannes nicht, ihre Tochter nannte ihn beim Vornamen, und dieselbe Tochter sagte ganz offen, dass Jennifer unglücklich wäre, wenn man den Namen dieses Trent-Typen benutzte. Er wollte diese Büchse der Pandora lieber nicht öffnen. Denn er hatte das Gefühl, dass darin nicht nur eine böse Überraschung lauerte.

»Na ja, wie auch immer. Wenn jemand fragt: Mein Nachname ist Beckett, und deshalb nennst du mich Beck. Das ist mein Spitzname.« Was keine Lüge gewesen wäre, wenn er seinen Nachnamen nicht offiziell hätte ändern lassen.

»Oh, ich verstehe. So wie mein Spitzname Sami ist statt Samantha.«

»Ganz genau so.«

»Magst du deinen Spitznamen, Beck?«

»Ja, das tue ich.« Er hatte ihn selbst gewählt, also sollte er ihn besser mögen. Es war sehr befreiend gewesen, zu dem Absender zu werden, der er sein wollte. Er hatte sich sowohl beruflich als auch privat neu erfunden, und das hatte er ganz allein geschafft. Er hatte seine beschissene Kindheit hinter sich gelassen, den Mangel an elterlicher Unterstützung überwunden und es geschafft, aus eigener Kraft erfolgreich zu sein. Es gab kein großartigeres Gefühl auf der Welt.

»Ich wünschte trotzdem, ich könnte dich Papi nennen.«

Außer vielleicht diesem hier.

»Sami, wir haben das besprochen. Das ist keine gute Idee. Musst du jetzt nicht langsam zu deiner Wanderung?«

Sie atmete tief aus, Frustration lag in jedem Partikel der Luft. »Ja. Sie schauen mich schon komisch durch das Fenster an.«

»Das heißt, sie wollen, dass du dich beeilst und das Gespräch beendest. Also machen wir das, okay?«

»Aber du hast mir immer noch nicht gesagt, wann wir den Kindern ihre Spielsachen bringen.«

Jetzt war er an der Reihe mit Seufzen. Kinder waren anstrengend.

Er tippte auf die Kalender-App auf seinem Bildschirm und verschob ein paar Termine. »Okay, wie wäre es dann morgen Nachmittag? Ich wollte nach dem Mittagessen mit dem Putzen fertig sein, damit wir losfahren können, wenn du aus dem Camp zurückkommst.« Das bedeutete, dass er nach dem Putzen bei Jennifer duschen müsste, aber solange er nicht ihre Dusche benutzte, sollte alles im grünen Bereich sein.

Denk nur mal dran, wie toll es wäre, wenn du doch ihre Dusche benutzen würdest …

Er brachte den kleinen roten Teufel der Versuchung, der ihm ins Ohr flüsterte, zum Schweigen. Das war das Letzte, was er gebrauchen konnte, wo Sami doch schon mit ihren »Papi«-Kommentaren um sich warf. Häuser mit weißem Lattenzaun und zwei Kindern gehörten nicht zu seinem Wortschatz.

Genauso wenig wie solche mit Aluminiumzäunen, einem Kind und ein paar verhaltensauffälligen Haustieren.

»Okay. Wir müssen Cassies Mami fragen, ob sie mitkommt. Glaubst du, wir könnten essen gehen? Cassie darf nicht oft in schicken Restaurants essen.«

»Abgemacht.« Er konnte nicht glauben, wie schnell ihm diese Worte herausgerutscht waren, aber bei einer solchen Motivation – wie hätte er da Nein sagen können? Außerdem hätte es den zusätzlichen Bonus, dass er in Jennifers Gesellschaft wäre.

»Das ist kein Date, du Dussel. Du und ich können kein Date haben. Du musst Mami fragen.«

Bei dem Gedanken durchfuhr ihn ein heißes Brennen. Ein Date. Nur sie beide. Ein schönes Restaurant, eine Flasche Wein, vielleicht ein Spaziergang am Seeufer vor seinem Gebäude, und dann würde er sie mit zu sich nach Hause nehmen –

»Ich kann sie für dich fragen, wenn du willst. Ich bin sicher, sie will mitkommen.«

Da war er sich nicht so sicher. Ihr Kuss war fantastisch gewesen, aber sie hatte gesagt, dass es nicht wieder vorkommen dürfe, und war sofort in den Geschäfts- und Mami-Modus gewechselt. Also hielt er sich zurück und ließ sie die Regeln bestimmen.

Obwohl es so aussah, als wollte Sami das Ruder übernehmen. Und da Samis Ideen sich mit seinen Vorstellungen deckten – na ja, so ungefähr jedenfalls –, dachte er sich: Warum eigentlich nicht? »Klar, Sami. Du kannst ja mal vorfühlen, ob morgen bei ihr passt, und dann kann sie mir Bescheid geben.«

»Oder ich.«

»Oder du. Aber nicht vom Camp aus. Und wo wir gerade dabei sind: Du solltest jetzt wirklich los. Wir wollen nicht, dass alle wegen unserer Pläne mit der Wanderung warten müssen.«

»Okay, Beck. Ich rede mit Mami, wenn sie mich abholt, und dann rufe ich dich an.«

Beck hörte, wie Sami auflegte, und starrte dann auf das Telefon. Was für ein surrealer Moment. Er hätte nie gedacht, als Liam die Wette gegen ihn gewonnen hatte, dass er sich jemals fragen würde, wie es wohl wäre, jemandes Vater zu sein.

Jennifer trommelte auf das Lenkrad, während sie auf dem Parkplatz des Camps auf Sami wartete. Sie war mit Lila früh fertig geworden – nur drei Welpen, Gott sei Dank, auch wenn sie nicht sicher war, ob Amy das genauso sah. Aber Jennifer hatte ihr klargemacht, welche Risiken weitere Würfe bergen würden, und Amy sogar dazu gebracht, Lilas Kastration zu planen, sobald die Welpen abgesetzt waren. Hoffentlich würde Amy den Termin auch wahrnehmen.

Jennifer lockerte ihre Finger. Der letzte Welpe hatte nicht herausgewollt, also musste sie nachhelfen. Ein Glück, dass sie es getan hatte, sonst hätte es böse ausgehen können. Die Wunder der Geburt hörten nie auf, sie zu faszinieren, so schön sie auch sein mochten, so furchteinflößend waren sie doch auch.

Sami kam durch die Tore des Camps herangestürmt und zog Cassie hinter sich her. Wie gut Jennifer sich noch an ihre Geburt erinnerte. Andrea war Gott sei Dank zur Vernunft gekommen und hatte sich noch während der Schwangerschaft bei ihr gemeldet – eher aus Angst als aus allem anderen, aber Jennifer war einfach froh darüber gewesen. Sie hatte ihrer Schwester eine Schwangerschaftsvorsorge ermöglicht und war ihre Geburtshelferin im Kreiß-saal gewesen. Sie war die Erste gewesen, die Sami im Arm gehalten hatte, und diesen Moment würde sie nie vergessen. Sicher, sie hatte Sami vielleicht nicht ausgetragen, aber das kleine Mädchen gehörte ihr genauso sehr wie Andrea, und Jennifer würde alles tun, um sicherzustellen, dass Sami in einer normalen, stabilen Umgebung aufwuchs. Das erforderte viel Planung und Opferbereit-schaft, aber das Lächeln auf dem Gesicht ihrer Nichte zu sehen, das Sami jetzt trug, war alles wert, was sie dafür hatte tun müssen.

Als Cassie zu ihrer Mutter rannte, stieg Jennifer aus dem Auto, fing Sami auf und wirbelte sie im Kreis, bis ihre Beine in der Luft flogen. Lange würde sie das wohl nicht mehr machen können, denn Samis Appetit hatte sich defi-nitiv verbessert, seit sie bei ihr lebte. »Hey, Kleine! Sieht so aus, als hättest du einen tollen Tag gehabt.«

»Hatte ich! Wir waren wandern und haben ein leeres Vogelnest mit hübschen blauen Eierschalen darin gefunden. Das sind Rotkehlchen-Eier, wusstest du das? Und dann haben wir einen Bach gefunden, und da waren Salamander drin. Mann, sind die schleimig. Und wir haben Frösche gesehen und ich glaube ein Reh, aber Mikey hat gesagt, dass Rehe Angst vor Menschen haben, deshalb ist es weggelaufen. Aber die Rehe im Zoo hatten keine Angst vor uns, also hab ich ihm gesagt, dass er Unrecht hat. Dann hat er mir die Zunge rausgestreckt, genau in dem Moment, als er in ein Spinnennetz zwischen den Bäumen gelaufen ist, und das war eklig. Alle haben gelacht. Na ja, alle außer Mikey. Er hatte das Spinnennetz sogar in den Haaren. Gut, dass die Spinne weggelaufen ist, denn sie war riesig und orange-schwarz wie ein gepunkteter Kürbis. Angelina hat sie Charlotte genannt, nach der Spinne aus dem Buch. Weißt du noch, als die Spinne ihr Netz neben dem Küchenfenster gebaut hat? Wir hätten sie auch Charlotte nennen sollen.«

Jennifer setzte Sami ab und öffnete die Tür hinter dem Fahrersitz. »Du hast auf Maizie bestanden.« Nach dem Vogel aus dem Dr. Seuss-Buch. Sie hatte den Zusammenhang zwar nicht verstanden, aber es war Samis Lieblingsbuch gewesen, kurz nachdem sie eingezogen war, und Jennifer hatte keine unnötigen Diskussionen heraufbeschwören wollen, indem sie nach einer Erklärung suchte, warum eine Spinne den Namen eines Vogels tragen sollte.

»Maizie ist immer noch ein cooler Name, aber ich hätte Charlotte nehmen sollen. Na ja, bei der nächsten Spinne dann.«

Jennifer schauderte, während sie die Tür schloss, nachdem Sami hineingeklettert war. Spinnen standen nicht gerade ganz oben auf ihrer Liste der Lieblingsdinge, Tierärztin hin oder her. »Und was hast du heute sonst noch gemacht, oder drehte sich alles nur um die Wanderung? Und schnall dich an.«

»Mach ich doch, du Dussel.« Sami machte eine große Sache daraus. »Wir haben auch unsere Skulpturen fertig gemacht. Die kommen heute Nacht in den Ofen, damit sie morgen ganz hübsch und fest sind und wir sie mit nach Hause nehmen können. Und wir haben das lustige Lied über die grünen Alligatoren gesungen. Ich durfte eine von den langhalsigen Gänsen sein.«

»Ganz.«

»Aber in dem Lied heißt es long-necked geese.«

Jennifer startete den Motor und setzte den Wagen zurück. »Geese ist die Mehrzahl von goose. Wenn es viele sind, sind es geese, aber eine ist eine goose.«

»Das ist komisch.«

»Das ist die Sprache. Manchmal kann man es nicht erklären, man muss einfach die Regeln lernen.«

»Und ich habe Beck angerufen.«

Jennifer wäre fast gegen den Baum am Ende der Parkreihe gefahren, bevor sie voll auf die Bremse trat und in den Rückspiegel starrte. »Du hast was getan?«

Sami verzog die Lippen. »Ich ... äh ... hab Beck angerufen?«

»Wie ...?« Jennifer schüttelte den Kopf. »Warum um alles in der Welt hast du das getan?«

»Weil ich mit ihm reden wollte.«

Jennifer stellte den SUV auf PARK und drehte sich auf ihrem Sitz um. »Sami, du kannst nicht einfach Beckett anrufen. Er arbeitet.«

»Ich weiß. Aber er hat mit mir geredet, also kann er nicht so viel zu tun gehabt haben.«

Jennifer wusste nicht, ob sie fragen sollte, was Sami sich dabei gedacht hatte ... oder was Beckett gesagt hatte.

»Er war nicht sauer. Und er hat gesagt, wir können morgen den Kindern die Spielsachen bringen, wenn er mit dem Putzen in unserem Haus fertig ist.«

Die Worte kamen zwar bei ihr an, aber Jennifer hatte Mühe, sie zu verarbeiten. Warum war Sami überhaupt auf die Idee gekommen, ihn anzurufen, wie hatte man es ihr erlaubt, und woher hatte sie überhaupt gewusst, wie das geht?

»Bist du sehr sauer, Mami?« Ihre Stimme war leise, in diesem ängstlichen Tonfall, den sie gehabt hatte, als sie das erste Mal bei Jennifer eingezogen war.

Jennifer holte tief Luft. »Nein, Schatz, natürlich nicht. Du hast nichts falsch gemacht; ich bin nur überrascht, dass du es getan hast.«

»Beck war auch überrascht. Aber er hat gesagt, dass er gern mit mir geredet hat.«

Natürlich hat er das. Weil er eben so ist. Er konnte gut mit Kindern umgehen. Vor letzter Nacht hätte sie das nicht von ihm erwartet, aber es gab vieles an Beckett, das sie nicht erwartet hatte –

Wie diesen Kuss.

»Und er hatte nicht gesagt, wann wir den Kindern die Spielsachen bringen, und ich dachte, sie sollten sie haben, und weil die ganzen Spielsachen doch nur in unserer Garage rumstehen und niemandem was nützen, dachte ich, je früher wir sie bringen, desto eher freuen sich die Kinder, und ich hab ... na ja, weißt du, ich hab ihn vermisst und wollte seine Stimme hören.«

Jennifers Herz setzte für einen kurzen Moment aus. Kindermund tut Wahrheit kund. Wenn sie doch nur genauso spontan und ehrlich sein und ihn selbst anrufen könnte, nur um »Hallo« zu sagen. Und um ihm zu sagen, dass sie ihn vermisste.

Denn das tat sie.

Es war wirklich seltsam. Er war seit weniger als einer Woche wieder Teil ihres Lebens – nicht, dass er jemals wirklich Teil ihres Lebens gewesen wäre, aber trotzdem –, und sie konnte nicht aufhören, an ihn zu denken. Und das Kuriose war, dass sie ihn nicht als den Bad Boy John Becker sah. Nach letzter Nacht war er Beckett Fields. Ein Mann, dem es nichts ausmachte, in einem Kinderparadies herumzuhängen, selbst wenn er den Lärm nicht mochte. Ein Mann, der mit ihrer Nichte und deren Freundin Spielzeug für andere Kinder einkaufen gegangen war, mit dem zusätzlichen, aufmerksamen Bonus, ihnen die Chance zu geben, sich ihr eigenes Geld zu verdienen. Der Blick auf Cassies Gesicht, als er ihr einen Fünf-Dollar-Schein gegeben hatte, war das Tausendfache dieses Betrags wert gewesen. Besonders als Jennifer, während Sami zu Hause im Bad war, beinahe ins Zimmer gekommen wäre und gesehen hätte, wie Cassie den Schein unter ihrem Kissen glattstrich. Jennifer war im Türrahmen stehen geblieben, ihre Augen hatten sich mit Tränen gefüllt, und sie hatte beschlossen, lieber früher als später mit Cassies Mutter über den Job am Empfang zu sprechen.

»Und er hat gesagt, wir können die Spielsachen morgen bringen, wenn er mit dem Putzen fertig ist und wir vom Camp kommen, und er hat gesagt, er führt uns in ein schickes Restaurant aus, sogar Cassie. Wie ein Date irgendwie.«

»Ein Date.« Großartig. Jetzt arrangierte Sami schon ihr Liebesleben.

»Ja, weißt du, du und Beck, weil ihr erwachsen seid, und ich und Cassie, weil wir Kinder sind.«

Punkt für Sami, dass ihre Definition eines Dates vom Alter abhing und nicht vom Geschlecht – oder vom Verlangen. Sie zog da ein sehr aufgeklärtes Kind heran.

Jennifer schüttelte den Kopf. Aufgeklärt und manipulativ.

Wobei sie sich vielleicht nicht beschweren sollte.

Aber sie würde auch keine Freudensprünge machen. Ein Abendessen macht noch keine Beziehung. Besonders wenn zwei kleine Mädchen dabei waren, von denen eine sich bereits an den Mann geklammert hatte, und zwar auf eine Weise, die er sicher nicht geplant hatte. Schließlich konnte Beckett Fields jede Frau haben, die er wollte. Er war das Gesamtpaket: gut aussehend, erfolgreich, charmant ... Es gab absolut keinen Grund für ihn, sich an eine Frau zu binden, die einen dreibeinigen Hund und einen Tyrannen von Kater hatte und das Kind einer anderen aufzog. Jennifer machte sich keine Illusionen darüber, was für ein »Paket« sie nicht war, aber daran ließ sich nichts ändern. Sami stand an erster Stelle in ihrem Leben, und wenn jemals ein besonderer Mann käme, müsste er das verstehen.

»Ooooh, Mami!« Sami zeigte zum Beifahrerfenster. »Da ist Cassies Mami. Können wir sie wegen des Abendessens morgen fragen? Weil dann können wir Beck anrufen und ihm Bescheid sagen.«

Jennifer seufzte und gab Gas. Wenn Sami einmal eine Idee hatte, war sie wie Nero mit einem Plan: Sie ließ erst locker, wenn ihr etwas Besseres einfiel. Angesichts von Samis Begeisterung für Beck hatte Jennifer das Gefühl, dass das noch lange dauern würde.

»Klar, Schatz. Da können wir gleich zwei Fliegen mit einer Klappe schlagen.«

»Mami!«, japste Sami. »Warum willst du zwei Fliegen hauen? Ich dachte, du rettest Tiere.«

Jennifer zuckte zusammen und strich sich eine Haarsträhne aus dem Gesicht. »Tschuldigung, Sami. Das ist nur so ein Spruch. Das bedeutet, dass man zwei Sachen mit einer Erledigung schafft.«

»So wie Cassie Hallo sagen und ihre Mami fragen?«

»Genau.«

»Okay, dann schlagen wir zwei Fliegen mit einer Klappe!«

Jennifer zuckte erneut zusammen, als sie den Wagen neben den von Cassies Mutter lenkte, die gerade auf sie zufuhr. Diesen Spruch musste sie ihr wohl wieder abgewöhnen. Sie konnte es nicht gebrauchen, wenn Sami vor anderen Leuten unangebrachte Sachen herausplatzte.

»Hey, Cassie! Willst du mit mir und Mami und meinem neuen Papi auf ein Date gehen?«

Genau so was.

»Du heiratest?« Cassies Mutter sah genauso schockiert aus, wie Jennifer sich fühlte.

»Äh ... nein. Ich weiß nicht, wie Sami auf die Idee kommt.« Jennifer versuchte zu begreifen, dass Sami das überhaupt dachte, geschweige denn laut aussprach. Und das noch vor Leuten.

»Es ist nicht schön zu lügen, Sami. Ich kriege Ärger, wenn ich das mache.« Cassie blickte mit einer Miene moralischer Überlegenheit vom Rücksitz des Vans ihrer Mutter herab.

»Ich hab doch nur Spaß gemacht, du Dussel. Ich hab das Betreuerin Mary erzählt, damit sie mich heute Beck anrufen lässt. Wir müssen den Kindern doch ihre Spielsachen bringen, und er hatte nicht gesagt, wann.«

Jennifer rieb sich die Nasenwurzel. »Bitte sag mir nicht, dass du das auch Beckett erzählt hast.«

»Äh ...«

Ach, verdammt. »Sami, wir beide werden uns heute Abend mal ganz in Ruhe unterhalten.«

»Au ja. Über was denn?« Sami setzte ihre unschuldigste Miene auf, aber Jennifer durchschaute sie sofort.

»Später.« Sie wandte sich an Cassies Mutter und erwähnte sowohl das Abendessen morgen als auch die freie Stelle in ihrer Praxis. Die Frau griff bei beidem sofort zu, und Letzteres half dabei, die Peinlichkeit von Samis kleiner Verkündung zu überspielen.

»Super, dann ruf einfach Sue bei mir in der Praxis an, sie wird alles Weitere in die Wege leiten. Ich hoffe, das klappt für uns beide.« Jennifer reichte Cassies Mutter durch die offenen Seitenfenster ihre Karte. »Und ich hole die Mädels morgen vom Camp ab und bringe sie am nächsten Morgen wieder hin. Passt das?«

»Ja.« Cassies Mutter – Linda – sah schon etwas weniger gestresst aus, und Jennifer war froh, dass sie helfen konnte. »Vielen Dank. Ich weiß, wie viel Spaß die Mädchen zusammen haben, und es ist schön, mal eine Auszeit zu bekommen. Es ist so schwer, alleinerziehend zu sein –« Linda legte den Kopf schief. »Aber das weißt du ja wahrscheinlich selbst.«

»Das tue ich.« Aber dank Samis »kleiner Verkündung« würde sie die nächsten Stunden wohl darüber nachdenken, wie es wäre, nicht alleinerziehend zu sein.

Falsch.

Jennifer dachte noch viel länger darüber nach. Die ganze Nacht hindurch, denn Beckett suchte sie in ihren Träumen heim. Sie sah ihn ständig in ihrem Haus, wie er sich um Flopsy kümmerte, beim Fish Fry, wo er mit den Kindern half, im Spielzeugladen, wie er den Mädchen half, an die Sachen in den oberen Regalen zu kommen ... Beckett könnte der perfekte Mann sein, um diese Lücke in ihrem Leben und dem von Sami zu füllen.

Was ein verdammt gefährlicher Gedanke war.

Sie setzte Sami am Camp ab und führte nach dem Vorfall von gestern noch ein kurzes Gespräch mit der Betreuerin über Samis »kleine Schwindelei« bezüglich Beck. Dann rief sie in ihrer Praxis an, da sie dringend Ablenkung von ihren Gedanken brauchte. Die Vorstellung von ihr und Beckett ... absurd.

Aber dann rief er sie an.

Kapitel zwölf

Beck beobachtete den Sekundenzeiger der Wanduhr, die er aus der Schweiz importiert hatte. Wäre sie nicht aus Schweizer Herstellung, würde er glauben, das Uhrwerk ginge falsch, denn jeder Klick fühlte sich viel länger an als eine Sekunde. Und jeder Klick entsprach einem Freizeichen am anderen Ende der Leitung.

Er sollte sie nicht so früh anrufen. Wahrscheinlich war sie gerade in einer Operation. Sie hatte gesagt, dass sie diese früh am Tag erledigte. Dieser Anruf konnte warten. Es war ja nicht so, als wäre die Auslieferung von Spielzeug eine weltbewegende Nachricht, über die sofort entschieden werden musste.

Eigentlich hatte er sie schon gestern Abend anrufen wollen, aber es kam ihm … er wusste nicht, wie ein Eingriff in ihre Privatsphäre vor. Sami hatte gesagt, sie würde ihre Mutter anrufen lassen, und als Jennifer es nicht getan hatte … nun, er dachte sich, sie hätte einen langen Arbeitstag gehabt, musste dann das ganze Eltern-Programm durchziehen und Sami ins Bett bringen, und danach brauchte sie wahrscheinlich Zeit für sich. Der Zeitpunkt der Spielzeuglieferung konnte warten. Oder verschoben werden. Was auch immer ihr am besten passte.

Er schüttelte den Kopf und musste fast über sich selbst lachen. Wann hatte er das letzte Mal zugelassen, dass jemand anderes seinen Zeitplan diktierte? Sogar Klienten ließen sich charmant dazu bringen, sich seinen

Plänen anzupassen – eine Fähigkeit, die er so perfektioniert hatte, dass die Leute gar nicht merkten, dass sie dazu manipuliert wurden, genau das zu tun, was er wollte. Es war eine besondere Gabe, die er besaß … und auf die er nicht sonderlich stolz war, da ihre Wurzeln in seinen frühen Jahren lagen, als er sich mit reinem Überlebensinstinkt durchschlagen musste.

Und wo wir gerade davon sprachen … er musste wohl den Verstand verloren haben, immer noch in der Leitung zu hängen. Obwohl es eigentlich erst viermal geklingelt hatte. Wahrscheinlich ging beim nächsten Mal die Mailbox ran—

»Hallo?«

»Jennifer?« Er hätte sich am liebsten mit der flachen Hand gegen die Stirn geschlagen. Dumme Frage. Wer sonst sollte wohl an ihr Handy gehen, wenn er explizit ihre Nummer gewählt hatte?

»Beckett?«

»Äh, ja. Ich wollte mich kurz mit dir abstimmen—«

»Gut, denn ich wollte mich entschuldigen.«

Das kam unerwartet. »Entschuldigen?«

»Ja. Wegen Sami. Gestern. Was – ich meine, warum sie dich aus dem Camp angerufen hat.«

Dieses Was sagte alles aus. Sami hatte ihrer Mutter erzählt, wie sie die Betreuer dazu gebracht hatte, sie anrufen zu lassen.

Zum ersten Mal seit Ewigkeiten spürte Beck tatsächlich, wie ihm die Röte ins Gesicht stieg. »Äh, das ist schon okay—«

»Nein, ist es nicht. Sie und ich hatten ein langes Gespräch über Grenzen, Lügen und unangemessenes Verhalten. Sie wird sich bei dir entschuldigen, wenn sie dich sieht, aber ich wollte dich wissen lassen, dass ich ihre kleine, nun ja, List nicht gutheiße und ihr das auch gesagt habe. Ich schätze es gar nicht, wenn sie das Personal austrickst und lügt, um ihren Willen zu bekommen. Es tut mir also leid, falls sie dich in Verlegenheit gebracht hat.«

In Verlegenheit? Er war nicht verlegen gewesen. Er war eher …

Hoffnungsvoll? Sehnsüchtig?

Und jetzt war er völlig verrückt geworden. »Kein Grund, sich zu entschuldigen. Ich fand es ziemlich einfallsreich.«

»Das ist eine nette Umschreibung dafür, dass sie eine gute Lügnerin ist.«

»Nun, das kann ich nicht beurteilen, da dies meine erste Erfahrung mit dieser Seite von ihr war, aber wenn du das sagst.«

»Ich würde es lieber nicht sagen müssen, und ich hoffe inständig, dass das eine einmalige Sache bleibt. Ich bin nur froh, dass nur eine Betreuerin gehört hat, dass du angeblich mein Verlobter bist. Ich habe heute Morgen noch einmal mit ihr gesprochen und sie gebeten, das nicht weiterzuerzählen.«

»Danke. Das weiß ich zu schätzen.« Und das tat er auch.

Oder etwa nicht?

Beck schüttelte den Kopf. Natürlich wusste er es zu schätzen. Er war nicht darauf aus, für irgendwen den Papa zu spielen, und schon gar nicht wollte er durch die Laune einer Siebenjährigen in diese Rolle gedrängt werden. Wenn er jemals ihr Vater – oder der von sonst jemandem – werden sollte, dann wollte er bitteschön derjenige sein, der diese Entscheidung traf.

»Und was die Sache mit dem Abendessen angeht ... ich habe ihr gesagt, dass sie sich nicht einfach selbst einladen kann, also tut es mir leid, dass sie dich so überrumpelt hat. Wir können das Spielzeug am besten dorthin bringen, wo du es hinhaben willst, aber zu einem Zeitpunkt, der dir passt. Und du musst die Mädchen nicht zum Essen ausführen.«

»Nun, ich hatte eigentlich vor, euch alle zum Essen einzuladen. Schließlich weiß ich nicht, was ich mit zwei Mädchen in einem Restaurant anfangen soll. Ich brauche dich dabei, um die Wogen zu glätten.« Wogen glätten? Das war wohl die erbärmlichste Art, auf die er jemals eine Frau um ein Date gebeten hatte –

Heiliger Strohsack. Er bat Jennifer Langston gerade um ein Date zum Abendessen.

Korrektur: Jennifer Bingham. Aber für ihn war sie immer noch Jennifer Langston.

Und ja, er fragte sie gerade nach einem Date. »Passt es dir also heute Abend? Ich habe Sami gesagt, dass wir losfahren könnten, wenn das Camp zu Ende ist, und danach gehen wir essen.«

»Das brauchst du wirklich nicht zu tun.«

Oh doch, das musste er. »Hey, ich muss essen ... ihr müsst essen ... wir können genauso gut zusammen essen.«

Im Ernst, diese Sprüche gehörten in ein Buch der schlechtesten Anmachsprüche aller Zeiten. Können genauso gut zusammen essen. Meine Güte. Gebt ihm eine Hornbrille mit Klebestreifen auf dem Nasensteg, einen Taschenschoner und Hosen, die er bis zu den Rippen hochzieht.

»Bist du sicher?«

So sicher, dass es ihm fast Angst machte. »Absolut. Kannst du das mit Cassies Mutter klären?«

»Das habe ich schon. Ich meine, nur für den Fall, dass du die Lieferung heute machen wolltest, habe ich organisiert, dass ich beide Mädchen abhole. Aber wir müssen wirklich nicht essen gehen.«

»Gibt es einen Grund, warum du nicht mit mir essen gehen willst?« Und da steckte John Becker seine unwürdige Nase ins Geschehen.

Beck schob ihn zurück in die dunklen Kammern seines Verstandes und rief sich die Bilder all der Schönheiten wach, mit denen er ausgegangen war, seit er Beckett Fields geworden war. Dieser unsichere Kerl mit dem Komplex konnte schön wieder zurück in seine Kiste kriechen und dort bleiben.

»Nein, ich möchte nur nicht, dass du dich verpflichtet fühlst.«

»Eines solltest du über mich wissen, Jennifer: Ich tue nichts, was ich nicht auch will.« Verdammt richtig, er hatte viel zu hart gearbeitet, um sich dieses Recht zu verdienen.

»Oh. Na gut. Danke. Wir würden sehr gerne mit dir essen gehen.«

»Gut. Das klingt nach einem Plan. Ist es okay, wenn ich bei dir dusche?«

Die Stille am anderen Ende der Leitung ließ ihn seine letzte Aussage im Geist noch einmal abspielen.

Jesus. Im Ernst, wie alt war er? Vierzehn? Kein einziger cooler Move weit und breit. »Ich meinte, da ich heute sowieso bei dir putze, erspart mir das den Weg nach Hause, um mich fertig zu machen.«

»Oh. Sicher. Das ist kein Problem. Im Wandschrank beim Flurbad sind zusätzliche Handtücher und die Toilettenartikel stehen unter dem Waschbecken. Aber tut mir leid. Wahrscheinlich wirst du danach nach Erdbeeren riechen. Das ist Samis derzeitiger Lieblingsduft.«

»Erdbeeren also. Es gibt unmaskulinere Düfte als Erdbeeren.«

»Oh, ich bin sicher, die findest du bei Bedarf auch unter dem Waschbecken.«

»Dann lasse ich mich mal überraschen.«

»Das tust du sowieso – ich meine ...«

Beck lächelte. Sie hatte diese Worte nicht so herausrutschen lassen wollen, und komischerweise fühlte er sich dadurch ... komisch. Auf eine gute Art. Als würde eine warme Welle durch seine Adern fließen.

Es war ein schönes Gefühl.

Okay, er musste aufhören mit diesem Kuschel-Gefühlskram. Er war nicht darauf aus, Jennifer Langston Bingham zu daten. Da hing einfach zu viel dran, wofür er in seinem Leben noch nicht bereit war. Die Vorstellung, ein Vater zu sein, war eigentlich viel besser als die Realität, tatsächlich einer zu sein. Er konnte so tun als ob, aber die Realität war eine ganz andere Geschichte.

Und daran sollte er sich besser erinnern. »Also sind sie um drei fertig, richtig? Das heißt, du bist um … halb vier zu Hause?«

»Eher gegen vier. Ich muss noch kurz zur Reinigung, um ein paar Sachen abzuholen, und ich muss Milch auf dem Bauernhof beim Haus besorgen.«

»Ich fahre in ein paar Minuten zu dir. Wenn du willst, kann ich das für dich erledigen, da ich an beidem vorbeikomme.«

»Das musst du nicht—«

»Ich weiß, dass ich nicht muss; ich biete es dir an. Es spart dir Zeit am Ende des Tages und wir kommen rechtzeitig zum Kinderheim und können zu einer vernünftigen Zeit essen. Okay?«

»Klar. Okay. Danke.«

»Alles klar. Dann sehe ich euch beide, wenn ihr nach Hause kommt. Hab einen schönen Tag.«

»Du auch, Beckett.«

Beck beendete das Gespräch und starrte wieder auf die Uhr. Sechs Minuten waren vergangen. Sechs Minuten, die dafür gesorgt hatten, dass er sich tatsächlich aufs Putzen freute.

Er steckte in tiefem Schlamassel.

»Ist Beck zu Hause, Mami?« Das war Samis erste Frage, als sie nach dem Camp in den SUV hüpfte.

»Ja, Sami, das ist er.« Nichts geht über eine fixe Idee – was Jennifer absolut nachfühlen konnte. Sie hatte den ganzen Tag an Beckett und das Abendessen gedacht. Zum Glück hatte sie nur eine Operation gehabt, und das war eine Routinekastration gewesen, dann hatte sie einen kurzen Sprung vorbeigeschaut, um nach Buster zu sehen, und war angenehm überrascht gewesen über die Fortschritte, die Mr. Tillman gemacht hatte. Das hatte sie in gute Stimmung versetzt und ihr erlaubt, danach nach Herzenslust Tagträumen nachzuhängen.

Das Problem war, dass ihr Herz ein bisschen zu bereitwillig war, sich das Abendessen auszumalen.

»Wird er uns alle zum Essen ausführen?«

»Ja, Schatz.«

»Darf ich mir von der Karte bestellen, was ich will?«

»Wir werden sehen. Im Rahmen des Vernünftigen.« Jennifer steuerte den Wagen an der Abholspur vorbei Richtung Heimat.

»Was ist ›vernünftig‹?«, fragte Sami.

»Das bedeutet: nur wenn deine Mami genug Geld hat, um es zu bezahlen«, antwortete Cassie, noch bevor Jennifer etwas sagen konnte.

Gott sei Dank hatten Sue und Linda einen Plan ausgearbeitet, damit diese Art von Definition Cassies Leben nicht mehr lange prägen würde. Wie sich herausstellte, kannte sich Linda in einer Arztpraxis bestens aus.

»Tja, wenn Mami das Geld nicht hat, dann hat Beck es.«

»Sami!« Jennifer warf einen Blick in den Rückspiegel.

»Was denn?« Samis große grüne Augen wurden weit. »Beck wird das Geld haben, weil es ein Date ist und der Mann immer bezahlt, richtig, Mami? Das sagt Meredith immer.«

Ach ja, Meredith. Die Weise vom Pausenhof, deren ständig wechselnder Stall an »Onkeln« dafür sorgte, dass ihre Mutter und sie in ihrer Eigentumswohnung, ihrem Beamer und in Designerklamotten leben konnten.

Jennifer bog bei der nächsten Ampel bei Rot rechts ab und dankte dem Universum, dass die Verkehrsgötter heute auf ihrer Seite waren, damit dieses Gespräch lieber früher als später ein Ende fand. »Der Mann muss nicht immer bezahlen. Ich verdiene genauso viel wie Männer. Vielleicht sogar mehr.«

»Wirklich?« Cassies Augen wurden groß. »Heißt das, meine Mami wird auch reich sein, wenn sie für dich arbeitet?«

»Du bist doch nicht reich, Mami, oder?«

Sie schaffte es noch über eine gelbe Ampel. Nur noch zwei Blocks bis nach Hause. Gott bewahre sie vor dieser Art von Diskussionen.

»Ich bin reich, Sami. Weil ich dich habe.«

Andererseits waren solche Gespräche vielleicht doch ganz gut, denn das Lächeln, das sich auf Samis Gesicht von einem Ohr zum anderen ausbreitete, machte sie nur noch reicher.

»Meine Mami sagt das auch immer.« Cassie kräuselte für ein paar Sekunden den Mund. »Aber wir gehen trotzdem nicht in so schicke Restaurants wie du, Sami.«

»Na ja, heute Abend schon. Und vielleicht führt Beck uns ja wieder aus, wenn wir wieder für ihn arbeiten. Glaubst du, er macht das, Mami?«

Nicht, wenn sie es verhindern konnte. Eine gute Tat war genug, aber Samis Hoffnungen waren bereits grenzenlos, und eine Beziehung zwischen ihr und Beckett stand nicht zur Debatte. Sicher, jeder kannte den Ruf der Firma, für die er putzte, Manley Maids: Drei der Typen, die für das Unternehmen arbeiteten, waren am Ende mit ihren Kundinnen zusammengekommen, aber diese Erfolgsserie würde bei ihr ein Ende finden. Sie kam mit einer fertigen Familie daher, und wenn es jemanden gab, der absolut nicht der Typ für eine fertige Familie war, dann war es Beckett.

Beck begutachtete den Wohnbereich ein letztes Mal. Er hatte gute Arbeit geleistet, sowohl beim Putzen als auch beim Austricksen der Katze.

Nero hatte es mehr auf ihn abgesehen gehabt als der Tyrann auf den armen Flopsy – der auf dem Schaukelstuhl saß, wie wild mit dem Schwanz wedelte, die Zunge links aus dem Maul hängen ließ und Beck ansah, als wären Leckerlis fällig.

»Tut mir leid, Kumpel, aber ich weiß nicht, wo sie die aufbewahrt, und ich will nicht wirklich in Jennifers Schränken und Schubladen rumschnüffeln.«

Okay, streichen wir das. Er hätte nichts dagegen, in Jennifers Schubladen zu wühlen, aber er meinte damit nicht die aus Holz.

Er lächelte vor sich hin. Es war die reine Hölle gewesen, ihr Schlafzimmer zu putzen. Zum Glück hatte sie aufgeräumt – hatte sogar einen Teil des Putzens selbst erledigt, was eigentlich seinen Grund, hier zu sein, zunichtemachte, aber er konnte es verstehen. Er putzte seine Wohnung auch immer, bevor Shannon, seine Manley Maid, vorbeikam. Albern, er wusste es, aber er verstand es. Und in diesem Fall war er froh darüber. Er hatte Jennifers Parfüms und ihr Make-up und all die anderen kleinen Dinge, die förmlich feminin! schrien, nicht sehen wollen, während er versuchte, dieses große Kingsize-Bett in ihrem Zimmer zu ignorieren, das ihn mit viel zu vielen inneren Bildern und Gedanken an lange Wochenenden zwischen den Laken in Versuchung führte.

Was definitiv nicht der Gedanke war, den er gebrauchen konnte, als sie die Haustür öffnete.

Die Sonne stand in genau dem richtigen Winkel, um einen Heiligenschein aus Licht um sie zu zaubern und eine Figur zu betonen, die niemals unter einem Laborkittel versteckt werden sollte. Und zum Glück war sie das auch nicht.

Dann stürmten Sami und Cassie herein, wirbelten Jennifer praktisch herum, und Beck erhaschte einen Blick auf das Lächeln, das über ihr Gesicht huschte, als sich ihre Augen trafen, und es jagte eine warme Welle durch ihn hindurch. So fühlte es sich also an, zu jemandem nach Hause zu kommen—

Oh Mist, nein. Fang gar nicht erst damit an.

»Beeeeeeeeeeeeeeeck!!!!!« Sami warf sich wie üblich in seine Arme und lenkte ihn glücklicherweise von Gedanken ab, die er wirklich nicht haben sollte.

»Hey, Zwerg.« Er hievte sie auf seine Hüfte und merkte erst dann, wie natürlich sich das anfühlte.

Er setzte sie wieder ab. Schnell. Er hätte sie fast fallen lassen, schaffte es aber im letzten Moment noch.

Diese Sache wurde verdammt schnell ernst.

Sami kicherte und hielt ihre Arme hoch. »Das hat Spaß gemacht, Beck! Lass mich nochmal fallen!«

»Sami.« Jennifer schloss die Tür und ging die beiden Stufen in den Wohnbereich hinunter. »Beckett hatte einen harten Tag. Gönnen wir seinem Rücken eine Pause. Außerdem gab es da nicht etwas, das du ihm sagen wolltest?«

»Es tut mir leid, Beck, dass ich den Betreuerinnen im Camp gesagt habe, dass du mein Papi wirst.«

Sein Herz versetzte ihm bei dem Wort Papi einen Stich, aber es war ein anderer Teil von ihm, der sich bemerkbar machte, als Jennifer näher kam.

Ihre blassblaue Caprihose schmiegte sich wie eine zweite Haut an ihre Beine, und ihr luftiges Oberteil betonte nur ihre Brüste, aber das reichte ihm schon völlig. Seine Fantasie lief auf Hochtouren und stellte sich vor, wie er seine Hände darunter gleiten ließ und es ihr über den Kopf zog—

»Äh, danke, Sami.« Da er etwas brauchte, worauf er sich konzentrieren konnte, außer auf den Ort, an dem seine Hände sein wollten, hob er Sami wieder auf und warf sie in die Luft. Nichts war ein besserer Garant dafür, einen Ständer loszuwerden, als sich mit Kindern zu beschäftigen.

»Juchhu!« Sie klatschte in die Hände. »Jetzt mach das bei Cassie!«

Cassie sah mit einem zaghaften Lächeln zu ihm auf, und Becks Herz brach fast. Was für ein Bastard verließ bitteschön sein Kind? Das würde er nie verstehen.

Er warf Cassie ein paar Mal hoch und freute sich über das echte Lächeln, das es hervorrief. Wenn ihm doch nur jemand auch nur ein Zehntel dieser Aufmerksamkeit geschenkt hätte.

Das war genau der Grund, warum sie zu ihrer Mission aufbrachen.

»Okay, Leute«, sagte er, bereit loszulegen. »Ich habe ein bisschen länger gebraucht als gedacht, also muss ich jetzt erst mal unter die Dusche.«

Die Mädchen kicherten. »Mami sagt, man soll niemals unter die Dusche springen. Man kann ausrutschen und hinfallen.« Cassie schaffte es nicht ganz, das Lächeln zu unterdrücken, während sie versuchte, ihre Mutter nachzuahmen.

»Und dann müssten wir dich ins Krankenhaus bringen und könnten die Spielsachen nicht ausliefern«, warf das Kind mit der Mission ein. »Wann fahren wir los?«

»Sobald ich aus der Dusche komme.« Er schnappte sich die Tasche, die er heute Morgen gepackt hatte, und ging die Treppe hoch zum Flurbad.

Nur um die Wanne voll mit Sand vorzufinden.

Zwei Tage. Es war gerade mal zwei Tage her, seit er dieses Bad geputzt hatte, und Sami hatte es geschafft, es in ein Inselparadies für ihre Barbie-Puppen zu verwandeln.

Nun musste er also etwas tun, was er eigentlich gar nicht wollte. Und wenn er nicht so verschwitzt wäre vom Versuch, fertig zu werden, bevor sie nach Hause kamen – was dank Nero und seiner Vorliebe, Zimmerpflanzen umzustoßen, nicht geklappt hatte –, würde er die Dusche vielleicht ausfallen lassen, nur um nicht Jennifers Dusche benutzen zu müssen.

Er warf einen Blick auf die Uhr an seinem Handy. Ja, das würde wohl nichts werden. Sie mussten bald zum Kinderheim. Er hatte keine Zeit, noch mal zu sich nach Hause zu fahren.

Natürlich gab es immer noch den Gartenschlauch hinterm Haus. Eine kalte Dusche könnte er gebrauchen.

Aber das würde zu viele Fragen von Sami nach sich ziehen – und vielleicht den einen oder anderen wissenden Blick von Jennifer –, also fiel diese Option weg.

»Äh, Jennifer?« Er beugte sich über das Treppengeländer. »Hast du was dagegen, wenn ich deine Dusche benutze? In Samis Bad findet anscheinend gerade ein Beachvolleyballturnier statt.«

Jennifer steckte den Kopf um die Ecke ins Treppenhaus. »Was hast du gesagt?«

Er verzog das Gesicht. Er wollte Sami keinen Ärger einhandeln, aber dieser Sand war sicher nicht einfach so aus dem Abfluss gekommen. »In Samis Wanne ist ein Strand. Macht es dir was aus, wenn ich deine benutze? Es dauert zu lange, den ganzen Sand loszuwerden.«

»Sand? Da ist Sand in der Wanne?« Jennifers Haar wirbelte um ihre Schultern, als sie sich zu Sami umdrehte. »Was macht Sand in der Badewanne?«

Sami legte den Kopf schief und kaute auf ihrer Unterlippe, während ihre Turnschuhspitze Kreise auf dem Boden malte. »Ääääahm, meine Barbies wollten in den Urlaub.«

»Woher kommt der Sand?«

»Na ja, es ist nicht wirklich Sand. Es ist ähm …«

»Samantha Renee, was hast du benutzt?«

Beck zuckte zusammen, als sie Samis volle Vornamen benutzte. Aus Erfahrung wusste er, dass das nie ein gutes Zeichen war.

»Na ja, Neros Katzenklo ist doch ganz fein und sauber und da er es gerade nicht braucht, habe ich den extra Sack Katzenstreu genommen, weil das genau wie Sand ist und meine Barbies unbedingt an den Strand wollten. Und wir können für Nero doch immer neues im Laden kaufen, oder Mami?«

Beck musste sich auf die Unterlippe beißen, um nicht loszulachen. Er musste zugeben, das Kind war einfallsreich.

Jennifer atmete tief aus und fuhr sich mit einer Hand durchs Haar. »Beckett, im Wandschrank sind Handtücher und im Korb auf dem Regal über der Toilette in meinem Bad liegt ein neues Stück Seife.«

»Keine Sorge. Habe meine eigenen Sachen dabei.« Er hielt seine Tasche hoch. »Dauert nicht lange.«

Denn er wollte auf keinen Fall länger als nötig in Jennifers Dusche bleiben.

Aber als er unter den Wasserstrahl trat und einen Hauch ihrer Seife oder ihres Shampoos wahrnahm – oder was auch immer so roch, wie er es von ihrem Kuss in Erinnerung hatte –, dachte er, dass es vielleicht doch nötig war, etwas länger zu verweilen – und sei es nur, damit seine verdammte Erektion endlich wieder verschwand.

Also schrubbte er sich beim Haarewaschen etwas fester als nötig die Haare, drehte die Temperatur beim Einseifen hoch und stellte sie zum Abspülen auf schockierend kalt.

Das nahm dem Ganzen die Schärfe, aber nicht vollständig. Was die nächsten Stunden zu einer ziemlich interessanten Art von Hölle machen würde.

Kapitel dreizehn

Jennifer amüsierte sich prächtig. Fast so sehr wie Sami und Cassie. Auf jeden Fall mehr als Beckett. Der Kerl sah aus, als hätte er das Stück Seife verschluckt, von dem sie ihm erzählt hatte, und sie wusste nicht, warum.

Die Kinder im Heim hatten jedoch den größten Spaß von allen. Es war wie Weihnachten im Juli, einem, mit dem sie nicht gerechnet hatten.

Beckett hatte Sami und Cassie bei der Spielzeugauswahl gut angeleitet, sodass jedes Kind ein besonderes »großes« Geschenk sowie ein paar kleinere »lustige« Sachen bekam. Und Sami und Cassie waren sichtlich stolz auf sich, als sie diese verteilten.

»Das war eine großartige Idee.« Jennifer öffnete den letzten Sack mit Geschenken, nachdem Beckett ihn aus dem Foyer hereingebracht hatte. Es waren zu viele, um sie alle auf einmal in den Gemeinschaftsraum zu tragen, ohne eine Fütterungspanik auszulösen. Während Sami und Cassie also den Weihnachtsmann und seine Frau spielten, waren sie und Beckett die fleißigen Elfen am Tisch im Hintergrund.

»Danke. Ich hatte schon überlegt, das zu Weihnachten zu machen, aber als ich neulich Abend sah, wie viel Spaß die Mädchen hatten, dachte ich mir: Warum nicht jetzt? In der Weihnachtszeit macht jeder was, aber diese Kinder können auch jetzt eine Aufmunterung gebrauchen.«

»Kein Wunder, dass du mit solchen brillanten Ideen beruflich so erfolgreich bist.« Sie reichte Sami und Cassie jeweils ein neues Spielzeug zum Ausliefern.

»Brillant, ja? Das hört sich gut an.«

Sie verdrehte die Augen und stieß ihn mit der Schulter an. »Lass dir das bloß nicht zu Kopf steigen, Beckett. Bescheidenheit ist eine viel attraktivere Eigenschaft als Arroganz.«

»Attraktiv, ja? Du findest mich also attraktiv?«

Mund auf, Fettnäpfchen rein.

Jennifer sah ihn an und prustete los, als er mit den Augenbrauen wackelte. »Du bist unmöglich.«

»Du hast ja keine Ahnung, Süße.« Noch mehr Brauenwackeln, ein oder zwei lüsterne Blicke, und Jennifer konnte mit ihm lachen, weil er den Moment lustig machte, der sonst peinlich hätte sein können.

Schließlich war es offensichtlich, dass er attraktiv war. Aber nicht nur körperlich, denn der John Becker mit der Wut im Bauch, den sie früher gekannt hatte, schien genug gereift zu sein, um diesen Groll abzulegen, und dieses Selbstvertrauen war in der Tat sehr sexy.

Er bückte sich neben ihr, um den letzten großen Karton aus dem Sack zu nehmen, was Jennifer einen freien Blick auf seine Rückseite bot.

Ja, er war definitiv erwachsen geworden. Andererseits galt das auch für sie. Und sie wusste genau, was sie mit dieser Rückseite anstellen würde, wenn sie sie in die Finger bekäme.

Okay, Zeit, sich auf Sami und Cassie zu konzentrieren. Oder die anderen Kinder. Oder den Deckenventilator. Die Küchentür. Irgendetwas anderes als Beckett.

»Also, wo gehen wir essen?« Er richtete sich auf und sein Bizeps streifte ihre Schulter, was es schwierig machte, sich auf etwas anderes als ihn zu konzentrieren.

»Ist mir egal.«

»Den Mädchen vielleicht nicht, und da ich nicht weiß, was sie mögen und was nicht, brauche ich eine Orientierungshilfe.«

Orientierungshilfe könnte er haben ... »Hm, na ja, sie mögen die Fake-Pizza bei Fish Fry, also würde ich sagen, dass sie nicht besonders wählerisch sind.«

»Gutes Argument.« Er winkte die Mädchen zu sich herüber. »Vorsicht mit dem hier, Ladys. Das bringt ihr zu Chef Jim. Er wird überrascht sein, dass er auch etwas bekommt. Und wenn er sieht, was es ist … haltet euch vielleicht besser die Ohren zu.«

»Super!« Sami streckte die Hände aus. »Wir mögen Überraschungen, nicht wahr, Cassie?«

»Solange es gute Überraschungen sind. Böse Überraschungen mag ich nicht.«

Cassie ließ den Karton fast fallen, was Jennifer dazu verleitete, danach zu greifen, aber das Beste für die Mädchen war, ihnen Vertrauen in sich selbst zu geben.

»Na klar magst du keine bösen«, sagte Sami, während sie beide mit dem Karton jonglierten, auf dem Weg zum Koch. »Dann wären es ja keine Überraschungen. Dann wäre es einfach nur fies.«

»Diese Sami.« Beckett schüttelte den Kopf und lachte leise. »Sie hat zu allem eine Meinung, was?«

»Das hat sie allerdings.« Selbst wenn es eigentlich Jennifers Meinung war; sie hatte Sami vor etwa einer Woche genau dasselbe gesagt. Schön zu sehen, dass Sami behalten hatte, was sie ihr beigebracht hatte.

Beckett stieß sie leicht an. »Kommt wohl nach ihrem Vater, schätze ich?«

»Hey, ich habe auch eine starke Meinung.« Jennifer sah weg; ihre Freude über Samis Fortschritte wurde durch die Erwähnung des Vaters gedämpft. Jennifer hasste es, wenn er im Gespräch auftauchte. Oh, die meisten Leute wussten, dass Trent nicht Samis Vater war, weil sie wussten, dass sie nicht die Mutter war, aber sie versuchte, Andreas Probleme geheim zu halten, indem sie sagte, sie sei krank – was technisch gesehen keine Lüge war. Bisher hatte es funktioniert. Aber es würde der Zeitpunkt kommen, an dem Andreas Inhaftierung ans Licht käme. Irgendein Kind würde es herausfinden und es in der Schule verbreiten, wie Kinder das eben manchmal boshaft tun, und dann müsste Jennifer sich mit den Folgen auseinandersetzen. Zumindest kannte Sami die Wahrheit, also wäre es für sie keine Überraschung, aber der soziale Aspekt … Jennifer sah dem nicht gerade freudig entgegen. Und was das Geständnis gegenüber Beckett betraf, dass sie nicht Samis leibliche Mutter war … war das zum jetzigen Zeitpunkt überhaupt nötig? Es war ja nicht so, als würde er langfristig bleiben, Sami hingegen schon. Und folglich auch Jennifer. Außerdem würde John Becker sich noch aus der Schule an Andrea erinnern – Jennifer wollte seine Erinnerung an sie so bewahren, wie sie früher gewesen war, nicht so, wie sie jetzt war.

Ja, sie versuchte Andrea sogar jetzt noch zu beschützen. Sie war sich nicht sicher, warum sie sich so unterschiedlich entwickelt hatten, aber Andrea war immer noch ihre Schwester und sie liebte sie. Eines Tages würde ihre Schwester hoffentlich ihr Leben wieder in den Griff bekommen.

»Hey.« Beckett ergriff ihren Arm – und ein elektrischer Schlag schoss durch ihre Nerven. »Ich wollte dich nicht kritisieren. Es ist nur, weil du so entspannt bist, dachte ich, dieser Teil ihrer Persönlichkeit käme von ihrem Vater.«

»Wie gesagt, ich habe durchaus Meinungen. Ich suche mir nur aus, wann ich sie äußere.« Jennifer zuckte mit den Achseln, um die Hand loszuwerden, die sie Dinge denken ließ, die sie nicht denken sollte, dann schnappte sie sich einen großen Plastikmüllsack und faltete ihn – eine sinnlose Übung, da man ihn nicht wirklich falten konnte, aber sie brauchte eine Beschäftigung, um das Wegziehen zu rechtfertigen.

Beckett hob beide Hände. »Tut mir leid, wenn ich einen Nerv getroffen habe. Ich wollte nicht zu weit gehen.«

»Hast du nicht. Ich habe nur ... überreagiert. Sorry. Anstrengender Tag, und dann der Wirbel, als ich nach Hause gekommen bin ... du weißt ja, wie das ist.«

»Wenn ich es vorher nicht wusste, dann jetzt. Ich weiß nicht, wie du das als Alleinerziehende schaffst. Der Job scheint schon zu zweit schwierig genug zu sein.«

»Das ist er. Aber er hat auch seine schönen Seiten.«

»Ja, es ist offensichtlich, wie sehr Sami dich liebt. Sie hat von nichts anderem geredet, als sie mir neulich beim Putzen geholfen hat.«

Genau davor hatte Jennifer Angst. Sami machte kein Geheimnis daraus, dass sie Beckett in der Familie haben wollte, und sie in den höchsten Tönen zu loben, war der einfachste Weg, den sich eine Siebenjährige vorstellen konnte, um das zu erreichen.

Sie legte den Sack auf den Tisch. »Hm, wegen gestern. Als Sami dich angerufen hat.«

Er rieb sich den Nacken. »Ja, das war, äh, interessant.«

»Es tut mir furchtbar leid, dass sie dich in diese peinliche Lage gebracht hat. Sie hätte dich niemals bei der Arbeit stören dürfen, und die Lüge, die sie erzählt hat ...« Jennifer schüttelte den Kopf und spürte, wie ihr die Röte ins Gesicht stieg. Wenn man von peinlichen Momenten sprach – aber das musste gesagt werden. »Es tut mir wirklich leid. Ich habe versucht, ihr zu erklären, wie unangebracht das war, aber ich bin mir nicht sicher, wie viel davon angekommen ist.«

Diesmal war sie auf die Elektrizität vorbereitet, als er seine Hand auf ihre legte.

Es machte sie allerdings nicht weniger intensiv.

»Schon gut. Ich verstehe, worauf sie hinauswill. Ich habe auch mit ihr darüber gesprochen, und, tja, ich glaube nicht, dass sie das noch mal machen wird.«

»Eindeutig kennst du Sami noch nicht.«

»Eigentlich glaube ich schon. Sie erinnert mich an mich selbst in ihrem Alter. Was allerdings keinen Sinn ergibt, da sie eine liebende Mutter hat, ein stabiles Zuhause, Freunde, ihre Haustiere, all diese Barbiepuppen, die sich in ihrem Jacuzzi-Paradies sonnen ...«

»Und du hattest das nicht.« Ups. Das hätte eine Frage sein sollen. Es wurde immer schwieriger so zu tun, als würde sie ihn nicht kennen. Obwohl sie ihn ehrlich gesagt nicht kannte. Nicht Beckett Fields. Und sie hatte John Becker eigentlich auch nicht gekannt – sie hatte nur ihre Teenager-Fantasien darüber gehabt, wer sie wollte, dass er sei. Die Realität war so viel besser als ihre Vorstellungskraft.

»Hatte ich nicht. Ich war im Pflegesystem, bis ich volljährig war. Reden wir über ein unsanftes Erwachen – und ich dachte schon, im System zu sein, wäre hart. Das wahre Leben hat eine Art, einem direkt ins Gesicht zu schlagen.«

»Das stimmt wohl.«

Er legte den Kopf schief. »Du klingst, als hättest du auch schon einiges mitgemacht.«

»Wer hat das nicht?« Nicht die Richtung, in die dieses Gespräch gehen sollte. »Aber wir schauen nach vorne, oder?«

»Ziehen wir um?« Sami tauchte plötzlich vor dem Tisch auf.

»Samantha Renee, hast du etwa gelauscht?«

»Ich hab gar nichts aus dem Lauscher verloren.« Sami schaute an ihren Füßen hinunter. »Siehst du was, Cassie?«

Cassie schob die Unterlippe vor und schüttelte den Kopf. »Es ist noch nicht Herbst.«

»Hier liegt nichts, Mami.«

Wie konnte man diesem süßen kleinen Gesicht böse sein, das einen so unschuldig und naiv ansah?

Jennifer kam hinter dem Tisch hervor und schloss beide Mädchen in eine Umarmung. »Lauschen bedeutet, zuzuhören, wenn man es eigentlich nicht sollte.«

Sami löste sich ein Stück, blieb aber im Kreis ihrer Arme stehen. »Oooooh, so wie wenn man Geheimnisse erzählt?«

»Oder irgendetwas anderes. Man sollte nicht bei Gesprächen zuhören, zu denen man nicht eingeladen wurde. Das gehört sich nicht.«

»Oh.« Sami nickte feierlich. »Heißt das dann, dass wir nicht umziehen?«

»Nein, Süße. Wir ziehen nicht um.«

»Puh!« Mit einer oscarreifen Geste wischte sich Sami mit der Hand über die Stirn. »Ich will nicht umziehen. Wo sollten wir denn unser ganzes Zeug hinbringen? Und Flopsy wäre total verwirrt. Obwohl ...« Sie sah mit einem berechnenden Lächeln auf, das Jennifer schon zu oft gesehen hatte, um darauf hereinzufallen. »Vielleicht könnten wir, falls wir umziehen würden, so eine Spielburg wie im Spielzeugladen bekommen, damit ich mein eigenes Haus hab?«

»Wir haben doch unser eigenes Haus. Und«, Jennifer tippte Sami auf die Nasenspitze, »wenn ich mich recht erinnere, hast du sogar dein Badezimmer genau so dekoriert, wie du es magst: mit einem Strand.«

Sami schüttelte den Kopf. »Das ist nicht mein Haus, es ist deins, und da du gesagt hast, dass ich das Katzenklo sauber machen muss, gehört es mir nicht wirklich, oder?« Sie wirbelte mit ausgebreiteten Armen herum. »Irgendwann werde ich mein eigenes Haus haben und überall Sand auf den Boden streuen, damit es so ist, als würde man am Strand wohnen.«

»Das ist komisch«, sagte Cassie. »Warum willst du den ganzen Sand in deinem schönen Haus verteilen? Sand gehört nach draußen, nicht nach drinnen.«

Sami verschränkte beleidigt die Arme und blickte finster drein. »Wenn es mein Haus ist, kann ich ihn drinnen hintun, wo ich will.«

Cassie zuckte mit den Schultern. »Ja, aber nur weil du es kannst, heißt das nicht, dass du es auch tun solltest. Das sagt meine Mami immer.«

»Deine Mami hat mir gar nichts zu sagen.«

»Mädchen.« Jennifer schritt ein, bevor der Streit ausartete. Und bevor Sami die Fassung verlor, denn Jennifer sah ihr an, dass sie darum kämpfte.

Alles nur wegen eines Hauses.

Sie hatten das in der Therapie besprochen, Samis Gefühl der Instabilität während des Aufwachsens, als Andrea ständig mit ihnen umgezogen war – es gab ein paar Aufenthalte in Obdachlosenunterkünften und sogar in ihrem alten Auto –, aber Jennifer hatte gedacht, sie hätten das überwunden. Dass die Tatsache, dass Sami ihr Zimmer nach ihren Wünschen dekorieren durfte und ihre Sachen im ganzen Haus verteilen konnte, viel dazu beitragen würde, dieses Gefühl von Beständigkeit zu entwickeln. Aber all das war durch dieses Gespräch sprichwörtlich den Bach runtergegangen.

Jennifer atmete aus. Sie hätte Andrea für den Schaden, den sie ihrer Tochter zugefügt hatte, umbringen können, aber das wäre Sami erst recht keine Hilfe. »Erinnern wir uns daran, warum wir hier sind, okay? Und zwar nicht, um über Häuser oder Umzüge oder gar Sand zu reden.«

Sami streckte Cassie die Zunge raus, bevor sie sich wieder Jennifer zuwandte. »Zieht dann Beck um?«

»Ich hab dir doch gesagt, du kleiner Frechdachs, niemand zieht um.«

»Aber er könnte, oder? Weil er ja ganz allein ist, und wer will schon ganz allein wohnen?« Sie drehte den Kopf so schnell herum, dass Jennifer ein Lockenschopf mitten ins Gesicht peitschte. »Beck, du kannst bei uns einziehen! Wir haben zwei extra Schlafzimmer! Mami benutzt eines als Büro, also kannst du das andere haben. Oma Lois hat da früher manchmal geschlafen, aber sie mag ihr Altersheim nicht mehr verlassen, also können wir es jetzt für dich schick machen.«

»Sami!« Wenigstens hatte Sami Beckett nicht angeboten, ihr Bett mit ihm zu teilen. »Ich habe dir doch gesagt, Beckett zieht nicht um, also gibt es keinen Grund, Omas Zimmer für ihn herzurichten.«

»Ja, aber wir könnten. Nur für den Fall.«

»Für den Fall von was? Dass ein riesiger blauer Teddybär mein Haus besetzt?« Beckett schoss vor, packte Sami an den Knien, warf sie sich über die Schulter und kitzelte sie so sehr, dass sie kreischte.

Gott, das war ein herrlicher Laut.

Sicher, sie und Sami lachten auch zusammen, aber dieses freie, ungehemmte Lachen aus tiefstem Bauch, das Sami jetzt an den Tag legte ... das war neu. Und willkommen. Und dafür hatte Jennifer Beckett zu danken.

Mann. Nicht mal eine Woche, und er hinterließ schon einen gewaltigen Eindruck in beider Leben.

Was würde passieren, wenn er mit dem Auftrag fertig war?

Male den Teufel nicht an die Wand. Er hatte sich verpflichtet, das Haus einen Monat lang zu reinigen. Sie würde gerne das Wie und Warum erfahren, aber für den Moment wollte sie es einfach genießen, so wie es war.

Was allerdings nicht das war, was Sami sich erhoffte, und sie würde Sami klarmachen müssen, dass ein Ende in Sicht war, damit sie sich nicht zu sehr an ihn band.

»Noch mal, Beck! Noch mal!« Sami hüpfte mit erhobenen Armen auf und ab, als er sie wieder auf die Füße stellte.

Es sah so aus, als würde es schwierig werden, diese Bindung wieder zu lösen.

Vielleicht für sie alle.

»Okay, Leute, was sagt ihr zu Ronis Pizza zum Abendessen?« Beck öffnete die Hintertür seines Wagens, um die Mädchen einsteigen zu lassen, und hätte beim Kauf niemals geahnt, dass sein Mercedes einmal als Familienkutsche dienen würde.

Sami hechtete mit dem Kopf zuerst hinein. »Och, echt? Schon wieder Pizza? Wir essen immer Pizza. Ich will woanders hin.«

»Samantha Renee!« Jennifer schnappte neben ihm nach Luft. »Das ist unhöflich. Wenn dich jemand zum Essen einlädt, sagt man nicht, dass man woanders hinwill. Entschuldige dich sofort.«

»Warum? Er hat gefragt, was wir davon halten, und ich will keine Pizza. Cassie und ich wollen was anderes. Stimmt's, Cassie?«

Cassie versuchte sich auf dem Sitz zusammenzukauern, als Sami sie so in die Enge trieb.

»Keine Sorge, Leute.« Beck hob Cassies Beine an, schwang sie auf den Sitz und reichte ihr den Gurt. »Wir können Burger essen. Ich kenne da einen tollen Laden. Und die haben auch Pizza. Nur für den Fall, dass ihr es euch anders überlegt.«

»Aber ich dachte, wir gehen in ein schickes Restaurant. Cassie war noch nie in einem schicken Restaurant.«

Die arme Cassie versuchte förmlich, im Ledersitz zu versinken. Sie wollte jetzt wahrscheinlich nicht mal mehr in eine Fast-Food-Bude; so beschämt sah sie aus.

»Hey, wisst ihr was? Das können wir machen. Ich kenne da genau den richtigen Ort. Die haben Meeresfrüchte und Steak. Wer mag Steak?«

In Cassies Augen blitzte etwas auf. Gut. Dann also Mercurios. Und dort gab es keine Preise auf der Karte, sodass Jennifer und Cassie sich nicht unwohl fühlen würden. Sami ... sie würde den Unterschied nicht merken, und so sollte es in ihrem Alter auch sein.

»Beckett«, Jennifer legte eine Hand auf seinen Arm, als sie auf dem Beifahrersitz Platz nahm, »wirklich, das ist nicht nötig –«

»Oh, ich glaube schon.« Er nickte in Richtung Rückbank. »Glaubst du, ich will sie enttäuschen? Wenn du das Bedürfnis hast, bitte sehr. Viel Erfolg. Ich? Ich werde den Zorn von Sami sicher nicht riskieren.«

»Du kannst nicht allem nachgeben, was sie will.«

»Sagt die Frau, die mit ihnen auf Spielzeug-Großeinkaufstour gegangen ist.«

Er liebte es, wenn sie rot wurde. Dieses sanfte, verlegene Lächeln von ihr ... es reichte aus, um sein Innerstes Purzelbäume schlagen zu lassen, und wann war das das letzte Mal passiert?

Wahrscheinlich, als sie ihn in der zwölften Klasse gefragt hatte, ob er Hilfe bei den Hausaufgaben brauchte.

»Gibt es dort auch Muscheln?«, fragte Sami aus dem Hintergrundgeplapper, das sie und Cassie am Laufen hielten.

Er warf ihr einen Blick durch den Rückspiegel zu. »Das hoffe ich doch sehr, sonst ist nachher niemand stark genug, um das Essen an den Tisch zu tragen.«

»Nicht solche Muskeln, du Dussel. Ich meine die Meeresfrüchte. Die, die man essen kann.«

Beck warf Jennifer einen Blick zu. »Echt jetzt? Muscheln? Und du sagst mir, ich müsse sie nicht verwöhnen? Man kann nicht gerade sagen, dass Muscheln für ein Kind so üblich sind wie, sagen wir, Hackbraten oder Brathähnchen.«

»Okay, ich bin ab und zu mit ihr in guten Restaurants gewesen. Das darf ich ja wohl.«

»Habe nicht gesagt, dass du es nicht darfst. Aber wenn du es darfst, warum ich dann nicht?«

»Nun, zum einen wäre da die Tatsache, dass du nicht ihr Vater bist.«

Ein sehr guter Punkt.

Er hatte ganz vergessen, dass dies kein Familienausflug war und sie kein Paar waren. Weil es sich verdammt noch mal so anfühlte, als wäre es so und sie wären es. Nicht dass er es wirklich wissen konnte, da er so etwas noch nie gemacht hatte, aber es fühlte sich so an, wie er es sich immer vorgestellt hatte: Insider-Witze, viel Lachen, Geplapper auf der Rückbank zwischen den Kindern, Erwachsenengespräche vorne ...

Was tat er da eigentlich? Das war nicht seine Familie und er gehörte nicht zu ihnen. Wichtiger noch: Er wollte nicht zu ihnen gehören. Er war ein Freigeist. Herr seines eigenen Schicksals. In der Lage, in einem Augenblick in ein Flugzeug zu steigen und innerhalb der nächsten sechsunddreißig Stunden überall auf der Welt zu sein. Das war das Leben, das er gewollt hatte. Das, für das er so hart gearbeitet hatte. Das, das ihm finanzielle Sicherheit geben würde, bevor er auch nur daran dachte, sesshaft zu werden. Aber verdammt, als Vorgeschmack auf das, was kommen könnte, war dieser Nachmittag gar nicht mal so übel.

»Und, gibt's die da, Beck? Ich will welche für Cassie bestellen. Sie findet, die klingen eklig.«

Er warf ihnen erneut einen Blick zu und traf dieses Mal Cassies Augen. »Die klingen wirklich eklig. Genau wie Miesmuscheln und Austern. Aber nicht Schnecken.«

»Ih, Schnecken!«, sangen die Mädchen wie aus einem Mund.

»Hey, Schnecken sind klasse. Ein bisschen Butter, ein bisschen Knoblauch ... man merkt gar nicht, was man da eigentlich isst.«

Jennifer drehte sich auf ihrem Sitz um. »Das liegt daran, dass man nur Butter und Knoblauch schmeckt – und so gehört sich das auch. Ohne das wären Schnecken bloß große, riesige ...«

»Rotzpopel!«, kicherte Sami so heftig, dass ihr Sicherheitsgurt blockierte, als sie sich nach vorne lehnte.

»Von was?« Beck warf erneut einen Blick in den Spiegel. »Ich muss dir sagen, junge Dame, dass man im Mercurios solch eine Ausdrucksweise nicht duldet. Wenn das Wort Rotz über deine Lippen kommt, sobald wir einen Fuß in den Laden setzen, werden sie uns bitten zu gehen und nie wiederzukommen.«

»Niemals?«

»Niemals nie.«

»Oh nein. Das wäre schrecklich.«

»Du hast recht, das wäre es.« Beck blickte in den Rückspiegel. »Wisst ihr also, was wir tun müssen?«

»Was?«, beide Mädchen lehnten sich so weit vor, wie es ihre Gurte zuließen.

»Wir müssen den ganzen Rotz aus unserem System kriegen, bevor wir reingehen. Bereit? Eins ... zwei ... drei! Rotz, Rotz, Rotz, Rotz, Rotz, Rotz!«

Schon bald hatte er auf dem Rücksitz ein regelrechtes Kicher-Festival entfacht, begleitet von einem Chor aus »Rotz!«-Rufen, der so weit nach vorne schallte, dass sie alle, als sie auf den Parkplatz des Mercurios einbogen, erst einmal ein paar Minuten im Wagen sitzen bleiben mussten, bis jeder wieder zu Atem gekommen war.

»Okay, Ladies.« Beck hielt den Mädchen die Hintertür offen, während sie sich abschnallten. »Denkt dran, benehmt euch von eurer besten Seite. Das Letzte, was wir wollen, ist, aus dem Restaurant geworfen zu werden.«

»Ja, das wäre schlimm«, sagte Cassie und sah dabei so ernst aus, dass Beck fast befürchtete, er hätte einen wunden Punkt getroffen. Oder eine schlechte Erinnerung geweckt.

»Er macht nur Spaß, Cass. Wir fliegen nicht raus. Du brauchst dir keine Sorgen zu machen.« Samis Bemerkung bestätigte seine Vermutung.

»Ja, ich mache nur Witze, Cassie. Niemand wird uns bitten zu gehen. Tatsächlich garantiere ich dir, dass sie uns bitten werden, wiederzukommen.«

»Werden sie? Warum?«

»Weil sie sich freuen, wenn man ihnen ein ordentliches Trinkgeld da lässt, und einen dann gerne wiedersehen.«

»Was ist ein Trinkgeld?«

»Ooooh, ich weiß es!«, Sami hüpfte auf und ab und streckte eine Hand in die Luft, als wäre sie in der Schule. »Das ist Geld, das man auf dem Tisch liegen lässt, um dem Kellner danke zu sagen. Es zeigt ihnen, ob sie einen guten Job gemacht haben. Stimmt's, Mami? Hast du das nicht gesagt? Dass man eine Belohnung bekommt, wenn man fleißig ist?«

»Das ist richtig, Schätzchen.« Jennifer lotste die Mädchen mit den Händen im Nacken zum Eingang. »Und jetzt seid vorsichtig auf dem Parkplatz, denn die Leute können euch nicht immer sehen, wenn sie nach einer Lücke suchen.«

»Das ist doch albern«, sagte Sami mit einem Schnauben. »Parklücken sind leer und wir nicht. Wie kannst du einen echten lebendigen Menschen in einer leeren Lücke nicht sehen?«

»Nein, Sami«, sagte Cassie mit autoritärer Stimme und zurückgerollten Schultern, als wüsste sie genau, wovon sie sprach. »Deine Mama meint, dass sie dich nicht sehen, wenn du über die Fahrbahn läufst, weil sie nach leeren Plätzen Ausschau halten. Dass sie nicht aufpassen.«

»Na, dann fahren sie eben nicht gut. Meine Mami fährt gut. Deine auch. Leute sollten nicht Autofahren, wenn sie es nicht gut können.«

Becks Kopf schwirrte bereits von Siebenjährigen-Logik, als sie schließlich am Tisch saßen – nachdem er dem Maître d' ein Trinkgeld zugesteckt hatte, damit dieser sie beim Gehen später auch ganz sicher zur Rückkehr einlud. Oh, der Kerl hätte das vermutlich sowieso getan, aber Beck hatte ihn dafür bezahlt, persönlich an den Tisch zu kommen und eine solche Show daraus zu machen, dass Jennifers Lektion bei Sami einsank und sein Versprechen erfüllt werden würde. Eine Sache, auf die er stolz war, war sein Wort. Auf das, was er sagte, war Verlass. Er war in seinem Leben von zu vielen Menschen enttäuscht worden, die ihr Wort nicht gehalten hatten, und er würde niemals so jemand sein.

»Soll man die wirklich essen?«, Cassie lehnte sich in ihrem Stuhl vor, nachdem der Kellner die Teller mit den Meeresfrüchten auf den Tisch gestellt hatte.

»Natürlich, du Dussel. Pass auf.« Sami nahm eine Schale und schlürfte die Muschel heraus. »Siehst du? Man muss nicht mal kauen.«

»Wie schmeckt das?«

»Nach Muschel.«

»Ja, aber wie schmeckt das?«

»Hm, so ähnlich wie ... es ist eine Mischung aus einem Gummibärchen-Wurm und einem Fisch.«

»Einem Weingummi-Fisch?«

»Nicht so einer. Ein echter Fisch. Weißt du, die schleimige Sorte.«

Cassie rümpfte die Nase und lehnte sich zurück. »Ich glaube, das will ich nicht essen.«

»Komm schon, die sind gut. Versprochen.« Sami hielt ihr eine hin. »Probier mal.«

Cassies Oberlippe kräuselte sich. »Ich glaube eher nicht.«

»Du musst.« Sami schob die Muschel ein Stück näher.

»Aber ich will nicht.«

»Aber du hast gesagt, dass du es tust.«

»Ich wusste nicht, dass die so aussehen. Und ich mag keinen schleimigen Fisch. Ich mag nur die aus Zucker.«

»Tja, du kannst aber nicht Süßigkeiten zum Abendessen haben. Das ist nicht gesund für dich. Davon gehen die Zähne kaputt, stimmt's, Mami?« Samis Locken wippten, als sie zu Jennifer blickte.

Jennifer nahm Sami die Muschel aus der Hand. »Das stimmt. Süßigkeiten sind kein gutes Abendessen, aber Cassie muss die Muscheln nicht probieren, wenn sie nicht möchte. Wir können ihr etwas anderes bestellen. Vielleicht ein … Steak?«

Cassie richtete sich auf, ihre Augen blitzten und ein Lächeln huschte über ihr Gesicht – für einen Moment. Dann sank sie wieder in ihren Sitz zurück und ihre Mienen verfinsterten sich. »Nein, ist schon gut, Frau Bingham. Ich kann einfach das Brot essen. Du musst mir nichts extra kaufen.« Sie griff nach einem Brötchen aus dem Korb auf dem Tisch.

Kaufen. Da war es wieder. Das Leben der armen Cassie drehte sich nur um Geld – oder vielmehr um das Fehlen desselben. Dem armen Kind brach Jennifers Herz. Und auch für ihre Mutter, denn Jennifer wusste aus erster Hand, wie schwer es war, ein Kind allein aufzuziehen, auch wenn sie glücklicherweise nicht die Geldsorgen hatte, die Linda plagten. Die Cassie plagten. Was Jennifer nicht alles darum geben würde, diesen beiden Mädchen eine normale Kindheit zu ermöglichen. Kein Kind sollte sich Gedanken über die Kosten für Essen machen müssen – oder darüber, ob seine Mutter zu fertig war, um es zu füttern.

»Weißt du was, Cassie?«, Beckett tippte mit seinem Messer gegen seinen Teller. »Ich denke mir gerade, weil Sami dieses ganze Zeug so sehr mag, bleibt für den Rest von uns vielleicht gar nicht genug übrig. Was hältst du davon, wenn du und ich uns ein Steak teilen?«

»Ich will mir ein Steak mit dir teilen!«, Sami zog ihre Knie auf dem Stuhl unter sich.

»Sami –«, Jennifer streckte die Hand aus, um Sami davon abzuhalten, über den Tisch auf ihn zuzuspringen.

Beckett hob die Hand. »Du und ich teilen uns die Muscheln, Sami. Ich kann mit euch beiden teilen.«

Sami lehnte sich zurück und holte Luft. »Versprochen?«

»Versprochen. Und ich halte meine Versprechen immer.«

Vier Tage. Es hatte gerade einmal vier Tage gedauert, bis Beckett Fields sich unter Jennifers Abwehrpanzer geschlichen und sie dazu gebracht hatte, sich ein ganz kleines bisschen in ihn zu verlieben.

»Echt?«, Samis Gesicht leuchtete auf, als hätte sie gerade im Lotto gewonnen.

Okay, vielleicht mehr als nur ein ganz kleines bisschen.

»Echt.« Er sah sie an. »Jennifer? Ist das okay für dich?«

Jennifer wusste, dass sie antworten sollte, aber beim besten Willen kamen die Worte nicht an dem Kloß in ihrem Hals vorbei.

»Jen?«

Normalerweise mochte sie die Kurzform ihres Namens nicht, aber anscheinend galt das nicht, wenn Beckett sie benutzte.

Sie räusperte sich. »Ich, äh, ja. Sicher. Das ist in Ordnung.«

Beckett legte den Kopf schief und sie setzte ein Lächeln auf, um ihm zu zeigen, dass wirklich alles okay war.

Keiner von beiden glaubte es.

»Juhu! Cassie kriegt Steak und ich kriege alle Muscheln! Das ist das allerbeste Abendessen überhaupt!«, Sami gab Cassie ein High-Five und Cassies Lächeln war so echt, wie ein Lächeln nur sein konnte.

Was auch Jennifers Lächeln echt machte.

Es sorgte auch dafür, dass ihr Herz sich mit einem Gefühl füllte, das sie gegenüber Beckett nicht Liebe nennen wollte, weil sie nicht in ihn verliebt sein konnte. Nicht nach vier Tagen. Sie konnte nicht auf den Bad Boy aus der Highschool hereinfallen, der sich nicht einmal mehr daran erinnerte, wer sie war. Vielleicht ... vielleicht nannte sie es Liebe für das Gute in ihm. Dafür, wie glücklich er Sami und ihre Freundin machte. Für sein Mitgefühl, seine Freundlichkeit und seine Großzügigkeit –

Ach, wen wollte sie eigentlich belügen? Der Kerl war der Inbegriff eines Märchenprinzen und sie träumte von Schimmeln, Schlössern und guten Feen.

Das war doch lächerlich. Sie war eine erwachsene Frau. Eine Geschäftsfrau. Eine Mutter. Sie war gebildet. Sie wusste, wie der Hase lief, und war sich bewusst, dass dieser Rausch von Pheromonen vieles überdecken konnte. Sie war in Trent verliebt gewesen, und deshalb war er in der Lage gewesen, ihr Vertrauen und ihre Liebe zu nehmen und gegen sie zu verwenden. Ihr Urteilsvermögen war durch diesen Gefühlsrausch getrübt worden, und wer sagte, dass das nicht wieder passieren würde? Seit wann war sie plötzlich so eine gute Menschenkennerin, dass sie nach nur vier Tagen – vier Tagen! – wusste, dass Beckett ihr Märchenprinz sein könnte?

Sie spießte eine der Schnecken auf, aber ihre Gabel rutschte am Gehäuse ab, ließ sie kreischend über das Porzellan schlittern und die Schnecke vom Tisch katapultieren. Sie brauchte keinen Märchenprinzen, denn sie war ganz sicher kein Aschenputtel.

Beckett hingegen ... Er verbringt seine Tage mit Putzen.

Jennifer konnte ein Schnauben nicht unterdrücken.

»Was ist so lustig, Mami?«

Jennifer versuchte sich zu beherrschen, aber die Vorstellung von Beckett in einer umgekehrten Aschenputtel-Geschichte ... Er hatte sich sogar mit einem mürrischen Kater herumzuschlagen, der versuchte, den Hund in Schwierigkeiten zu bringen, genau wie in der Zeichentrickversion.

Ein Glucksen entwich ihr. Wenigstens trug Beckett keine zerlumpten Fetzen.

Seine Uniform ist eine viel bessere Option.

Sie schnaubte erneut.

»Jen?«, Beckett sah sie an, und eine schwarze Locke fiel ihm mitten auf die Stirn. Sie verspürte den Drang, sie mit den Fingern zurückzustreichen.

Und sie dann in den Rest seines Haares zu graben und ihn zu sich heranzuziehen –

»Mami? Hast du dich verschluckt?«

Jennifer verschluckte sich. Heftig. Und versuchte gleichzeitig, nicht zu lachen. Wenn Sami nur wüsste, was sie gerade gedacht hatte ...

Beckett wusste es – oder ahnte es zumindest, denn seine Augen verengten sich, und als er ihr ein Glas Wasser reichte, hätte Jennifer schwören können, dass seine Finger eine Spur zu lange an den ihren verweilten.

Sie nahm einen Schluck, räusperte sich und versuchte krampfhaft, die letzte Minute aus ihrem Kopf zu verbannen. »Ich ... mir geht's gut, Schätzchen.« Sie dankte Beckett mit einem Nicken; er hatte sein eigenes Glas Wasser genommen und einen Schluck getrunken.

»Oh. Gut. Weil wir ja nicht wollen, dass Beck dich lecken muss.«

Wasser spritzte Jennifer und Beckett gleichzeitig aus dem Mund.

»Ih, wie eklig!«, Sami wischte sich ihr Shirt ab und Cassie sah aus, als verstünde sie nicht, was gerade passierte.

Aber Jennifer – o ja, sie verstand. Und sie verstand, dass Beckett es verstand. Und wenn sie das nicht dazu brachte, am liebsten unter den Tisch zu kriechen, dann wusste sie auch nicht.

Sami lugte über ihre Serviette hervor. »Sollte er dich lecken?«

Okay, vielleicht das hier.

Jennifer holte tief Luft und drehte ihren Kopf so weit zu Sami, dass Beckett nicht einmal mehr ansatzweise in ihrem Sichtfeld war. Sie räusperte sich. »Ich glaube, du meinst den ›Heimlich‹-Griff bei mir anwenden, und nein, das muss Beckett nicht tun.«

Sami legte ihre Serviette ab und klopfte sie zu einem flachen Klumpen. »Sag ich doch. Lecken.«

Jennifer nahm die Serviette und ließ sich Zeit beim Falten. Sie würde Beckett nicht ansehen. »Da gehört noch ein ›Heim‹ davor.«

»Was ist ein Heim?«

Sie strich den Stoff glatt, richtete die Kanten aus und versuchte verzweifelt so zu tun, als wäre dies nicht eines der peinlichsten Gespräche aller Zeiten. »Das ist der Name des Mannes, der das Heimlich-Manöver erfunden hat.«

»Was ist das für ein Name, Heim? Das ist albern.« Sami schnappte sich zwei weitere Muscheln und lehnte sich in ihrem Stuhl zurück.

Jennifer machte sich nicht die Mühe, es zu erklären. Es gab keinen Grund, das Gespräch länger als nötig hinauszuzögern, und das war es auch nicht.

»Also.« Sie räusperte sich und sah Beckett immer noch nicht an. »Was für ein Steak magst du, Cassie?«

Cassies Augen wurden groß und sie sah sich am Tisch um. »Weiß ich nicht. Steak.«

Oh. Stimmt. Woher sollte eine Siebenjährige den Unterschied zwischen Rib-Eye, Filet und dem Rest kennen? Tolle Leistung, Jennifer, das Kind so in Verlegenheit zu bringen.

Damit war Sami die Einzige, der die Situation nicht unangenehm war.

Kindermund tut Wahrheit kund.

Beck gab sich alle Mühe, die Vorstellung, Jennifer zu lecken, aus seinem

Kopf zu verbannen, aber, Herrgott, es wollte einfach nicht verschwinden. Gott sei Dank hatte er keine Austern bestellt, denn in seiner Hose war ohnehin schon eine Party im Gange, die nichts mit Schalentieren zu tun hatte, also bestand kein Bedarf an Aphrodisiaka.

Sie lecken. Du meine Güte, wenn Sami nur wüsste, was sie da gesagt hatte.

Obwohl er zugeben musste, dass ihm gefiel, wie Jennifers Erröten über ihre Brust und ihren Hals hochgeschossen war und ihr Gesicht in ein wunderschönes Pink getaucht hatte, das das Blau ihrer Augen erst richtig zur Geltung brachte.

Ja, er war ein Schwein, weil er so etwas überhaupt dachte. Aber verdammt, er konnte nicht anders. Seine Traumfrau saß direkt neben ihm und ihre Tochter setzte ihm ungewollt jugendgefährdende Bilder in den Kopf. Er war schließlich ein Mann aus Fleisch und Blut, verdammt noch mal. Ein lebendiger Kerl, der seit – Scheiße, waren es jetzt sechs Monate? – keinen Sex mehr gehabt hatte. Eine ziemlich jämmerliche Dating-Bilanz, wenn er das mal so sagen durfte. Und das machte ihn empfänglich für Bilder wie das von Jennifer, wie sie auf ihrer Kücheninsel lag, mit nichts an als einer Schürze – eine, die er langsam aufknoten würde, während er die Bänder über ihre Pofalte gleiten ließ …

»Was darf es für Sie sein, der Herr?«

Jennifer.

Gott sei Dank sagte er das auf die Frage des Kellners nicht laut. »Äh, wir, äh, nehmen das Rib-Eye, Medium bitte. Mit, äh, einer Beilage aus sautierten Pilzen.«

»Sehr wohl, der Herr.« Der Kellner drehte sich mit militärischer Präzision um, und Beck hätte ihm fast für das Kompliment gedankt, tat es aber nicht, weil der Typ nicht Becks Fähigkeit kommentierte, Jennifers Namen nicht laut zu stöhnen.

Beck seufzte und schüttelte den Kopf. Völlig unangebracht mit zwei Siebenjährigen am Tisch.

»Äh, Herr, äh, Beck?«, Cassie spielte mit ihrer Gabel.

»Ja, Cassie?«

»Ich, äh … nun ja …«

»Was ist los, Kleine?« Auch bei ihr wurde er weich. Diese beiden kleinen Mädchen könnten ihn emotional völlig zerlegen, wenn er es zuließ.

»Es ist nur, hm, ich … ich glaube, ich will keine Augen essen.«

»Äh ... was?«

Die Bemerkung des Kindes brachte Jennifer dazu, ihn anzusehen – und zwar ohne die peinliche »Leck«-Sache zwischen ihnen. Er hatte keine Ahnung, was er darauf antworten sollte.

»Ich glaube, sie meint das Rib-Eye-Steak, das du bestellt hast.«

»Ah.« Puh. Darauf konnte er antworten. »Das ist eine Art von Steak, Cassie. Das hat nichts mit echten Augen zu tun.«

»Dann ist es aber albern, es so zu nennen«, schaltete sich Sami ein. »Wie Hot Dogs. Warum heißen die so, wenn es gar keine Hunde sind?«

»Ich bin froh, dass es keine Hunde sind. Ich könnte keinen Hund essen, du?«, fragte Cassie.

Sami schüttelte den Kopf, während Beck versuchte, der Siebenjährigen-Logik zu folgen.

»Natürlich nicht. Aber in Hot Dogs sind keine Hunde. Genauso wie in Chicken Fingers keine Finger von Hühnern sind.«

»Oder Büffel in Buffalo Wings.«

»Oder Schweinchen in ›Pigs in a Blanket‹.«

»Und keine Watte in Zuckerwatte.«

»Oder Schinken in einem Hamburger.«

»Oder Mais in einem Corndog.«

»Oder Bärenkrallen in einem Bärenschuh.«

»Oder Frauenfinger in Löffelbiskuits«, fügte Jennifer hinzu.

»Ih, wie eklig!«

»Oder Austern in Rocky Mountain ... äh ...« Beck hielt den Mund. Stieranatomie der privateren Art war nichts, was er mit Siebenjährigen besprechen sollte.

»Was sind das für welche?«, Sami sah ihn an.

Genau aus diesem Grund. Er sah Jen an, damit sie ihn rettete, aber sie schüttelte den Kopf und hob abwehrend die Hände.

»Da hast du dich selbst reingeritten.«

Sami und Cassie sahen ihn erwartungsvoll an.

Na toll. Er konnte ihnen nicht die Wahrheit sagen, also musste er sich schnell etwas einfallen lassen. Er tippte sich an die Lippe. »Das sind äh, Austern, die aus, äh, dem Colorado River kommen.«

»Es sind also doch Austern. Und der Fluss ist in den Bergen, richtig?«, Sami legte den Kopf schief, ihre Locken hüpften um ihr Gesicht.

»Ja.« Er strich sich eine eigene Locke aus der Stirn. Er musste dringend zum Friseur. Diese verdammten Locken – Mütter hatten sie geliebt, als er ein kleiner Junge war, und Frauen liebten sie, als er älter wurde – waren eine verdammte Plage. Sie ließen ihn wie ein Mädchen aussehen, wenn sie zu lang wurden.

»Na also, dann sind sie das, was der Name sagt.« Sami lehnte sich zurück. »Du hast verloren.«

»Ich habe verloren? Ich wusste gar nicht, dass wir spielen.«

»Natürlich haben wir das, du Dussel. Stimmt doch, Cassie?«

»Mhm.« Cassie nickte, sodass ihre Locken um ihre Schultern hüpften.

Jennifer war die Einzige am Tisch ohne Locken. Hm ... Samis Vater musste sie dann wohl gehabt haben, und verdammt, wenn er nicht anfing, über den Typen nachzudenken. Was für ein Arsch gab eine kluge, wunderschöne, großzügige Ehefrau und ein liebevolles Kind auf, das einfach nur jemandem etwas bedeuten wollte? Diese Sehnsucht war so offensichtlich wie die Nase in Samis Gesicht. Er wusste das; er hatte früher denselben Blick gehabt.

Mann, er hatte schon lange nicht mehr an seine miese Kindheit gedacht, aber nach vier Tagen mit Jennifer und Sami war es das Einzige, worauf er sich konzentrieren konnte. Er musste aufhören. Sein Leben fand in der Gegenwart und der Zukunft statt. Die Vergangenheit war vorbei, und daran konnte er nichts mehr ändern oder kontrollieren. Aber jetzt, das hier ... Er hatte die Kontrolle. Er entschied, was er tat, wohin er ging, wie er lebte. Sein Leben verlief genau nach Plan, so wie er es sich vorgenommen hatte. Sami, egal wie süß sie war, und Jennifer, egal wie sexy sie war, waren kein Teil dieses Plans.

Kapitel vierzehn

»Warum kommt Beck heute Abend nicht vorbei?«, fragte Sami – zum fünften Mal.

»Aus demselben Grund, den ich dir schon die anderen vier Male genannt habe. Er arbeitet und hat danach noch ein Geschäftsessen.«

»Mit Oma Lois. Aber sie kann nicht so lange aufbleiben. Danach kann er doch vorbeikommen.«

»Ich bin mir sicher, dass Beckett heute Abend noch sehr lange mit anderen Geschäftsleuten plaudern wird. Das macht man so auf einem Symposium.«

»Na gut, sehen wir ihn dann morgen?«

»Sami, morgen ist Samstag. Da hat er frei.«

»Gut, dann kann er ja kommen. Lass uns ihn anrufen.«

»Halt mal die Luft an, Süße.« Jennifer tippte ihrer Nichte auf die Schulter, bevor diese zum Telefon stürmen konnte. »Beckett ist nicht dein persönliches Spielzeug. Er ist ein Erwachsener mit Dingen, die Erwachsene eben tun, und einem Leben, zu dem wir nicht gehören.«

»Aber warum? Warum kann er uns nicht dazuholen? Wir sind doch nett. Mag er uns nicht?«

»Ich bin sicher, dass er das tut, aber darum geht es nicht.«

Sami verschränkte die Arme und schob die Unterlippe vor. »Na, warum kann er uns dann nicht dazuholen? Wir sind nett und wir mögen ihn und er mag uns. Warum will er uns nicht?«

Dieses »Wollen« war es, was Jennifer einen Stich versetzte. Sami hatte das oft über ihre Mutter gefragt, als Andrea ins Gefängnis gekommen war. Sami hatte nicht verstehen können, warum ihre Mutter sie nicht mitnehmen wollte. Elizabeth, ihre Familientherapeutin, hatte alle Hände voll zu tun gehabt, und Jennifer dachte eigentlich, sie hätten diese Probleme aufgearbeitet. Aber offensichtlich ist das Einzige, was ein Kind hört, wenn die Mutter »weggeht«, eben genau das: dass sie weggeht. Das war die Stelle, an der Jennifers Liebe die Lücke füllen musste.

Sie öffnete die Arme. »Komm her, Schätzchen.«

Sami machte ein paar ruckartige Schritte auf sie zu, ohne Protest, dass sie keine Umarmung wolle. Das war die Sache mit Sami; sie wollte immer eine Umarmung. Jennifer musste darauf achten, sie ihr weiterhin zu geben, aber gleichzeitig zu verhindern, dass Sami davon abhängig und klammerig wurde. Bis jetzt hatten sie den Grat schmal, aber sicher bewandert, doch die Art, wie Sami sich in Jennifers Shirt festkrallte, sagte ihr, dass heute alle Wetten hinfällig waren.

Vielleicht sollte sie Beckett nicht mehr zum Putzen kommen lassen. Wenn Sami jetzt schon so an ihm hing, wie sollte das erst am Ende des Monats aussehen?

»Ich vermisse ihn, Mami.«

Jennifer streichelte Samis weiche Locken. »Er kommt wieder, Schätzchen. Wir haben darüber gesprochen. Nur weil jemand weggeht, heißt das nicht, dass es für immer ist.«

»Aber es kommt mir so lange vor.«

»Ich weiß. Aber in ein paar Tagen ist er wieder hier.«

»In wie vielen?«

Mist. Sie hatten den Zeitplan für nächste Woche nicht besprochen. Hauptsächlich, weil sie nicht geplant hatte, ihm wieder über den Weg zu laufen. Die meisten Leute bekamen ihre Reinigungskräfte nie zu Gesicht; sie kamen, während die Hausbesitzer bei der Arbeit waren. »Ich bin mir nicht sicher, Sami. Wir haben das nicht besprochen.«

»Dann musst du ihn anrufen und es herausfinden.«

Jennifer lehnte ihre Stirn an die von Sami und schob ihr die Locken aus den Augen. »Ich kann ihn nicht anrufen. Er ist bei der Versammlung und hält

Reden. Wie albern wäre das denn, wenn sein Handy klingelt, während er eine Rede hält?«

Sami kicherte. »Ziemlich lustig, schätze ich.«

»Eben. Also ...« Sie strich die Locken hinter Samis Ohren – wo sie natürlich nicht blieben. »Wir müssen dich und Cassie zum Camp bringen und heute Abend machen wir uns einen schönen Abend. Nur wir Mädels.«

»Darf Cassie mitkommen?«

Ein Teil von Jennifer wollte Sami ganz für sich allein haben, um sicherzugehen, dass es ihr gut ging und sie sich geliebt und geborgen fühlte, aber der andere Teil fand es gut, dass Sami Zeit mit ihrer Freundin verbringen wollte. Die Freundschaft steckte noch in den Kinderschuhen, auch wenn Sami so tat, als wäre es anders, aber Cassie war das erste Kind, das Sami nicht verurteilt hatte, also hatte Jennifer große Hoffnung, dass sie halten würde.

»Klar. Was willst du machen?«

»Können wir einen Film schauen mit Schlafsäcken und Popcorn?«

»Du willst eine Übernachtungsparty?«

»Ja, dürfen wir?«

»Na klar. Ich rufe Mrs. Mumford an und frage, ob es in Ordnung ist. Sie kann Cassies Tasche packen und ins Büro bringen.«

»Oh, Mami! Du bist die Allerbeste!« Eine kurze Umarmung um Jennifers Knie, dann flitzte Sami schon aus dem Zimmer. »Ich muss Nero erzählen, dass Cassie heute Abend da ist! Er wird sich so freuen!«

Jennifer verdrehte die Augen und lachte, während sie ihre Caprihose über den Knien glattstrich. Nero würde sich sicher nicht darüber freuen, dass ihm sein Platz in Samis Bett schon wieder streitig gemacht wurde.

»Jennifer, ich schaffe es nicht zum Abendessen. Du musst gehen.«

Oma Lois hielt sich nicht einmal mit einer Begrüßung auf. Jennifer hatte nur mitbekommen, wie Sue den Kopf in ein Behandlungszimmer gesteckt hatte, um zu sagen, dass ein Notruf von ihrer Großmutter vorläge, und Jennifers Herz war genauso gerast wie ihre Füße, als sie in ihr Büro gerannt war, um das Gespräch anzunehmen.

»Abendessen? Du rufst mich wegen eines Abendessens an?« Sie sank auf ihren Schreibtischstuhl. »Gütiger Himmel, Oma, ich dachte, du wärst gestürzt, als sie sagten, es sei ein Notfall.«

»Es ist ein Notfall. Ich musste das Symposium verlassen und werde nicht zurückkehren können. Meine Arthritis ist wieder aufgeflammt und ich kann da nicht einfach fehlen. Das würde kein gutes Licht auf uns werfen. Du musst an meiner Stelle hingehen.«

Von wegen. Jennifer war nicht von gestern. Sie durchschaute die Lügen ihrer Großmutter sofort. »Ich kann heute Abend nicht. Sami und ich haben Pläne gemacht.« Sie blätterte durch den Katzenkalender auf ihrem Schreibtisch. Noch zu viele Monate, bis der Auslandsvertrag ihres Vaters für die Regierung auslief und ihre Eltern nach Hause kommen konnten, um Oma Lois zu unterhalten. Natürlich war das Grund genug für sie, direkt zum nächsten Projekt in einem anderen Teil der Welt aufzubrechen. Manchmal war es ätzend, das einzige Familienmitglied zu sein, dem Oma auch nur vorgab zuzuhören.

»Was für Pläne? Das Mädchen wohnt bei dir. Mach es an einem anderen Abend. Es ist sehr wichtig, dass wir bei diesem Essen angemessen vertreten sind. Weißt du, du hast mich gebeten, nicht ständig alle daran zu erinnern, dass sie nicht wirklich deine Tochter ist, aber muss ich dich auch daran erinnern? Es ist dir erlaubt, ein eigenes Kind zu haben, weißt du. Aber um das zu erreichen, musst du mal rausgehen und jemanden finden.«

Mit jemandem war Beckett Fields gemeint. Falls sie Omas List nicht schon vorher durchschaut hatte, so legte diese Aussage nun endgültig alle Karten auf den Tisch. Aber Jennifer würde das Spiel nicht mitspielen. »Oma, es ist nur ein Abendessen. Niemand wird merken, dass du nicht da bist.«

Sie zuckte zusammen; es war nicht gerade die netteste Art, ihrer Großmutter zu sagen, dass sie unsichtbar sei.

»Unsinn. Ich habe diesem netten Mr. Fields gesagt, dass ich kommen würde, und wenn ich nicht auftauche, nun, wie sieht das denn aus?«

Jennifer verdrehte die Augen. Sicherlich glaubte ihre Großmutter nicht, dass sie so naiv war … »Beckett wird es verstehen.«

»Er wird verstehen, dass ich eine schusselige alte Frau ohne einen Funken gesundem Menschenverstand bin, und er wird keine Lust mehr haben, mit mir über den Markt zu reden. Dabei hatte ich so fest damit gerechnet, seine Meinung zu meinem Portfolio einzuholen.«

»Du willst jetzt also, dass ich mit ihm dein Portfolio durchgehe?« Jennifer strich sich ein paar Haare zurück, die aus ihrem Pferdeschwanz gerutscht waren, und öffnete dann die untere Schreibtischschublade nach ihrer Handtasche.

»Unsinn. Das kann ich ganz gut alleine. Es ist mein Portfolio. Nein, ich möchte nur, dass du an meiner Stelle dort sitzt. Plaudere ein bisschen mit ihm, damit er mich nicht vergisst.«

»Oma, er wird dich nicht vergessen. Er –« Sie presste die Lippen zusammen. Fast hätte sie gesagt, dass er die nächsten drei Wochen lang ihr Haus putzen würde.

»Ich bin kein junger Feger mehr, Jennifer, auch wenn ich das mal war. Natürlich wird er sich nicht an mich erinnern. Aber an dich ... dich wird er in Erinnerung behalten. Ich brauche dich dafür, Jennifer. Tu es für deine Großmutter.«

Ah, die Schuldgefühle-Schiene. »Oma, ich kann nicht. Ich habe schon abgemacht, dass Samis Freundin bei uns übernachtet.« Sie knallte ihre Tasche auf den Schreibtisch, um nach ihren Autoschlüsseln zu suchen.

»Dann sollen sie eben bei der Freundin übernachten. Das Mädchen hat doch sicher auch ein Schlafzimmer.«

»Oma, ich kann doch nicht einfach die Einladung zurück –«

»Jennifer, ich bin alt. Ich bin vielleicht nicht mehr lange da. Möchtest du wirklich, dass unsere letzten gemeinsamen Erinnerungen davon handeln, wie du mir eine Bitte abgeschlagen hast?«

Jennifer zog die Schlüssel heraus und musste sie in ihrer Handfläche zerdrücken, damit sie nicht klimperten; sie war so wütend, dass sie zitterte. »Oma, das ist einfach unterste Schublade. Versuch nicht, mir ein schlechtes Gewissen einzureden, um mich dazu zu bewegen. Ich muss an Sami denken.«

»Sami wird es egal sein, ob sie bei dir oder bei ihrer Freundin schläft. Du hast nur Angst.«

»Wovor denn bitte?«

»Vor Mr. Fields.«

Sie ließ die Schlüssel auf den Schreibtisch fallen. Angst war nicht das richtige Wort für das, was sie in Becketts Nähe empfand. »Das ist lächerlich.«

»Beweis es.«

Ihre Handfläche klatschte neben den Schlüsseln auf den Schreibtisch. »Auf diese Taktik falle ich auch nicht rein, Oma.«

Ihre Großmutter seufzte lang und laut. »Schön. Was wird es mich kosten, damit du das für mich tust?«

Nichts. Sie würde den Abend nicht mit Beckett verbringen. Das war eine Versuchung, die sie nicht gebrauchen konnte. Unglücklicherweise war Oma felsenfest entschlossen, dass es dazu kommen würde.

Es gab nur einen Weg, dieses Spiel zu spielen, um ihre Großmutter in die Schranken zu weisen.

Jennifer lehnte sich zurück und trommelte mit den Fingern auf die Schreibtischplatte. »Was es kosten würde? Okay, Oma, pass auf. Wenn du so darauf bestehst, dass ich etwas für dich tue, dann musst du auch etwas für mich tun.« Sie wartete nur auf das dicke, fette Nein, das auf diesen Satz folgen würde. »Du bleibst bei mir zu Hause bei Sami und ihrer Freundin, und ich gehe mit Beckett essen.«

Am anderen Ende der Leitung herrschte absolute Stille. »Oma?«

»Ich habe dich gehört.«

Jennifer unterdrückte ein Lächeln, während sie auf den Wutausbruch wartete. Einmal hatte sie Oma übertrumpft.

»Gut. Aber du musst mich abholen, um mich zu dir zu bringen. Der Shuttle fährt nicht durch deine Nachbarschaft.«

Unfassbar. Oma hatte ihren Bluff mitgegangen.

Jennifer wusste nicht, ob sie wütend, erstaunt oder froh sein sollte.

Vielleicht alles drei zusammen.

Sie hatte noch ein wenig Zeit, das herauszufinden – nicht, dass es eine Rolle spielen würde. Oma hatte ihren Bedingungen zugestimmt, also würde sie tatsächlich mit Beckett Fields essen gehen.

Die Schmetterlinge, denen Flügel gewachsen waren, als er in ihrem Haus aufgetaucht war, entfalteten diese Flügel erneut.

»Okay, aber bring Sachen zum Übernachten mit, denn ich werde die schlafenden Mädchen nicht allein lassen können, um dich nach Hause zu fahren, wenn ich zurückkomme.«

Ein weiteres langes, lautes Seufzen von Omas Seite des Telefons.

»Oder du gehst doch selbst mit Beckett zum Essen.« Jennifers letzter verzweifelter Versuch.

»Nein, nein. Das ist schon in Ordnung. Ich habe nur ... darüber nachgedacht, was ich einpacke. Ich muss doch wohl nicht für sie kochen, oder?«

»Nein. Ich bestelle Pizza. Und sie wollen Popcorn. Ich besorge auf dem Heimweg eine Tüte.« Sie kritzelte sich eine Notiz, damit sie es nicht vergaß, denn dieses Gespräch haute sie gerade ziemlich um.

»Und was bitteschön soll ich zu Abend essen? Pizza ist nicht mein Ding.«

»Wir bestellen, was immer du willst, und ich lasse es liefern. Es gibt einen tollen Italiener mit Lieferservice. Ihr Chicken Florentine ist fantastisch.« Sie fügte das der Liste hinzu.

Sue steckte den Kopf in Jennifers Büro. »Notfall in Behandlungsraum 2. Ein Cocker Spaniel hat sich in einem fies aussehenden Angelköder mit drei Haken verfangen. Mitten durch die Lippe.«

Jennifer nickte und legte den Stift weg. »Oma, ich muss aufhören. Ein Notfall ist gerade reingekommen. Ich hole dich ab, wenn ich die Mädchen vom Camp geholt habe. Bis dann.«

»Schon gut, schon gut. Achte nur darauf, dass du etwas Hübsches zum Abendessen anziehst. Lass den Kittel zu Hause.«

Beck hätte Jennifer fast nicht erkannt.

Die Frau hatte sich ordentlich in Schale geworfen. Und zwar so richtig.

Das sollte keine Überraschung sein, aber sie in Alltagskleidung zu sehen, war nichts im Vergleich zu dem Anblick, der sich ihm jetzt in diesem schimmernden grünen Kleid bot, das eigentlich schlicht sein sollte, weil es ihm an Pailletten und Glitzer fehlte, aber weil es sie umspielte – diesen Körper – war daran rein gar nichts schlicht. Ein gerader Schnitt bis zur Mitte der Oberschenkel, der dann bis knapp unter die Knie ausgestellt war. Sie trug ein Paar beigefarbene Absätze, die fast die Farbe ihrer Haut hatten, sodass sie nur aus Beinen bestand, und Jennifers Beine waren schon immer prachtvoll gewesen.

Ihr Haar trug sie offen, statt des üblichen Pferdeschwanzes, und ihr Makeup brachte ihre blauen Augen zur Geltung.

Jennifer Langston Bingham war schon an einem ganz normalen Tag umwerfend; heute Abend war sie absolut spektakulär.

»Was ist mit deiner Großmutter passiert?« Er musste das Gespräch mit den anderen acht Leuten am Tisch oberflächlich halten, und nach einem Tag fachsimpeln war er froh darüber. Aber bei ihrem Anblick und dem, was er schon immer für sie empfunden hatte, würde es schwieriger werden, es locker anzugehen, als über das Geschäft zu reden.

»Ihre, hm, Arthritis hat ihr wieder zu schaffen gemacht und sie hat Schmerzen. Aber sie hat darauf bestanden, dass ich komme, damit du sie, ich zitiere, ›nicht vergisst‹.«

Er musste schmunzeln. Jennifer glaubte diese Ausrede genauso wenig wie er. »Du hast ihr die Geschichte abgekauft?«

Jennifer zuckte mit den Schultern. »Oma Lois hat einige sehr ... ausgeprägte Ansichten. Also habe ich sie bei mir zu Hause mit einem Heizkissen, etwas Eis und der Fernbedienung auf dem Sofa einquartiert – und den Film eingelegt, den Sami und Cassie heute Abend bei ihrer Übernachtungsparty sehen wollten.«

»Ah.« Er nickte. »Du darfst also Erwachsene spielen und essen gehen, während sie Babysitterin spielt?«

»So ungefähr.«

»Wusste sie schon vor oder erst nach ihrem Arthritis-Schub von der Übernachtungsparty?«

»Was glaubst du?«

»Ich glaube, dass du eine sehr kluge Frau bist, Jennifer L—Bingham.« Verdammt, fast hätte er es vermasselt. Nur John Becker würde sie als Jennifer Langston kennen, und er wollte nicht, dass sie in ihm den mürrischen Einzelgänger aus ihrer Klasse sah. Wenn sie sich für ihn interessieren sollte, dann für Beckett Fields. Der ohnehin interessanter war.

Es stellte sich heraus, dass sie sich tatsächlich für Beckett zu interessieren schien. Sie befragte ihn zum Symposium und seinen Vorträgen. Sie unterhielt sich mit den anderen am Tisch, die er alle aus der Branche kannte. Jennifer war im Jargon der Finanzwelt recht bewandert und konnte einigen der diskutierten Aktien interessante Perspektiven hinzufügen.

Obwohl er gar nicht wusste, warum ihn das überraschte. Die Frau war auf der Tierärztlichen Hochschule gewesen; sie hatte Köpfchen. Aber es war das Selbstvertrauen, mit dem sie sprach, ihr Fachwissen über Dinge aus seiner Welt und ihr natürlicher Charme, mit dem sie sowohl die Männer als auch die Frauen am Tisch umgarnte, was ihn eine ganz neue Wertschätzung für sie gewinnen ließ.

Er fand die erwachsene Jennifer sogar noch anziehender als die Teenager-Jennifer aus seinem Gedächtnis.

Er hätte ihr Angebot damals in der Schule annehmen sollen, als sie ihm bei den Hausaufgaben helfen wollte. Wo würden sie heute stehen, wenn er es getan hätte?

Sami hätte deine sein können.

Der Gedanke brannte sich so heftig durch sein Gehirn, dass er unwillkürlich zusammenzuckte.

»Beckett? Alles okay bei dir?« Sorge schwang in Jennifers Stimme mit, was nicht gerade half, als sie seinen Arm berührte, denn das jagte ihm gleich den nächsten Schauer durch den Körper.

»Äh, ja. Alles gut.« Er griff nach seinem Wasserglas und leerte es fast in einem Zug. Wo zum Teufel kam dieser Gedanke über Sami her? Er wollte keine Kinder. Er wusste nicht, wie man mit ihnen umging. Sie waren nie Teil seiner Lebensplanung gewesen. Sicher, er dachte sich, dass er irgendwann heiraten würde, aber eine Frau, die keine Kinder wollte. Eine Karrierefrau wäre die perfekte Wahl, doch Jennifer war eine Karrierefrau, die ihr eigenes florierendes Unternehmen führte, und dennoch schaffte sie es irgendwie, ein Kind allein großzuziehen.

Er wollte immer noch herausfinden, was aus Samis Vater geworden war.

Aber er würde sicher keiner werden. Auf keinen Fall. Niemals. Das ... das war einfach zu viel Verantwortung. Zu viel, das man verlieren konnte.

Zu viel Schaden, den man anrichten konnte.

Ihre Reifen waren platt.

Reifen. Also Mehrzahl.

Genauer gesagt, nicht einer, sondern zwei.

Was genau einer mehr war, als sie an Ersatzreifen dabeihatte.

Dieser dämliche Umweg auf der Hinfahrt; er war übersät mit Steinen und Trümmern gewesen.

Verdammt noch mal. Das war das Karma, das es ihr heimzahlte, weil sie versucht hatte, ihre Großmutter auszutricksen.

Beckett trat gegen einen der Reifen. »Ich fahre dich nach Hause und du kannst morgen früh die Werkstatt anrufen.«

Andererseits ... vielleicht war es auch ihre Belohnung?

Sie schüttelte den Kopf. Noch mehr Zeit mit ihm zu verbringen, war nichts, was sie tun sollte. Ihn heute Abend in seinem Element zu erleben, gab ihr nur noch mehr Gründe, sich zu ihm hingezogen zu fühlen, und genau das wollte sie nicht. Samis Bedürfnisse mussten an erster Stelle stehen, und Männer durch das Haus zu schleusen, war nicht das beste Vorbild für Kindererziehung – wie Andrea bewiesen hatte. »Schon gut, Beckett.« Sie zog den Schlüssel aus dem Schloss. »Ich habe einen Schutzbrief bei meiner Versicherung. Den kann ich jetzt genauso gut nutzen.«

Er stützte die Hand dort ab, wo die Tür auf das Dach traf, so nah, dass sie kurz darüber nachdachte, sein Angebot anzunehmen. »Aber die müssen dich mit zur Werkstatt nehmen, wenn sie das Auto abschleppen, und dann muss dich sowieso jemand nach Hause bringen. Da kann ich das auch gleich übernehmen, damit du nicht noch eine Stunde oder länger hier herumsitzt. Ich bin sicher, du musst müde sein, nachdem du den ganzen Tag gearbeitet hast und dann hierhergekommen bist.«

Müde – besonders, als er seine Hand auf ihren unteren Rücken legte – war nicht das, was sie fühlte.

Eigentlich sollte sie einfach ihr Handy zücken und einen Abschleppwagen rufen –

»Und mir gefällt der Gedanke nicht, dass du hier draußen ganz allein wartest, also werde ich nicht wegfahren. Mein Wagen steht da drüben.«

»Beckett, wirklich –«

»Jennifer, wirklich.« Er grinste, und das versetzte sie sofort zurück zu diesem Bad-Boy-Blick, den er schon in der Highschool draufgehabt hatte.

Abgesehen davon ... das Kribbeln im Bauch mochte an die Highschool erinnern, aber die plötzliche Feuchtigkeit zwischen ihren Schenkeln war absolut erwachsen.

Wow. Das war ihr schon seit ... zu langer Zeit nicht mehr passiert, als dass sie darüber nachgrübeln wollte. Was umso mehr ein Grund war, ihren Abend jetzt zu beenden, aber er ließ sie nicht, während er sie zu seinem Auto führte.

Weiterhin zu diskutieren, würde die Sache nur unnötig aufbauschen. Sie würde eine Autofahrt wohl überstehen, ohne über ihn herzufallen, um Himmels willen. »Na gut. Danke, Beckett.«

»Ganz meinerseits.«

Oh, sie würde es ihm schon zeigen –

Sie sah ihn nicht einmal an, als er ihr die Autotür aufhielt, schnallte sich dann an, während er um das Heck des Wagens herumging, und saß so nah an der Tür, wie sie konnte, ohne es allzu offensichtlich zu machen.

»Und wie war dein Tag im Tierreich?«, fragte er, während er den Wagen startete.

Sie lächelte darüber; sein natürlicher Charme half ihr, sich zu entspannen – nun ja, so weit das eben möglich war, wenn man mit ihm in einem kleinen Raum eingesperrt war. Ein schöner, luxuriöser Raum, aber trotzdem konnte sie nicht umhin zu bemerken, wie seine Finger das Lenkrad umschlossen, wie das Spiel der Muskeln unter seinem Hemd sichtbar wurde, als er schaltete. Der Duft seines Aftershaves, der die Luft um sie herum erfüllte ...

»Ach, du weißt schon. Ein einziges Rattenrennen.«

Er lachte und warf ihr einen Blick zu. »Ich schätze, du bist all diese Wortwitze gewohnt.«

»Wahrscheinlich, aber das macht sie nicht weniger amüsant. Und manchmal brauchen wir das Lustige in unserem Alltag.« Sie seufzte; diesen Angelhaken aus Vixens Lippe zu entfernen, war für sie genauso schmerzhaft gewesen wie für den Cocker Spaniel.

»Ich kann mir vorstellen, dass du viel Herzschmerz miterlebst.«

»Ja, es ist schwer, wenn wir das tierische Familienmitglied von jemandem einschläfern müssen.« Sie sah aus dem Fenster und wollte sich lieber auf die Szenen draußen konzentrieren als auf die in ihrem Kopf.

»Das ist ein interessanter Begriff.«

Sie legte den Kopf schräg. »Was, tierisches Familienmitglied? Es ist die Wahrheit. Für verantwortungsbewusste Besitzer sind Haustiere Familienmitglieder, genau wie ihre Kinder. Ich nehme an, du hast keine Haustiere?«

Er trommelte auf das Lenkrad. »Passt nicht zu meinem Lebensstil. Ich mag es, einfach zusammenpacken und losziehen zu können, wenn mir danach ist.«

»Das muss schön sein.«

Genau, Jennifer. Er zieht einfach los.

Genau wie er es in drei Wochen tun würde, wenn er mit dem Putzen ihres Hauses fertig war. Männer wie Beckett wollten nicht durch Häuslichkeit belastet werden. Katzen, Hunde und Siebenjährige schrien förmlich nach Häuslichkeit, also musste sie ihn sich ebenfalls aus dem Kopf schlagen. In Anbetracht von Samis Problemen mit Beständigkeit war er der Letzte, den sie mit nach Hause bringen sollte.

»Soll ich deine Großmutter nach Hause bringen, wenn ich dich abgesetzt habe? Das würde dir einen Weg ersparen.«

Wärme durchströmte sie bei seiner Rücksichtnahme. »Danke, aber sie übernachtet bei mir. Ich wollte die Mädchen nicht wecken, um sie heimzufahren. Außerdem –« Nein, das würde sie nicht sagen. Damit würde sie ein Fass aufmachen, das besser geschlossen blieb.

»Außerdem ...?« Beckett zog eine Augenbraue hoch.

»Es ist nichts.«

»Oh, das glaube ich nicht.« Er griff nach ihrer Hand. »Außerdem was?«

Als sein Daumen träge Kreise auf ihrer Handfläche beschrieb, fiel es Jennifer schwer, sich zu erinnern, was das Außerdem war – und warum sie es nicht sagen sollte.

»Ähm, außerdem ... geschieht es ihr ganz recht nach der Nummer, die sie heute abgezogen hat.«

»Ah, ja. Das Die-zwei-zusammenbringen-Ding.«

Sie zuckte zusammen und blickte weg. »Ich wünschte, du hättest das nicht durchschaut.«

»Es war schwer, das zu übersehen.«

»Ich weiß. Und es tut mir leid.«

»Leid? Wofür? Dafür, dass deine Großmutter nur das tut, woran ich selbst die ganze Zeit denke?«

Dabei wirbelte ihr Kopf herum. »Was ... bitte?«

Seine Lippen spannten sich für einen Moment an – genau wie sein Griff um ihre Hand. »Seien wir ehrlich; da ist definitiv eine Anziehungskraft.«

Sie konnte kaum nicken, geschweige denn ihm antworten.

»Und ... nun ja ...« Er setzte den Blinker, bog in die erstbeste Seitenstraße ein und ließ den Wagen am Bordstein ausrollen.

Er drehte sich ihr zu und legte den linken Unterarm auf das Lenkrad. »Ich kriege dich nicht aus dem Kopf.«

Jennifer schluckte. Deutlicher konnte man es nicht sagen.

»Jen? Kannst du mir mal kurz helfen?«

War er ... nervös?

Er lächelte. Ein gezwungenes Lächeln.

Oh, wow. Er war tatsächlich nervös.

Warum sollte Beckett Fields nervös sein? Er war praktisch perfekt. Aussehen, Verstand, Charisma, Geld, Prestige ... Beckett war das Komplettpaket.

Er atmete aus. »Verdammt. Ich hätte nichts sagen sollen.« Er setzte sich wieder gerade hin, nahm seine Hand von ihrer weg und wollte gerade wieder auf die Straße fahren.

Bis sie ihre Hand auf seinen Arm legte. »Warte.«

Er trat voll auf die Bremse, legte den Rückwärtsgang ein, setzte zurück, schaltete dann in die Parkposition und stellte den Motor ab.

Seine Augen bohrten sich in ihre. »Was?«

»Ich ...« Meine Güte, das war schwerer, als es sein sollte. Sie war eine erwachsene Frau, verdammt noch mal. Sie konnte einem Mann sagen, dass sie sich zu ihm hingezogen fühlte.

Aber das hier war John Becker, der Typ von der Highschool, mit dem es damals schon nicht geklappt hatte. Und egal, wie erfolgreich sie seitdem gewesen war, es fühlte sich wirklich so an, als würde das Mädchen, das sie damals in der Highschool gewesen war, definieren, wer sie heute war.

Nun gut ... Dieses Mädchen war damals mutig genug gewesen, auf ihn zuzugehen – selbst ohne ein Zeichen von ihm – und sein »Ich kriege dich nicht aus dem Kopf« war mehr als nur ein Zeichen. Es war eine regelrechte Einladung.

Sie holte tief Luft und sprang ins kalte Wasser. »Ich kann auch nicht aufhören, an dich zu denken –«

Und dann küsste er sie schon.

Und sie küsste ihn.

Und die blöde Konsole zwischen den Sitzen war echt ein Hindernis. Oder ein Rippenbrecher, je nachdem.

Sie tauchten auf, um Luft zu holen, und er brummte. »Verdammt, das Auto ist nicht zum Knutschen gemacht.«

Sie musste unwillkürlich lächeln. Es hatte etwas für sich gehabt, arme Highschool-Schüler zu sein, die die alten Autos ihrer Eltern fahren mussten – die meistens so alt waren, dass sie noch ohne Dinge wie Konsolen oder Armlehnen entworfen worden waren. Es gab so viele gute Argumente für durchgehende Sitzbänke.

»Ich schätze, der Hersteller dachte, Leute, die solche Autos besitzen, wären zu vornehm, um darin so etwas Gewöhnliches wie Knutschen zu tun.«

»Dann sollten diese Leute mal ihren Verstand untersuchen lassen. Sie setzen alles daran, ein schnittiges, luxuriöses Auto zu entwerfen, das sexy schreit, aber sie lassen uns keinen Platz, um das auch umzusetzen.«

»Oh, ich weiß nicht, Beckett. Du scheinst es ja trotzdem hinzukriegen.«

Oh Gott, hatte sie das laut gesagt? Wo war ihr Filter geblieben? Ihre Hemmungen?

Anscheinend in seinem Mund, und sie ging auf Entdeckungstour, als er ihren Nacken zu sich heranzog, um sie erneut zu küssen.

Gott, er schmeckte gut. Und die Art, wie er ihren Kopf in seinen Händen hielt ... Sie wäre dahingeschmolzen, wenn die Klimaanlage den Wagen nicht so abgekühlt hätte.

Dann legte er den Kopf schräg, sein Daumen strich über ihren Kiefer und sie schmolz tatsächlich dahin.

Einige Minuten – Stunden? – später ließen sie voneinander ab.

»Ist dir klar, dass wir tatsächlich die Scheiben beschlagen haben?« Beckett ließ seinen Daumen über ihre Unterlippe gleiten.

Sie warf einen Blick über seine Schulter auf das Fenster der Fahrerseite und lächelte dann. »Gut, dass kein Polizist vorbeigekommen ist. Das wäre ein bisschen peinlich gewesen.«

»Peinlich? Das glaube ich nicht. Der Kerl würde mir auf die Schulter klopfen und mir sagen, ich soll weitermachen.« Er glitt mit den Fingern über ihre Wange in ihr Haar. »Du bist eine spektakuläre Frau, Jennifer Bingham.«

Sie spürte, wie sie errötete. Wann war ihr das zum letzten Mal passiert? Andererseits, wann hatte sie das letzte Mal mit einem verdammt heißen Typen in irgendeinem beliebigen Viertel geknutscht?

»Du bist auch nicht übel, J – Beckett Fields.« Sie musste unbedingt an ihn als Beckett denken. Er war der Mann, zu dem sie sich hingezogen fühlte – und der sich zu ihr hingezogen fühlte. John war nur noch eine Erinnerung. Und Gott wusste, dass sie nicht in ihren Erinnerungen leben wollte. Nicht jetzt. Nicht danach.

»Also.« Er strich ihr eine Haarsträhne aus dem Gesicht. »Und wie geht es jetzt weiter?«

Es war dieselbe Frage, auf die auch sie eine Antwort brauchte. »Ich ... ich weiß nicht. Da ist Sami, die ich berücksichtigen muss.«

»Sie muss ja von nichts wissen.«

»Im Ernst? Sie hofft ja jetzt schon darauf. Wenn du und ich anfangen, uns öfter zu sehen als nur die paar Male, die sich unsere Wege in den nächsten drei Wochen kreuzen, wird sie schon die Hochzeit planen wollen.«

»Dann treffen wir uns eben, wenn sie deinen Ex besucht.«

»Trent spielt in Samis Leben keine Rolle.« Das war mal ein echter Stimmungskiller. Aber es war das richtige Gespräch, das sie jetzt führen mussten. Wenn das hier zu etwas führen sollte – und davon musste sie ausgehen, nach ihren Reaktionen aufeinander –, musste die Sache mit ihrem Ex lieber früher als später zur Sprache kommen.

Leider hasste sie es, ihm von Trent erzählen zu müssen. Davon, was für eine Närrin sie gewesen war, an ihn geglaubt zu haben. Ihm vertraut zu haben. Blind für die Zeichen gewesen zu sein.

Aber Beckett ließ sie reden. Er verurteilte sie nicht. Und als sie fertig war, nahm er ihre Hände.

»Du bist eine unglaubliche Frau, weil du so lange zu ihm gestanden hast. Ich weiß nicht, ob ich das gekonnt hätte.«

Sie zuckte mit den Schultern. Sich unglaublich zu fühlen, hatte sich damals nicht so gut angefühlt. Tut es immer noch nicht. Trent hätte der sein sollen, den er ihr versprochen hatte, als sie ihn heiratete. »Ich war eine Verpflichtung eingegangen. Hatte diese Gelübde gesprochen. In guten wie in schlechten Zeiten, in Gesundheit und Krankheit. Aber als ich ihn dabei erwischte, wie er mich bestahl und meinen Ruf, mein Geschäft, meine Existenzgrundlage ohne Reue aufs Spiel setzte – und keine Absichten hatte, damit aufzuhören –, musste ich da raus. Musste mich um mich selbst kümmern. Verpflichtung ist eine Sache, aber wenn sie nicht von beiden Seiten kommt, dann lässt man sich nur ausnutzen. Wird benutzt. Und ich hatte zu hart gearbeitet, um ihn alles zerstören zu lassen.«

»Und du musstest an Sami denken.«

Hier war der Punkt, an dem sie die Wahrheit über Sami sagen sollte, aber sie konnte nicht. Noch nicht. Ein drogenabhängiger Ex-Mann war genug für einen Abend; er musste nicht auch noch von einer kriminellen Schwester erfahren. Außerdem könnte er »Nichte« hören und denken, sie würde nur babysitten. Dass sie nicht wirklich Samis Erziehungsberechtigte war. Aber das war sie. Es gab sie nur im Doppelpack. Falls es jemals etwas zwischen ihr und Beckett geben sollte, musste er Sami als Teil dieses Pakets sehen.

Ja, es war ein Test. Vielleicht ein unfairer, aber Samis Wohlergehen übertraf alles – und jeden. Sogar ihr eigenes potenzielles Glück.

»Ich konnte Sami nicht mit Trents Problemen in Berührung kommen lassen.«

»Er hat also keinerlei Kontakt zu ihr?«

»Keinen.« Nicht, dass er es ohnehin gewollt hätte. Der einzige Grund, warum er Andreas Anwesenheit geduldet hatte, war ihre gemeinsame Drogenverbindung gewesen. Jennifer hatte das erst später erkannt – noch etwas, worauf sie nicht stolz war. Wie konnte sie das bei zwei der Menschen, die sie am meisten auf der Welt geliebt hatte, übersehen haben?

Weil sie es nicht hatte sehen wollen. Nicht hatte glauben wollen, dass Trent zu so etwas fähig war. Und als sie es dann begriff … war es zu spät. Ihre Ehe war am Ende, Andrea war auf dem Weg nach ganz unten, und Sami war das unschuldige Opfer.

Also hatte Jennifer innerhalb von fünf Tagen das Leben aller Beteiligten neu geordnet. Sie hatte Trent vor die Tür gesetzt, Andrea und Sami aufgenommen und dann in den zwei Wochen vor Andreas Anklage die Sorgerechtsvereinbarungen getroffen. In der Zwischenzeit hatte sie Trents Gerichtstermine aus den Augen verloren – bis auf den einen, als sie die Scheidung einreichte.

Das war der eine, zu dem er nicht erschienen war.

»Was für ein Idiot lässt sein Kind im Stich?«, sagte Beckett fast flüsternd, dann sah er sie an. »Entschuldige.«

»Du brauchst dich nicht zu entschuldigen. Du hast es nicht getan.« Und Trent auch nicht – weil er nicht Samis Vater war.

Es sei denn, er war es doch –

Oh mein Gott. Dieser Gedanke war Jennifer bis zu diesem Moment noch nie gekommen.

Es wäre möglich. Andrea und Trent hatten die ganze Drogensache hinter ihrem Rücken durchgezogen; warum sollten sie nicht auch eine Affäre gehabt haben? Vielleicht war das der Grund, warum Andrea nie die Wahrheit über Samis Vater gesagt hatte.

Jennifer war speiübel. Die Puzzleteile passten zusammen, aber es gab keine Möglichkeit, die Wahrheit herauszufinden, außer sie fragte Andrea.

Oder machte einen DNA-Test. Was nur funktionieren würde, wenn sie Trents DNA hätte.

Nein. Sie wollte es gar nicht wissen. Sami gehörte zu ihr, und das war das Einzige, was zählte. Denn selbst wenn Trent der Vater wäre, machte ihn die DNA nicht zu einem echten Vater. Und es war ja nicht so, als ob er Unterhalt zahlen würde – oder könnte; er kam nach seinem letzten Entzug gerade so über die Runden; sie sah nicht, dass er fähig oder bereit wäre, ihr Geld für ein

Kind zu schicken, von dem er nichts wusste. Zum Teufel, vielleicht würde er sogar Geld verlangen, um auf seine elterlichen Rechte zu verzichten. Und wie würde ein Richter über eine Anfechtung entscheiden, die Jennifer gegen diese Rechte vorbringen würde?

Das war kein Risiko, das sie eingehen wollte.

»Wow. Tolle Art, die Stimmung zu vermiesen, was?«, sagte Beckett, lehnte sich zurück und zwang sich zu einem Lächeln.

Eines, das seine Augen nicht erreichte.

Sie legte ihre Hand auf seine Wange und ließ ihn nicht zu weit wegdriften. »Das gehört der Vergangenheit an. Und die Vergangenheit ist das, was uns dahin gebracht hat, wo wir heute sind. Wie wäre es also, wenn wir einfach nicht mehr daran denken und nach vorne schauen? Das ist alles, was wir tun können, wenn wir uns nicht im Selbstmitleid suhlen wollen, und ehrlich gesagt ist Trent es nicht wert, dass man sich wegen ihm grämt. Einverstanden?«

Beck konnte gar nicht schnell genug zustimmen.

Er nahm ihre Hand von seiner Wange und küsste ihre Knöchel, wobei er ihre Finger über seine legte. »Ich wünsche mir nichts sehnlicher, Jennifer, aber du wirst mir sagen müssen, wie wir das anstellen, da wir Sami berücksichtigen müssen. Ich verstehe deinen Standpunkt, dass du ihr nicht ständig neue Männer präsentieren willst. Ich muss sagen, ich bin auch absolut dafür, aber aus rein egoistischen Gründen.«

Gott, er liebte es, wenn sie errötete. Sie war eine erwachsene Frau – die ein Kind hatte – und trotzdem wurde sie noch rot. Sie war schon immer dieses All-American Girl von nebenan gewesen, und das Alter hatte daran nichts geändert.

»Wie gehen wir also vor?«

»Definiere das.« Sie entzog ihm ihre Hand und legte sie in ihren Schoß. »Ich muss genau wissen, wovon wir hier reden, denn du hast recht, ich muss Sami berücksichtigen.«

»Nun, abgesehen von der offensichtlichen Tatsache, dass ich dich küssen will, fangen wir mal mit einem Abendessen an.« Beck hörte sich die Worte sagen, konnte aber kaum glauben, dass er es wirklich tat. Er wollte keine Kinder. Hatte kein Interesse daran, mit jemandem zusammen zu sein, der welche hatte. Doch er war an Jennifer interessiert, und weil er es war, war es ihm egal, dass sie eine Tochter hatte.

Tatsächlich mochte er ihre Tochter sogar.

Du steckst ganz schön tief in der Scheiße, Beck.

Das war ihm klar. Im Zeitraum von ein paar leidenschaftlichen Küssen hatte er seine früheren Überzeugungen über Kinder beiseitegeschoben und bemühte sich aktiv um eine Beziehung mit einer Frau, die eins hatte.

Vielleicht lag es daran, dass Jennifer diejenige war, die er hatte gehen lassen. Seine Prinzessin auf dem Podest. Diejenige, die er sich selbst nicht erlaubt hatte, weil er ihrer in der Highschool nicht würdig gewesen war. Aber jetzt, wo er sein Leben auf die Reihe bekommen und es zu etwas gebracht hatte, konnte er sie endlich daten.

Verdammt, ein Therapeut hätte seine wahre Freude an dieser Argumentationslinie, aber wenn Beck über die Jahre eines gelernt hatte, dann war es, dass er immer wieder die gleichen Nummern abziehen und nie irgendwo ankommen würde, wenn er nicht ehrlich zu sich selbst war. Ein harter Blick auf sich selbst und das, was er vom Leben wollte, hatte ihn auf diesen Weg geführt, und man sehe sich nur an, wie das ausgegangen war. Er hatte sie geküsst und sie um ein Date gebeten – und sie hatte ihn nicht weggestoßen.

»Ich habe schon zu Abend gegessen.«

Er lächelte über ihren Witz. »Dann morgen Abend?«

»Ich muss erst sehen, ob Cassies Mutter Sami nimmt, bevor ich zusagen kann.«

»Ich schätze, deine Großmutter wird zu erschöpft sein?«

»Nicht, wenn ich ihr sage, dass ich mit dir ausgehe, aber das sollte ich besser nicht fördern. Sami muss davon nichts mitkriegen.«

Obwohl er eigentlich froh sein sollte zu hören, dass sie ihrer Tochter keine Märchen vom Happy End auftischte, versetzte ihm ihre Aussage aus irgendeinem Grund einen Stich.

Und wenn das keine Ironie war, dann wusste er auch nicht.

Er schluckte den Schmerz hinunter und konzentrierte sich auf das Hier und Jetzt. Die Fähigkeit, das zu tun, war es, was ihn hierher gebracht hatte, und von dort, wo er gerade saß, war hier ein verdammt schöner Ort.

»In Ordnung. Ruf mich morgen an und sag mir Bescheid, ob wir eine Verabredung haben.« Er sah sie an, von ihren wunderschönen blauen Augen bis hin zu diesem Mund, der so ein schönes Lächeln beherbergte – und der ihn gleichzeitig in Brand setzen und um den Verstand bringen konnte. Hier war es so schön, dass er fast Angst hatte, es wäre ein Traum. »Ich bringe dich besser nach Hause, bevor deine Großmutter denkt, wir wären durchgebrannt.«

»Hofft, meinst du wohl.«

Er lachte mit ihr, aber innerlich ... fand er den Witz gar nicht mal so lustig.

Kapitel fünfzehn

Sie hatte ein Date.

Mit Beckett.

Schon wieder.

Jennifer holte wie in Trance ihren Hausschlüssel hervor – benebelt wie die Scheiben in Becketts Auto, in dem sie gerade wie zwei Teenager rumgeknutscht hatten.

Sie hatte sich auch wie eine gefühlt.

Und dann war es ernst geworden. Erwachsen. Intensiv. Trent, Andrea, Sami ... all die Randfiguren in ihrem Leben, die damals noch nicht da gewesen waren, als sie Beckett zum ersten Mal hatte küssen wollen.

Jetzt waren sie es. Sie waren Teil ihrer Realität. Und sie konnte ihnen nicht den Rücken kehren.

Aber ihm konnte sie auch nicht den Rücken kehren.

Eigentlich sollte sie es. Sich mit ihm einzulassen und gleichzeitig zu versuchen, es vor Sami und ihrer Großmutter geheim zu halten ...

Vorsichtig drückte sie die Haustür auf. Es war nur noch für weitere drei Wochen. Danach würde er aus ihrem Alltag verschwinden – aus Samis Alltag – und, sollten sie es fortsetzen, nur noch nach der Arbeit und bei heimlichen Verabredungen in ihrem Leben stattfinden.

Es sei denn ...

Nein. Das war zu viel. Zu weit hergeholt. Sie konnte nicht glauben, dass Beckett vorhatte, dass das hier tatsächlich irgendwo hinführte. Also, langfristig. Dauerhaft.

Eine Familie.

Sie schüttelte den Kopf. Sie war ihren Gedanken viel zu weit voraus. Es war ein Date. Okay, zwei. Und vielleicht noch mehr. Das bedeutete noch lange nicht, dass am Ende des Regenbogens ein Happy End auf sie wartete. Sie konnten auch einfach nur ausgehen. Gott wusste, dass sie die eine oder andere Verabredung gut gebrauchen konnte.

Sie schloss die Tür so leise wie möglich hinter sich, um niemanden zu wecken, denn sonst wäre Sami stundenlang wach und Oma würde Fragen stellen.

»Und, wie war's?«

So viel dazu.

Jennifer zwang sich zu einem Lächeln, um ihr Gesichtszucken zu verbergen, als sie sich umdrehte und ihre Großmutter im Morgenmantel und Hausschuhen mit ihrem Gehstock im Flur zum Gästezimmer stehen sah.

Jennifer warf einen Blick ins Wohnzimmer. Die Mädchen waren nicht da.

»Ich habe sie in ihr Zimmer geschickt, als der Film zu Ende war.« Oma schlurfte herein. »Ich wusste, dass ich dieses Gespräch mit dir führen würde, und wollte nicht, dass du dir Sorgen machst, sie könnten etwas mitbekommen.« Sie griff nach der Armlehne des Sessels und fuchtelte mit ihrem Stock in Jennifers Richtung. »Komm rüber. Hier kommst du nicht raus.«

Für eine halbe Sekunde überlegte Jennifer, einfach die Treppe hochzugehen. Das würde das Gespräch beenden, denn Oma stieg keine Treppen mehr.

Aber das konnte sie ihr nicht antun. Dieses Gespräch musste sowieso irgendwann geführt werden; besser jetzt, wenn Sami nicht wach war, um es zu hören. Oma war alt genug, um die Nachricht zu verkraften, dass es keine dauerhafte Beziehung zwischen ihrer Enkelin und Beckett geben würde; Sami hingegen würde diese Nachricht das Herz brechen.

Jennifer trat in den Raum und legte Tasche und Schlüssel auf den Konsolentisch hinter dem Sofa. »Es war sehr nett.«

Oma ließ sich in den Sessel sinken. »Nett ist was für Bingonachmittage und Mah-Jongg. Ein Abendessen in diesem Etablissement hätte aufregend, informativ und inspirierend sein sollen.«

»Oma, wir haben über Aktien und Investitionen gesprochen. Zahlen und

Daten.« Jennifer setzte sich auf das Ende des Sofas, das ihrer Großmutter am nächsten war, um leise sprechen zu können. »Das steht nicht gerade ganz oben auf meiner Liste für prickelnde Tischgespräche.«

»Hör auf damit, Jennifer. Du bist nicht dumm, und ich sollte das wohl am besten wissen. Den Verstand hast du von mir. Wenn auch nicht deinen Geschmack bei Ehemännern, Gott hab deines Großvaters Seele selig.«

Großvater Jack war ein Heiliger gewesen, wenn man ihrer Großmutter glaubte. Jennifers Mutter, Jacks Tochter, hatte andere Beschreibungen für ihren Vater. Sturkopf, hart, Tyrann ... Deshalb hatte sie einen Militär geheiratet – Papa hatte eine Karriere, die Großvater Jack nicht herabsetzen konnte, und sie hatte sie um die ganze Welt geführt. Im Moment waren sie irgendwo am anderen Ende der Welt, aber Jennifer besaß keine ausreichend hohe Sicherheitsfreigabe, um zu wissen, wo genau.

Das hatte den Umgang mit der Situation um Andrea sowohl schwierig als auch einfach gemacht. Schwierig, weil Jennifer alles allein regeln musste, aber einfach, weil sie ihren Eltern den Schmerz ersparen konnte, Andrea im Gefängnis zu sehen, und nach ihren Besuchen nur positive Nachrichten meldete.

»Wirst du ihn also wiedersehen?«

Jennifer seufzte. Sie musste hiermit herausrücken.

Die Ironie der Sache ließ sie lächeln.

»Aha! Ich wusste doch, dass ihr zwei euch glänzend verstehen würdet.« Oma stampfte mit ihrem Stock auf den Boden. »Ich hab dir doch gesagt, dass ich ein Händchen für so was habe.«

»Immer langsam mit den jungen Pferden. Das ist hier kein Pferderennen. Und bitte sei nicht so laut.« Jennifer lehnte sich zurück und atmete erneut aus. »Ich sehe ihn wieder ... weil er dieses Haus putzt.«

Fürs Erste war ihre Großmutter sprachlos. Das gab Jennifer eine gewisse Genugtuung.

»Du ... du ... du versuchst mich doch nur zu überreden, ein Hörgerät zu benutzen, oder?«, fragte Oma mit offenem Mund. »Ich könnte schwören, du hättest gesagt, er putzt dein Haus.«

»Leider, auch wenn ich tatsächlich möchte, dass du eines benutzt, hast du mich perfekt verstanden. Beckett ist meine Haushaltshilfe. Für einen Monat.«

Omas Mund klappte zu. »Was zum Kuckuck mache ich dann hier und fädle ein Date für euch zwei ein, wenn du ihn jeden Tag siehst? Und das auch noch in deinem eigenen Zuhause.«

»Es sind nur drei Tage die Woche, und ich bin bei der Arbeit, wenn er hier ist.«

»Er darf also völlig unbeaufsichtigt deine Unterwäscheschublade inspizieren.«

Nun war es an Jennifer, sprachlos zu sein.

»Nicht schlecht, meine Liebe. Das hätte ich dir gar nicht zugetraut.« Sie stampfte erneut mit ihrem Stock auf.

»Was traust du mir nicht zu?« Jennifer entglitt die Kontrolle über das gesamte Gespräch.

»Den Mann an die Kandare zu nehmen. Nichts macht einem Mann so sehr Appetit, wie ihn an deinen Unaussprechlichen schnüffeln zu lassen.«

Jennifer schüttelte den Kopf und beugte sich vor. »Erstens – nochmal – das ist kein Pferderennen. Hier wird nichts und niemand an die Kandare genommen. Und zweitens ... ernsthaft? Glaubst du wirklich, Beckett Fields würde die Wäscheschublade von jemandem durchwühlen?«

»Nun, ich hätte auch nicht gedacht, dass Beckett Fields – der Beckett Fields – jemals das Haus von irgendwem putzen würde, also beweist das nur, dass alles möglich ist. Wobei ich wohl besser keine Umschichtungen in meinem Portfolio vornehme, denn offensichtlich hat der Mann sein Gespür verloren, wenn er seinen Lebensunterhalt mit dem Putzen von Häusern verdienen muss.«

Jennifer rieb sich die Nasenwurzel. Genau deshalb hatte sie ihrer Groß-mutter nichts sagen wollen. Lois besaß einen analytischen Verstand, aber Jennifer fragte sich, ob nicht langsam eine gewisse Demenz einsetzte, wenn sie zu derlei Schlussfolgerungen gelangte.

»Er verdient seinen Lebensunterhalt nicht mit Putzen, Oma. Er hilft nur einer Freundin aus. Ihr gehört die Firma, und männliche Haushaltshilfen sind ihre neue Marketingstrategie. Es funktioniert blendend. Ich finde es bewun-dernswert, dass er einer Freundin helfen will.«

Oma machte eine wegwerfende Handbewegung. »Ich denke, es ist die Gelegenheit, die an deine Tür klopft. Buchstäblich. Du musst etwas unterneh-men, damit der Junge hierbleiben will. Und das Kind hierzubehalten, gehört nicht dazu.«

»Dieses Kind ist deine Urenkelin.« Jennifer spürte, wie Wut in ihr aufstieg. Sie hasste diese Diskussion, doch sie kam öfter zur Sprache, als ihr lieb war.

»Dieses Mädchen ist nicht mit mir verwandt, bis ihre Mutter sich dazu herablässt, ihr Leben auf die Reihe zu kriegen und sich wie eine Mutter zu benehmen. Wie eine verantwortungsbewusste Erwachsene, die sich um ein Kind kümmern kann. Bis zu diesem Zeitpunkt ist das Mädchen nur ein Klotz an deinem Bein. Ich wette, Beckett hätte dich längst in sein Penthouse ziehen lassen, wenn du sie nicht im Schlepptau hättest.«

»Oma!« Jennifer blickte zur Treppe und senkte dann ihre Stimme. »Hör zu, wir werden darüber reden, aber nicht heute Abend. Wir sind beide müde, und Sami bringt uns beide oft an unsere Grenzen. Ich denke, wir sollten schlafen gehen und das Ganze besprechen, wenn wir besser gelaunt sind.«

»Angel dir den Jungen, dann bin ich auch besser gelaunt.«

»Das wird nicht passieren, Oma.«

»Schade. Du willst doch nicht als alte, einsame Frau enden, oder?«

Es kostete Jennifer ihre ganze Selbstbeherrschung, nicht »So wie du« zu sagen. Aber sie tat es nicht.

Denn vielleicht, nur ganz vielleicht, würde sie das mit Becketts Interesse wirklich nicht.

* * *

»Oh, Je-enniferrrrrrrrrrrrrrrr ...«

Sues Singsang riss Jennifer am nächsten Morgen aus ihren Gedanken. »Tut mir leid. Was hast du gesagt?«

»Ich habe gefragt, ob es Paris oder Rom ist?« Sue hatte ein schelmisches Grinsen im Gesicht.

Jennifer drehte sich auf ihrem Hocker um. »Paris oder Rom?«

»Ja.« Sue nahm Jennifer die Patientenakte aus der Hand. »Du starrst Lunas Akte schon so lange an, dass ich dachte, du wärst geistig ganz woanders, und dieser verträumte Blick verrät mir, dass es nicht der Supermarkt ist.« Sue stemmte die Hand in die Hüfte und tippte sich mit der Akte an die Lippen. »Wie heißt er?«

Jennifer konnte das Erröten nicht verhindern. Was Sues gutmütiges Feuer nur noch weiter schürte.

»Oh mein Gott, es ist ein Typ. Ich hab doch nur Spaß gemacht.« Sue zog einen weiteren Hocker an den Vorbereitungstisch, zog dann den Bleistift aus ihrem Dutt und deutete damit auf Jennifer. »Raus damit.«

»Da ist nichts ...«

»Schwachsinn. Wir sind schon viel zu lange befreundet, als dass du versuchen könntest, mir das vorzumachen. Wer ist er, wie heißt er, und wo führt er dich hin?«

Jennifer konnte das kleine Prickeln nicht unterdrücken, das sie durchlief, wenn sie an ihn dachte.

»Oha. Wenn dieser Blick ein Hinweis ist, hat er dich schon längst irgendwohin geführt, oder?«

Sue meinte damit keinen Ort.

Jennifer atmete tief ein. »Okay, ja, es ist ein Mann. Er ist jemand, den ich ...« Nein, sie würde nicht erwähnen, dass sie ihn von früher kannte. Die Wahrscheinlichkeit bestand, dass Sue ihn treffen würde, und nun ja, das musste nicht unbedingt herauskommen.

»Jemand, den du ... was? Angeschmachtet hast? Vernascht hast? Aus einem früheren Leben kennst? Was?« Sie schwenkte den Bleistift wie einen Zauberstab umher.

»Ich glaube, du liest zu viele Liebesromane.«

Sue richtete den Bleistift wie einen Degen auf sie. »Man kann nie zu viele Liebesromane lesen. In denen kriegt das Mädel immer den Typen. Wer mag bitteschön kein Happy End, bei dem ein heißer Kerl der Heldin zu Füßen liegt?«

Das klang in der Tat schön, aber in Jennifers Erfahrung lag der vermeintliche Märchenprinz der Heldin leider nur deshalb zu Füßen, weil er sich an ihrem Medizinschränkchen bedient hatte.

Sie nahm Lunas Akte wieder an sich, legte sie auf den Tisch und spielte mit der Kante des Manilla-Ordners. »Er erledigt eigentlich, hm, ein paar Arbeiten bei mir im Haus.«

Der Bleistift klapperte auf den metallernen Untersuchungstisch. »Oh mein Gott, du vögelst den Poolboy.«

Jennifer blickte auf. »Ich habe keinen Pool.«

»Dann eben den Handwerker. Sag schon, ist er sehr handwerklich begabt?« Sue genoss die Anspielungen sichtlich.

Andererseits hätte Jennifer auch nichts dagegen, herauszufinden, wie begabt Beckett wirklich war. Aber trotzdem musste sie niemanden wissen lassen, dass das hier eine große Sache war. »Sue, du bauschst das völlig auf. Ich habe lediglich ein Date mit dem Typen.«

»Aha. Nur ein Date zaubert einem Mädchen nicht so einen Blick ins Gesicht. Raus mit der Sprache.« Sue stützte ihr Kinn in die Handfläche.

Wären sie nicht seit Jahren Kollegen und Freunde, wäre dieses Gespräch absolut unangemessen, aber Sue wusste es besser, als es dem Rest der Belegschaft brühwarm zu erzählen. Oder Oma Lois.

»Sein Name ist Beckett und, nun ja, es ist eine lange Geschichte, aber er erledigt ein paar Arbeiten bei mir im Haus und er hat mich nach einem Date gefragt.«

»Das ist alles? Keine Feuerwerke, keine Explosionen am Himmel?«

»Na gut, okay. Wir haben uns, hm, geküsst.«

Sue nahm den Bleistift wieder auf und zeigte erneut auf sie. »Schätzchen, das ist kein Geküsst-worden-Blick. Das ist ein astreiner Ich-will-ihn-auf-der-Stelle-flachlegen-Blick. Und ich hoffe, du bekommst die Gelegenheit. Ist schon ein Weilchen her bei dir, oder?«

»Es gab niemanden Ernsthaftes mehr seit … nun ja, seit damals.«

Sue hatte direkt hinter ihr gestanden, als sie Trent dabei erwischt hatte, wie er den Medizinschrank plünderte.

»Dann lass es langsam angehen.« Sue steckte den Bleistift zurück in ihren Dutt. »Aber nicht zu langsam. Dieser Beckett muss verdammt hübsch sein, um dich so zum Erröten zu bringen, und ich bin absolut dafür, mal wieder richtig Dampf abzulassen, wenn du verstehst, was ich meine. Aber ich will nicht, dass du verletzt wirst. Du sorgst dafür, dass er meine Große und Sami ordentlich behandelt, verstanden?«

»Verstanden. Und das wird er. Ich meine, er ist ein guter Kerl.« Jennifer nahm die Akte und klopfte mit der Kante auf den Tisch.

»Das müsste er auch sein, damit du auf ihn stehst.«

»Wirklich?« Sie schnaubte, während sie den Ordner hin und her wog. »Denn auf Trent stand ich auch, falls du dich erinnerst.«

Sue packte ihren Arm. »Lass dich nicht von Trents falschen Entscheidungen runterziehen. Du warst dafür genauso wenig verantwortlich wie ich. Er hat seinen Weg gewählt. Du warst nur klug genug, ihm aus dem Weg zu gehen.«

»Warum fühle ich mich dann nicht klug? Wie konnte ich die Anzeichen übersehen?« Sie rutschte vom Hocker und ging zum Spülbecken in der Ecke. »Wie konnte ich zulassen, dass er mich so benutzt?«

Sue trat neben sie an die Theke und lehnte sich dagegen. »Weil du ihm vertraut hast, und das tut man eben, wenn man jemanden liebt. Er war derjenige, der dein Vertrauen missbraucht hat. Schieb dir das nicht selbst zu. Das ist allein sein Bier. Und er wälzt sich für seine Fehler in der Gosse, während du in diesem schönen Haus mit deiner wunderbaren Nichte lebst und dich mit einem wunderbaren Mann triffst.« Sie rieb Jennifers Arm. »Du hast deine Schulden abbezahlt, Jen. Genieß deine Belohnung.«

Sie würde Beckett definitiv genießen.

Cassies Mutter hatte nichts dagegen gehabt, dass die Mädchen vorbeikommen, Sami hatte Lust darauf gehabt, und Cassie war aus dem Häuschen gewesen, eine Freundin bei sich übernachten zu lassen. Das ging so weit, dass alle wollten, dass Sami bis Montagmorgen blieb, wenn Cassies Mutter die Mädchen zum Ferienlager bringen würde. Damit hatte Jennifer die ersten achtundvierzig Stunden für sich allein seit Jahren. Und obwohl sie die Zeit eigentlich nutzen sollte, um Dinge im Haus zu erledigen – der Garten brauchte dringend eine Generalüberholung –, würde sie nicht das Vernünftige tun. Diesmal würde sie das Vergnügen wählen.

»Du siehst umwerfend aus.«

Genauso wie sie Becketts Kompliment genoss. »Danke.« Das dunkelblaue Kleid war ganz hinten in ihrem Schrank vergraben gewesen. Es war ein schlichter, gerader Schnitt bis zu den Knien, aber es brachte ihre Augenfarbe zum Leuchten und war eines der wenigen Stücke in ihrem Kleiderschrank, das sie noch nie getragen hatte. Seit Trent weg war, stand Kleidungshoppen nicht mehr auf ihrer Liste, da sie ohnehin nirgendwo hätte hingehen können, um sie zu tragen. »Du siehst auch gut aus.«

Nicht dass Beckett in irgendetwas nicht gut aussehen würde, aber das smaragdgrüne Poloshirt tat seinen Augen unglaublich gut – ganz zu schweigen davon, wie es seine Schultern, seine Brust und seine Bauchmuskeln betonte, wo es ordentlich im Bund seiner schwarzen Hose steckte.

»Danke.« Er hielt ihr die Stola hin, die sie über die Rückenlehne des Sofas geworfen hatte. »Ich hoffe, du magst Meeresfrüchte, denn es gibt da ein tolles Lokal am Fluss, das die besten Jakobsmuscheln weit und breit serviert.«

»Ich liebe Jakobsmuscheln. Lass mich nur kurz das Gitter anbringen, damit Flopsy in der Küche bleibt, dann können wir los.«

Er folgte ihr in die Küche. »Warum wird der arme Hund eingesperrt? Dabei ist doch die Katze der Kriminelle hier.«

»Hast du schon mal versucht, eine Katze einzusperren?« Sie sah über die Schulter zu ihm zurück. »Nero wird sich alle Haare ausreißen, wenn ich ihn in eine Box stecke.«

»Und warum ist das eine schlechte Sache? Es würde ihn Demut lehren.«

Sie holte das Gitter aus der Speisekammer. »Katzen kennen die Bedeutung dieses Wortes nicht und werden sie nie kennen. Dann hätte ich nur ein noch neurotischeres Tier am Hals.«

»Du meinst noch neurotischer.« Er nahm ihr das Gitter ab und klemmte es in den Türrahmen. »Was hindert ihn daran, den armen Flopsy hier drinnen zu quälen? Es sieht so aus, als wären Flopsys Optionen ziemlich begrenzt.«

Sie hielt eine Flasche aus der Speisekammer hoch. »Ich ziehe eine Spur aus Olivenöl entlang der Frühstückstheke und des Türrahmens. Nero hasst Olivenöl. Das funktioniert besser als diese Nagelstreifen, mit denen man Reifen zersticht, um Nero von Orten fernzuhalten. In der Küche lässt es sich am leichtesten wieder aufwischen, und der Hund ist dort sicher untergebracht. Siehst du?« Sie wies mit der Hand dorthin, wo Flopsy es sich in seinem Körbchen mit einem Kauspielzeug gemütlich gemacht hatte, und dann zu Nero, der ihn vom obersten Bücherregal im Wohnzimmer aus finster anstarrte.

»Sieht aus wie eine unsichtbare Barriere, für die er gerade einen Umweg austüftelt.«

Sie schloss das Gitter. »Der Geruchssinn ist bei Katzen sehr ausgeprägt. Er weiß, dass das Öl da ist, und er wird nicht in die Nähe kommen.«

Er hielt ihr die Stola hin. »Und wie hast du diese Geheimwaffe entdeckt? Hast du ihm mal einen Salat angeboten?«

Jennifer zupfte ihr Haar unter der Stola hervor und wandte sich ihm zu. »Eigentlich hat Sami es entdeckt. Sie wollte ihm eines Tages, nun ja, das Fell zurückgelen.« Sie verdrehte die Augen. »Versuch mal, eine wahnsinnige Katze zu fangen. Ich weiß nicht, wer am Ende blutiger war: er, weil er versucht hat, das Zeug aus seinem Fell zu kratzen, oder ich, weil ich versucht habe, ihn zu schnappen und dann zu baden. Unnötig zu erwähnen, dass Sami nicht mehr versucht, Nero mit Puppenkleidern anzuziehen.«

»Geschieht dem Tyrannen ganz recht.«

»Du magst ihn wirklich nicht, oder?«

Beckett zuckte mit den Schultern. »Ich habe was gegen Tyrannen, und er hat den armen Flopsy tyrannisiert.«

Sie schnappte sich ihre Handtasche von der Anrichte. »Die haben nur die Hackordnung hier geklärt. Leider gibt es im Tierreich immer ein Alpha-Tier, und in diesem Fall ist es Nero.«

»Dem wohl nicht klar ist, dass Flopsy so sehr Beta ist, dass er fast schon als Omega durchgeht.«

»Das Ende des Alphabets? Armer Flopsy. Er will in niemandes Buch der Letzte sein.«

»Wer will das schon?«

Sie hörte seine Kindheit aus seinen Worten heraus, wollte ihn aber nicht darauf ansprechen. Wenn er ihr erzählen wollte, wer er war – wer er gewesen war –, dann würde er es tun. Aber das würde bedeuten, dass ihre Beziehung etwas mehr wäre, als sie dachte, was er plante.

Und genau daran musste sie sich erinnern: Das hier war ein Abendessen, nichts für die Ewigkeit. Auszugehen musste nicht gleich Lattenzäune und Altersvorsorge bedeuten. Hab jetzt einfach mal eine gute Zeit. Überanalysiere es nicht.

Das Abendessen erwies sich definitiv als Vergnügen. Das Restaurant war schön, der Wein exzellent und die Jakobsmuscheln ein Traum. Und ihr Date? Er sah zum Anbeißen aus, und nach diesen Jakobsmuscheln wollte das was heißen.

»Wahnsinn, Sami hält dich ganz schön auf Trab, was?« Beckett griff nach seinem Weinglas. »Ich bin beeindruckt, wie du es schaffst, so ein ausgeglichenes Kind allein aufzuziehen und deine Praxis zu leiten. Ich wette, du bist froh, mal eine Pause zu haben, wenn Sami bei Cassie ist.«

»Ich bin in der Tat froh. Das eröffnet eine Menge ... Möglichkeiten.«

Und schlagartig änderte sich die Stimmung. Sie wurde tiefer. Intensiver. Worte wurden nicht ausgesprochen, weil es nicht nötig war, aber es war unverkennbar, was beide damit andeuteten.

Sie hatte das Haus für sich. Niemand musste es je erfahren. Sami würde sich keine falschen Hoffnungen machen, und Jennifer ... nun, sie konnte eine der Annehmlichkeiten des Singledaseins genießen, wenn sie es wirklich wollte.

Sie wollte es wirklich.

Eigentlich sollte sie schockiert sein; sie war keine Frau für flüchtige Abenteuer, aber mit Beckett …

Okay, ja, sie wusste, dass er kein Mann für etwas Dauerhaftes war – er konnte sich nicht einmal zu seinem eigenen Namen bekennen –, also ging sie mit weit offenen Augen darauf ein.

Damit ich dich besser sehen kann, mein Lieber.

Beckett starrte sie an, seine Augen bohrten sich in ihre, während er langsam an seinem Wein nippte … und dann mit der Zunge über seine Unterlippe fuhr, als er das Glas absetzte.

Jennifer wurde feucht.

Heiliger Strohsack.

»Könnten wir das vielleicht in einem … intimeren Rahmen fortsetzen?« Beckett stellte sein Glas auf den Tisch, sein Blick wich nicht von ihr.

Es war, als hätte er sie berührt. Ihre Nervenenden bebten, und ihr Magen … die Schmetterlinge waren aufgewacht und rasten darin herum, als hätte sie eine Koffeinspritze bekommen.

Oder eine Beckett-Spritze.

Noch hast du die nicht bekommen.

Ach Gott, bei dem Gedanken errötete sie tatsächlich.

»Was geht in diesem hübschen Kopf von dir vor?« Beckett beugte sich zu ihr vor, die Ellbogen auf dem Tisch, sein Blick wurde so dunkel, dass sie das Gefühl hatte, in ein schwarzes Loch gezogen zu werden.

Eines, das sie gar nicht verlassen wollte.

»Ich habe mich gefragt, in wessen intimen Rahmen wir das fortsetzen sollten.« Sie warf ihm seine eigenen Worte zurück, zu sehr auf diesen Moment fixiert, um eigene hervorzubringen.

Er hob einen Finger, und der Kellner erschien fast augenblicklich an ihrem Tisch.

»Kann ich Ihnen helfen, Sir?«

»Die Rechnung.« Er holte seine Brieftasche heraus und reichte dem Mann die Karte. »Schnell.«

»Sehr wohl, Sir.«

Der Kellner, der wahrscheinlich genau erkannte, was zwischen ihnen vorging – was auch nicht schwer war, da die sexuelle Spannung so dick war, dass man sie mit einem Messer hätte schneiden können –, eilte davon.

Beckett stand auf und hielt ihr seine Hand hin.

Sie nahm sie und wappnete sich für seine Berührung.

Es war alles, was sie sich gedacht hatte ... und mehr. »Musst du nicht unterschreiben –«

»Ich habe eine Vereinbarung mit meiner Bank. Bis zu einem gewissen Betrag muss ich nicht unterschreiben, und ich bin oft genug hier, dass das Personal das weiß. Sie geben mir meine Karte an der Tür.«

Gott sei Dank, denn wenn sie auch nur eine Minute länger in diesem Restaurant bleiben müsste, würde sie sich womöglich spontan entzünden.

Als er beim Hinausgehen seine Hand auf ihr Kreuz legte, war daran natürlich nichts mehr spontanes. Beckett entfachte ein langsames, aber gewaltiges Brennen in ihr, die Flammen schlugen mit jedem Schritt höher – hm, wahrscheinlich nicht das Bild, das sie brauchte, wenn sie versuchte, den Laden aus eigener Kraft zu verlassen. Und, Junge, was hatte das für eine Wirkung ...

»Einen schönen Abend noch«, sagte der Oberkellner, als er Beckett seine Karte reichte.

»Danke. Den werden wir haben.«

Schön? Sie würden einen schönen Abend haben? Hmmm ... Wie würde dann erst ein außergewöhnlicher Abend aussehen, wenn er diesen hier nur schön nannte? Jennifer hatte das Gefühl, dass er schön bei weitem übertreffen würde.

Sie sprachen kein Wort, während sie zur Vorfahrt gingen. Der Service im Restaurant war tadellos gewesen, und sie war drinnen nicht so froh darüber gewesen, wie sie es jetzt war, als Becketts Auto bereits vorgefahren wurde, während sie auf den Valet-Stand zugingen.

Beckett hielt ihr die Tür auf, als sie einstieg, und saß dann gerade auf seinem Platz, als sie sich fertig angeschnallt hatte.

Seine Finger umspannten für ein oder zwei Sekunden fest das Lenkrad, bevor er sie ansah. »Zu dir? Ich nehme an, die Tiere brauchen etwas Aufmerksamkeit.«

Kommt ganz darauf an, von welchem Tier er spricht ...

»Danke. Das ist sehr aufmerksam von dir.«

»Nein, es ist sehr egoistisch.«

Sie legte den Kopf schief. »Ach ja?«

»Auf diese Weise muss ich dich nicht erst nach Hause fahren, um sie rauszulassen. Ich kann deine ... Gesellschaft viel länger genießen.«

Ein Teil von ihr wollte angesichts der Intensität in seinem Blick erröten; der andere Teil wollte mit ihm genau das machen, was er mit ihr machte.

»Dann denke ich, du solltest vielleicht ... den Motor aufheulen lassen.«

Seine Lippen zuckten nach oben. »Gut gekontert.«

»Noch gar nichts ...«

Beckett schoss aus dem Parkplatz heraus.

Kapitel sechzehn

Ernsthaft, waren sie wieder Teenager?

Sie rannten zu ihrer Haustür, sobald er in ihrer Einfahrt geparkt hatte, und der Schlüssel fummelte zwischen ihnen hin und her, während sie versuchten, das verdammte Ding aufzukriegen.

Jennifer kam es vor, als würden sie wie in einer Filmkomödie in ihr Foyer stolpern, aber was sie fühlte, war alles andere als lustig.

Beckett schloss die Tür hinter ihr mit einem sehr lauten, sehr bedeutungsvollen Klicken des Riegels.

Jennifer stand am Fuß der zwei Stufen, die in ihr Wohnzimmer führten, und wirbelte bei dem Geräusch herum.

Beckett stand über ihr auf dem Treppenabsatz und sah verdammt bereit aus, über sie herzufallen.

Und sie wollte, dass er es tat.

»Musst du nicht die Tiere rauslassen?«

»Definitiv.« Sie meinte nicht Flopsy –

Oh, der arme Flopsy.

Sie hob einen Finger. »Behalte den Gedanken im Kopf.«

»Glaub mir, Jen, der wird mir nicht mehr aus dem Kopf gehen.«

Sie nickte und wirbelte dann herum, um sich um ihren Hund zu kümmern.

Flopsy musste natürlich seine Portion Streicheleinheiten bekommen, bevor er rausging. Gott sei Dank gab es diesmal kein vor Aufregung verursachtes Pfützchen aufzuwischen, aber sie konnte sein Schwanzwedeln absolut nachvollziehen.

Sie legte ihm die Leine an – sie wollte nicht, dass er ausgerechnet heute Abend beschloss, den Garten zu erkunden, wie er es manchmal tat. Heute war nicht die Nacht für einen halbstündigen Spaziergang.

»Beeil dich«, sagte Beckett von der Tür aus mit etwas, das stark nach einem Knurren klang, und ihre Fantasie lief auf Hochtouren.

Flopsy hatte es glücklicherweise mit seinem Geschäft genauso eilig wie sie und war in Rekordzeit fertig.

Sie belohnte ihn mit ein paar Hundekeksen zu viel, aber sie wollte ihn so sehr ablenken, dass er nicht merkte, dass sie ihn für die Nacht in der Küche ließ, was sie sonst nie tat.

Dieser Abend schien voll von Dingen zu sein, die sie eigentlich nie tat.

Sie ging aus der Küche in den großen Wohnbereich. Beckett lehnte an der Säule, die den offenen Grundriss stützte, die Arme verschränkt, einen Fuß über den anderen geschlagen, und mit einem Blick in den Augen, der sie erschauern ließ.

Auf die gute Art.

»Komm her, Jen.«

Sie ließ sich Zeit, auf ihn zuzugehen, und genoss die Vorfreude. Ließ sie sich aufbauen. Ließ ihn begehren.

Er bewegte sich nicht, bis sie fast Zehe an Zehe vor ihm stand.

Dann legte er eine Hand in ihren Nacken und zog sie fest an sich, wobei er sie so hart, schnell und gründlich küsste, dass es keinen Übergang gab; in einer Sekunde sah sie ihn noch an, in der nächsten wurde sie von ihm verschlungen.

Seine Lippen verbrannten die ihren, wanderten dann an ihrem Kiefer entlang, bis er sein Gesicht in der Mulde unter ihrem Ohr vergrub. Sein heißer Atem schickte Schauer durch ihren Körper, während seine Hände über ihren Rücken wanderten — eine rutschte hinunter, um ihren Hintern zu packen und sie noch enger an sich zu ziehen.

Oh ja, er wollte sie. Der körperliche Beweis drückte — falls dieser Kuss nicht schon gereicht hätte — gegen ihren Unterleib, und sie spürte ein antwortendes Ziehen zwischen ihren Schenkeln.

»Ich will dich schon so lange«, presste er hervor und hielt dann inne.

So lange? Es war kaum eine Woche her.

Er meinte doch nicht — er konnte doch nicht länger meinen, oder? Seit der Highschool? Wusste er, wer sie war?

Das war lächerlich. Das war die dämliche, mitleidige Romantikerin in ihr, die bereit gewesen war, an das Gute in ihrem Ex-Mann zu glauben, weil sie ein Happy End wollte. Selbst wenn Beckett wusste, wer sie war, hatte er sicher nicht seit der Highschool nach ihr geschmachtet. Verdammt, er hatte ihr eine eiskalte Abfuhr erteilt, also nein, er musste meinen, dass er sie wollte, seit sie sich jetzt wiedergetroffen hatten, und dass es ihm wie eine Ewigkeit vorkam.

Denn ihr ging es genauso. Aber das lag daran, dass sie ihn tatsächlich seit der Highschool gewollt hatte. Und jetzt, bei Gott, würde sie ihn bekommen.

»Nach oben, Beckett.« Sie musste diesen Zug wieder in Fahrt bringen. Welchen Panikanfall auch immer er wegen seiner Worte gerade erlitt, sie würde nicht zulassen, dass er das hier stoppte. Sie hatte das Haus für sich — das war seit über zwei Jahren nicht mehr vorgekommen und würde wahrscheinlich für eine sehr lange Zeit nicht mehr passieren. Sie würde den Moment nutzen.

Er hob sie kurzerhand auf die Arme.

Sie schrie kurz auf und hielt sich krampfhaft fest. »Was tust du da?«

»Ich denke gar nicht daran, dich jetzt wieder loszulassen, Kleine.«

Der Klang gefiel ihr.

Beckett schritt durch das Wohnzimmer zur Treppe und nahm sie jeweils zwei Stufen auf einmal – keine leichte Übung mit ihr auf dem Arm – und er war nicht einmal außer Atem, als er ihr Zimmer erreichte.

Sie hingegen hatte große Mühe, Luft zu holen.

Besonders, als er ihre Beine losließ und sie an seinem Körper heruntergleiten ließ.

Dann presste er sie mit einer Hand an seine Brust, hob mit der anderen ihr Kinn an und küsste sie um den Verstand.

Herrgott, er küsste gerade Jennifer Langston. Er würde mit ihr schlafen. Er — John Becker, der Außenseiter aus der Schule, mit dem niemand etwas zu tun haben wollte — würde endlich das Mädchen bekommen.

Sie wollte damals etwas mit dir zu tun haben, du Idiot, aber du warst zu kaputt, um das Risiko einzugehen.

Nun, er hatte diesen Schaden repariert, und nichts würde ihn jetzt aufhalten.

Jennifer gab einen leisen Laut in ihrem Hals von sich, schlang die Arme um seinen Nacken und presste ihre Brüste gegen ihn. Ja, sie hatte nicht vor, ihn aufzuhalten.

Er zog den Reißverschluss an der Rückseite ihres Kleides herunter, ein Geräusch, das seine Absicht praktisch dem gesamten Universum verkündete.

Tja, falls sie vorher noch keine Ahnung gehabt hatte, so wusste sie es jetzt ganz sicher.

Und sie hielt ihn nicht auf.

Er ließ seine Hände ihre Arme hochgleiten, dorthin, wo sie ihre Finger in seinem Nacken verschränkt hatte, löste sie und verflocht sie mit seinen. Dann führte er sie zu ihren Seiten hinunter.

Das Kleid rutschte ein Stück von ihren Schultern.

Das reichte noch nicht.

»Lass es für mich fallen, Jen.«

Sie errötete für einen Moment, aber dann blitzten ihre Augen auf und sie warf den Kopf in den Nacken.

Und ließ es fallen.

Das Kleid glitt an ihr herab, blieb an ihren Kurven hängen, bis sie sich etwas mehr bewegte. Was das Ganze nur noch schöner wackeln ließ, bis er ihre Hände losließ, damit der Stoff sich um ihre sexy Absätze am Boden sammeln konnte.

Lust schoss durch ihn hindurch, zischte durch seine Adern wie eine Kugel im Flipperautomaten; Glocken, Pfeifen und Lichter flackerten auf, wie er es noch nie zuvor erlebt hatte.

»Heilige...« Er musste schlucken, um genug Speichel im Mund zu haben, damit er überhaupt sprechen konnte. »Gott. Du bist wunderschön, Jennifer.«

Ihr Spitzen-BH und der passende Slip waren kaum der Rede wert und brachten ihn in Versuchung, zu entdecken, was sie verbargen.

Wen wollte er hier eigentlich verarschen? Sie hätte einen ausgewachsenen Parka tragen können und er hätte trotzdem wissen wollen, was darunter war.

»Du bist dran.« Sie trat aus dem Kleid, zog dann sein Hemd aus dem Hosenbund und schob ihre Hände darunter.

Er zog sie fest an sich; er musste sie einfach küssen, als ihre Haut die seine berührte.

Feuer raste über seine Nervenbahnen, flüssige Hitze überall dort, wo sie mit den Fingern seine Flanken hochrutschte und dann zu seinem Rücken gelangte, wobei sie das Hemd mit sich nach oben zog.

Er musste es loswerden.

Er griff in seinen Nacken, riss sich das Hemd über den Kopf und unterbrach den Kuss nur für einen blitzschnellen Herzschlag, bevor seine Lippen wieder auf den ihren waren und ihre Brüste gegen seinen Brustkorb gepresst wurden.

Gott, er liebte das Gefühl einer Frau gegen seinen Körper. Er liebte ihre Weichheit, ihren Duft, die Art, wie sie sich an ihn schmiegten, wobei ihr Bauch seine Erektion umschloss, ihre Finger über seinen Hintern glitten —

Was soll das mit dem sie? Das ist Jennifer Langston; es gibt kein sie. Nur sie. Das Mädchen, das du schon immer wolltest.

Und jetzt hatte er sie. Würde sie gleich besitzen.

Bei dem Gedanken schoss das Blut in seinen Schwanz und machte ihn so hart, dass es wehtat.

Aber das war ihm egal. Sein Gehirn mochte gerade in den Höhlenmenschenmodus schalten und er mochte sie sich über die Schulter werfen, aufs Bett werfen und in sie eindringen wollen, aber er würde jede Sekunde genießen und sicherstellen, dass sie es auch tat. Sie an den Abgrund bringen, nur um es hinauszuzögern und sie warten zu lassen. Die Vorfreude so weit zu steigern, dass sie beide im entscheidenden Moment keinen klaren Gedanken mehr fassen konnten.

»Ziemlich sicher deiner Sache, was?«, fragte sie und zog ihre Hände aus seinen hinteren Hosentaschen.

Das Einzige, worüber er sich im Moment sicher war, war, dass sein Gehirn einen Kurzschluss erlitt, während ihre Hände auf seinem Hintern lagen.

»Beckett?«

Er brauchte eine Sekunde, um zu merken, dass sie auf eine Antwort wartete. »Äh, was?«

Sie hielt etwas vor sein Gesicht. »Was glaubst du, wie viele davon wir brauchen werden?«

»Alle.« Die Worte schossen aus ihm heraus, noch bevor ihm die Tragweite dieser Antwort bewusst wurde.

Er hatte ein Dutzend Kondome in seinen Hosentaschen.

Sie lachte. »Wenigstens bist du vorbereitet. Gott sei Dank.«

Beckett legte seine Hände auf ihren Hintern und zog sie näher. »Er hatte damit nichts zu tun. Ich war derjenige, der am Kiosk angehalten hat.«

Sie legte den Kopf schief und fuhr sich mit der Zunge über die Lippen. »Wie vorausschauend.«

»Nicht wahr?«

Sie brauchte ein paar Herzschläge für die Antwort — okay, fünf; er zählte mit. »Ja, das stimmt wohl. Ich schätze, wir werden sehen müssen, wie viele wir davon verbrauchen können.«

Sie trat einen Schritt zurück, kickte das Kleid beiseite, ohne den Blick von seinem zu lassen, und warf dann die Kondome aufs Bett. »Bereit?«

Seit dem Tag, an dem er sie zum ersten Mal gesehen hatte. »Ist das nicht eigentlich mein Text?«

»Keine Sprüche, Beckett. Was auch immer das hier ist, es muss echt sein, okay? Es ist, wie es ist, und ich akzeptiere es so. Lass es uns nicht mit Lügen verderben.«

»Keine Lügen. Verstanden.« Auslassungen zählten nicht. Wenn sie ihn nicht als John Becker erkannte, war John für sie ohnehin nicht wichtig gewesen, also gab es keinen Grund, ihn zu erwähnen.

Sie legte ihre flache Hand auf sein Brustbein.

Und stieß zu.

Er riss sie mit sich, als er sich bereitwillig auf ihr Bett fallen ließ, wobei alle Gedanken an sein früheres Leben in den hintersten Winkel seines Gehirns verbannt wurden. Seine Realität war hier. Jetzt. Die Gegenwart.

»Uff!«, machte sie, als sie auf ihm landete. »Eigentlich wollte ich das mit etwas mehr Finesse machen.« Sie strich sich die Haare aus dem Gesicht.

»Vergiss Finesse.« Er half ihr, sie aus dem Weg zu schieben — aber nur, um sie in ihrem Nacken packen zu können. »Ich will deine ehrliche Reaktion.«

Diesmal starrte sie ihn für die Dauer von drei Herzschlägen an.

Dann küsste sie ihn.

Hart.

Sie presste ihre Lippen gegen seine; er musste sie nicht einmal näher heranziehen. Sie küsste ihn gründlich, ihre Zunge forderte Einlass, den er ihr nur zu gerne gewährte.

»Ehrlich genug für dich?« Sie leckte sich über ihre geschwollenen Lippen, als sie ein paar Minuten später wieder auftauchte, um Luft zu holen.

»Ehrlich, ja. Genug? Nein.«

Er rollte sie herum, sodass er sie auf der Matratze fixierte, und nahm ihren Kopf zwischen seine Hände, während seine Finger sich in ihrem Haar vergruben. »Ich wollte dich schon unter mir haben, seit ich dich das erste Mal gesehen habe.«

Lass sie ruhig denken, er meinte Montag; er sprach von Jahren. Selbst wenn er mit Andrea im Bett gewesen war, hatte er sich manchmal erlaubt, so zu tun, als sei sie Jennifer.

Ja, ziemlich mies von ihm, aber wenigstens war er ehrlich zu sich selbst. Jennifer war die Frau gewesen, die er schon immer gewollt hatte.

Und nun waren sie hier.

»Spürst du, was du mit mir machst, Jen?« Er presste sein Becken gegen ihres, damit es kein Missverständnis über seine Absichten gab. Er war so verdammt hart, er wollte sich einfach nur in ihr vergraben, bis das Ziehen aufhörte.

Er hatte das Gefühl, dass es nicht ganz so einfach werden würde.

»Das tue ich.« Sie ließ ihre Absätze seine Waden hochgleiten und umklammerte seine Hüften mit ihren Schenkeln, während sie sich gegen ihn rieb. »Und das hier ist es, was du mit mir machst.«

»Ich will noch so viel mehr tun.«

»Ich halte dich nicht auf.«

»Aber das hier schon.« Er knurrte und verlagerte sein Gewicht, wobei er ihre BH-Träger von den Schultern streifte. Die Körbchen klappten nach vorne und gewährten ihm einen flüchtigen Blick auf das, was ihn erwartete.

Sie wölbte den Rücken. »Kannst du das aufmachen? Der Verschluss ist hinten.«

»Was ist eigentlich aus den Vorderverschlüssen geworden? Das war Victorias Geschenk an die Männerwelt.«

»Und mein gewölbter Rücken ist es etwa nicht?«

Er drückte einen Kuss in ihr Dekolleté und atmete den süßen Duft ihrer Haut ein. »Da hast du recht.«

»Und ich habe noch zwei weitere Argumente, an denen du furchtbar gerne saugen darfst, wenn du mir das Ding endlich ausziehst.«

Er lächelte über ihren Tonfall. »Frustriert?«

»Ein kleines Bisschen.«

»Na, das können wir so nicht lassen, oder?« Er schob seine Hand unter ihren Rücken und ertastete den Verschluss.

Ein Häkchen. Ein Kinderspiel. Das hatte er schon in der siebten Klasse bei einer eifrigen Neuntklässlerin perfektioniert. Selbst damals hatte er schon große Träume gehabt.

Aber keiner war größer gewesen, als mit Jennifer zusammen zu sein.

Ihr BH fiel zu Boden und Beck sog scharf die Luft ein. Kein Traum kam auch nur ansatzweise an die Realität heran.

»Mein Gott, Jen. Du bist wunderschön.«

Ein schüchternes Lächeln stahl sich auf ihr Gesicht und sie blickte weg.

»Du weißt gar nicht, wie schön du bist, oder?«

»Es sind nur Brüste.«

»Das ist, als würde man sagen, das Taj Mahal sei nur ein Haus.« Er küsste sich den Weg von ihrer Schulter bis zur Spitze einer Brust, ließ sich Zeit dabei, umspielte sie mit der Zunge, saugte daran und knabberte sanft, bis sie nach Luft schnappte.

Dann widmete er sich der anderen.

Ihr Atem entwich zischend, als er diese in den Mund nahm, sie mit der Zunge liebkoste und dann mit den Zähnen leicht streifte. Sie wölbte sich ihm noch mehr entgegen, und Beck fiel es schwer, dabei nicht zu lächeln.

Ihre Hüften rieben sich gegen seine, bis er sie schließlich losließ.

Ihre Haut war gerötet und der Blick in ihren Augen ... Gott, er liebte diesen Blick bei einer Frau – besonders bei ihr. Leicht glasig, verträumt, als hätte sie fast eine andere Ebene erblickt, bevor er sie in diese hier zurückgeholt hatte.

Es wäre so einfach, sie dorthin zu entführen.

Aber es war noch zu früh. Wer wusste schon, wann – oder ob – sich eine solche Nacht mit Jennifer jemals wiederholen würde, und er wollte sie auskosten. Er wollte Erinnerungen schaffen, die für den Rest seines Lebens reichten.

Er glitt an ihrem Körper hinunter, seine Lippen markierten jeden Zentimeter.

Ihr Bauch bebte, als er sie kurz über dem Bauchnabel küsste.

Sie erzitterte, als er weiter nach unten wanderte.

Und als er noch tiefer ging ...

»Beckett ...«

Sein Name war halb Stöhnen, halb Seufzer der Lust, und Beck musste lächeln.

Doch er hielt nicht inne.

Er schenkte Jennifer so viel Vergnügen, wie sie ertragen konnte. Und dann noch ein bisschen mehr. Bis sie gegen seine Zunge pulsierte, ihre Beine zitterten, während seine Schultern sie auseinanderhielten, und Wellen der Lust durch sie hindurchrollten. Ihre Hände krallten sich in sein Haar, ihre Hüften wanden sich, bis er sie festhalten musste, um jede letzte Empfindung aus ihr herauszuwringen.

Ihr Atem war das einzige Geräusch. Rau, schwer, als hätte er ihr die gesamte Luft aus den Lungen geraubt.

Er lächelte erneut. Genau das war sein Ziel gewesen.

Er kroch über sie und verteilte Küsse auf ihrem Bauch, während ihr Kopf bei jeder Berührung seiner Lippen hin und her schlug. Ein leises Wimmern entfuhr ihr, aber Jennifer öffnete die Augen nicht.

Konnte sie wahrscheinlich auch gar nicht.

Beck lächelte wieder. Jetzt würde sie ihn niemals vergessen.

Und da er sie nie vergessen hatte, stand es unentschieden.

Sie öffnete ein Auge, als seine Knie neben ihren Hüften und seine Handflächen bei ihren Schultern waren.

»Das war nicht fair«, flüsterte sie.

»Mir war nicht klar, dass wir Strichliste führen.«

»Du kannst mich nicht einfach um den Verstand bringen, ohne selbst etwas davon zu haben. Gib mir ein paar Minuten, um mich zu erholen, dann bist du dran.« Sie warf eine Hand über ihren Kopf, wo sich ihr Haar hinter ihr ausgebreitet hatte.

Er rollte sich auf die Seite und stützte den Kopf auf seine Handfläche. »Das ist kein Tauschgeschäft, weißt du. Es hat mir wirklich Spaß gemacht, dich zu verwöhnen. Ich hatte eine Menge davon.«

»Na ja, wir können es ja zu einem Tauschgeschäft machen. Und du wirst noch viel mehr Spaß an dem haben, was ich gleich mit dir anstelle.« Ihr anderer Arm fiel ebenfalls nach hinten. »Sobald ich mich wieder bewegen kann.«

Er lachte leise. »Lass dir Zeit, Schlafmütze. Wir haben das ganze Wochenende. Mein Terminkalender ist leer; wie sieht es bei dir aus?«

Sie öffnete wieder ein Auge. »Falls er es vorher nicht war, ist er es jetzt. Ich frage mich, ob wir uns Essen direkt ans Bett liefern lassen können. Zum Teufel mit der Haustür.«

Er strich mit der Hand über ihren Bauch und fühlte sich mächtig stolz, als dieser erzitterte ... und spürte, wie ihr Herz fast in den Rasen ging, als er ihre Brustwarze mit den Fingern streifte. »Ich gehe an die Tür. Du kannst im Bett bleiben. Ich habe vor, dich so zu verausgaben, dass du nicht mehr laufen kannst.«

»Ach du Schande.« Sie mühte sich hoch auf ihre Ellbogen.

»Nicht gerade die Reaktion, die ich mir erhofft hatte.«

Sie warf den Kopf zurück, ihr Haar fiel ihr über die Schultern, und zwar so, dass er das, was er gerade getan hatte, am liebsten sofort noch einmal tun wollte.

»Mir fällt gerade etwas ein.« Sie stemmte sich noch ein Stück höher – was ihre Brüste noch näher in sein Blickfeld rückte. »Ich muss morgen in die Klinik.«

»An einem Sonntag?«

»Ich habe zwei Operationen, die nicht verschoben werden können. Das ist der einzige Tag, an dem wir sie unterbringen konnten, da sie lieber früher als später gemacht werden müssen.«

Verdammt. Verlockende Brüste hin oder her, er konnte die Anforderungen ihres Berufs nicht ignorieren. Ausgerechnet er wusste, wie wichtig es war, eine Arbeitsmoral zu haben und diese auch durchzuziehen.

Er seufzte resigniert. »Ich muss dich also zu einer anständigen Zeit schlafen legen, willst du mir das damit sagen?«

»Ja. Weil ich zu einer unanständigen Zeit aufstehen muss.« Sie seufzte, allerdings voller Bedauern.

Beck kniff die Augen zusammen und verwandelte sein Lächeln in einen sexy, vielsagenden Blick. Er verstand sich bestens darauf, widrige Umstände zu seinem Vorteil zu nutzen.

Er rollte sich im Vierfüßlerstand über sie. »Dann sollten wir besser sicherstellen, dass das nicht das Einzige Unanständige ist, was du tust.«

Jennifer konnte nicht glauben, wo sie war und was gerade geschah. Diese ganze plötzliche Entscheidung, ihn mit ins Bett zu nehmen, sah ihr überhaupt nicht ähnlich. Sie war der Zwilling, der die Konsequenzen von allem abwog, bevor sie handelte. Sie war diejenige gewesen, die nie spontan war, wahrscheinlich weil Andrea es immer war und sie diejenige war, die das Chaos hinterher beseitigen musste.

Aber heute Abend, das hier ... es war so vollkommen untypisch für sie, dass sie sich nicht einmal fragen konnte, wie oder warum sie es getan hatte. Alles, was sie wusste, war, dass sie diese Gelegenheit nicht verstreichen lassen wollte, egal welche Folgen es haben mochte.

Zum Glück kümmerten sich die Kondome um die körperlichen Konsequenzen, sodass sie sich nur um die emotionalen Sorgen machen musste.

Aber es würde keine emotionalen geben. Sie würde sich nicht gefühlsmäßig an Beckett binden, nur weil er sie Dinge spüren ließ, die sie noch nie zuvor gefühlt hatte. Weil er sie berührte und küsste und ihr das Gefühl gab, die einzige Frau auf der Welt zu sein – eine, die ihm mehr bedeutete als eine Handvoll Pillen und ein Rausch, der Tage anhalten konnte ... »Oh, wow.«

Er stützte sich auf den Ellbogen hoch und stupste ihre Hüfte mit seiner an. »Wow ist gut. Es hat dich von wo auch immer zurückgeholt, wo du gerade auf diesem kleinen Ausflug warst.«

Er ließ seine Hand über ihre Rippen und die Kurve ihrer Hüfte gleiten.

Jennifer schüttelte den Kopf. Vielleicht, um die Spinnweben der Gedanken an Trent zu vertreiben und daran, wie Beckett – selbst in dieser einen Nacht – so viel mehr ein Mann war, als es ihr Ehemann jemals gewesen war.

Sie durfte nicht zulassen, dass er mehr war. Dieser Weg bedeutete Herzschmerz. Es gab sie nur im Gesamtpaket, und Beckett Fields – John Becker – durfte ihr nicht so viel bedeuten. »Tut mir leid. Ich habe nur kurz darüber nachgedacht, wie wir an diesen Punkt gekommen sind.«

»Wie sind wir hierher gekommen?« Er betonte das hierher, indem er mit der Hand ihre Taille entlangstrich, dann über ihren flachen Bauch und dann ... tiefer.

Sie stöhnte auf.

»Ah, jetzt erinnere ich mich wieder. Es hatte mit diesem Geräusch zu tun. Dem, das du hinten in deiner Kehle machst.« Er beugte sich vor. »Genau hier.«

Sie erschauerte, noch bevor seine Lippen Kontakt aufnahmen – weil sie wusste, dass sie es tun würden. Und weil sie wusste, wie sie sich anfühlten. Und wie sie sich fühlen würde, wenn es geschah.

Die Realität übertraf ihre Erinnerungen immer noch bei Weitem.

Gott, sie könnte hier liegen bleiben und ihn das alles noch einmal mit ihr machen lassen. Oder …

Sie rollte sich von ihm weg und dann hoch auf ihre Knie, bevor er einen Protest ausstoßen konnte.

Und als sie seinen Nacken küsste, dann seine Schulter, dann seine Brustwarze und dann, nun ja, da gab es keinen Protest mehr.

Jennifer wandte ihre eigene Art von Magie an Becketts Körper an und liebte es, die Reaktionen in ihm hervorzurufen, die er in ihr ausgelöst hatte.

Sie liebte es, wenn er das Laken mit den Fäusten packte und etwas Kehliges knurrte. Wahrscheinlich ihren Namen, aber sie würde nicht versuchen, es zu entziffern. Sie mochte ihn unzusammenhängend.

Und das wurde er nur umso mehr, je weiter ihre Lippen an seinem Körper hinunterwanderten.

»Oh … Gott … Jen …«

Das waren die letzten Worte – jedenfalls die letzten verständlichen –, die er für eine ganze Weile herausbrachte.

Seine grünen Augen öffneten sich, als sie neben ihm lag, den Kopf auf den angewinkelten Arm gebettet, da die Kissen irgendwie auf dem Boden gelandet waren und sie zu erschöpft war, um sie zu holen. Zu erschöpft, aber oh so gesättigt.

Und doch … nicht ganz.

»Ich glaube nicht, dass ich mich bewegen kann.« Seine Beine bewegten sich, die harten Haare an seinen Waden strichen über ihre Haut und bescherten ihr eine Gänsehaut.

Ähnlich wie damals, als sein Fünf-Uhr-Schatten ihre Oberschenkel gestreift hatte.

»Sich nicht zu bewegen, könnte ein Problem sein, Beckett.«

»Oh?« Er verstand es, seine Augenbraue wirkungsvoll hochzuziehen.

»Na ja, du weißt schon …« Sie zog ein Kondom unter ihrer Hüfte hervor. »Ich dachte, wir wollten die hier alle durchbringen.«

»Durchbringen ist nicht gerade das, was man mit denen machen will. Und du willst ganz sicher nicht, dass irgendetwas da durchgeht.«

Gott, er war sexy, wenn er lächelte.

Jennifer widerstand dem Drang nicht, mit der Handfläche über seine Wange und dann seinen Kiefer entlangzustreichen.

»Wofür war das?« Er fing ihre Finger ein, führte sie zu seinen Lippen und drückte einen Kuss auf jeden einzelnen.

Sieht so aus, als wäre er jetzt bereit, sich zu bewegen. Was ein gutes Omen für sie war. »Brauche ich einen Grund?«

»Nein.« Er küsste ihre Handfläche. »Aber ich wüsste gerne, was es ausgelöst hat.«

»Wie wäre es damit: Weil ich es mag, dich zu berühren? Grund genug?«

»Der beste, den es gibt.« Er sog ihren Zeigefinger in seinen Mund und etwas an ihm regte sich.

Er lächelte. »Wird nicht mehr lange dauern.«

»Na, das wäre ja auch eine verdammte Schande.«

Beckett lachte, als er ihre Hand losließ und sich nach vorne rollte, seine Brust über ihr, seine Lippen ganz nah an ihren. »Das ist mal eine Herausforderung.«

»Bist du ihr gewachsen?« Sie legte etwas Sexyness in ihr Lächeln. Gott, das machte Spaß. Da war keine versteckte Angst zwischen ihnen. Keine Lüge, die er vor ihr zu verbergen versuchte. Kein Grund für sie, so zu tun, als wüsste sie nicht, dass er etwas verheimlichte –

Oh. Moment. Doch, den gab es: wer er war. Und dass sie es wusste.

»Stimmt was nicht?«

Stimmte etwas nicht?

Jennifer schüttelte den Kopf. Der Typ hatte ihr ja keinen Heiratsantrag gemacht, um Himmels willen. Es gab keine Versprechen zwischen ihnen für heute Nacht. Darüber, was es bedeuten würde oder ob es eine weitere Nacht geben würde. Das hier war Sex um des Vergnügens willen, und sie wäre eine Idiotin, wenn sie sich das durch eine Kleinigkeit wie seine frühere Identität ruinieren ließe.

Wenn er jedoch wollte, dass sie den nächsten Schritt machten, wollte, dass daraus mehr wurde, dann wäre es ein Problem. Aber jetzt?

»Nichts. Gar nichts. Na ja, außer das hier.« Sie hielt das Kondom wieder hoch. »Du hast gesagt, wir benutzen die alle.«

»Ich habe gesagt, wir versuchen es.« Er nahm es ihr ab. »Und ich bin bereit, es zu versuchen, wenn du es bist.«

»Na dann, leg los.«

Kapitel siebzehn

Oh, er würde liefern. Und wie.

Aus ihren Fingern schnappte er sich das Kondom – mit den Zähnen.

Was in der Theorie gut klang, aber die Folie ließ sich so unmöglich öffnen.

Vorgeführt von der Folie. So viel zum Thema Souveränität.

Beck schwang ein Bein über ihre Hüfte und setzte sich rittlings über sie, um das Gleichgewicht zu halten, während er die verdammte Packung aufbiss.

Dann versuchte er, es über sein eigenes bestes Stück zu rollen.

Und scheiterte kläglich, weil seine Hände so heftig zitterten.

Sie zitterten.

Sie zitterten sonst nie so. Nicht jetzt. Nicht in so einem Moment.

Andererseits hatte er diesen einen Moment noch nie wirklich erlebt, oder?

Und jetzt vermasselte er es.

»Brauchst du Hilfe?«

»Ich brauche irgendwas«, murmelte er, als das Kondom seitlich von ihm abrutschte.

Jennifer kicherte, was ihn eigentlich hätte beschämen oder ärgern müssen, aber die Tatsache, dass ihr Bauch die Unterseite seiner Hoden auf eine Weise streifte, die ihn innerlich in Brand setzte, ließ ihn jedes Beschweren vergessen.

Sie griff nach dem Kondom und setzte es an der Spitze an.

Dann rollte sie es in einem langen, gedehnten, nervenaufreibenden Gleiten über ihn hinunter.

Sein Kopf fiel in den Nacken, während er sich auf seine Fersen zurücksinken ließ und sein Gewicht so lange von ihr fernhielt, wie sein Bewusstsein es zuließ.

»Recht so?«

»Mmmmm-uh.« In seinem Kopf war das ein schallendes Ja.

»Ich schätze, das hier wird dir dann auch gefallen.« Sie schlang ihre Hand um ihn.

»Uhhhhhh.« Ja, das gefiel ihm. Das merkte sie doch, oder?

»Wie ist es hiermit?« Mit der anderen Hand umschloss sie seine Hoden.

Süßer Gott, er hielt das nicht aus. Ein paar Stöße und er würde explodieren.

Keinerlei Finesse.

Der Gedanke, sein Pulver zu verschießen, bevor er überhaupt in ihr war, brachte ihn in Bewegung.

Gott sei Dank hatte er keinen weiten Weg vor sich.

Er ließ sich nach vorne auf seine Hände fallen und genoss es, wie ihre Handflächen an seiner Länge entlangglitten. Dann schob er erst das eine, dann das andere Bein zwischen ihre und rieb sich genau gegen die Stelle, die garantiert eine Reaktion von ihr hervorrufen würde.

Oder zumindest ein Stöhnen.

Und das konnte sie so verdammt gut.

»Gefällt dir das?« Wenigstens war er noch halbwegs artikulationsfähig.

»Mmmmm.« Ihr Kopf nickte und warf sich gleichzeitig hin und her.

Gut.

»Ich will dich so sehr, Jennifer.« Die Worte sprudelten so natürlich aus seinem Mund wie das Atmen.

Eigentlich natürlicher als das Atmen, da ihm das Atmen im Moment ziemlich schwerfiel.

Aber nicht ganz so hart wie etwas anderes.

»Ich ...« Er wich ein Stück zurück. »Ich muss in dich.«

Wieder so natürlich wie das Atmen.

Und so war es auch, als er in sie hineingleitete.

»Oh ...« Ihr gehauchtes Stöhnen berührte ihn, während ihre Wärme ihn umschloss.

»Gott, du fühlst dich fantastisch an.«

»Ja ...« Ihr Atem kam in kurzen Stößen und er glaubte, ihre Augen seien offen. Zumindest ein kleines Stück.

»Sieh mich an, Jen.« Sie musste ihn ansehen. Musste ihn sehen.

Er brauchte das.

Und wenn er nicht gerade bis zu den Eiern in dem Gefühl versunken wäre, in ihr zu sein, würde ihn dieser Gedanke in Panik versetzen.

Aber im Moment konnte ihn nichts erschüttern. Nichts konnte ihn berühren.

Nun ja, außer der Elektrizität, die durch ihn zuckte, als sie ihre Fersen in seinen Hintern grub.

»Beckett.« Sie packte seine Arme und zog ihn zu sich herunter.

Er gehorchte.

Gott, sie fühlte sich herrlich unter ihm an. Perfekt. Wunderbar. Es gab nicht genug – oder nicht die richtigen – Worte in der deutschen Sprache, um zu beschreiben, wie sie sich anfühlte.

Er ließ sich auf die Ellbogen sinken und nahm ihren Kopf in seine Hände. »Sieh mich an, Jen.« Das flehende Bitte behielt er sicher im hinteren Teil seiner Kehle verborgen. Er konnte sich ihr gegenüber nicht völlig nackt machen. Ein Kerl musste sich ein bisschen was für sich behalten.

Kein Wunder, dass du Single bist.

Er brachte die besserwisserische Stimme in seinem Kopf zum Schweigen und konzentrierte sich auf das Hier.

Auf sie.

Ihre Lider flatterten auf und, Gott, sie sah ihn an, als könnte sie ihm bis in die Seele blicken.

Und der liebe Gott wusste, dass er sie dort spürte.

»Ja, Beckett.«

Er wusste nicht, worauf sie antwortete – er konnte nicht klar genug denken, als dass es ihn im Moment gekümmert hätte –, er wusste nur, dass ihr Ja ihm die Erlaubnis gab, die er brauchte.

Wofür genau, würde er später herausfinden.

Im Moment musste er sich bewegen. Musste sie um sich herum spüren. Gegen sich. Unter sich.

Er küsste sie, während ihre Augen einander nicht einen Moment losließen. Nicht einmal, als sie ihre Beine um seine Hüften schlang. Als sie sich gegen seinen Stoß aufbäumte. Als sie ihre Hände seinen Rücken hinuntergleiten ließ und ihre Nägel über seine Haut kratzten, bis sie seinen Hintern erreichten und zupackten. Fest.

Er stieß mit den Hüften zu und unterdrückte den Drang, einfach nur wild in sie einzudringen. Es war ein Krieg in seinem Inneren: dieses Verlangen, seinen Anspruch zu untermauern und ihre Sinne zu übernehmen, aber gleichzeitig jede einzelne Bewegung, jede Empfindung auszukosten. Es ewig zwischen ihnen anhalten zu lassen.

Er schlief gerade mit Jennifer Langston. Wenn die Gefühle nicht bereits seinen Körper übernommen hätten, hätte die schiere Unmöglichkeit, mit ihr zusammen zu sein, alles zum Erliegen bringen können.

Er war schon ewig in sie verknallt.

Und nach dieser Woche ...

Sein Gehirn blockte diesen Gedanken ab – genau in dem Moment, als sie ihn umschloss. Gott, dieser Druck, das Zusammenziehen ihrer inneren Muskeln gegen jedes relevante Nervenende in seinem Körper ...

»Här ... härter.«

Ihre Worte waren leise, aber das Versprechen, das darin lag, ließ ihn ihre Anweisung buchstabengetreu befolgen.

Er konnte nicht genug von ihr bekommen. Rein, raus, rein ... ein Gleiten entlang des intimsten Teils ihres Körpers ...

Nichts hätte ihn darauf vorbereiten können, wie es sein würde, mit Jennifer zu schlafen – keine andere Frau, nicht ihre Zwillingsschwester und auch keine Fantasie, die er je gehabt hatte.

Das hier war – schlicht und einfach – die unglaublichste Erfahrung seines Lebens.

Jennifer grub ihre Nägel in Becketts Hintern. Sie brauchte mehr. Er musste ihr näher sein. Musste mehr in ihr sein. Mehr um sie herum. Mehr ... von allem.

»Schling deine Beine um meine Taille.«

Als hätte sie ihn gehört – vielleicht hatte sie das; nach allem, was sie in diesem Moment wusste, hätte sie es laut ausgesprochen haben können –, tat Jennifer, was er sagte, und – ja! – er gab ihr mehr.

Aber es war nicht genug.

Nicht, während er in sie stieß, nicht, während sein Körper an ihrem entlangglitt und jede Hautzelle vor dem Bewusstsein des Vergnügens vibrierte, das er ihr bereitete. Nicht, als er sein Gesicht an ihrem Hals vergrub und seine Zunge und seine Lippen einen weiteren wilden Gefühlssturm durch sie jagten. Es trieb sie beide jenem finalen Moment entgegen, in dem alles über ihnen zusammenbrach wie Wellen am Ufer ... es war nicht genug.

Es würde niemals genug sein.

Jennifer hörte die Worte in ihrem Kopf mit ihrem Puls hämmern. Das Tempo verlangsamte sich zwar, als ihr Atem wieder in normale Bahnen geriet, aber die Botschaft war nicht weniger stark.

Es würde niemals reichen.

Die Flamme, die sie für John Becker gehegt hatte, brannte immer noch so hell und stark wie damals in der Highschool.

Aber jetzt war da so viel mehr.

Es ist nur Sex.

Was war das für ein Vergleich gewesen, den er benutzt hatte? Dass das Taj Mahal auch nur ein Haus sei. Ja, genau das.

Sex war das, was sie getan hatten; was sie fühlte, war etwas anderes.

Sie wollte das nicht zu genau unter die Lupe nehmen. Das hatte sie einmal getan, und man sah ja, wie es geendet hatte.

Beckett ist nicht Trent.

Stimmt, aber sie hatte ihre Gefühle für Trent schon einmal über ihren gesunden Menschenverstand siegen lassen; das würde sie nicht noch einmal tun. Erst recht nicht, wenn sie an Sami dachte.

Dieser letzte Gedanke – nicht der über den Selbsterhaltungstrieb, sondern der über den Schutz von Samis Gefühlen – katapultierte ihr Gehirn zurück in die Realität. Es war nur Sex, und sie sollte das besser akzeptieren, damit sie es genießen konnte.

Denn dieses Wochenende war alles, was sie bekommen würde.

»Oh mein Gott, das – du – Wahnsinn.« Sein Atem zitterte über ihre feuchte Haut, und der Kuss, den er auf ihr Schlüsselbein setzte, machte es nicht besser.

Sie unterdrückte ein Stöhnen. Alles, was sie tun wollte, war, sich diesen Gefühlen hinzugeben. Sich von ihnen überwältigen zu lassen und zu sehen, wohin sie führten.

Aber da war Sami. Und ihre eigene Vorgeschichte.

Und das hier war John Becker – ein Mann, der verheimlichte, wer er war.

Richtig. Das. Sie konnte so tun, als wäre es keine große Sache, aber letztendlich war Ehrlichkeit die einzige Basis, auf der eine Beziehung funktionieren konnte, und solange er nicht ehrlich war, konnte es keine Beziehung geben.

Ach, um Himmels willen; halt einfach den Mund und genieße das Wochenende. Du musst den Kerl ja nicht gleich heiraten.

Nicht, dass er gefragt hätte.

Sie schüttelte den Kopf. Richtig. Keine Heirat. Nur ein schönes Wochenende.

Das konnte sie.

Sie würde es locker angehen lassen. Nicht zulassen, dass es zu schwer und emotionsgeladen wurde. Es war ein Wochenende voller Sex; sie wäre eine Närrin, wenn sie sich einbilden würde, dass es mehr sein könnte.

Sie wäre eine Närrin, wenn sie sich wünschen würde, dass es mehr wäre.

Also setzte sie ein breites Lächeln auf, als sich ihre Blicke trafen, und löste eine weitere Kondompackung von ihrem Oberschenkel. Sie hielt sie hoch. »Eins erledigt, bleiben noch elf.«

Kapitel achtzehn

»Wach auf, Schlafmütze.« Becketts Knie stieß am nächsten Morgen sanft gegen ihren Oberschenkel.

Sie hatte ihm gesagt, er solle zeigen, was er draufhat, und das hatte er getan. Sie hatten zwar nicht alle Kondome aufgebraucht, aber sie hatten den Vorrat ordentlich dezimiert.

Sie gähnte. »Ich bin wach, ich krieg nur die Augen nicht auf. Zu müde.«

»Ach, bitte. Ich habe letzte Nacht die ganze Schwerstarbeit geleistet.«

Sie öffnete ein Auge einen Spaltbreit. »Lass dir gesagt sein, sechs Orgasmen schlauchen einen Körper ganz schön.«

»Beschwerst du dich etwa?«

»Niemand hat was von beschweren gesagt. Ich stelle nur eine Tatsache fest.«

»Ja, nun, es waren sieben. Du hast dich verzählt.«

Sie streckte die Arme über den Kopf, um ihre Glieder zu lockern. »Als Empfängerin dieser sieben Orgasmen nehme ich mir das Recht heraus, mich verzählt zu haben. Ich finde, alles über vier ist ein Bonus.«

Er knurrte und schmiegte seine Nase an ihren Hals. »Ich werde dir gleich was geben.«

Und sie hätte ihn gelassen – wären da nicht diese Operationen gewesen, die sie heute Morgen durchführen musste.

Sie stöhnte und drückte gegen seine Brust. »Okay, okay, ich stehe ja schon auf.«

»Ich auch.« Er hob den Kopf, ein Lächeln in den Augen.

Sie warf einen Blick auf seinen Schritt. »Das ist ja nicht zu übersehen.«

»Offensichtlich.« Er spannte die Oberschenkel an. »Jetzt ist nur die Frage: Was gedenkst du dagegen zu tun?«

»Wohl eher: Was gedenkst du dagegen zu tun? Ich muss zur Arbeit.« So verlockend es auch war, hierzubleiben und ihm genau zu zeigen, was sie mit dieser kleinen – nein, großen – Nummer anstellen wollte, die er da am Laufen hatte: Sie hatte Verpflichtungen, und wenn Jennifer eines kannte, dann waren es Verpflichtungen. »Wenn du diesen, äh, Gedanken aufsparen willst, bis ich zurückkomme, zeige ich es dir.«

Er umschloss ihn mit den Fingern. »Ich werde hier definitiv was festhalten. Es wird noch da sein, wenn du zurückkommst.«

Gütiger Himmel, der Mann könnte eine Heilige in Versuchung führen. Und nach letzter Nacht war sie definitiv keine mehr.

Sie steuerte das Badezimmer an, bevor ihre Berufsethik komplett flöten ging. »Du, Mr. Fields, bist viel zu verführerisch.«

Gut. Er wollte sie verführen. Denn sie verführte ihn zu allen möglichen Gedanken, die er noch nie zuvor wegen einer Frau gehabt hatte.

Die Dusche ging an und er ebenfalls. Verdammt. Sein Schwanz schoss wie eine Rakete nach oben, härter als Stein, und er wäre fast aus dem Bett gestiegen, um ihr in diesen nassen, heißen, dampfenden Raum zu folgen, für ein bisschen Haut-auf-Haut-Eingeseife... aber sie musste zur Arbeit. Er durfte sie nicht aufhalten, egal wie sehr er es wollte.

Er war erstaunt darüber, wie sehr er es wirklich wollte. Sicher, er hatte sie jahrelang begehrt, aber er hatte gedacht, dass es wie bei einem Juckreiz wäre: einmal gekratzt, und gut ist. Kein Verlangen mehr.

Junge, wie falsch er gelegen hatte. Jede Berührung hatte nur dazu geführt, dass er eine weitere wollte. Und noch eine. Zugegeben, er hatte sie letzte Nacht ausgiebig berührt, aber es war nicht genug. Jedes Mal, wenn sie in seinen Armen mit diesem verdammt sexy Wimmern und Stöhnen dahingeschmolzen war, hatte er es wieder hören wollen. Wollte ihr wieder dabei zusehen. Wollte sie bis an den Abgrund führen und sie halten, während sie hinabstürzte.

Völlig abgesehen davon, dass seine Orgasmen – ja, Plural – die besten seines Lebens gewesen waren, hatte er ihr mehr geben wollen. Mehr Vergnügen, mehr Schreie, mehr Seufzer, mehr Zittern und Kommen und Pulsieren um ihn herum. Gott, sie war wunderschön, wenn sie kam. Verdammt, sie war sowieso wunderschön, aber es hatte etwas, in diesem Moment mit Jennifer zusammen zu sein, der Grund dafür zu sein, dass sie über die Kante kippte, das ihn einfach so antörnte wie noch nie eine Frau zuvor.

Verdammt, wenn er nicht schon wieder in sie eindringen wollte.

Er setzte sich auf und schüttelte den Kopf. »Du bist ein verdammt notgeiler Kerl«, murmelte er. »Benimm dich wie ein Erwachsener, du Idiot, nicht wie ein Teenager mit seinem ersten Mädchen.«

Aber sie ist dein erstes Mädchen. Die Erste, die du jemals für mehr als eine Nummer im Heu wolltest. Die Erste, bei der du kein Wort herausgebracht hast.

Das hatte ihn damals in der Highschool selbst überrascht. Er hatte von dem Moment an, als er sie das erste Mal sah, von ihr fantasiert und hatte mit ihr reden wollen. Aber jedes Mal, wenn sie ihn ansah, war er verstummt. Und hatte feuchte Hände bekommen. Es war das seltsamste Gefühl gewesen, völlig sprachlos – und nicht auf eine gute Art – und unfähig, einen klaren Gedanken zu fassen. Es hatte ihn verdammt noch mal wahnsinnig gemacht, sodass er, als sie schließlich mal etwas zu ihm sagte, so besorgt darüber war, was er vielleicht herausplatzen könnte, dass er den Mund hielt.

Und sie hatte es als Ablehnung aufgefasst. Er hatte es in der Sekunde gewusst, als ihr klar wurde, dass er ihr nicht antworten würde. Das Funkeln war aus ihren Augen verschwunden und ihre lächelnden Mundwinkel waren nach unten gesunken.

Er hatte sich gefühlt, als hätte er einen Welpen getreten, aber er hatte sich auch gefühlt, als wäre er selbst getreten worden. Er war einfach nicht in der Lage gewesen, etwas zu sagen, und zu diesem Zeitpunkt war der Moment schon ruiniert. Durch ihn. Durch seine Reaktion auf sie.

Er hatte sich später an jenem Tag geschworen – nachdem er sich etwa vier Stunden lang geistig selbst ausgepeitscht hatte –, dass er Jennifer nie wieder nicht antworten würde, wenn er die Chance dazu bekäme.

Diese Chance war nie gekommen.

Und als Andrea sich dann an ihn herangemacht hatte –

Er wollte nicht an Andrea denken. Nicht jetzt. Nicht hier. Sie war nicht

Jennifer, und nach letzter Nacht war ihm klar, dass er eines von Anfang an hätte wissen müssen: Niemand war wie Jennifer. Und niemand würde es jemals sein.

Beck lehnte sich wieder gegen das Kopfteil. Jesus. Dachte er wirklich das, was er dachte?

Wollte er etwas mehr mit Jennifer? Vielleicht sogar... etwas Dauerhaftes?

Das Wasser im Badezimmer wurde abgestellt.

Großartig. Jetzt hatte er das Bild ihres nassen, nackten Körpers im Kopf, der in ein Handtuch gewickelt wurde. Eines, das er gerne auswickeln würde.

Mit seinen Zähnen.

Er schüttelte den Kopf. Solche Gedanken waren es, die die Idee von Beständigkeit erst entstehen ließen. Und während er scheinbar auf kurze Sicht gar nicht so übel war, war es leicht, gut zu sein, wenn keine lebenslange Verpflichtung im Spiel war. Wenn niemand sonst für emotionale Stabilität auf ihn zählte.

»Du hast dich ja gar nicht bewegt.« Jennifer lehnte im Türrahmen, eine Hand fuhr mit einem zweiten Handtuch durch ihr Haar.

»Doch, klar. Ich habe mich aufgesetzt.«

Sie hob eine Augenbraue. »Das nennst du Bewegung?«

Er zuckte die Achseln. »Muskeln waren beteiligt, also ja, ich zähle das als Bewegung.«

Ein bestimmter Muskel rührte sich besonders.

Sie bemerkte es. »Du bist unverbesserlich.«

»Ich dachte, ich wäre im Auto ziemlich gut gewesen.«

Sie verdrehte die Augen. »Das war schlimm. Ganz schlimm.«

»Nicht, wenn ich mich recht entsinne. Ich bin sicher, dass ich letzte Nacht in meinem Auto ein paar Seufzer von dir gehört habe. Und das waren sehr, sehr gute Geräusche.«

Sie schüttelte den Kopf. »Ich muss mich anziehen.«

»Schade.«

Sie ging mit einem Blick zurück über ihre Schulter in ihren begehbaren Kleiderschrank –

Dann ließ sie das Handtuch fallen und blieb etwa eine Sekunde lang so stehen, bevor sie um die Ecke verschwand.

Verdammt, die Frau hatte eine mörderische Kehrseite.

Beck rutschte ein Stück höher gegen das Kopfteil. Er überlegte, sich ein

Laken über den Schoß zu ziehen, aber gleiches Recht für alle, also ließ er sie sehen, was sie verpassen würde, während sie ihn allein ließ, um in die Praxis zu fahren.

Er lächelte. Gott, er klang wie ein quengeliges Kind, das nicht in den Süßigkeitenladen durfte.

Sie tauchte wieder in der Tür auf, jetzt bekleidet mit Jeans-Shorts und einem Tanktop.

Und wie süß sie aussieht.

»Du stehst wirklich nicht auf?«

»Ich glaube nicht, dass das im Moment klug wäre.« Er nickte in Richtung seines Schritts. »Ich dachte, du willst zur Arbeit.«

»Will ich auch. Na ja, es ist nicht so, dass ich will; ich muss.« Sie hob das Handtuch auf und ging zurück ins Bad, wobei sie ihm eine volle 180-Grad-Ansicht ihres Outfits und den perfekten Winkel auf ihre traumhaften Beine bot. Alle gefühlten drei Meter davon.

Die heute Nacht noch um ihn geschlungen waren –

»Ziemlich, äh, sexy Outfit für die Praxis.« Aber es gefiel ihm. Es gefiel ihm wirklich. Er konnte sie sich genau so vorstellen, mit den Haaren zu einem Pferdeschwanz gebunden und einer Baseballkappe auf dem Kopf, und sie wäre die hübscheste Mutter im Park.

Gott, er hatte es vergessen. Sie war Mutter.

Man sah es ihrem Körper allerdings nicht an. Fest und straff und flach... Jennifer hatte den perfekten Körper, um ein Kind zu tragen.

Deines?

Oh, zur Hölle. Diese Stimme musste verdammt noch mal die Klappe halten.

Aber zumindest war sie gut dafür geeignet, dass seine Erektion sich etwas beruhigte.

Sie kam aus dem Bad, diesmal ohne Handtuch. »Ich werde einen Kittel tragen, und ich mag es bequem, wenn ich operiere. Es werden keine menschlichen Kunden da sein, die mich sehen, und meine Mitarbeiter wissen, dass man es sich bei aufeinanderfolgenden Terminen gemütlich macht.«

»Aufeinanderfolgend?« Er hätte sie lieber auf sich liegen gehabt.

»Operationen.« Sie hob eine Augenbraue. »Eine nach der anderen?«

»Oh. Richtig.«

»Du hast gerade an was Unanständiges gedacht, oder?«

»Ich? Wie kommst du denn darauf? Es sieht wohl eher danach aus, als hättest du das getan, so wie du fragst.«

Sie grinste, während sie ihre Handtasche von der Kommode nahm. »Du kannst auch alles verdrehen, was?«

»Ich hatte dich letzte Nacht in ein paar ziemlich interessanten Positionen verdreht, falls du dich erinnerst.« Er erinnerte sich verdammt gut.

Sie holte ihre Schlüssel aus der Tasche. »Verdammt, Beckett, hör auf, mich in Versuchung zu führen. Ich muss Freddy die Eier abschneiden.«

»Armer Freddy.«

Ihr Blick verweilte auf jedem Teil seines Körpers und Beck konnte kaum glauben, wie hart ihn das machte.

Ihre Augen weiteten sich, als sie bei diesem speziellen Teil seiner Anatomie ankamen.

»Wohl eher: arme Freddys Freundin.« Ihr Blick huschte zurück zu seinem und sie schwang sich den Taschengurt über die Schulter. »Wir sehen uns in ein paar Stunden. Versuch, dich, äh, zu beschäftigen.«

Er konnte nicht anders, als ihr zuzuwinken. Und nicht mit der Hand. »Wird gemacht, Chefin.«

Sie rollte mit den Augen, streckte ihm die Zunge raus und ging dann zur Tür hinaus.

»Streck das Ding nicht raus, wenn du nicht vorhast, es zu benutzen!«, rief er ihr hinterher, als ihre süße Rückansicht aus dem Zimmer verschwand.

»Wer sagt denn, dass ich das nicht vorhabe?«

Manchmal war es gut, einer Frau das letzte Wort zu lassen.

Kapitel neunzehn

So sehr Beck Jennifer auch das ganze Wochenende im Bett behalten wollte, so sehr wollte er auch Dinge mit ihr unternehmen. Unschuldige Dinge.

Was eine Premiere war.

Im Ernst, wenn er früher Frauen ausführte und der Plan darauf hinauslief, gemeinsam im Bett zu landen, dann war das immer mit dem Hintergedanken verbunden, dass es keine Übernachtung gab. Rein und raus, um es mal ganz direkt – manche würden sagen, plump – auszudrücken. Aber so war es nun mal. Die Frauen hatten gewusst, worauf sie sich einließen. Verdammt, er war ja auch nicht gerade die schlechteste Begleitung für ein Event. Es waren für beide Seiten vorteilhafte Verbindungen für eine Nacht oder ein Wochenende gewesen, in seltenen Fällen auch mal für eine Woche, aber er hatte noch nie aktiv geplant, mit einer Frau wandern oder Kajak fahren zu gehen oder ins Kino, nur um des Erlebnisses willen, wie er es jetzt bei Jennifer in Erwägung zog.

Er wollte Dinge mit ihr unternehmen, mit ihr abhängen, mit ihr zusammen sein, so wie man es mit Freunden tat.

Er hatte nicht viele Freunde. Er hatte Leute, für die er Geld verdiente und die wiederum für ihn Geld verdienten. Beruhend auf Gegenseitigkeit.

Er hatte berufliche Kollegen, die er zwecks Networking zu Footballspielen oder Veranstaltungen mitnehmen konnte, aber Liam und seine Clique waren so ziemlich seine einzigen echten Freunde. Doch selbst die hingen nicht oft zusammen ab. Beck war immer zu beschäftigt damit gewesen, seine Zukunft und sein Bankkonto abzusichern, als dass er sich die Zeit genommen hätte, mal innezuhalten und das Leben zu genießen. Oder ins Stadion zu gehen, Billard zu spielen oder einfach bei jemandem zu Hause rumzuhängen. Im Lauf der Jahre sahen er und Liam sich immer seltener. Verdammt, die Pokerrunde war das erste Mal seit einer Ewigkeit gewesen, dass er mit jemand anderem als Liam Zeit verbracht hatte.

Und wenn man bedachte, dass er sein Pech beim Verlieren verflucht hatte. Ha. Wenn nackt in Jennifers Bett zu liegen die Folge einer Niederlage war, hätte er schon vor Jahren Kartenspiele manipulieren sollen, um zu verlieren. Man stelle sich nur die ganze Zeit vor, die er mit ihr hätte verbringen können.

Wo wir gerade dabei sind ... Er wollte tatsächlich Zeit mit ihr verbringen und wirklich etwas mit ihr unternehmen. Unschuldige Dinge. Die Frage war nur: Was sollten sie tun? Was machte sie gerne?

Er recherchierte ein wenig im Internet, schwang sich dann endlich aus dem Bett, warf die Laken in die Waschmaschine, bezog das Bett neu, duschte und zog sich an. Dann ging er nach unten, um der armen Flopsy die Freiheit aus der Küche zu schenken, und suchte auf seinem Handy nach weiteren Optionen, wie er und Jennifer den Tag verbringen könnten.

Er wusste jedenfalls schon, wie sie ihre Nacht verbringen würden.

* * *

»Hast es dir wohl anders überlegt mit dem Umzug, was?«, fragte sie.

Als Jennifer die Haustür öffnete, stand sie da, eine Hand in die Hüfte gestemmt.

»Du klingst enttäuscht.« Beck lächelte, während er das sagte; er wollte, dass sie enttäuscht war, weil er oben nicht auf sie gewartet hatte. Aber er hatte nicht vor, sie zu enttäuschen, wenn sie erst einmal wieder dort oben gelandet waren.

»Eher überrascht.« Sie schloss die Tür und warf ihre Handtasche auf den Tisch an der Wand im Wohnzimmer.

»Warum? Denkst du, ich will dich nur wegen deines Körpers?«

»Willst du das etwa nicht?«

Mist. Wie war er nur in dieses Schlamassel geraten? »Ich weiß nicht, was ich darauf antworten soll.«

»Du hast die Frage gestellt.«

»Das war eher eine rhetorische Frage.«

Flopsy flitzte zu ihr herüber und Jennifer kniete sich hin, um dem Hund ein paar Streicheleinheiten zu geben.

Es war absolut lächerlich, dass Beck auf einen Hund eifersüchtig wurde.

»Also, was hast du heute mit uns vor, Mr. Fields?«

Sie blickte von ihren Knien aus zu ihm hoch und Beck musste sich räuspern, um den Kloß im Hals loszuwerden. »Das lässt mich wie deinen Lehrer klingen.«

»Willst du Schulmädchen spielen?«

Der Atem entwich ihm stoßweise, als dieses Bild in seinem Kopf auftauchte.

»Oh mein Gott, du ziehst das nicht wirklich in Erwägung, oder?« Ihr Gesicht lief knallrot an.

»Nein. Nein. Natürlich nicht«, sagte er. Denn das wäre falsch. Oder? Er konnte unmöglich wollen, dass sie sich in einen kurzen Uniformrock und eine weiße, geknöpfte Bluse warf und einen Zollstock in der Hand schwang –

»Oh mein Gott, tust du doch!« Sie sprang auf.

»Nein, wirklich. Tu ich nicht. Es ist nur ...« Er musste sich aus diesem Grab wieder herausbuddeln. »Es ist nur ... ich habe nicht erwartet, dass du das sagst. Das hat mich irgendwie aus der Fassung gebracht, verstehst du?«

In mehrfacher Hinsicht, als er sie wissen lassen wollte.

»Oh.« Sie ließ ihren süßen Hintern auf die Sofakante sinken. »Okay. Du bist also kein Typ für schräge Fantasien, richtig?«

»Meine einzige Fantasie bist du, Jen.«

Oh, Mist. Das hatte er laut ausgesprochen.

Jennifer sah genauso fassungslos aus, wie er sich fühlte.

»Ich meine ... Letzte Nacht war großartig. Der Stoff, aus dem Fantasien sind. Die Erinnerungen werden mich noch lange an dich denken lassen.«

Oh, brillant, du Genie. Du beendest das Ganze schon, bevor es überhaupt angefangen hat, und jede Frau hört es ja wahnsinnig gern, dass sie eine nette Erinnerung sein wird ... Du hast wirklich keinen blassen Schimmer, wie man eine Beziehung führt. Na, viel Glück mit dieser hier.

»Ich schätze, irgendwo da drin versteckt sich ein Kompliment.« Sie stand auf, und er konnte es ihr nicht verübeln. Er würde auch vor sich selbst flüchten wollen, wenn er könnte. »Ähm, das kam falsch rüber. Hör zu, was ich sagen wollte –«

»Ist schon okay.« Sie tätschelte seine Schulter. »Ich bin nur ein bisschen erschöpft, nachdem ich so lange stehen und mich so intensiv konzentrieren musste. Ich brauche etwas Zeit zum Runterkommen.«

Mist. Er hatte wirklich nicht darüber nachgedacht, was sie an diesem Morgen eigentlich getan hatte. Dass sie müde sein würde. Er konnte sein Hirn nicht lange genug aus seiner Hose locken, um an etwas für sie beide zu denken, das nichts mit einem Bett zu tun hatte, sodass er nicht einmal an sie gedacht und wie sie sich nach der Arbeit wohl fühlen würde.

Gott, er war ein egoistisches Arschloch.

Er rutschte zum Ende des Sofas und klopfte auf den Platz neben sich. »Komm her. Setz dich. Ich gebe dir eine Fußmassage.«

Ihre Augen traten fast aus ihren Höhlen. »Das ist ein Scherz, oder?«

»Nein. Ist es nicht.« Er war selbst überrascht, dass er es ernst meinte, aber seine Instinkte hatten ihn im Geschäft nie im Stich gelassen, und da diese selben Instinkte ihn das Angebot für die Massage hatten herausplatzen lassen, würde er sie nicht infrage stellen. »Hier. Setz dich.«

Sie sah ihn etwas skeptisch von der Seite an, ließ sich dann aber auf das Polster sinken. »Nun ... wenn du dir sicher bist ...«

Als sich seine Finger um die seidig glatte Haut ihrer Wade schlossen, war er sich sicher.

Er streifte ihr die praktischen Crocs von den Füßen und kreiste dann mit seinem Handrücken über ihr linkes Fußgewölbe.

»Oh wow, das fühlt sich gut an.«

Ihr Kopf sank nach hinten und er hörte dasselbe leise Stöhnen tief aus ihrer Kehle, das sie letzte Nacht von sich gegeben hatte.

Okay, vielleicht war das nicht die beste Idee gewesen.

Flopsy hockte sich neben das Sofa auf den Boden, während Beck die zierlichen Knochen in Jennifers Füßen massierte. Er musste sich verdammt hart konzentrieren, um nicht von den Geräuschen, die sie machte, erregt zu werden – denn ihre Fußsohle drückte praktisch gegen seinen Schritt und wenn er einen Steifen bekäme, würde das die Pläne, die er für sie hatte, über den Haufen werfen.

Welche Pläne?

Die, die er sich gerade auszudenken versuchte. Aber wenn sie weiter so stöhnte und ihren Rücken so durchbog, glaubte er kaum, dass sie es von diesem Sofa schaffen würden, geschweige denn aus der Tür, um etwas Schönes zu unternehmen.

Du könntest genau hier jede Menge Spaß haben.

Ja, das war ihm klar. Er wollte nur nicht, dass das die einzige Art war, wie er und Jennifer zusammen waren.

»Also, äh, was machst du gerne? Ich habe versucht, etwas zu planen, aber dann ist mir klargeworden, dass ich gar nicht weiß, was dir gefällt. Willst du wandern gehen oder Kajak fahren? Shoppen? Essen gehen? Ins Kino?«

Sie öffnete ein Auge. »Sagt mal, Beckett Fields, fragst du mich etwa gerade nach einem Date?«

»Äh, ja. Tu ich.«

»Ach, das ist ja süß. Aber weißt du, du musst mich nicht zum Essen einladen oder so. Ich wusste, worauf ich mich einlasse, als ich zugestimmt habe.«

Seine Finger hielten auf ihrem Fuß inne. Wow. Ihm war nicht klar gewesen, wie sehr Worte wehtun konnten. »Ich wollte das Wochenende nicht mit dir verbringen, nur um dich ins Bett zu kriegen, Jennifer. Ich hatte gehofft, dich besser kennenzulernen. Und dass du mich kennenlernen willst.«

Ihr anderes Auge öffnete sich und Jennifer richtete sich ein wenig auf. »Wirklich?«

»Wirklich.«

Sie strich sich ein paar Haare aus der Stirn. »Nun, ähm, in diesem Fall … Ja. Klar. Ich würde sehr gerne auf ein Date gehen. Etwas unternehmen. Aber was?«

»Tja, da bin ich ratlos. Als wir Kinder waren, war das so viel einfacher. Damals hatten wir nicht viele Möglichkeiten. Kino, Einkaufszentrum oder Fast Food. Manchmal alles drei, wenn es am selben Ort war. Aber jetzt … Wir könnten überall hingeschneit kommen. Alles tun. Wir könnten sogar diese Spielburg für Sami kaufen und sie im Garten aufbauen, wenn du willst.« Er plapperte einfach drauflos. Eine Spielburg aufbauen? War er wahnsinnig geworden?

Er hielt den Mund.

Sie zog eine Augenbraue hoch. »Heimwerken? Geht es dir gut?«

»Was ist falsch an ein bisschen harter Arbeit?«

Sie seufzte und rieb sich die Stirn. »Ich bin gerade erst fertig mit harter

Arbeit. Ich würde mich lieber entspannen. Sami braucht heute keine Spielburg.«

»Alles klar, was willst du dann machen?«

»Ehrlich gesagt habe ich keine Ahnung. Meine Pläne drehen sich normalerweise um Sami und das, was sie gerne macht. Du weißt schon, Zoo, Kino, Park. Was machen Erwachsene denn so zusammen?«

Er wackelte mit den Augenbrauen. »Ich glaube, die Frage haben wir letzte Nacht beantwortet.«

Sie versetzte ihm einen leichten Schlag und zog ihre Füße von seinem Schoß, um sie auf den Boden zu stellen. »Ich dachte, du wolltest etwas anderes als das machen.«

»Stimmt.« Er fuhr mit seiner Handfläche ihren Oberschenkel entlang, um ihr Knie zu umfassen – damit er seine Finger nicht woandershin gleiten ließ. »»Nun, in der Innenstadt am Hafen gibt es ein Musikfestival. Wollen wir dahin? Wir könnten uns was zu essen holen, ein paar Drinks, Musik hören. Was auch immer.«

»Das klingt nach Spaß.« Sie kraulte Flopsy am Kopf und stand dann auf. »Lass mich kurz meine Laufschuhe anziehen, dann können wir los.«

Wem machte sie hier eigentlich was vor? Sie brauchte keine Laufschuhe. Sie hüpfte die Treppe hoch, als hätte sie heute nicht vier Stunden am Stück gestanden, denn der Gedanke, den Tag mit Beckett zu verbringen, belebte sie förmlich.

Direkt in ihrem Schlafzimmer blieb sie abrupt stehen. Das war nicht gut, dieses Gefühl, dass sie bei ihm sein musste. Das konnte kein gutes Ende nehmen.

Aber sie war machtlos dagegen. Das war ihre wahr gewordene Teenager-Fantasie; sie wäre eine Idiotin, wenn sie sie nicht ausleben würde. Gott wusste, dass ihr Ex sie bereits auf eine Weise verletzt hatte, wie Beckett es nie tun könnte, da sie ihm nicht ihre ewige Liebe geschworen hatte. Es war ja nicht so, als würde sie nach dem »Für immer« suchen. Es war nur ein Wochenende; sie sollte es genießen.

Ihr Handy klingelte. Sami.

Oh je. Sie hatte nach der Arbeit heute noch gar nicht daran gedacht, ihre

Nichte anzurufen. Was kein gutes Zeichen war. Beckett durfte ihr nicht wichtiger sein als Sami.

»Hey, Sami.«

»Hallo, Mama«

»Mama.« Das war neu. Bis heute war sie immer »Mami« gewesen.

»Was gibt's?«

»Cassies Mama will mit uns ins Kino gehen, aber sie hat gesagt, ich soll erst dich fragen, weil der Film ab zwölf ist und sie nicht weiß, ob ich solche Filme sehen darf. Darf ich?«

Jennifer besprach den Film erst mit Sami und dann mit Linda, während sie sich gleichzeitig die Schuhe wechselte und versuchte, nicht darauf zu achten, dass ihr Bett nicht nur frisch gemacht, sondern auch die Laken gewechselt worden waren. »Viel Spaß, Schatz.«

»Werde ich haben, Mami.«

Jennifers Herz klopfte bei dem vertrauten Kosewort. Sie würde diese Jahre vermissen, wenn Sami erst einmal groß war. Sie hoffte nur, dass ihre Nichte nicht so wurde wie Andrea. Und egal, wie sehr Jennifer sich bemühte, sie richtig zu erziehen, sie wusste, dass es letztendlich auf die Entscheidungen ankommen würde, die Sami selbst traf. Deshalb musste sie ihr beibringen, wie man gute Entscheidungen traf. Aber selbst dann lag es an Sami. Sie musste sich nur sich selbst und Andrea ansehen. Im selben Haus von denselben Eltern aufgezogen – die eine war auf die Tierärztliche Hochschule gegangen und die andere ... war im Nirgendwo gelandet.

Apropos Nirgendwo ... Jennifer eilte die Treppe wieder hinunter. Der halbe Tag war schon wieder vorbei.

»Alles in Ordnung?«, fragte Beckett, stand auf und strich sich die Hundehaare vom Knie.

Der Kerl hatte ihren Hund gestreichelt.

»Ich dachte schon, ich müsste dich suchen gehen.«

»Ich würde mich nicht beschweren.« Verdammt, da war ihr Mund mal wieder schneller als ihr Verstand gewesen.

Er lächelte dieses sexy Lächeln. An der rechten Seite zog es sich ein Stück höher und seine Augen bekamen diesen rauchigen Schlafzimmerblick.

Oder sie projizierte einfach nur ihre Wünsche auf ihn.

Wie dem auch sei, sie war sich nicht so sicher, ob sie das Musikfestival nicht einfach sausen lassen und hierbleiben sollten, um ihre eigene Musik zu machen.

»Äh, ja, tja ...« Beckett räusperte sich. »Weißt du, du machst es mir echt schwer.«

»Definiere es.«

Beckett Fields wurde tatsächlich rot. Sie hätte es nicht geglaubt, wenn sie es nicht mit eigenen Augen gesehen hätte.

Jennifer war mehr als nur ein bisschen stolz auf sich, dass sie ihn dazu gebracht hatte.

»Jen, ich versuche hier, ein Gentleman zu sein. Ich versuche, das Richtige zu tun und dich nicht einfach über meine Schulter zu werfen und mein Unwesen mit dir zu treiben, bis zehn Sekunden bevor Sami nach Hause kommen soll. Kannst du bitte ein bisschen mitspielen?«

»Hm, ich schätze, da versteht jemand keinen Spaß. Das muss ich mir wohl im Hinterkopf notieren.« Sie tippte sich an die Schläfe. »Okay, Beckett. Lass uns gehen, bevor ich dich zu etwas bringe, das du bereuen wirst.«

* * *

Das Einzige, was er bereuen würde, war, sie dazu zu bringen, das Haus zu verlassen.

Im Ernst, was zum Teufel hatte er sich dabei gedacht? Sie hatte ihm im Grunde einen Nachmittag voller unverbindlichem Sex angeboten und er schlug das aus, um sie zu einem Musikfestival zu schleppen, wo Hunderte anderer Menschen waren, das Essen fettig, das Bier abgestanden und die Hitze selbst ein Kamel zum Keuchen bringen würde.

Dich hat's voll erwischt, Kumpel.

Er wollte nicht hinterfragen, was ihn da erwischt hatte. Eigentlich wollte er gar nichts hinterfragen. Er war hier mit seinem Traummädchen, sie hatten sich bereits geliebt, und jetzt durfte er noch mehr Zeit mit ihr verbringen. Wenn sein Highschool-Ich auch nur die leiseste Ahnung gehabt hätte, was fünfzehn Jahre später passieren würde, hätte er damals vielleicht den Mund aufgemacht und mit ihr gesprochen.

Aber er war froh, dass sie nicht wusste, wer er war. Zugegeben, es deprimierte ihn ein wenig, dass sie ihn nicht wiedererkannte, aber er konnte es ihr nicht verübeln. Damals war er mürrisch und launisch gewesen und hatte seine

Haarmähne immer in den Augen hängen gehabt. Er hatte die Schultern hochgezogen und versucht, unsichtbar zu sein zwischen all den Kids, die tatsächlich ein Leben hatten. Eine Familie. Eine Zukunft.

Aber er war heute der, der er war, aufgrund des Typen, der er damals gewesen war, und er dachte gar nicht daran, Ausreden zu erfinden oder sich zu entschuldigen. Aber da Jennifer zum Glück nicht wusste, wer er war, musste er das auch nicht.

Er hielt ihr die Beifahrertür seines Wagens auf und erhaschte einen flüchtigen Geruch, als sie in den Ledersitz sank. Hundehaare und Katzenfell; sie würden ihn auf ewig an sie erinnern. Ganz anders als der leichte Blumenduft, den sie in der Highschool getragen hatte. Den, den damals alle Mädchen getragen hatten. Baby's Breath oder etwas Ähnliches, das überraschenderweise eigentlich ziemlich gut gerochen hatte. Viele Mädchen hatten sich darin eingehüllt, aber Jennifer hatte nur eine dezente Note davon an sich gehabt – was er alles in den dreißig Sekunden aufgeschnappt hatte, die sie damals gebraucht hatte, um ihn zu fragen, ob er Hilfe bräuchte, und dann wegzugehen, als ihr klar wurde, dass er nicht antworten würde. Weil er die Worte nicht herausgebracht hatte, nicht weil er nicht gewollt hätte.

Diesen Duft, diese Erinnerung, hatte er all die Jahre in sich bewahrt. Es hieß, dass der Geruchssinn am stärksten mit Erinnerungen verknüpft sei. Was bedeutete, dass er sich niemals ein Haustier anschaffen würde, denn er brauchte keine ständige Erinnerung an sie, wenn er von hier wegging.

»Ich hätte duschen sollen«, sagte sie, als er ins Auto stieg.

»Du bist gut so, wie du bist.«

»Außer dass ich sicher nach OP-Saal und Tierfell rieche. Kann nicht gerade der attraktivste aller Gerüche sein.«

Er stützte seinen linken Unterarm auf das Lenkrad und drehte sich zu ihr um. »Glaub mir, Jen, du bist sehr attraktiv, Hundehaare und alles andere inklusive.«

Er mochte es, wenn sie rot wurde. Es überraschte ihn, dass sie es tat, in Anbetracht dessen, was sie letzte Nacht getrieben hatten.

»Komm schon, du musst doch wissen, dass ich dich umwerfend finde. Ich meine, erinnerst du dich an letzte Nacht?«

»Nun ja, sicher, aber trotzdem ... Man muss jemanden nicht umwerfend finden, um mit ihm ins Bett zu gehen.«

»Was? Glaubst du, ich mache das mit jeder Frau, bei der ich putze?« Es machte ihn mehr als nur ein bisschen wütend, dass sie das von ihm dachte.

»Bei wie vielen anderen Frauen hast du denn schon geputzt?«

»Bei keiner.«

»Ich bin also die Einzige?«

»Ja.«

»Und du hast mit mir geschlafen?«

»Ist das eine Frage?«

»Du hast also bei einer Frau geputzt und mit einer Frau geschlafen. Komm schon, Beckett. Du hast den ganzen Tag mit Zahlen zu tun. Wenn ich das mal kurz durchrechne, würde ich sagen, das bringt dich auf hundert Prozent, daher meine Frage.«

Er starrte sie an und versuchte zu erkennen, ob sie das ernst meinte.

Doch dann bemerkte er das Funkeln in ihren Augen und das Lächeln, das um ihre Mundwinkel spielte, und er musste sich einfach vorbeugen und sie küssen.

Es war kurz, es war heftig und es war viel zu schnell vorbei, aber wenn sie jetzt nicht aus der Einfahrt fuhren, würden sie den Rest des Tages nicht mehr hier wegkommen.

Er legte den Rückwärtsgang ein und setzte zurück, bevor sie die Chance hatte, etwas zu sagen.

Aber das musste sie auch gar nicht. Sie lehnte sich in ihrem Sitz zurück, verschränkte die Arme und ließ ihr Lächeln voll zur Geltung kommen.

Dieses Lächeln blieb den ganzen Nachmittag über bestehen, und Beck erwiderte es. Er konnte sich nicht erinnern, wann er das letzte Mal so viel Spaß gehabt hatte, und das nicht nur mit einer Frau, sondern mit irgendjemandem. Selten nahm er sich die Zeit, einfach nur abzuhängen, herumzuspazieren und das Leben ohne Tagesordnung, To-do-Liste oder in seinem Kopf herumwirbelnde Zahlen zu genießen. Jennifer war wie ein Hauch frischer Luft – zugegeben, die Luft war heute heiß und extrem schwül und der Schweiß rann ihm den Rücken hinunter, aber er hatte sich noch nie so ... nun ja ... frei gefühlt. Das war es, was dieses Gefühl war: Freiheit. Er musste niemandem Rechenschaft ablegen, musste keinen Anruf entgegennehmen, kein Meeting abhalten, keinen Verkauf abschließen, nichts ausknobeln ... An diesem Nachmittag ging es nur darum, mit ihr zusammen zu sein, die Atmosphäre und das Essen zu genießen und zu entspannen.

Gott, er hatte seit Jahren nicht mehr entspannt.

Eigentlich noch nie. In seiner Kindheit war es harte Arbeit gewesen, bei einer Pflegefamilie zu bleiben, die er mochte, oder herauszufinden, wie er von einer wegkam, die er nicht mochte. Schularbeit, College und der Versuch, über die Runden zu kommen, als er auf sich allein gestellt war ... sein ganzes Leben war eine einzige Folge davon gewesen, die nächste Sprosse der Leiter hochzuklettern, sodass er völlig vergessen hatte, wie es war, für ein paar Stunden mal nicht auf einer Sprosse zu stehen.

»Du bist aber schrecklich still.« Jennifer bot ihm ein Stück von ihrer gefrorenen Banane an.

Er grinste über den zweideutigen Vergleich. Sie konnte jederzeit an seiner Banane lecken. »Ich genieße nur den Moment. Lasse alles auf mich wirken.«

»Damit solltest du vorsichtig sein. Man kann nicht gerade behaupten, dass das hier der hygienischste Ort ist.« Sie nickte in Richtung des Corn Dogs, der gerade auf dem Kiesweg, der vom Regen der letzten Nacht noch matschig war, von Dutzenden Füßen überrollt wurde.

»Ja, aber wie traurig ist es bitte, dass der Corn Dog trotzdem noch gut aussieht?« Er sah sich um und entdeckte einen Stand, an dem sie verkauft wurden. »Ich hole mir einen.« Er griff nach ihrer Hand und bahnte sich einen Weg durch die Menge zum Stand.

»Dein Ernst? Die Dinger haben etwa so viel Nährwert wie ein Stück Baumrinde. Eigentlich wette ich, dass Baumrinde gesünder ist. Die ist wenigstens natürlich.«

»Ja, aber das hier schmeckt besser.« Er klopfte auf den Tresen. »Einen Corn Dog, bitte.«

»Klar.« Der picklige Teenager holte ein vorgeschnittenes Blatt Wachspapier heraus und knallte einen Corn Dog am Stiel darauf. »Noch was für die Ehefrau?«

Jennifer verschluckte sich, und Beck blieb die Luft weg.

»Alles klar bei dir, Alter?« Der Teenager reichte ihm den Stiel. »Das macht fünf-fünfzig.«

Jennifer brachte ein Lachen zustande, das wie ein Husten klang. »Fünf-fünfzig für verstopfte Arterien am Stiel? Mensch, was für ein Schnäppchen.«

»Möchtest du auch einen, junge Frau?«

»Nein, danke.«

Beck nahm ihn entgegen, reichte dem Jungen einen Zehner und hielt den Corn Dog dann in Jens Richtung.

Sie schüttelte den Kopf. »Nur zu, Fields, beiß rein. Mal sehen, ob er so gut schmeckt, wie du glaubst, dass er aussieht.« Der Junge verschwand vom Fenster, um das Wechselgeld zu holen. »Ich persönlich würde dem Ding nicht mal mit einem Stiel nahekommen, der doppelt so lang ist wie der, auf dem er aufgespießt ist. Ich bleibe bei der Banane.«

Gott sei Dank brachte der Junge das Wechselgeld sehr schnell zurück, denn Beck fiel keine vernünftige, rationale Antwort auf ihren Kommentar ein.

Ihm kamen ein paar unglaubliche Gedanken und Bilder in den Sinn, aber keine, die er teilen wollte. Zumindest nicht in der Öffentlichkeit.

»Sicher, dass ich dir nichts bringen kann, Mrs. Fields?«, fragte der Junge, was dazu führte, dass Beck das Wechselgeld fallen ließ.

Er fing die Scheine auf, als sie inmitten von Jennifers lachendem »Ganz sicher« zu Boden flatterten, aber er musste die zwei 50-Cent-Stücke aus dem schlammigen Kies aufheben.

»Alles klar, dann noch einen schönen Tag auf dem Festival. Heute Nachmittag gibt's beim River Road Pavillon noch ein paar Hammer-Songs.«

»Danke«, sagte Jennifer und schnappte sich ein paar Servietten. »Wir werden es im Hinterkopf behalten.«

Gott sei Dank hatte sie geantwortet, denn Beck war so sehr an der Mrs.-Fields-Sache hängengeblieben, dass er immer noch kein Wort herausbrachte.

Wie wäre es wohl, tatsächlich eine Frau zu haben? Und wenn diese Frau Jennifer wäre?

Er hatte ehrlich gesagt nie gedacht, dass er jemals eine haben würde. Die Familien, bei denen er gelebt hatte ... plus seine eigene Mutter ... Er konnte sich an keine leuchtenden Beispiele erinnern, warum man nicht nur jemanden heiraten – sprich, sich lebenslang an eine Person binden – sondern auch noch eine Familie mit ihr gründen wollte. Familien waren Komplikationen, die für manche Leute funktionierten, das verstand er, aber für ihn ... Er schätzte seine Unabhängigkeit und seine finanzielle sowie emotionale Sicherheit zu sehr, um sie für eine andere Person aufs Spiel zu setzen.

Mir deucht, die Dame protestiert zu sehr.

»Und wo soll es jetzt hingehen, Mr. Fields?«

Er ignorierte ihre Anspielung auf das Mrs. »Nun ja, wir haben eine Empfehlung von einem Jungen bekommen, dessen Vorstellung von gehobener Küche eine frittierte Mischung aus Schweineinnereien am Stiel ist, also muss ich wohl glauben, dass die Musik genauso gut sein wird.«

»Und du willst das jetzt nach dieser Beschreibung wirklich essen?«

Er sah sich das frittierte Konstrukt an. »Ja, will ich. Es geht nichts über einen Corn Dog.« Er nahm einen Bissen. Das Ding war kalt und matschig. »Okay, vielleicht doch. Zum Beispiel einen alten Schuh, der im Regen stehen gelassen wurde.«

»Mmmm, lecker. Vielleicht hätte ich mir doch einen holen sollen.«

»Hier. Du kannst meinen haben.« Er hielt ihr den Corn Dog hin und erwartete, dass sie entsetzt zurückwich.

Stattdessen überraschte sie ihn total und nahm den sinnlichsten Bissen von einem Corn Dog, den er je gesehen hatte.

Das katapultierte ihn direkt zurück zu letzter Nacht, als ihre Lippen ihn umschlossen hatten.

Verdammt, wenn er nicht genau dort, mitten in der Menschenmenge, eine Erektion bekam.

Sie sah ihn wieder an und kaute mit einem Lächeln im Gesicht. Sie wusste genau, was sie mit ihm angerichtet hatte.

»Ach, ich weiß nicht, er ist nicht schlecht. Obwohl ich schon Besseres probiert habe.«

Und dann wurde er noch härter. Bis zu dem Punkt, dass er ihr nicht folgen konnte, als sie sich ihr Haar – den Pferdeschwanz – über die Schulter warf und ihre Hüften so schwang, dass ihr Hinterteil ihn provozierte, hinter ihr herzulaufen.

Beck holte tief Luft und zwang seine Beine – also die beiden, die bis zum Boden reichten –, ihr nachzugehen. Dem anderen ... diesem befahl er, verdammt noch mal ganz schnell wieder ruhig zu werden.

Leider half es der Sache überhaupt nicht, hinter Jennifer herzulaufen, während sie auf den Pavillon zusteuerte.

Jennifer konnte nicht glauben, wie wohl sie sich bei Beckett fühlte. Sicher, sie hatten miteinander geschlafen, also sollte sie sich wohlfühlen, wenn man bedachte, dass er sie von ihrer verletzlichsten und intimsten Seite gesehen hatte, aber es war nicht so, als würde sie so etwas jeden Tag tun. Erst recht nicht mit jemandem, in den sie früher mal total verknallt gewesen war.

Aber ... komisch ... Sie hatte aufgehört, ihn als John Becker zu sehen. Sie hatte diesen Typen ohnehin nicht wirklich gekannt. Sie hatte ihn einfach nur süß gefunden und gedacht, er könnte einen Freund gebrauchen, aber sie hatte nicht einmal ein Gespräch mit ihm geführt. Sein Ruf hatte für ihn gesprochen, und es ging nichts über den Reiz eines Bad Boys, den man retten konnte – zumindest hatte sie das damals gedacht. Ach, die Abgründe der ersten Jugendliebe.

Sie lächelte, als seine Fingerspitzen die ihren streiften. Sie kannte John Becker vielleicht nicht, aber sie lernte Beckett Fields kennen, und was sie erfuhr, gefiel ihr.

Sie wollte aber immer noch wissen, warum er seinen Namen geändert hatte, aber das konnte sie nicht herausfinden, ohne ihn wissen zu lassen, dass sie wusste, wer er war – und dass sie wusste, dass er keine blasse Ahnung hatte, wer sie war.

Ja, das würde nicht passieren. Sie sollte ohnehin nicht erwarten, dass er wissen würde, wer sie war. Schließlich war es ja nicht so, als hätte er sie in der Highschool jemals beachtet. Wahrscheinlich hatte er nicht einmal den Namen des Mädchens gewusst, das ihm Hilfe bei den Hausaufgaben angeboten hatte. In ihrer Vorstellung hatte sie diesen Vorfall zu viel mehr gemacht, als er eigentlich war. Und ihn jetzt darauf anzusprechen und ihm von ihrer winzigen gemeinsamen Vergangenheit zu erzählen, wäre, nun ja, peinlich.

Dennoch würde sie gerne wissen, was ihn dazu bewogen hatte, seinen Namen zu ändern.

»Also, wo willst du sitzen? Ganz vorne bei den Band-Groupies oder hinten, damit uns nicht das Trommelfell platzt?« Er verschränkte seine Finger mit ihren und hielt sie sanft an, als sie das Areal erreichten, das im Grunde ein Betonabschnitt war, der durch Metall-Fahrradständer abgesperrt und vor einer spartanischen Bühne mit Klappstühlen bestückt war; die Beleuchtung reichte aus, um zu sehen, wer gerade spielte, aber sie würde sicher keinen Lichtshow-Preis gewinnen.

»Lass uns eher hinten sitzen, damit wir den vollen Effekt mitkriegen.«

»Gute Rettung für die Trommelfelle.« Er zog zwei Stühle aus der Reihe vor ihnen nach hinten. »Und so können wir verschwinden, wenn wir wollen.«

»Warum sollten wir das wollen? Hast du die Bands schon mal gehört?«

»Das hat nichts mit den Bands zu tun ...« Er wackelte mit den Augenbrauen, was sie zum Lachen brachte.

»Hey, du bist derjenige, der den Tag für uns geplant hat. Ich wäre glücklich gewesen, den ganzen Tag im Bett zu bleiben.«

»Im Ernst, Frau, du machst mich fertig. Ich versuche hier, ein Gentleman zu sein.«

»Lass uns für das Protokoll festhalten, dass das deine Entscheidung war, nicht meine.«

Er holte scharf Luft.

Sie lächelte, als sie Platz nahm. Gut. Er konnte ruhig ein bisschen von dem durchmachen, was sie jedes Mal durchmachte, wenn er sie berührte, ihren Blick auffing oder sie anlächelte. Verdammt, allein schon in seiner Nähe zu atmen, törnte sie an.

Es war einfach so unfairen, dass er das mit nur einem Blick schaffen konnte.

Sein Arm glitt über die Oberseite ihres Klappstuhls, wobei jedes Haar an seinem Arm über ihren Rücken kitzelte und dabei Nervenzellen in Brand setzte.

Ja. Einfach. Nicht. Fair.

* * *

Fünf Stunden, sechsundzwanzig Kilometer Fußmarsch, drei Bier, ein Schmalzkuchen, eine Tüte Popcorn und den berüchtigten Corn Dog sowie die gefrorene Banane später trudelten sie zurück zum Auto.

Jennifer legte ihre Hand auf die Tür, als er sie für sie öffnete. »Ich glaube nicht, dass ich mich reinsetzen sollte; ich bin total verschwitzt.«

»Du bist wunderschön.« Die Worte sprudelten einfach so aus ihm heraus, ohne dass er vorher darüber nachgedacht hätte.

»Ach, bitte. Meine Haare kleben mir im Gesicht. Ich habe einen Sonnenbrand, wahrscheinlich klebt mir noch Puderzucker an der Wange, und ich habe das Gefühl, ich hätte fünf Kilo ausgeschwitzt.«

Wenn sie nur sehen könnte, was er sah. »Deine Wangen und dein Dekolleté sind rosa, deine Haare sehen so aus, wie wenn ich mit den Fingern hindurchfahre, und was deinen Körper angeht ... glaub mir, Jen, da ist absolut gar nichts falsch dran.«

Und urplötzlich schoss die Temperatur in die Höhe.

»Willst du schwimmen gehen, um dich abzukühlen?« Oder zusammen eiskalt duschen, aber würde sie das wirklich abkühlen? Er bezweifelte es.

Sie blinzelte zu ihm auf. »Ich habe keinen Pool. Und keinen Badeanzug.«

»Du kannst in deinen Klamotten schwimmen. Meine Wohnanlage hat einen Pool.« Und seine Wohnung hatte ein wirklich großes Bett.

Eines, in das er noch nie eine andere Frau mitgebracht hatte.

Alter —

Ja, ja, er sollte es sich noch mal überlegen. Das war ihm klar. Es wäre das Vernünftige. Das Sichere.

Aber die Sache war die, dass er bei Jennifer nicht sicher sein wollte. Vernünftig, ja, denn er wollte es diesmal nicht vermasseln, aber sicher ...? Sicher zu sein, hatte ihn noch nie irgendwohin gebracht.

Sie tippte gegen das Dach seines Wagens. »So verlockend das Angebot auch ist, ich sollte wirklich nach Hause gehen. Du weißt schon ... Flopsy.«

Er atmete aus und trat beiseite, damit sie auf den Beifahrersitz steigen konnte. »Ja. Ich weiß. Flopsy.«

Der arme Hund drehte wahrscheinlich nach einem Tag allein völlig hohl – aber das verdammte Vieh hatte Jennifer ja ständig für sich; sicher würde er Beck etwas Zeit mit ihr gönnen?

Und als er anfing, die Gefühle eines Hundes zu berücksichtigen, wusste er, dass es ihn voll erwischt hatte.

Was ein Grund mehr war, warum er sie zu sich nach Hause bringen sollte, ungeachtet aller Konsequenzen und Auswirkungen.

Es war aber auch ein Grund, warum er es nicht tun sollte.

Der arme Flopsy tanzte am nächsten Morgen in der Küche schon wieder ungeduldig von einem Bein aufs andere.

Beck spürte deswegen nicht den geringsten Gewissensbiss.

Okay, vielleicht doch ein kleines bisschen. Der arme Kerl war hier unten und fragte sich, wann er endlich erlöst werden würde, während Beck oben die ganze Nacht lang jede Menge Erlösung gefunden hatte.

Er lächelte, als er die Hintertür zum eingezäunten Garten öffnete. »Tut mir leid, Großer.«

Flopsy sah sich nicht einmal um. Nicht, dass Beck es ihm hätte verübeln können. Es musste die Hölle sein, darauf warten zu müssen, dass ihn jemand rausließ.

Er sollte eine Hundeklappe für den kleinen Kerl einbauen. Eine von denen, die per Halsband aktiviert wurden, um dem Köter die Chance zu geben, seine Blase selbst zu kontrollieren und gleichzeitig Nero aus dem Weg gehen zu können.

Herrgott, erstellte er jetzt schon seine eigene To-do-Liste für Haus und Hof?

Er schüttelte den Kopf. Wenn man damit anfing, das Haus einer Frau zu putzen, waren Heimwerkerprojekte dann wirklich so weit hergeholt?

Er sah sich in der Küche um. Jennifer hielt die Bude gut in Schuss, aber es war ein großes Haus und sie hatte schließlich einen Job.

Und ein Kind.

Das störte ihn immer weniger.

Er schüttelte den Kopf. Diese... Sache... mit Jennifer... Es war so gar nicht das, was er für sein Leben gewollt hatte – die ganze verdammte Zeit an eine Frau zu denken. Mit ihr zusammen sein zu wollen, einfach nur um des Zusammenseins willen. Nicht sexuell, nicht körperlich, sondern... sondern... was? Emotional? Er hatte keine Emotionen. Nicht, was Frauen anging. Verdammt, seine einzige Emotion war, sicherzustellen, dass er für den Rest seines Lebens ausgesorgt hatte. Ehrgeiz war sein größtes Gefühl. Das und der Wunsch, nie wieder hungrig oder obdachlos zu sein.

Er blickte sich um. Jennifer hatte ein tolles Zuhause. Sicher, es war unordentlich und an der Speisekammertür fehlten ein paar Splitter, als hätte Flopsy versucht, hineinzukommen – obwohl es wahrscheinlich Nero gewesen war –, aber das Haus war belebt. Ein ziemlicher Kontrast zu dem Vorzeigeobjekt, in dem er wohnte.

Er ließ sich auf einen Stuhl sinken. Es stimmte; seine Eigentumswohnung war prachtvoll. Sie hatte ein verdammtes Vermögen gekostet, genau wie die Innenarchitektin, die er engagiert hatte, damit alles wie aus einem Magazin aussah, samt der teuren Möbel und der Kunst, mit der sie die Räume gefüllt hatte. Es war sein ganz persönlicher Altar für den Erfolg, den er erreicht hatte.

Und es war nicht annähernd so warm und einladend und gemütlich wie Jennifers belebtes Kinder- und Tierparadies. Wer von beiden hatte hier also die wahre Erfolgsgeschichte vorzuweisen?

Er fuhr sich mit der Hand über den Nacken. Mann, was war bloß los mit ihm? Zwei Nächte mit großartigem Sex – okay, machen wir unglaublichem Sex daraus – und jetzt dachte er über Putzen, Heimwerkerprojekte und Haustiere nach?

Scheiße. Er musste hier verschwinden. Seine Pheromone ließen sein Gehirn durchdrehen. Zu wenig Sex im vergangenen Jahr hatte diese Sache mit Jennifer größer erscheinen lassen, als sie war. Sicher, er war in der Highschool in sie verknallt gewesen und sie war heute eine Wahnsinnsfrau, aber er würde doch nicht zulassen, dass sein Lebensplan völlig aus dem Ruder lief, nur weil sein Schwanz gerade glücklich war.

Er regte sich. Okay, er war mehr als nur ein kleines bisschen glücklich.

Trotzdem, verdammt noch mal, es war nur Sex. Wenn auch großartiger Sex, aber Sex blieb Sex.

Sie verkörperte durch und durch häusliche Idylle, und er hatte keinen blassen Schimmer, wie man so was machte.

Flopsy kratzte mit einem traurigen Winseln an der Hintertür. Beck ließ ihn rein und wunderte sich über das absolute Vertrauen, das dieser Hund darin hatte, dass Beck die Tür öffnen würde und – als er auf den Napf zuging – dass Beck ihn füttern würde.

Ein Hund hatte mehr Vertrauen in die Menschheit als er selbst.

Er schüttete das Trockenfutter in Flopsys Napf. Der Hund stammte aus dem Tierschutz; wie konnte das Tier jemals wieder einem Menschen vertrauen, nachdem es im Stich gelassen oder misshandelt worden war?

»Alles okay bei euch da unten?«, drang Jennifers Stimme von oben herab.

»Äh, ja.« Er bekam gerade Lektionen fürs Leben von einem dreibeinigen Hund, aber sicher, alles war okay.

Beck zog den Küchenstuhl erneut heraus, setzte sich diesmal rittlings darauf und starrte Flopsy an, der seelenruhig das knusprige, industriell verarbeitete Futter verschlang. Das, ein Platz zum Schlafen und eine sanfte Hand waren alles, was der Hund brauchte, um sich zugehörig zu fühlen.

Warum konnte es für einen Mann nicht auch so einfach sein?

»Beckett?« Jennifer kam in die Küche geschwungen. »Oh. Was machst du da? Ist mit Flopsy alles in Ordnung?«

Beck unterdrückte ein Zusammenzucken, weil er dabei erwischt worden war, wie er über einem Napf Hundefutter über die Mysterien des Lebens nachdachte. »Ihm geht's gut. Ich bin nur erstaunt, dass er mit diesem Trockenfutter so zufrieden ist.«

»Wie bitte?«

Er zuckte die Achseln und gab sich betont lässig, denn er würde Jennifer auf keinen Fall seine tiefsten Ängste offenbaren. Sich um ein anderes menschliches Wesen zu sorgen, war zu riskant – ebenso wie sein Vertrauen in jemanden zu setzen. »Ich dachte, Hunde wären Fleischfresser, und doch frisst er glücklich dieses knusprige Zeug, das nicht einmal ansatzweise Ähnlichkeit mit seiner natürlichen Nahrung hat.«

»Ja, nun, er war unterernährt, als wir ihn bekamen, also hat seine natürliche Nahrung nicht das bewirkt, was sie sollte. Das Trockenfutter ist genau das, was sein Körper braucht.«

»Ich habe deine Professionalität nicht infrage gestellt, Jen. Es ist eher...«
Er fuhr sich mit der Hand durchs Haar. »Ich weiß nicht. Dass er sein Los im
Leben einfach so akzeptiert.«

Sie bückte sich und streichelte den Hund. »Ich bilde mir gerne ein, dass
sein Los im Leben besser geworden ist, seit er mich und Sami kennengelernt
hat. Wie gesagt, er war unterernährt und ziemlich krank, als er zu uns kam.
Jetzt weiß ich gar nicht, ob er sich überhaupt noch an die schlechten Zeiten
erinnert. Es ist erstaunlich, was ein bisschen Liebe bewirken kann.«

Sie sprach über den Hund, das wusste er, aber die Auswirkungen auf sein
eigenes Leben trafen ihn ein wenig zu hart, denn sein Leben war zweifellos
besser geworden, seit sie und Sami darin aufgetaucht waren.

Und mehr Reflexion würde er diesem Gedanken nicht widmen. Er hatte
einen Plan für sein Leben, und der sah keine Frau und kein Kind vor. Das war
es, woran er sich erinnern musste.

»Und, was willst du heute machen?« Er stand auf und schob den Stuhl
zurück unter den Küchentisch.

Sie knabberte an ihrer Unterlippe. »Nun ja...«

Er legte den Kopf schief. »Warum klingt das so, als würde mir das, was es
auch ist, nicht gefallen?«

Sie zuckte die Achseln. »Nun, du hast es gestern vorgeschlagen, und je
mehr ich darüber nachgedacht habe, desto mehr glaube ich, dass es eine gute
Idee ist.«

Sein Gehirn kramte hektisch danach, was er gestern gesagt hatte, aber er
konnte sich nicht erinnern. »Okay, ich gebe auf. Wovon redest du?«

»Dieses Spielschloss, das Sami wollte. Ich glaube, das ist eine gute Sache
für sie. Und da du schon mal hier bist, könnte es Spaß machen, wenn wir
zusammen daran arbeiten, und es gäbe uns die Chance, den Schuppen zu
organisieren. Was meinst du?«

Es war das zusammen, das ihn erwischte. »Aber ich dachte, du hättest
gesagt, sie bräuchte keins.«

»Natürlich braucht sie keins, aber es ist einfach so... Es wird ihr wirklich
gefallen, etwas zu haben, das ganz allein ihr gehört. Und vielleicht bleibt das
Katzenstreu dann aus der Badewanne.«

Da steckte noch mehr hinter ihrer Begründung, aber da er nicht wirklich
einen Anspruch auf diese Information hatte, war das wohl alles, was er
bekommen würde. Die Frage war nur... reichte das?

Ha. Wen wollte er hier eigentlich verarschen? Jeder noch so kleine Brosamen, den Jennifer mit ihm teilen wollte, wäre mehr als genug.

Ja, er hatte es heftig erwischt, und genau deshalb sollte er verdammt noch mal hier verschwinden.

Was er natürlich nicht tat.

Überraschenderweise genoss Beck es tatsächlich, mit Jennifer das Spielschloss zu bauen und die Sträucher und Blumen zu pflanzen, die sie ausgesucht hatte, um das Ganze »abzurunden«. Es stellte sich heraus, dass er ein Händchen fürs Bauen hatte. Es schadete nicht, dass die Anleitung leicht zu verstehen war und Jennifer das nötige Werkzeug besaß, aber es machte tatsächlich Spaß. Und er musste zugeben, dass es ziemlich zufriedenstellend war.

Er hätte nie gedacht, dass Blumenpflanzen befriedigend sein könnte, aber er stellte fest, dass eine Menge seiner festgefahrenen Vorstellungen über den Haufen geworfen wurden, wenn er bei ihr war.

Was ihn an letzte Nacht erinnerte, als sie über den Haufen geworfen wurde und –

»Hier ist deine Limonade.«

Jennifer kam genau im richtigen Moment aus der Küche. Er brauchte einen eiskalten Schluck, um diesen Gedanken aus seinem Kopf zu verbannen.

»Bist du sicher, dass du nichts Stärkeres willst?« Sie strich sich mit ihrem eigenen Glas über die Stirn, während sie sich neben ihn setzte. Wassertropfen perlten über ihre Haut, und der Anblick nagelte ihn so sicher an die Bank, auf der er saß, als hätte er die Nagelpistole benutzt.

So viel zum Thema Abkühlung.

Er schüttelte den Kopf.

»Ich kann nicht glauben, dass wir das so schnell fertigbekommen haben.«

Er trank das halbe Glas auf einmal leer. »Wie heißt es doch gleich? Viele Hände machen der Arbeit ein Ende?«

Sie hob eine Augenbraue, während sie das Glas an die Lippen führte. »Ich weiß nicht, ob vier Hände schon als viele gelten.«

»Immerhin besser als zwei.«

Sie nickte und nahm einen Schluck. »Stimmt.«

Na toll. Er hatte recht. Vier Hände waren besser als zwei. Und zwei Köpfe waren besser als einer. Und zwei sollen eins werden und – heilige Scheiße! Wo rannte sein Gehirn da gerade hin?

»Wann soll Sami eigentlich aus dem Camp zurückkommen?« Sami. Vergiss Sami nicht. Das Kind. Eines, für das er niemals verantwortlich sein wollte.

Außer ... Sami war ihr Kind, und dieses Personalpronomen begann gerade, einen verdammt großen Unterschied zu machen.

Er steckte in so tiefen Schwierigkeiten. Er musste weg von hier. Wieder etwas Abstand gewinnen – dazu, was er vom Leben wollte, nicht von den nächsten paar Verabredungen.

Jennifer blickte auf ihre Uhr. »In etwa einer halben Stunde. Wir sind gerade noch rechtzeitig fertig geworden.«

Die perfekte Gelegenheit, um schleunigst zu verschwinden. »Dann sollte ich wohl besser gehen.«

»Du willst nicht hier sein, wenn sie es sieht? Die Früchte deiner harten Arbeit ernten?«

Und die Heldenverehrung in ihren Augen sehen? Sicher nicht. Er kämpfte schon genug mit seinen eigenen widersprüchlichen Gefühlen gegenüber Sami und dem, wofür sie stand; mit ihren Gefühlen konnte er nicht auch noch umgehen.

»Ist wahrscheinlich besser, wenn ich nicht da bin. Ich will keine falschen Hoffnungen wecken.«

Jennifers Lächeln erlosch ein wenig. »Oh. Ja. Ich schätze, du hast recht.«

Verdammt. Warum fühlte er sich, als hätte er eine Katze getreten – nein, einen Hund. Nero war nicht gerade das Paradebeispiel für ein mitleiderregendes Tier. Flopsy hingegen... »Außer du meinst, ich sollte hierbleiben?«

Gott, er war erbärmlich. Eigentlich wollte er hier sein und Samis Freude sehen, aber er war zu feige, es zuzugeben, und wollte, dass Jennifer ihm ein schlechtes Gewissen machte, damit er blieb. Jesus. Wenn er seine Geschäfte genauso führen würde, hätte keiner mehr einen Job. »Vergiss die Frage. Du hast recht. Ich würde eigentlich schon gern hier sein. Sie wird begeistert sein.«

Jennifer leckte sich über die Lippen und fuhr mit dem Finger am Rand ihres Glases entlang, bevor sie zu ihm aufsah. »Ich weiß nicht, Beckett, vielleicht hast du recht. Vielleicht—«

»Mama! Beck! Wo seid ihr?« Samis Kreischen wurde von Sekunde zu

Sekunde lauter und beendete jede weitere Diskussion darüber, ob er nun hier sein sollte oder nicht.

Sami riss die Fenstertür von der Küche zur Terrasse auf. »Du bist hier, Beck! Du bist wirklich hier!«

Dann warf sie sich in seine Arme.

Gott, das Kind fühlte sich so verdammt gut dort an.

Fast so gut wie ihre Mutter.

Er klammerte sich an sie, um zu verhindern, dass sein Herz ihm aus der Brust sprang.

Er steckte bis zur Hüfte in tiefer Scheiße.

»Ich hab so sehr gehofft, dass du da bist. Ich hab dich so vermisst!« Sie legte den Kopf in den Nacken, ihre Locken fielen ihr aus dem Gesicht, und die Heldenverehrung war durch etwas ersetzt worden, das er sich nicht einzugestehen wagte. »Hast du mich auch vermisst?«

Er schluckte und nickte, da er sich nicht traute zu sprechen. Nicht, wenn er spüren konnte, wie sehr Sami auf eine Antwort wartete – und wie Jennifers Blick ihn durchbohrte. Ein gesprochenes Wort, und seine Entschlossenheit würde vor seinen Füßen zerbröseln.

Er musste hier schleunigst verschwinden. Am besten schon gestern.

Aber Sami ließ nicht los. Sie drückte ihn fester, klammerte sich praktisch um ihr Leben an ihn.

Er verstand nur nicht, warum. Sie hatte keine Ahnung, dass er ein schrecklicher Stiefvater wäre.

Heilige Scheiße. Stiefvater? Du bist so weit draußen im Niemandsland, du Arschloch, dass das Heimat-Base überhaupt nicht mehr in Sicht ist. Was machst du jetzt bloß?

Er sah Jennifer an.

Sie blinzelte. Schnell.

Eine Träne entwich ihrem Augenwinkel, aber sie schaffte es, sie wegzuwischen.

Nein, nicht nur bis zur Hüfte; er steckte bis zum Hals drin.

Vielleicht stand ihm das Wasser sogar schon bis zum Oberkiefer.

»Sami, warum lässt du Beckett nicht mal atmen?« Jennifer berührte Samis Rücken. »Er will dir unsere Überraschung zeigen.«

Samis Kopf wirbelte zu ihrer Mutter herum. »Überraschung?«

Sie ließ los, und Beck sog einen tiefen Atemzug ein. Dann noch einen. Er brauchte Sauerstoff, denn die Emotionen der letzten Minuten hatten ihn völlig atemlos gemacht.

Was zum Teufel sollte er nur tun?

»Was ist es, Beck?«

Er sah auf Sami hinunter, deren Lächeln so breit war, dass es ihm schon wieder den Atem raubte.

Wie die Mutter, so die Tochter.

»Häh?« Er hatte den Faden des Gesprächs verloren.

»Meine Überraschung. Mama hat gesagt, du hast eine für mich.«

Er sah Jennifer an, immer noch unfähig zu begreifen, was gerade geschah.

Jennifer nickte in Richtung des Spielschlosses.

Oh. Stimmt ja.

Er zerzauste Samis Locken. »Nun, ich weiß nicht... Du hast deine Mama noch gar nicht umarmt, und es war ihre Idee.« Es sagte einiges aus, dass Samis Heldenverehrung sie blind für die sehr große Holzkonstruktion hinten im Garten gemacht hatte.

Aber sie rannte tatsächlich zu Jennifer und drückte sie. »Tut mir leid, Mama. Ich hab dich auch vermisst. Es ist nur, ich hab, weißt du, damit gerechnet, dich hier zu sehen. Aber ich wusste nicht, ob Beck da sein würde.«

Jennifer kniff Sami spielerisch in die Nase und küsste ihre Wange. »Ja, er ist noch da. Weil er mir helfen musste, das da zu bauen.« Damit drehte sie Sami herum, sodass sie das Haus sah.

Samis Schrei war die reinste, ehrlichste Freude, die Beck je gehört hatte.

»Ist das meins? Ganz meins?« Sami hätte am liebsten das ganze Gebäude umarmt, wenn ihre Arme gereicht hätten. So aber klammerte sie sich ziemlich fest an die vordere Ecke, ihre Augen so groß wie die Straßenlaterne davor.

»Ja, Schatz, es gehört ganz allein dir.«

»Cassie!« Sami rannte zurück zur Tür. »Schnell! Komm her und schau mal! Schau dir mein ganz eigenes Haus an! Du darfst mich besuchen kommen.«

Das kleine Mädchen hüpfte nach draußen, gefolgt von ihrer Mutter, und Becks Herz sank. Cassie. Oh, Mist. Ihm war nicht klar gewesen, dass Cassie und ihre Mutter mit reinkommen würden, wenn sie Sami absetzten.

Er zuckte zusammen. Die arme Cassie hatte kein Spielschloss, und es war ihm zuwider, dass bei ihr das Gefühl aufkam, es würde Salz in eine Wunde gestreut. »Cassie bekommt auch eins. Der Laden musste es erst bestellen.«

Er betete zu Gott, dass im Garten des kleinen Mädchens genug Platz war – Scheiße. Wohnten sie überhaupt in einem Haus oder in einer Wohnung, wo sie gar keins aufstellen konnten?

Dem Gesichtsausdruck von Cassies Mutter nach zu urteilen, tippte er ganz stark auf ein Nein zum letzten Teil.

Verdammt. Er war völlig ahnungslos, was Kinder anging. Das war der Grund, warum er niemals Vater werden sollte.

Er würde das größte Arschloch auf dem Planeten sein müssen und die Träume der armen Cassie zerstören.

»Juhu! Cassie, hast du das gehört? Wir werden Haus-Zwillinge sein! Wir können sie ganz gleich dekorieren und alles!« Sami riss die Tür auf. »Willst du mal reinkommen und es dir ansehen?«

Cassie, deren Miene so viel Hoffnung und Glück widerspiegelte, dass Beck am liebsten in ein Loch gekrochen wäre und genug Erde über sich geschaufelt hätte, um nie wieder herauszukommen, rannte los, um sich Sami anzuschließen.

Er starrte die beiden Frauen an, nachdem die Mädchen die Tür hinter sich zugeschlagen hatten und kreischend durch die beiden Räume unten rannten, um dann die Leiter zum Dachboden hochzuklettern.

»Ähm, ich hoffe, es ist okay, dass Cassie ein Spielschloss bekommt? Ich hätte dich wohl erst fragen sollen.«

Cassies Mutter öffnete den Mund, aber es kam kein Wort heraus.

Verdammt, er hatte es wirklich vermasselt.

Jennifer sprang von ihrem Platz auf. »Ja, Linda, es tut mir leid, dass wir das nicht erst mit dir abgesprochen haben. Wenn es bei deinem Reihenhaus ein Problem ist, würden wir uns mehr als freuen, es hier aufzustellen. Cassie kann jederzeit rüberkommen, wann immer sie will, und es natürlich so dekorieren, wie sie möchte.«

Jennifer warf ihm einen Blick zu, den er nicht deuten konnte. Was überraschend war, da er normalerweise gut darin war, Menschen zu lesen, aber bei Jennifer hatte er Angst, das Falsche hineinzuinterpretieren, weil es ihm so viel bedeutete.

Sie bedeutete ihm so viel.

»Nun, ich...« Lindas Blick huschte zwischen ihm und Jennifer hin und her. »Ich weiß gar nicht recht, was ich sagen soll. Ich muss das natürlich erst mit dem Vermieter klären.«

Beck nahm sich vor, den Vermieter anzurufen und das Reihenhaus zu kaufen, falls das nötig sein sollte, damit Cassie ihr Spielschloss bekam.

»Ich weiß nur nicht, ob wir das annehmen können.«

Jennifer legte eine Hand auf Lindas Arm. »Bitte, Linda—«

»Ich würde es als persönlichen Gefallen betrachten, wenn du es tätest.« Beck übernahm die Verantwortung, bevor Jennifer es konnte. Er hatte das Ganze angezettelt; also würde er sich auch darum kümmern.

»Nun ja ...« Ein vorsichtiges Lächeln umspielte Lindas Lippen. »Wenn Sie sicher sind –«

»Mama! Du musst dir den Zauberspiegel hier drin ansehen!«, rief Cassie aus dem Fenster im Obergeschoss.

Linda sah zwischen allen dreien hin und her, offensichtlich hin- und hergerissen, wo sie gerade sein sollte.

»Geh nur.« Beck machte eine einladende Handbewegung. »Das solltest du dir ansehen. Es ist ziemlich cool, wenn ich das mal so sagen darf.«

Jennifer legte den Kopf schief, während Linda herbeieilte, um zu ihrer Tochter zu gelangen. »Warum hast du das getan?«

»Was getan?« Er folgte Linda mit den Augen, aber alle anderen Sinne waren auf Jennifer gerichtet. Er wusste schon eine Sekunde, bevor sie ihre Hand auf seinen Unterarm legte, dass sie es tun würde.

Dennoch bereitete ihn das nicht auf die Wirkung vor.

»Zu sagen, dass wir eines für Cassie besorgt haben.«

Er sah sie immer noch nicht an. »Du hast Cassies Gesicht gesehen. Sie wollte unbedingt eines.«

»Ich weiß, und obwohl man nicht jedem Kind jeden Wunsch erfüllen kann«, sie drückte seinen Arm, »bin ich froh über das, was du gesagt hast. Wir teilen uns die Kosten.«

Er schluckte, dann zwang er sich, sie anzusehen – nicht, dass es eine Qual gewesen wäre, aber er war besorgt, welche Emotionen da wohl hervorbrechen würden. Er musste an sich halten, denn genau jetzt, in diesem Moment, wollte er Jennifer Versprechen geben, die er noch nie einer Frau hatte geben wollen – und die er niemals geplant hatte, irgendjemandem zu geben. Er war zu sehr gefangen in diesem Augenblick. Zu sehr gefangen darin, dass drei – verdammt, vier – Frauen ihn ansahen, als wäre er ein Ritter in glänzender Rüstung.

Zum ersten Mal in seinem Leben wollte er genau das sein.

Und das machte ihm mehr Angst als jedes riskante Börsengeschenk, das er je getätigt hatte, denn einen Haufen Geld zu verlieren war nichts im Vergleich dazu, ein Kind – oder eine Frau – zu enttäuschen.

»Nein, Jen, das musst du nicht. Ich habe die große Geste gemacht, also werde ich sie auch einlösen.«

»Nun, dann helfe ich dir beim Aufbau. Da wir an diesem hier schon geübt haben, wette ich, dass wir nur die Hälfte der Zeit brauchen. Wie du schon sagtest, vier Hände sind besser als zwei.«

Und die zwei sollen eins werden.

Ja, er versank geradezu in häuslicher Seligkeit, und weit und breit war kein Rettungsring in Sicht. Er musste zurück in sein echtes Leben und dieses Märchenleben hier in dem Schloss da draußen bei Sami und Cassie lassen.

Denn er wusste aus erster Hand, dass ein Happy End für ihn nicht vorgesehen war.

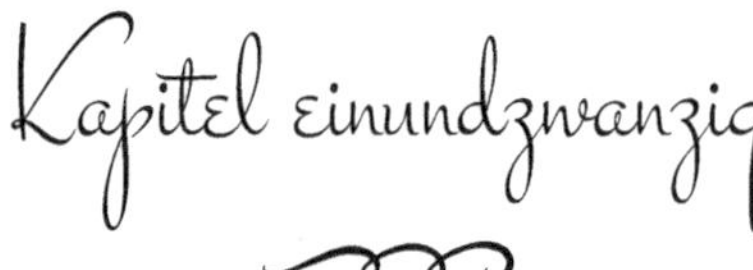

»Und wann gehen wir wieder mit Beck aus?« Sami hatte in den letzten acht Tagen dieselbe Frage auf fünfzehn verschiedene Arten gestellt.

Und Jennifer hatte immer noch keine Antwort darauf.

Denn Beckett war nicht an sein Telefon gegangen, wenn sie angerufen hatte. Und er hatte sie auch nicht zurückgerufen.

Oh, er war zum Putzen in ihrem Haus aufgetaucht; die Küche hatte noch nie so geglänzt, und er hatte sogar die Speisekammer ordentlich eingeräumt, aber die kurze Notiz aus vier Wörtern, die er hinterlassen hatte – Einen schönen Tag noch! –, konnte man kaum als Kommunikation bezeichnen. Vor allem, da es sich um eine kalligrafische Notiz auf dem Briefpapier von Manley Maids handelte, nicht einmal persönlich geschrieben.

Was zum Teufel war hier eigentlich los?

»Ma-maaa, ich vermisse ihn wirklich.«

»Ich weiß, Sami.« Und das tat sie. Ganz persönlich.

»Mag er uns nicht?«

»Natürlich mag er uns, Schätzchen. Er hat nur viel zu tun. Er muss eine Firma leiten. Er hat Frau Manley doch nur beim Putzen ausgeholfen, erinnerst du dich? Er hat viel Zeit mit uns verbracht, aber das bedeutet, dass er seine eigentliche Arbeit nicht erledigen konnte, und jetzt muss er alles nachholen.«

»Kommt er denn wieder, wenn er fertig ist mit Nachholen?«

Das war die Millionenfrage, nicht wahr?

»Das müssen wir abwarten.«

»Das sagst du immer, wenn du die Antwort nicht weißt oder mir die Wahrheit nicht sagen willst, weil du denkst, dass sie mir nicht gefallen wird.«

Das Kind war blitzgescheit.

»Nun, ich weiß die Antwort wirklich nicht, weil ich nicht mit ihm gesprochen habe, Sami.« Jennifer versuchte, die Frustration aus ihrer Stimme herauszuhalten, aber sie fühlte sich genauso wie die Siebenjährige.

»Ich sollte ihn anrufen. Ich wette, mit mir redet er. Das hat er letztes Mal auch gemacht, weißt du noch?«

»Sami, du wirst Beckett auf gar keinen Fall anrufen. Du hast die Betreuer angelogen, und jetzt denken die Leute, er und ich wären verlobt.« Sie hatte erklären müssen, dass Samis Hoffnung sie dazu verleitet hatte, voreilig etwas Unwahres zu sagen, und dass es keine Verlobung gab. Jedes Mal fühlte es sich wie ein Stich ins Herz an.

»Na ja, solltet ihr aber. Er mag dich und du magst ihn und ich mag ihn und er mag mich. Sogar Nero mag ihn.«

Jennifer schnaubte. »Nero mag ihn nicht.«

»Doch, tut er. Er ist traurig, dass Beck nicht mehr so oft da ist. Ich habe gesehen, wie er an dem Lappen geschnuppert hat, den Beck neulich liegen gelassen hat.«

Wahrscheinlich, um draufzupinkeln.

»Apropos Nero ...« Jennifer wollte unbedingt das Thema wechseln. »Wir müssen seine jährliche Untersuchung machen. Wie wäre es, wenn wir ihn heute Abend nach dem Essen mit in meine Praxis nehmen? Du kannst mir helfen.«

»Cool! Kann ich Molly mitbringen? Sie braucht auch eine Untersuchung.«

»Sicher.«

»Dann sollten wir Cassie sagen, dass sie Polly mitbringt, weil sie Schwestern sind, oder? Ich wünschte, ich hätte eine Schwester. Wenn du Beck heiraten würdest, könnte ich eine haben, weißt du?«

Oh gütiger Gott im Himmel, steh mir bei. »Ich werde Beckett nicht heiraten.«

»Kann ich ihn dann heiraten?«

»Du musst jemanden in deinem Alter heiraten, Sami. Und erst, wenn du alt genug bist.«

»Aber du bist alt genug, warum heiratest du ihn also nicht? Sogar Oma Lois will, dass du es tust.«

Jennifer warf einen Blick in den Rückspiegel, nachdem sie in ihre Straße eingebogen war – Gott sei Dank waren sie fast zu Hause. »Tust du denn jemals etwas, das Oma Lois will?«

Sami kicherte. »Nein.«

»Warum sollte ich es also tun?«

Sami nickte, wobei ihre Locken hüpften. »Stimmt. Verstehe. Wahrscheinlich ist es keine gute Idee, eben weil Oma Lois es will, oder?«

Jennifer hasste es eigentlich, ihre Großmutter bei dieser Sache vor den Bus zu werfen, aber vielleicht brachte das dieses Gespräch endlich zum Schweigen.

Oje, schlechte Wortwahl, denn es weckte all die Bilder davon, wie sie und Beckett gemeinsam ins Bett gegangen waren.

»Sagen wir einfach, dass das, was Oma Lois will, meistens das Beste für sie selbst ist, also müssen wir unsere Optionen sorgfältig abwägen.«

»Und wie viel wiegt Beck abgewogen?«

»Keine Ahnung.« Nun, das stimmte nicht ganz. Sie hatte eine ziemlich genaue Vorstellung davon, wie schwer er war – wenn er auf ihr lag.

Gott sei Dank waren sie zu Hause.

Sie drückte auf den Garagentoröffner an ihrer Sonnenblende und fuhr das Auto hinein. Sie konnte gar nicht schnell genug aussteigen. »Okay, ich lass Flopsy raus und füttere ihn, während du Nero einfängst. Klingt das nach einem Plan?«

»Und was ist mit unserem Abendessen?«

»Wir holen uns was am Drive-thru, wie wäre das?« Das würde sie schnell aus dem Haus und zurück in die Praxis bringen, wo es genug gab, um Samis Aufmerksamkeit auf die Tiere zu lenken und sie vom Thema Beckett abzulenken.

»Wow. Du lässt mich sonst nie zum Drive-thru. Ich dachte, das ganze Essen sei ungesund?«

»Manchmal ist es okay. Alles in Maßen.«

Ein Motto, das sich Beckett mit seinen ausbleibenden Anrufen offenbar sehr zu Herzen nahm.

Jennifer seufzte, als sie Flopsy in den Hintergarten ließ. Sie hatte gewusst, dass Beckett kein Typ für die Ewigkeit war, als das hier angefangen hatte, aber während sie Zeit miteinander verbracht hatten, hatte sie gehofft …

Dasselbe, was sie damals in der Highschool gehofft hatte. Dasselbe, was sie an Trent so angezogen hatte.

Und das war es, was sie davon hatte, auf Bad Boys zu stehen. Sicher, Beckett war jetzt einer von den Guten, aber bei seiner Vergangenheit …

Fairerweise musste man sagen: Sie hatte ihn nicht um eine Beziehung gebeten, und er hatte keine angeboten. Sie hatte von Anfang an gewusst, dass es nur um ihre gegenseitige Anziehung gegangen war. Verdammt, sie war in jener ersten Nacht sogar offensiver gewesen, als sie es jemals zuvor gewesen war. Sie war ein großes Mädchen; sie hatte gewusst, worauf sie sich einließ.

Gott sei Dank wusste Sami wenigstens nicht, dass er bei ihr übernachtet hatte. Dass die Dinge so weit gegangen waren. Das kleine Mädchen hätte sich sonst schon das Hochzeitskleid ausgesucht – genau deshalb wollte Jennifer nicht ständig wechselnde Männer im Haus haben.

In diesem Sinne griff sie zum Telefon und wählte die Nummer von Manley Maids. Die Sache mit dem Kerl war jetzt beendet. »Hey, Mac, hier ist Jennifer Bingham.«

»Hallo, Jennifer. Macht Beckett seine Sache immer noch gut? Alles okay?«

»Hm, ja, aber ich weiß, dass er hier Ende des Monats fertig ist, und ich wollte schon mal jemanden organisieren, der übernimmt, wenn er weg ist.«

Sie sprachen noch ein wenig über Becketts Arbeitsleistung – allerdings nicht über die Art von Leistung, über die Jennifer intime Details hätte liefern können – und darüber, was Jennifer sich von einer Vollzeitkraft erhoffte. Dann beendete sie das Gespräch mit einem Gefühl der Endgültigkeit, das ihr gar nicht gefiel.

Verdammt. Sie hätte sich nicht in den Kerl verlieben dürfen.

Leider war es aber passiert.

Aber so schmerzhaft es auch sein würde, sie würde über ihn hinwegkommen. Wenn das Überstehen von Trents Chaos eines bewiesen hatte, dann, dass sie eine Kämpferin war. Sie war schon einmal über Beckett – John – hinweggekommen; sie würde es wieder schaffen.

* * *

»Du bist echt ein Arschloch, weißt du das?« Liam ließ sich auf den Barhocker neben ihm sinken und gab dem Barkeeper ein Zeichen.

Beck sah ihn von der Seite an. »Toll, Lee, freut mich auch, dich zu sehen.«

»Ich meine es ernst, Beck. Also ehrlich, was zum Teufel, Mann? Du hast schon wieder so eine Nummer abgezogen und bist bei Jennifer Langston einfach abgetaucht.«

»Sie heißt Bingham.« Er starrte auf den Boden seines Bieres und mied den Blickkontakt, weil Lee anscheinend etwas wusste. Aber das war unmöglich, oder? Es war ja nicht so, als würde Jennifer die Tatsache, dass sie miteinander geschlafen hatten, von den Dächern schreien.

»Du weichst dem Thema aus, Beck.« Er schob ein paar Scheine über den Tresen, als sein Bier gebracht wurde.

»Tu ich nicht. Ich weiß nicht, wovon du redest.«

»Verdammt noch mal, ich habe Mac mit ihr telefonieren hören, als ich gestern ein paar zusätzliche Regale im Büro vorbeigebracht habe.«

»Was genau hat sie deiner Schwester erzählt? Hat sie angerufen, um sich zu beschweren?« Oh fuck. Hatte sie Mac erzählt, dass er sie angemacht hatte? Dass er sich unangemessen verhalten hatte?

Er hätte fast geschnaubt. Sie war auch »unangemessen« gewesen. Hatte einen Teil dieser »Unangemessenheit« sogar selbst initiiert.

»Was? Nein, du Idiot. Aber sie hat gesagt, dass sie nichts von dir gehört hat. Nicht mal eine Nachricht.«

»Ich habe eine Nachricht hinterlassen.« Eine. Unpersönlich. Aber sicher – genau so, wie er das Haus geputzt hatte. Schön und sicher. Er hatte es geschafft, rein- und rauszugehen, ohne ihr zu begegnen. Er hatte sich ein Auto gemietet, damit sie seines nicht erkannte, und hatte jeden Morgen die Straße runter geparkt, bis sie weg war, weil er Abstand von ihr gebraucht hatte. Von Sami. Er hatte eine neue Perspektive gebraucht.

Bisher hatte ihm diese Perspektive nur gezeigt, wie Sami jeden Morgen aus dem Haus hüpfte und sie und Jennifer plauderten, als wäre er nie da gewesen, was bewies, dass das Leben auch ohne ihn weiterging. Was ätzend war. Es war nicht unerwartet, aber es war trotzdem ätzend.

Und dieses Gefühl untermauerte seine Theorie, dass es eine schlechte Idee war, sich um andere Menschen zu scheren. Gott sei Dank musste er sich nur noch viermal in Jennifers Haus schleichen und wieder raus, dann lag das alles hinter ihm. Er konnte wieder dazu übergehen, sie ganz einfach zu vergessen.

»Ich habe mir in der letzten Woche und den paar Zerquetschten bei ihr den Arsch aufgerissen. Diese Sami macht verdammt viel Dreck. Also ja, ich war da, aber eben während Jennifer bei der Arbeit war.«

»Praktisch.«

»Ganz genau.« Beck ließ den Boden seiner Bierflasche in einem Kreis auf der Theke kreisen. »Als ob man schnell fertig werden würde, wenn man putzt, während der Kunde da ist.«

»Na ja, nein, aber –«

»Worum geht's hier eigentlich, Lee?« Er stellte die Flasche ab und sah diesen vermeintlichen Freund an, der nicht aufhörte, ihn zu löchern.

Liam atmete aus. »Eine Woche, Beck. Es hat gerade mal eine Woche gedauert, bis du das Mädchen deiner Träume im Bett hattest, hab ich recht? Und obwohl sie die Richtige für dich war, ziehst du immer noch deine Nummer ab: Flachlegen und Abhauen. Und jetzt könnte das das Geschäft meiner Schwester beeinträchtigen. Du bist unglaublich.«

Scheiße, sah das so aus? Dachte Lee das etwa?

Dachte Jennifer das auch?

Verdammt. So war es überhaupt nicht.

Er nahm einen kräftigen Schluck aus seinem Bier und bestellte dann ein weiteres. »Ich habe nicht gesagt, dass ich sie im Bett hatte.«

»Musstest du auch nicht. Dass du kein Wort über sie verlierst, spricht Bände. Ich war in der Highschool dabei, weißt du noch?« Lee prostete ihm mit seinem Pils zu. »Du hattest es verdammt schwer erwischt.«

»Hatte ich nicht.«

Lügner!

»Verarsch mich nicht. Ich war dabei.« Liam nahm einen Schluck und stellte das Glas wieder ab. »Und? Wie war's?«

Beck zog eine Augenbraue hoch. »Du fragst mich jetzt nicht ernsthaft nach Details?«

»Um Himmels willen, nein.« Lee schüttelte den Kopf. »Ich meine, mit ihr zusammen zu sein. Im nicht-biblischen Sinne. Ich muss nichts über deine Vorlieben im Schlafzimmer wissen, danke sehr.«

Beck verzog das Gesicht. »Schau dich an mit deinen hochtrabenden Worten. Du warst schon immer ein Arschloch mit diesen Begriffen, von denen du dachtest, ich kenne sie nicht.« Er nahm noch einen Schluck, fest entschlossen, das Thema Jennifer zu umschiffen.

Lee zuckte mit den Achseln. »Du kanntest sie ja auch nicht.«

»Hab ich wohl. Ich hab sie nachgeschlagen.«

Lee grinste dieses verdammte, selbstgefällige Grinsen, das er schon am Abend der Pokerrunde draufgehabt hatte. »Genau das wusste ich doch. Du hättest dich niemals bilden lassen, wenn ich es dir nicht quasi reingeprügelt hätte.«

»Was zum Teufel?« Beck ließ seine Bierflasche auf die Theke gleiten. »Du hast das mit Absicht gemacht?«

»Klar.« Lee zuckte die Achseln. »Du hattest so eine Einstellung und warst so ein Arsch, wenn dir jemand helfen wollte. Da dachte ich mir, wenn ich mich überlegen gebe, wird dich das so ankotzen, dass du dich reinhängst, damit ich nicht klüger bin als du.« Er hob sein Glas erneut. »Das Problem ist nur: Ich bin klüger. Ich habe dich dazu gebracht, Dinge nachzuschlagen – zu lernen –, ohne dass du es gemerkt hast. Genial, würdest du nicht sagen?« Er lächelte, während er das Glas leerte.

»Ich fass es nicht.« Beck schüttelte den Kopf. Er musste es Liam lassen; er hatte ihn durchschaut. Und es hatte funktioniert. Er hatte es gehasst, wie leicht Liam mit Fremdwörtern um sich werfen konnte. Es ließ ihn schlau wirken und Beck sich dumm fühlen. »Arsch.«

Lee zuckte mit den Schultern. »Hauptsache, es hat geklappt. Schau dich doch jetzt an. Ich finde, du solltest mir danken. Glaubst du, du hättest ein Prospekt lesen können, wenn ich sie nicht erwähnt hätte?«

»Da wäre ich schon irgendwann von selbst drauf gekommen.«

»Irgendwann. Aber ich habe dafür gesorgt, dass es schneller ging.«

»Und was willst du jetzt? Meine ewige Dankbarkeit? Eine Abfindung? Ich kann dir sofort einen Scheck ausstellen, das würde mich nicht mal kratzen.«

»Alter.« Lee hob abwehrend die Hände. »Komm mal runter, ja? Ich sage nur, dass du nicht immer gewusst hast, was das Beste für dich ist. Du dachtest es zwar und hättest praktisch jeden umgebracht, der dir was anderes sagen wollte.« Lee drehte sich auf seinem Barhocker um, sah ihn direkt an und musterte ihn einige Sekunden lang eingehend. »Es sieht nicht so aus, als hätte sich daran viel geändert.«

»Was soll das denn bitte bedeuten?«

»Ernsthaft?« Er zog eine Augenbraue hoch. »Du willst mir doch nicht erzählen, dass du gerade dein glücklichstes Leben führst. Du siehst aus, als würdest du am liebsten jemanden umbringen. Und ich soll dein bester Freund sein. Ich möchte nicht wissen, wie du dich im Büro aufführst. Oder im Haus der guten Frau Dr. Bingham.«

»Ich habe eben viel im Kopf.«

»Aha. Ist sie etwa eins fünfundsiebzig groß, hat lange blonde Haare und ein Wahnsinnspaar –«

»Halt den Mund, oder ich schlag zu.«

»Was? Ich wollte sagen: Paar Augen. Blau, oder? Hübsch.« Lee klopfte für ein weiteres Bier auf den Tresen.

Beck hätte am liebsten auf ihn eingeklopft. Verdammter, arroganter Mistkerl.

»Also, wie ich schon sagte: Es sieht so aus, als müsste ich dich immer noch belehren, weil manche Dinge einfach nicht in deinen Dickschädel reingehen.«

»Ich schwöre bei Gott, Lee, wenn wir jetzt nicht an einem öffentlichen Ort wären –«

»Hättest du was getan? Mich vermöbelt? Wirklich? Nur weil ich dir gleich sage, dass du endlich die Chance hast, die du seit Jahren wolltest. Dass Jennifer Langston nicht diejenige war, die dich nicht mehr wollte. Sie hätte Mac bitten können, dich zu ersetzen, aber das hat sie nicht getan; sie sucht sich nur jemanden für die Zeit, wenn dein Einsatz vorbei ist. Du siehst also, Alter, dass du wegläufst, liegt ganz allein an dir. Nur weil du Angst hast, verletzt zu werden.« Er schob noch ein paar Scheine über den Tresen, als sein Bier kam. »Willkommen im Erwachsensein, Beck. Wir alle werden mal verletzt. So ist das Leben. Das härtet dich ab.«

»Du musst mir nichts über das Abhärten erzählen.«

»Stimmt. Ich weiß. Du hast da Erfahrungen aus erster Hand. Verstehe ich. Aber du hast dich über deine Umstände erhoben, Beck. Du hast es geschafft. Du hast gesehen, was du wolltest, und hast es wahr gemacht. Warum sollte deine Karriere anders sein als Jennifer?«

»Weil ich den Markt verstehe. Das sind Zahlen und Algorithmen. Jennifer … sie ist … nun ja. Da sind Emotio– äh, was sie will. Was sie erwartet. Darauf kann ich mich nicht verlassen. Ich kann es nicht vorhersehen. Ich kenne es nicht.«

»Oh, und der Markt hängt nicht von Emotionen oder Zufällen ab oder davon, was irgendein CEO in letzter Minute entscheidet? Alter, du arbeitest jeden Tag mit Unsicherheiten. Niemand weiß, welches Land plötzlich in den

Krieg zieht oder welche Pipeline platzt, aber du schaffst es, auf dieser Welle zu reiten. Mist, ich weiß, dass Frauen kompliziert sein können, aber wenn du aufhörst, sie nur als Frau zu sehen, und sie als Mensch betrachtest, als Jennifer, als jemanden, mit dem du zusammen sein willst, dann ist es eigentlich gar nicht so schwer zu verstehen. Behandle sie einfach so, wie du von ihr behandelt werden willst, und alles wird sich finden. Du darfst nur keine Angst davor haben, das Risiko einzugehen. Was könnte sie schlimmstenfalls tun? Nein sagen?«

»Das wäre verdammt beschissen.«

»Aber Beck, du hast einmal Nein zu ihr gesagt – okay, du hast es nicht so sehr gesagt, als vielmehr gar nicht geantwortet –, und rate mal? Sie hat dich wieder reingelassen. Sie hat dir noch eine Chance gegeben.«

»Sie weiß ja nicht mal, dass ich ich bin. John. Du weißt schon. Was auch immer.« Er hob sein Bier halb zum Mund. »Außerdem war es nur ein Wochenende.«

Ein verdammt geniales Wochenende, aber diese Erinnerung behielt er für sich.

Denn mehr als eine Erinnerung konnte es niemals sein.

»Aha. Weil Jennifer Langston ja auch genau die Sorte Frau für ein einziges Wochenende ist, was?«

Da hatte Lee ihn erwischt.

Beck sah von seinem Bier auf. »Ich mache nicht mehr als ein Wochenende, Lee.«

»Dann bist du ein noch größeres Arschloch, als ich dachte.« Er stieß mit der Schulter gegen seine. »Manchmal, John Becker, muss man nach den Sternen greifen.«

Der Kerl wusste genau, dass er ihn mit diesem Namen kriegen würde.

»Sie hat eine Tochter.«

»Und? Sie ist nur eine kleinere Version der Frau, die du willst.« Lee nahm einen Schluck.

»Eine kleinere, bedürftigere Version.« Scheiße, das hätte er nicht laut sagen sollen.

Lee stellte sein Glas ab. »Und wer wüsste mehr über ein bedürftiges Kind als ein ehemaliges bedürftiges Kind höchstpersönlich?«

Beck wandte seinen Blick Liam zu.

»Ja, ich weiß alles darüber, Beck.« Er zuckte mit den Schultern. »Wir wussten es alle. Und falls du dich erinnerst, wir haben alle unser eigenes Päckchen zu tragen, also verstehe ich es.«

Das stimmte. Lee, seine Brüder und Mac hatten ihre Eltern in jungen Jahren verloren und mussten bei ihrer Großmutter leben.

Immerhin hatten sie eine Großmutter gehabt, zu der sie gehen konnten.

Er hatte niemanden gehabt.

Er hatte sich verzweifelt jemanden gewünscht.

Er ... tat es immer noch.

Jemanden, der ihn wollte.

Jennifer.

Er wollte Jennifer.

Und ja, er wollte auch Sami.

Lee umklammerte sein Glas mit der Hand. »Du wirst niemals die Belohnung bekommen, wenn du das Risiko nicht eingehst, Beck. War das nicht dein Motto im College?«

Verdammt. Lee hatte recht. Er musste mit Jennifer reden. »Du bist ein Arsch.«

Er stieß sein Glas gegen Becks Bierflasche. »Hab dich auch lieb, Kumpel.«

Kapitel zweiundzwanzig

»Ich will meine Tochter sehen, Jen.«

Jennifer atmete tief aus und schloss die Flügeltür zur Terrasse, für den Fall, dass Sami mitbekam, dass ihre Mutter am Telefon war. Die wöchentlichen Anrufe hingen immer stark von Samis Stimmung ab, aber heute Abend hatte Andrea gesagt, sie bräuchte die vollen zugewiesenen acht Minuten, um etwas mit Jennifer zu besprechen.

Hätte Jennifer gewusst, was nun kam, hätte sie Sami gezwungen, mit ihr zu sprechen.

»Andrea, ich weiß nicht, ob es so eine gute Idee ist, sie ins Gefängnis mitzubringen. Sie hat aufgehört, Alpträume zu haben. Ich möchte nicht, dass sie zurückkehren.«

»Ja, nun, es spielt eigentlich keine Rolle, was du willst, oder? Sie ist mein Kind und ich will sie sehen, und da ich hier so bald nicht rauskomme, ist es entweder hier oder nirgends. Du musst sie zu mir bringen, Jennifer.«

»Lass mich mit ihrer Therapeutin sprechen—«

»Diese verdammte Therapeutin hasst mich und das weißt du. Natürlich wird sie nein sagen. Aber das hat sie nicht zu entscheiden. Sami ist mein Kind und ich will sie sehen.«

Jennifer schluckte die Antwort hinunter, die ihr auf der Zunge lag: Andrea hatte ihre elterlichen Rechte abgetreten, technisch gesehen war Sami also nicht mehr ihre Tochter, aber das war nicht der Grund gewesen, warum Jennifer die Papiere hatte aufsetzen lassen. Es war eher wegen der Bequemlichkeit gewesen, rechtliche Entscheidungen treffen zu können, die Eltern für Kinder treffen müssen, und da Andrea nicht entlassen werden würde, bevor Sami achtzehn war, war es zu dem Zeitpunkt zweckmäßig gewesen.

Jetzt jedoch brachte es sie in eine Zwickmühle. Ihr Herz schmerzte für ihre Schwester, aber es schmerzte auch für Sami, und Jennifer hatte keine Ahnung, wie ein Besuch im Gefängnis Sami beeinflussen würde. Zugegeben, es gab einen speziellen Eingang und tolle Räume für Insassen mit kleinen Kindern, aber Sami erinnerte sich an den spiralförmigen Stacheldraht auf dem Weg hinein. Er war in den Alpträumen, die Sami gehabt hatte, als sie das erste Mal zu Jennifer gekommen war, prominent vertreten gewesen.

»Ich verstehe das, Andrea, aber wir haben vereinbart, dass wir das tun müssen, was das Beste für Sami ist. Wenn die Therapeutin also denkt, dass es okay ist, oder dass sie Sami auf den Besuch vorbereiten kann, dann werden wir kommen. Das ist das Beste, was ich tun kann.«

»Du wirst mich vergessen, nicht wahr? Du hast meine Tochter und jetzt bist du fertig mit mir, oder? Ich bin dir völlig egal; du hast dir einfach das Kind geholt, das dein Ehemann dir nicht geben konnte.«

Jennifer hielt den Atem an. »Was soll das bedeuten? Was hat Trent mit Sami zu tun?«

»Oh, nichts.« Andrea klang ein wenig zu zufrieden mit sich selbst. »Bring doch mein Kind hierher, dann erzähle ich es dir.«

Kälte sickerte durch Jennifers Adern. »Willst du damit sagen, dass Trent Samis Vater ist?«

»Ich sage gar nichts, bis ich mein Kind sehe.«

Jennifer wollte Andrea anschreien, dass sie ihr sofort die Wahrheit sagen sollte, aber sie kannte ihre Schwester. Wenn Andrea etwas wollte, tat sie alles, was nötig war, um es zu bekommen. Einschließlich des Zurückhaltens dieser Information.

Jennifer holte tief Luft – weg vom Telefon, damit Andrea nicht merkte, wie verzweifelt sie nach dieser Information lechzte. »Ich werde mit der Therapeutin sprechen und es dich wissen lassen, Andrea. Mehr kann ich nicht tun.«

Günstigerweise schaltete sich die Tonbandstimme ein, um die letzten zehn Sekunden bis zum Ende des Gesprächs anzukündigen, also legte Jennifer auf.

War Trent Samis Vater? Hatten er und Andrea miteinander geschlafen?

Oder war dies eine weitere Manifestation von Andreas Junkie-Persönlichkeit? Soweit Jennifer es bei den Besuchen bei ihrer Schwester hatte beurteilen können, hatte Andrea ihre eigene Schuld an ihrer aktuellen Situation noch nicht eingestanden, sondern stattdessen jedem die Schuld gegeben, von den Männern über das System bis hin zu ihren Eltern, Oma Lois und jetzt anscheinend sogar Jennifer.

Sie konnte Sami dem nicht aussetzen.

Es wäre eine Sache, wenn Andrea sich Hilfe suchen würde, wenn sie sich die Gruppentherapiesitzungen, die sie drinnen besuchen musste, zu Herzen nähme und an sich arbeitete, aber Jennifer hatte das Gefühl gehabt, dass ihre Schwester eher darauf aus war, das System auszunutzen, statt echte Veränderungen herbeizuführen.

Dieser Anruf bestätigte es.

Um Sami gegenüber fair zu sein, da Andrea ihre Mutter war, würde sie trotzdem Rücksprache mit der Therapeutin halten. Wer auch immer gesagt hatte, dass Elternsein nicht einfach ist, hatte verdammt nochmal recht gehabt.

* * *

»Ich brauche deine Hilfe, Cassie.« Sami blickte zum Pavillon, wo die Betreuer nach dem Mittagessen anderen Kindern bei ihren Projekten aus Flechtband halfen.

Sie hatte ihr Projekt und das von Cassie aus einem bestimmten Grund hierher gebracht.

Cassie sah von ihrer Arbeit auf. »Wofür? Du kannst das mit dem Flechtband besser als ich.«

»Nein, nicht dafür.« Dumme Cassie. Als ob Flechtband wichtig wäre. »Ich muss mich aus dem Camp davonschleichen.«

»Das darfst du nicht. Du bekommst Ärger.«

»Aber ich muss. Ich bin, äh … mir ist schlecht.« Nun, ihr Bauch tat tatsächlich weh – und er tat schon weh, seit sie gestern Abend Jennifers Telefonat belauscht hatte.

»Dann sag es doch der Betreuerin und sie ruft deine Mama an.«

»Kann ich nicht. Jen – äh, Mami – operiert gerade und ich will nicht hierbleiben.« Jedes Mal, wenn ihre Mutter – ihre echte Mutter – anrief, war es schwer, Jennifer als Mami zu sehen. Aber sie wollte es unbedingt, weil Jennifer eine so viel bessere Mami war als ihre Mutter. Eine Zillion Mal besser. Jennifer schlief nicht zu komischen Zeiten ein oder ließ sie tagelang allein, und sie sorgte immer dafür, dass sie Essen hatten und das Haus sauber war, und sie erlaubte ihr sogar, eine Katze und einen Hund zu haben. Es war nicht fair, dass Jennifer nicht ihre echte Mami war.

Es war auch nicht fair, dass sie keinen Papa hatte. Aber das würde sich ändern.

»Dann ruf Beck an. Er holt dich ab.«

»Aber er hat mir gesagt, ich soll das nicht tun, also kann ich ihn nicht fragen. Ich muss mich rausschleichen. Das ist der einzige Weg.«

»Aber wie willst du nach Hause kommen?«

»Ich habe mir über die App eine Mitfahrgelegenheit bestellt.«

»Ich dachte, dafür muss man alt sein.«

»Es ist Mamis App auf meinem Handy für Notfälle. Das hier ist ein Notfall, und da es über ihr Konto läuft, habe ich einfach eine Notiz dazugeschrieben, dass ich ihre Erlaubnis für den Notfall habe. Und der Wagen kommt bald, also musst du einfach sagen, dass ich nach Hause gegangen bin, weil mir schlecht war.«

»Aber das tust du doch auch, oder?«

»Äm, ja. Genau.« Sami kreuzte die Finger hinter ihrem Rücken. Mami sagte immer, dass Lügen böse sei, aber Meredith meinte, Lügen sei okay, wenn man die Finger kreuzt. Sami war sich nicht sicher, warum das einen Unterschied machte, aber Meredith wusste viele Dinge, die andere Kinder nicht wussten, also nahm Sami an, dass sie sich auch damit auskannte, weil Meredith oft log.

»Na gut, aber ich weiß nicht, warum du nicht einfach deine Mama anrufen kannst. Oder meine. Ich wette, meine Mama würde kommen. Sie macht Pausen, wenn sie für deine Mama arbeitet. Macht deine Mama keine Pausen?«

Sami schüttelte den Kopf. »Ich habe keine Zeit, es dir noch mal zu erklären. Ich muss jetzt gehen. Danach haben alle ihre Freizeit, sie werden mich also nicht vermissen, und dann kannst du ihnen sagen, dass ich krank nach Hause gegangen bin. Wenn du dich dumm stellst und nur sagst, dass ich nach Hause gegangen bin und mehr nicht, wird niemand sauer auf dich sein.« Sami dachte sich, dass das für Cassie nicht so schwer sein würde. Nicht dass sie ihr das sagen würde, denn Mami sagte immer, es sei nicht nett, die

Gefühle anderer zu verletzen, aber es war gut, dass Cassie nicht so schlau war wie sie.

»Also, ich finde nicht, dass das eine gute Idee ist, aber solange du nach Hause gehst, ist es wohl okay, oder?«

»Genau. Danke, Cassie.« Sami drückte sie kurz an der Schulter, während sie auf den Zaun im Wäldchen zusteuerte.

»Oh nein. Jetzt hast du mich angesteckt.« Cassie rieb sich die Schulter.

Sami würde sie später anrufen und ihr die Wahrheit sagen, damit Cassie nicht dachte, sie sei krank. Sami fände es schade, wenn Cassie morgen nicht hier wäre, wenn sie ihr alles über ihren Ausflug von heute erzählen könnte.

Denn sie ging nach Hause, nur nicht in ihr eigenes Zuhause.

Sie wollte ihren Papa besuchen.

* * *

»Jennifer? Hallo. Hier ist Linda.«

»Hallo, Linda.« Jennifer öffnete die Tür von der Garage in den Hauswirtschaftsraum. »Alles okay?« Heute war Linda an der Reihe, die Mädchen vom Camp abzuholen. Dass Linda in der Praxis arbeitete, machte die Sache mit den Fahrgemeinschaften viel einfacher, da Linda keinen anderen Chef um Erlaubnis bitten musste, um sich freizunehmen und sie zu holen. Und an Tagen wie heute, an denen Jennifer früher fertig war, verschaffte ihr das eine dringend benötigte Auszeit zum Entspannen.

»Ich denke schon. Ich wollte nur sichergehen, dass du Sami hast.«

So viel zum Thema Entspannung; jeder Nerv in Jennifers Körper schaltete auf Alarmstufe rot. »Ich habe Sami?« Sie brachte die Worte kaum heraus.

»Oh, Puh. Okay, gut.«

»Nein. Warte. Linda. Was meinst du damit, ich hätte Sami? Ich habe Sami nicht.« Hatte sie Sami etwa abholen sollen? Was war hier los?

»Oh... Äm...«

Sie hörte, wie Linda mit Cassie sprach.

»Cassie sagt, dass Sami das Camp verlassen hat, weil sie krank war, und sich nach Hause hat fahren lassen.«

Jennifers Puls raste in die Höhe. Das ergab keinen Sinn. Warum hätte keine der Betreuerinnen sie angerufen, wenn Sami krank war? »Warte kurz. Ich bin gerade erst zur Tür rein.« Sie rannte ins Wohnzimmer. »Sami?«

Beckett sah vom Couchtisch auf. »Jen?«

Gott sei Dank war Beckett hier. Er musste sie geholt haben. »Wo ist Sami? Ist sie hier?« Sie würde ihn ordentlich zusammenstauchen, weil er ihr nicht Bescheid gegeben hatte, dass er sie abgeholt hatte, aber—

»Sami? Warum sollte sie hier sein?«

»Du hast sie nicht abgeholt?«

»Sollte ich das etwa?«

»Oh Gott.« Ihre Beine gaben nach und sie musste sich an der Wand abstützen.

»Jen?« Er eilte an ihre Seite. »Was ist los? Was ist mit Sami passiert?«

In ihrem Kopf dröhnte ein Summen, das so laut war, dass Jennifer keinen klaren Gedanken fassen konnte. »Linda? Was hat Cassie gesagt? Sami ist nicht hier.«

Lindas Stimme wurde angespannt. »Sami sagte, sie sei krank, und erzählte Cassie, sie fahre nach Hause, dann ist sie über den Zaun geklettert — oh Gott, Cassie, warum hast du das niemandem gesagt?«

Cassies Weinen war laut genug, um bis an Jennifers Ohr zu dringen.

»Ich muss auflegen.« Jennifer beendete das Gespräch. »Wo könnte sie nur sein?« Sie klammerte sich an die Rückenlehne des Sofas.

»Hat sie ein Handy dabei?« Beckett half ihr, um das Sofa herum und sich darauf zu setzen.

»Ja. Hat sie. Gute Idee.« Jennifer nestelte an ihrem Telefon herum und rief Sami an.

Es ging sofort die Mailbox ran.

»Oh Gott, ihr ist etwas passiert. Sie weiß, dass sie ihr Handy nicht ausschalten darf, wenn wir nicht zusammen sind.« Das durfte nicht wahr sein. Das. Durfte. Nicht. Wahr. Sein. »Beckett, was soll ich nur tun?«

»Überleg nach. Wo könnte sie hingegangen sein?«

Wo hätte Sami hingesehen? Das war die Frage. »Nicht in meine Praxis. Die Leute am Empfang hätten mich längst angerufen. Was ist mit... deinem Büro?«

Beckett sah aus, als hätte ihn der Blitz getroffen. »Warte mal.« Er zog sein Handy heraus und wählte eine Nummer. »Fi? Ist dort ein kleines Mädchen namens Sami, das nach mir fragt?«

Die Frage klang absurd, aber sein Tonfall war todernst.

Er wurde unheilvoll, als er seufzte. »Okay, aber hör zu, falls sie auftaucht, ruf mich sofort an. Es ist mir egal, ob der Papst persönlich vor der Tür steht – wenn Sami kommt oder anruft, musst du mich auf der Stelle kontaktieren.«

Er ließ sich neben Jennifer auf das Sofa sinken. »Wo sonst noch?«

Jennifer hatte sich während der gesamten fünfzehn Sekunden seines Telefonats dieselbe Frage gestellt. »Ich habe keine Ahnung. Cassie ist ihre beste Freundin — und die einzige, bei der sie ohne mich zu Hause war.«

»Würde sie zu deiner Großmutter gehen?«

»Ich wüsste ehrlich gesagt nicht, warum, aber einen Versuch ist es wert.« Das war kein Anruf, den Jennifer führen wollte, aber sie musste jede Option ausschöpfen.

Sie atmete tief durch und wählte die Nummer.

»Oma, hier ist Jennifer.«

»Na, es ist jedenfalls sicher nicht diese Nichtsnutz-Schwester von dir. Die ruft mich nie an.«

Sie rutschte auf dem Sofa zur Seite, wohl wissend, dass die fünfzehn Zentimeter Abstand zwischen ihr und Beckett nicht ausreichen würden, damit er dieses Gespräch nicht mitanhörte, aber darum konnte sie sich jetzt keine Sorgen machen. »Oma, bitte. Es ist ernst.«

»So wie die Tatsache, dass du das Kind deiner Schwester aufziehst und es ihr ermöglichst, ihr Leben wie eine einzige große Party zu behandeln.«

Jennifer brauchte einen Moment, um sich zu fassen und ihre Stimme ruhig zu halten. »Oma, ich rufe wegen Sami an. Haben Sie—«

»Natürlich tust du das. Du tust ja nichts anderes mehr, als wegen dieses Kindes anzurufen, dir Sorgen um sie zu machen oder sie irgendwohin zu bringen. Weißt du, sie ist nichts als ein Parasit in deinem Leben, Jennifer, genau wie ihre Mutter. Warum überlässt du die beiden nicht einfach sich selbst –«

»Oma, Sami wird vermisst.« Sie drückte sich auf den Nasenrücken. »Ich hatte gehofft, sie wäre zu Ihnen gekommen.«

»Vermisst? Zu mir? Ganz ehrlich, Jennifer, das ist der letzte Ort, an den dieses Kind kommen würde. Sie weiß, dass sie hier nicht willkommen ist. Und vielleicht ist das genau die Gelegenheit, die Sie brauchen, um Ihr Leben zurückzubekommen. Wahrscheinlich ist sie zu ihrer Versager-Mutter zurückgerannt, und auf Nimmerwiedersehen für beide. Sie haben Besseres mit Ihrem Leben anzufangen—«

»Wie können Sie so etwas sagen? Sie ist Ihre Urenkelin, und ich kann nicht fassen, dass Sie die Sünden ihrer Mutter weiterhin an ihr auslassen. Andrea hat Fehler gemacht, aber Sami ist keiner davon.«

Becketts Augen brannten förmlich auf ihr, aber Jennifer konnte sich jetzt nicht um seine Neugier kümmern.

»Das können Sie sich weiter einreden, bis Sie in meinem Alter sind und niemanden haben, der sich um Sie kümmert.«

Jennifer biss sich auf die Zunge. Ihre eigene Mutter war am anderen Ende der Welt und kümmerte sich nicht um ihre eigene Mutter. Das war ein heikles Thema, aber Jennifer konnte verstehen, warum ihre Mutter sich vielleicht dafür entschieden hatte, wegzubleiben. So sehr sie ihre Großmutter auch liebte, es waren Momente wie dieser, in denen ihr klar wurde, dass sie sich nur deshalb verpflichtet fühlte, sie zu besuchen, weil Oma eine Blutsverwandte war.

Aber das hier war zu viel. Zu weit gegangen. Sie stand auf und ging im Zimmer auf und ab, während sie versuchte, ihren Zorn unter Kontrolle zu halten und die Angst zu bezwingen. »Wissen Sie was, Oma? Sie haben recht. Es war verrückt von mir zu glauben, dass Sami zu Ihnen kommen würde. Und ich verspreche Ihnen, wenn — nein, sobald ich sie finde, werden Sie beide nicht mehr unter der Gesellschaft des anderen leiden müssen. Es tut mir leid, Oma, aber ich kann Sie nicht mehr besuchen kommen, bis Sie sie als Ihre Urenkelin akzeptieren und sie auch so behandeln. Sami ist ein Kind. Ein unschuldiges, verletztes Kind, dessen Mutter Drogen und das Gefängnis ihr vorgezogen hat. Wo ist Ihr Mitgefühl?«

Oma keuchte. »Andrea hat sich für das... Gefängnis entschieden? Was erzählen Sie da?«

Jennifer warf einen Blick auf Beckett, der bereits eins und eins zusammenzählte. Verdammt. So hatte sie es ihn oder ihre Großmutter nicht erfahren lassen wollen. Aber sie war völlig fertig und es so verdammt leid, Andreas Geheimnisse zu bewahren.

Sie atmete aus und erzählte Oma von Andreas Inhaftierung und davon, dass Andrea Sami im Stich gelassen hatte.

»Sie...« Omas Stimme hatte einen Klang, den Jennifer noch nie zuvor gehört hatte. »Sie haben es mir nie... gesagt.«

Gott, Jennifer wollte das jetzt nicht tun, aber ihre Großmutter klang plötzlich so... alt..., dass sie musste.

»Ich wollte nicht, dass Sie es erfahren. Ich wollte nicht, dass Andreas Taten Sie verletzen.«

»Sie hätten es mir sagen sollen, Jennifer. Jemand hätte es tun sollen. Ich dachte...« Oma hustete. »Ich dachte, sie wäre einfach abgehauen. Wie...« Sie schluckte schwer. »Wie Ihre Mutter.«

»Ihre—« Jennifer blieb stehen. »Ihre... Mutter?«

Oma räusperte sich. »Ihre Mutter, sie hat uns verlassen. Hat Ihren Vater kennengelernt, und weg war sie.«

»Dad ist beim Militär, Oma. Sie musste mit ihm gehen.«

»Das einzige Mal, dass wir sie oder euch Kinder gesehen haben, war an Weihnachten, und manchmal nicht mal dann.«

»Dads Karriere hat uns überall hingeführt. Meine Eltern konnten nicht einfach nach Hause kommen, wann immer sie wollten.«

»Aber nachdem dein Großvater gestorben war, haben sie es sicher getan, oder nicht?« Oma räusperte sich erneut. »Als mein Jack erst mal fort war ...« Wieder räusperte sie sich. »Da wollte sie nichts mehr mit ihrem eigenen Vater zu tun haben. Wie kann jemand einfach so gehen? Und euch Mädchen mitnehmen?«

Jennifer sah zu Beckett. Warum, wusste sie nicht. Er konnte ihr sicherlich keinen familiären Rat geben. »Hör zu, Oma, wir sprechen darüber, wenn Sami wieder da ist, aber im Moment muss ich auflegen. Ich muss sie finden.«

»Vielleicht ist sie zu ihrer Mutter gefahren.«

Das ergab Sinn, falls Sami das Gespräch mit Andrea gestern Abend belauscht hatte. Aber Jennifer war draußen auf der Veranda gewesen. Sami hatte am Küchentisch mit Neros »Hilfe« Bilder mit Glitzer gebastelt.

Aber wenn sie so darüber nachdachte, waren beide weg gewesen, als Jennifer nach dem Telefonat wieder hereingekommen war, und eine Glitzerspur hatte nach oben in Samis Zimmer geführt.

»Ich muss los, Oma. Ich lasse es Sie wissen, wenn ich sie gefunden habe.« Sie beendete das Gespräch im Laufen, während sie die Stufen zwei auf einmal nahm, in der Hoffnung, einen Blick auf den Glitzer zu erhaschen, aber er war weg. Beckett war zu gut in seinem Job.

Sie rannte in Samis Zimmer, Beckett ihr dicht auf den Fersen, während sie mit der Hand über das Fensterbrett des Fensters strich, das zum Garten hinausging.

»Wonach suchst du?«, fragte er.

»Glitzer.« Da! Im Teppich unter dem Fenster glitzerten noch ein paar Flocken.

»Was hat Glitzer mit Sami zu tun—«

»War hier Glitzer, als du ihr Zimmer geputzt hast?« Sie zeigte auf das Fensterbrett. »Auf dieser Fensterbank?«

»Ja, schon, aber ich habe ihn weggesaugt.«

»Verdammt.«

»Ich dachte nicht, dass du überall im Haus Glitzer haben willst. Auf dem Glas waren lauter Pfotenabdrücke davon.«

»Nein. Ich meine...« Sie strich sich die Haare aus der Stirn. »Ich meine, ich bin froh, dass du es sauber gemacht hast, aber ich bin auch froh, dass du es hier gesehen hast. Glaube ich.«

»Jennifer, ich verstehe nicht ganz, worauf du—«

»Sami. Ich glaube, sie hat mein Gespräch mit Andrea gestern Abend mitbekommen.«

»Andrea... Ihre Mutter.«

Sie zuckte zusammen. »Ja. Es ist äh... kompliziert. Aber ich bin Samis gesetzlicher Vormund und sie fühlt sich sicherer, wenn sie mich Mami nennt, und die Therapeutin sagt, wir sollen uns nach ihr richten und—«

»Schon gut.« Er schlang seine Arme um sie. »Es ist okay. Du musst mir nichts erklären. Wichtig ist jetzt nur Sami. Wo könnte sie sein?«

Jennifer zitterte. »Ich... ich glaube, sie könnte... zu Andrea gefahren sein.«

»Ins Gefängnis?«

Jennifer nickte mit einem flauen Gefühl im Magen. Es hatte ihr schon nicht gefallen, Sami dorthin mitzunehmen; sie wollte sich gar nicht erst vorstellen, wie Sami dort allein hinkam. Jennifer war sich sicher, dass die Wärter sie nicht hineinlassen würden, aber in was für Schwierigkeiten und Gefahren könnte sie auf dem Weg dorthin geraten? »Ich habe Angst.«

»Ich weiß. Aber wir werden sie finden. Hat sie eine Ortungs-App auf ihrem Handy?«

»Ja, aber ich glaube nicht, dass sie funktioniert, wenn das Handy aus ist.«

»Was ist mit der Fahrt, die sie gebucht hat? Wie hat sie das angestellt? Gibt es eine App—«

»Ja, das ist es! Ich habe eine Ridesharing-App für Notfälle auf ihrem

Handy installiert, und die ist mit meinem Konto verknüpft...« Jennifer nestelte an ihrem Telefon herum—

Das genau in diesem Moment zu klingeln begann.

Kapitel dreiundzwanzig

»Sami?« Mit klopfendem Herzen nahm Jennifer ab, ohne überhaupt auf die Anrufer-ID zu schauen.

»Ja, ich hab deine Sami hier. Wer zum Teufel hat ihr erzählt, dass ich ihr Vater bin?«

»Trent?« Sie wusste nicht, ob sie erleichtert oder wütend sein sollte.

»Oh, gibt es noch andere Trottel, denen du das anhängst, oder bin ich der Glückliche? Was soll das werden, ein Versuch, mich dazu zu bringen, sogenannten Kindesunterhalt abzudrücken, damit du den Unterhalt zurückkriegst, den du gezahlt hast? Ich hab Neuigkeiten für dich, Jen; du schuldest mir eine Menge mehr als das, was der Richter dir bewilligt hat. Du bist echt das Letzte, das muss ich schon sagen, nach allem, was ich für dich getan habe.«

Jennifer fuhr sich mit einer Hand durch das Haar und ließ die Boshaftigkeiten an sich abprallen. »Trent, hast du Sami bei dir?«

»Hab ich das nicht gerade gesagt?«

»Gib sie mir ans Telefon.« Sie ließ sich auf Samis Bett sinken und hatte kein Interesse daran, sich auf einen Schlagabtausch mit ihm einzulassen. Nichts war wichtiger, als Sami zurückzubekommen. All ihre eigenen Probleme mit ihm verblassten dagegen.

Sami nahm das Telefon. »Mami, bitte sei nicht sauer auf mich, ich weiß, ich hätte anrufen und nicht aus dem Camp weglaufen sollen, aber als ich dich gestern Abend mit meiner anderen Mami reden gehört habe und du so wütend warst, dass Trent mein Papi ist, da wusste ich, dass du nicht willst, dass ich ihn sehe, wegen der Drogen, aber ich musste ihn sehen, ich musste ihn treffen, weil er mein Vater ist und ich keinen Vater habe, genau wie Beck und wie Cassie, und das ist richtig traurig und ich wollte ihn einfach nur treffen, also bitte, bitte, bitte, Mami, sei nicht sauer, ich verspreche, ich bin ab jetzt ganz brav.«

Jennifer wischte sich ein paar Tränen von der Wange. »Sami, ich bin einfach nur froh, dass es dir gut geht. Wir reden später über das, was du getan hast, wenn wir uns beide beruhigt haben, aber jetzt komme ich erst mal und hole dich ab. Bitte schalte dein Handy ein und gib mir wieder Trent.«

»Willst du mir verraten, warum dieses Kind glaubt, ich sei ihr Vater?«, knurrte Trent ins Telefon.

»Bist du es denn?«

»Was? Bist du komplett wahnsinnig geworden –«

»Hey, du hast mich bestohlen, um an Drogen zu kommen; da ist es kein weiter Weg zu der Annahme, dass du für Stoff auch mit Andrea geschlafen hättest.«

»Als ob ich mit diesem Miststück schlafen würde, das sich deine Schwester nennt –«

»Sprich in Samis Gegenwart nicht so über ihre Mutter, Trent.« Sie atmete aus. »Hör zu, wir reden darüber, wenn ich sie nach Hause geholt habe.«

»Ja, schön, wann wird das sein? Ich hab nämlich noch was vor. Ich bin nicht ihr Babysitter.«

»Ich bin sofort da.«

»Das mach mal. Und bring am besten was zu essen mit, wenn du schon dabei bist. Das ist ja wohl das Mindeste, was du springen lassen kannst, wenn ich hier auf das Kind aufpasse.«

Das war Trent, er dachte immer nur an sich selbst. Aber wenigstens hatte er angerufen, was auch immer sein Motiv war. Vielleicht machte er Fortschritte. Aber wie dem auch sei, er war aus ihrem Leben verschwunden, und genau dort würde er auch bleiben. Sie blickte nach vorn.

»Schön. Ich besorge unterwegs etwas.« Sie warf einen Blick auf die Ortungs-App auf ihrem Handy, wo Samis Standort blinkte. »Ich bin in etwa zwanzig Minuten da«, sagte sie und beendete das Gespräch. Sie ließ den Kopf hängen und atmete erneut aus. Gott sei Dank war sie in Sicherheit.

»Soll ich dich begleiten?«

Beckett. Sie blickte auf. Sie hatte fast vergessen, dass er noch da war.

Fast.

Ja, sie wollte, dass er mitkam.

Und genau das war der Grund, warum er es nicht durfte. Das hier war nicht Becketts Problem.

Sie zwang sich zu einem Lächeln. »Nein, das ist schon okay. Jetzt, wo ich weiß, wo sie ist und dass es ihr gut geht, komme ich klar.« Sie drückte seinen Unterarm – mehr Körperkontakt konnte sie sich in diesem hochemotionalen Moment nicht erlauben. »Danke, dass du hier warst. Ich weiß es wirklich zu schätzen, dass du geblieben bist.«

»Natürlich bin ich geblieben. Ich bin keiner, der abhaut, wenn es schwierig wird.«

Nein, anscheinend ging er nur dann, wenn alles gut lief.

* * *

Er hätte bleiben sollen. Hätte mit ihr mitgehen sollen. Sicherstellen, dass Trent nichts Gemeines mehr zu ihr sagte. Aber welches Recht hatte er dazu?

Kein einziges.

Vor allem, da er keinen einzigen ihrer Anrufe erwidert hatte, seit er mit ihr geschlafen hatte.

Gott, Lee hatte recht; er war ein Arschloch.

Beck seufzte und blickte sich um. Da saß er nun, allein zu Hause, starrte auf die Tausend-Dollar-Tapete, an der das Werk irgendeines Künstlers hing, von dem er noch nie gehört hatte und das wahrscheinlich mehr gekostet hatte als Samis gesamtes Sommercamp, und stellte fest, dass er für all das nicht mal einen Bruchteil der Emotionen aufbringen konnte, die er gerade durchlebt hatte.

Wie machten Eltern das nur? In dem Moment, als er begriffen hatte, was los war, war es gewesen, als würde sein ganzer Körper mit Eis gefüllt und die Welt um ihn herum verlangsamt. Er hatte jedes Detail wahrgenommen, aber eine Entscheidung zu treffen oder sich zu bewegen, hatte sich angefühlt, als müsste er sich durch verfestigte Luft kämpfen. Und sein Herz ... Jesus, er hätte schwören können, dass es ihm aus der Brust springen würde.

Er ließ sich auf den Stuhl sinken.

Er war bei Weitem nicht so bequem wie das mit Hundehaaren übersäte Sofa in Jennifers Haus.

Er sah sich im Raum um. Nichts in seiner Wohnung war so gemütlich wie Jennifers Haus.

Aber nichts war auch so beängstigend.

Er rieb sich die Schläfe. Sami. Herrgott.

Sie hätten sie fast verloren. Ein Kind verloren. Wie hält man das aus? Wie überlebt man das?

Er fuhr sich mit den Händen durchs Haar. Auf keinen Fall wollte er, dass ihm jemand so viel bedeutete. Wenn sie Sami verloren hätten ... Wenn ihr etwas –

Er fuhr sich mit der Hand über den Mund. Wenn sie Sami verloren hätten ... wäre das Leben nicht mehr lebenswert.

Heilige Scheiße.

Hieß das etwa –

Hatte er gerade –

Jesus. Dachte er etwa an –

Er ließ die Hände zwischen die Knie sinken und ließ den Kopf hängen. Nein. Das durfte nicht passieren. Nicht ihm. Nicht Beckett Fields, dem Typen mit Eis in den Venen, wenn es um riskante Investitionen ging.

Und doch ...

Mist.

Ja. Er dachte tatsächlich ...

Er fuhr sich wieder mit der Hand durchs Haar. Verdammt. Er wollte nicht, dass ihm ein anderer Mensch so viel bedeutete, erst recht nicht zwei.

Er stand auf und starrte auf die Schieferwand mit dem Kamin. Auf die bodentiefen Fenster, die ihm die beste Aussicht boten, die man für Geld kaufen konnte. Auf die Gourmetküche mit den High-End-Edelstahlgeräten, die so leise liefen, dass er nachsehen musste, ob sie überhaupt an waren – wenn er sie denn mal benutzte. Auf die tiefblauen Granitarbeitsplatten, die Maeve, seine Designerin, aus Brasilien hatte einfliegen lassen, auf hellgrauen Schränken, von denen sie sagte, sie seien »maskulin, ohne erdrückend zu wirken«, und der Kochinsel, die groß genug für zwölf Personen war, ganz zu schweigen vom Esszimmer dahinter ... alles Zeugnisse seines finanziellen Erfolgs.

Die Sache war nur die: Er konnte sich nicht erinnern, wann er das letzte Mal in diesem Esszimmer gegessen hatte. Konnte sich kaum erinnern, wann er das letzte Mal überhaupt in der Küche gegessen hatte. Oder die Küche auch nur benutzt hatte, außer um sich vor der Arbeit ein Glas Orangensaft zu holen. Er war selten hier; das hier war kein Heim, es war ein Haus. Vier Wände, ein paar edle Bodenbeläge und ein paar prächtig ausgestattete Zimmer. Ein Ort, an den man zurückkehrte, bevor man am nächsten Tag wieder zur Arbeit ging. Es hatte nichts von der Heimeligkeit bei Jennifer. Es mochte perfekt in ein Designmagazin passen, aber wenn es darum ging, ein Zuhause zu sein ... war es keines.

Beck betrachtete das riesige Sofa, von dem Maeve gesagt hatte, es füge sich wunderbar in den Raum ein. Im gleichen Hellgrau wie die Küchenschränke – und die Wände im Wohn- und Esszimmer. Das Sofa war bequem, aber außer Maeve, Shannon und den Lieferanten hatte es niemand außer ihm gesehen.

Er betrachtete die Kunst an den Wänden. Als Kind hatte er davon geträumt, sich alles leisten zu können, was er wollte. Jetzt konnte er es, und als ihm die Wünsche ausgegangen waren, hatte er das Geld in Kunstwerke gesteckt. Eine Investition in seine Zukunft, die nur an Wert gewinnen würde. Er hatte alles, was er sich je gewünscht hatte. Alles, was man für Geld kaufen konnte. Er konnte überallhin reisen und tun, was er wollte.

Warum wünschte er sich dann, Jennifer hätte ihn mitkommen lassen, um Sami nach Hause zu holen und sich mit dem Chaos aus Haustieren und Glitzer und einer mit Katzenstreu gefüllten Badewanne und nach Erdbeeren duftenden Seifen herumzuschlagen? Er mochte nicht einmal Erdbeeren.

Er ging zur Bar, um sich einen Scotch einzuschenken. Den besten, den man für Geld kaufen konnte. Er hob ihn sich für besondere Anlässe auf ...

Er hielt die Flasche hoch. Sie war noch zu mehr als zwei Dritteln voll. Offenbar gab es nicht viele besondere Anlässe in seinem Leben.

Er war so damit beschäftigt gewesen, seinen Lebensunterhalt zu verdienen, dass er sich keine Zeit zum Leben genommen hatte, und was nützte es, alles zu haben, wenn man niemanden hatte, mit dem man es teilen konnte?

Am Ende des Flurs im Gästezimmer entdeckte er den Teddybären, von dem Sami darauf bestanden hatte, dass er ihn haben musste. Er ging hinein und hob ihn – Wally – von dem Sessel hoch, auf den er ihn geworfen hatte, um sich nicht mit den Gefühlen auseinandersetzen zu müssen, die er in ihm auslöste.

Doch nun kamen sie alle mit Macht an die Oberfläche.

Er war so gerührt gewesen, dass Sami wollte, dass er ihn bekommt. Dass sie ihn einbeziehen wollte.

Dass sie wollte, dass er ihr Vater ist.

Er atmete aus und setzte den Bären wieder auf den Sessel.

Nun, Gott sei Dank war Trent nicht ihr Vater –

Moment mal.

Beck rechnete nach.

Was, wenn ...

Verdammt ... Was, wenn er – Beck – es war?

Kapitel vierundzwanzig

»Bist du sehr sauer, Mami?«

Jennifer unterdrückte den Drang, Sami erneut in die Arme zu schließen, während sie zum Auto eilten. Sie musste sie nach Hause bringen, damit sie wusste, wo Sami war und dass sie in Sicherheit war. Jennifer würde sie nie wieder aus den Augen lassen. »Ich bin gerade voller Emotionen, Schätzchen, genau wie du. Lass uns nach Hause fahren, damit wir sie ordnen können, okay?«

»Okay. Aber es tut mir wirklich leid. Ich wollte nur —«

»Ich weiß, Sami. Ich weiß. Aber es gibt Regeln, und wenn man sich nicht an sie hält, verletzt man Menschen. Du hast mir Angst gemacht. Riesige Angst. Und es tut mir weh, dass du das getan hast. Aber ich bin auch wahnsinnig froh, dass es dir gut geht.«

Sie gönnte sich zwei Sekunden einer Umarmung, bevor sie die Autotür öffnete. Länger, und sie würde sie vielleicht nicht mehr loslassen. Nie wieder.

Gott, wenn sie daran dachte, was alles hätte passieren können ...

»Aber Mami ...« Ungeweinte Tränen füllten Samis Augen, während Jennifer sie anschnallte — und ja, obwohl Sami durchaus wusste, wie sie sich selbst anschnallte, brauchte Jennifer die Gewissheit, dass sie dafür sorgte, dass Sami sicher war. Eine Überreaktion, sie wusste es, aber sie durfte das jetzt.

»Ja?« Das Wort kam gepresst heraus, weil die Gefühle ihr die Kehle zuschnürten.

»Ist Trent mein Papa?«

Und jetzt tat Jennifers Herz weh. Alles, was dieses arme Kind wollte, war ein Elternteil, der es liebte. »Nein, Süße, das ist er nicht. Es tut mir leid.«

Sie war sich nicht sicher, wofür sie sich entschuldigte. Trent als Vater war genauso schlimm wie Andrea als Mutter, aber das arme Kind ertrank in Ungewissheit und Schmerz. »Aber hör zu, du hast mich. Ich weiß, ich bin nicht deine richtige Mama« — Gott, sie hasste diesen Begriff, aber leibliche Mutter wäre jetzt zu kompliziert zu erklären gewesen —, »aber ich liebe dich genauso sehr, als wäre ich es. Und auch wenn du keinen Papa in deinem Leben hast, heißt das nicht, dass ich dich nicht genug für zwei Elternteile lieben kann.« Sie küsste sie auf die Stirn. »Und das tue ich, Sami. Wirklich.«

»Du wirst mich also nicht wegschicken?«

Jennifer schreckte zurück und starrte sie an. »Wie kommst du denn auf so etwas?«

Samis Unterlippe bebte. »Weil ich dich wütend gemacht habe. Mami — Andrea — hat immer gesagt, ich muss brav sein, sonst gibt sie mich weg. Bitte gib mich nicht weg, Mami. Ich verspreche, ich werde für immer brav sein.«

Jennifer schlang ihre Arme so fest um Sami, wie es der Sicherheitsgurt zuließ, blickte zur Decke, atmete tief aus und blinzelte eine Sturzflut von Tränen weg — und die wüsten Worte, die sie Andrea am liebsten entgegengeschrien hätte.

Biologie machte noch lange keine Eltern aus.

Und Drogen richteten schreckliche Dinge mit Menschen an. Und mit Familien.

»Mach dir keine Sorgen, Sami. Ich werde dich niemals wegschicken. Nie im Leben. Du bist mich nicht mehr los, Kleines.«

Sami hielt sich an ihr fest, als hinge ihr Leben davon ab. »Und du bist mich auch nicht mehr los.«

Jennifer schluckte die Tränen hinunter und drückte Sami einen langen, festen Kuss auf den Kopf. Als sie schließlich wieder sprechen konnte, ohne dass ihre Stimme brach, ging sie auf Samis Augenhöhe. »Wir sind uns also gegenseitig sicher, okay? Was hältst du davon, wenn wir nach Hause zu Nero und Flopsy fahren und sie auch mal ganz fest drücken?«

»Haben sie mich vermisst, als ich weg war?«

»Wir alle haben dich vermisst, Sami.«

»Sogar Beck?«

Verdammt, damit hatte sie nicht gerechnet. »Ja, Sami, Beckett hat sich auch Sorgen gemacht.«

»Warum ist er dann nicht mitgekommen?«

»Weil ich doch schon gekommen bin.«

»Ich wünschte, er wäre mitgekommen.«

Jennifer seufzte und klopfte noch einmal auf das Gurtschloss, bevor sie aufstand. Sami musste verstehen, dass Beckett nicht Teil der Vereinbarung war. »Er hat angeboten mitzukommen, aber da dies eine Familienangelegenheit ist, dachte ich, wir sollten es unter uns klären.«

»Ich wünschte, er wäre unsere Familie.«

Jennifer schloss die Autotür. Sie auch.

Sie stieg vorn ein. Warum konnte er nicht Teil ihrer Familie sein? Er hatte gesagt, er wolle mit ihr ausgehen ... welchen Zweck hatten Verabredungen, wenn nicht den Aufbau einer Beziehung? Wollte er nur ein Betthäschen?

Sie zuckte zusammen, als sie sich in den Verkehr einordnete. Jennifer Langston, Betthäschen. Ja, das war irgendwie keines der Ziele, die sie sich selbst gesteckt hatte.

Genauso wenig wie Alleinerziehende oder Geschiedene zu sein, aber Andrea und Trent hatten diese Entscheidungen für sie getroffen.

Aber weißt du was? Sie hatte es satt, dass die Taten anderer Menschen ihr Leben bestimmten, und sie würde es nicht mehr hinnehmen. Dies war ihr Leben und es gab Dinge, die sie wollte, und wenn Beckett sie in seinem Leben haben wollte, dann musste es zu ihren Bedingungen geschehen.

Und wenn er es nicht wollte, nun, dann war es besser, es jetzt herauszufinden und dem Herzschmerz ein Ende zu setzen, bevor er zu groß wurde.

Zu spät.

Nein. Es war nicht zu spät. Aber es war Zeit.

Sie war fertig damit, sich den Kurs ihres Lebens von anderen diktieren zu lassen, und es wurde höchste Zeit, dass sie das Kommando übernahm.

* * *

»Na, na, na, John Becker. Ich hätte nicht gedacht, dass ich dich jemals wiedersehen würde, schon gar nicht hier drin.« Andrea setzte sich rittlings auf den Plastikstuhl im Besuchsraum des Gefängnisses. »Was führt dich her?«

Wie hatte er jemals glauben können, dass sie Jennifer für ihn ersetzen könnte, auch nur für eine Nacht? In der Nacht, die sie zusammen verbracht hatten, war sie hübsch gewesen, aber die Jahre dazwischen — fast acht — waren nicht gnädig gewesen.

»Ich muss dich etwas fragen.«

»Das heißt nicht, dass ich antworten muss.«

Sie hatte sich verändert — war hart geworden —, und das stimmte ihn traurig. Er war aber auch verdammt froh, dass sie ihre elterlichen Rechte abgetreten hatte.

Aber je nach diesem Gespräch könnte das hinfällig sein.

»Was kann ich für dich tun, damit du antwortest?«

Ihre Augen verengten sich, ihr Daumennagel schnippte gegen den ihres Mittelfingers. Nervös.

Er dachte nicht im Traum daran, ihr Drogen zu besorgen. »Zigaretten?« Sie waren die Währung im Gefängnis. Sie konnte sie benutzen, um alles Mögliche zu bekommen, und seine Hände blieben sauber.

Er hatte recherchiert und wusste, dass sie jahrelang nicht herauskommen würde. Lange genug, damit Sami stabil aufwachsen konnte und sich nicht mit einem Junkie herumschlagen musste.

Gott, die arme Sami.

Und die arme Jennifer. Sie und Andrea waren in der Highschool eng befreundet gewesen. Er fragte sich, was schiefgelaufen war. Vielleicht würde er Jennifer eines Tages danach fragen — falls sie nach der Art, wie er nach dem Sex verschwunden war, überhaupt noch mit ihm sprach.

Gott, er war so ein Arsch. Aber das würde sich jetzt ändern. Ab jetzt. »Andrea? Und, reichen Zigaretten dafür?«

Andrea schnalzte mit der Zunge. »Okay, abgemacht. Was ist deine Frage?«

Beck schloss kurz die Augen und atmete aus, wobei er die Emotionen zusammenkratzte, die er für ihre Antwort brauchen würde.

Er öffnete die Augen, er musste ihre erste Reaktion sehen. Das war immer die wahre Reaktion. Das Anzeichen. »Ist Sami meine Tochter?«

Andreas Augen weiteten sich, dann lachte sie. »Ernsthaft? Du bist wegen eines Kindes hier?« Sie lachte weiter, bis sie husten musste. »Na, das habe ich nicht kommen sehen.«

»Beantworte die Frage, Andrea.«

»Warum?« Sie legte den Kopf schief, die Augen zusammengekniffen. »Willst du Unterhalt anbieten? Ich glaube nicht, dass Kippen vor einem Richter ausreichen werden.«

»Wenn sie meine ist, werde ich für sie sorgen.« Verdammt, selbst wenn sie es nicht wäre, würde er es tun. Er hatte die Entscheidung auf dem Weg hierher getroffen — eigentlich hatte er es sich schon in der Minute eingestanden, als er den zusammengesunkenen Bären gesehen hatte.

Er wollte Sami und Jennifer in seinem Leben haben.

Aber trotzdem brauchte er die Wahrheit.

Andrea trommelte auf den Tisch und ließ sich verdammt viel Zeit mit der Antwort. Schließlich holte sie tief Luft ... und lächelte. »Mach dir nicht ins Hemd, Beck. Sie ist nicht von dir.«

»Woher willst du das wissen?«

Sie verdrehte die Augen. »Du lässt nicht locker, was?«

»Antworte mir, Andrea.«

»Schön.« Sie seufzte und wartete einige Sekunden. »Weil ich, äh, nachdem ich an dem Morgen bei dir abgehauen bin« — nachdem er sie rausgeworfen hatte —, »mich, äh, selbst in den Entzug eingewiesen habe. Ich meine, du warst der Bad Boy in der Highschool, und wenn du mich schon rausschmeißt, dachte ich, sollte ich wohl mal was ändern. Ich war einen Monat lang dort und habe meine Tage bekommen, während ich da war, also ist Sami nicht von dir.«

»Von wem ist sie dann?«

»Nicht, dass es dich etwas angehen würde, aber ich habe mit einem Haufen Typen rumgemacht, als ich rauskam. Ich weiß nicht sicher, von wem sie ist. Erbärmlich, oder? Und total klischeehaft — Junkie schläft für Drogen mit Gott und der Welt. Die Sache ist die: Damals war es für die Miete, nicht für Drogen. Ich habe versucht, clean zu bleiben. Und als ich dann merkte, dass ich schwanger war, habe ich es die ganze Zeit über geschafft. Ich war ziemlich stolz auf mich. Aber dann, weißt du ja ...« Sie zuckte mit den Schultern. »Ein Baby. Kein Schlaf, immerzu Geschrei. Ständig Hunger, Windeln, krank sein.

Es war hart, und, na ja, ich brauchte Hilfe, um damit klarzukommen. Die Typen allein haben nicht gereicht.«

Beck umklammerte die Tischkante. Er sah das Bild vor sich und wollte sie anschreien wegen der Gefahr, in die sie ihre Tochter gebracht hatte. Und was sie ihr alles zugemutet hatte ... Samis Verhalten bei ihrem ersten Treffen ergab plötzlich viel mehr Sinn, das arme Kind. Wenn Andrea nur bei der Erkenntnis geblieben wäre, die sie hatte, nachdem sie miteinander geschlafen hatten —

Wow ... Er — John Becker — hatte tatsächlich dazu beigetragen, jemandem zu helfen. Zugegeben, es war dadurch geschehen, dass er ein schlechtes Beispiel war, aber zumindest hatte sein trotziger Stolz dabei geholfen, Samis Körper frei von Drogen zu halten. Dieses Kind hatte definitiv einen Teil von ihm in sich, ungeachtet der Biologie.

»Hör zu, Andrea. Ich hatte es in meiner Kindheit auch schwer, aber ich habe mich nicht für Drogen entschieden. Ich habe mich dafür entschieden, was aus mir zu machen. Warum zum Teufel hast du das nicht getan? Du hattest eine liebevolle Familie. Ein Kind. Jemanden, der von dir abhängig ist.«

»Hattest du jemals jemanden, der von dir abhängig war? Das macht verdammt viel Angst. Und ich war dafür nicht gemacht.«

»Das ist Bullshit.«

»Nein, das ist einfach nur Mist.« Sie seufzte und winkte ab. »Jeden Tag derselbe verdammte Mist. Ich konnte nicht damit umgehen.«

»Warum hast du sie dann nicht zur Adoption freigegeben?«

Andrea zuckte die Achseln. »Das ist nicht so einfach, besonders je älter sie wurde. Wenn ich es sofort getan hätte, vielleicht, aber ...« Sie zuckte wieder mit den Schultern. »Ich weiß nicht. Es ist, wie es ist.« Sie atmete aus. »So, jetzt, wo ich deine große Frage beantwortet habe, wann bekomme ich die Kippen? Ein paar Stangen sollten es schon sein.«

Er starrte sie an. Auf ihr strähniges Haar, den orangefarbenen Overall, die bis aufs Fleisch abgekauten Nägel und die harten Linien in ihrem Gesicht. Andrea und Jennifer waren die Golden Girls seiner Schule gewesen. Die Prinzessinnen auf dem Podest. Sie hatten eine liebende Familie und Freunde gehabt. Was war passiert, das sie auf diesen Weg geführt hatte?

Er hätte sie fast gefragt, aber wenn Entzug und Gefängnis ihr nicht helfen konnten, war er nicht arrogant genug zu glauben, dass er es könnte. Aus eigener Erfahrung wusste er, dass man niemandem helfen konnte, außer diese Person wollte Hilfe. Es musste von innen kommen. Alles, was man für sie tun konnte, war, sie zu unterstützen, wenn sie endlich an diesen Punkt gelangte und ehrlich zu sich selbst war.

Gott sei Dank war er das schon vor Jahren gewesen.

Und jetzt war er an einem weiteren Punkt angelangt.

Es war an der Zeit, dass er ehrlich war ... zu Jennifer.

Er musste es ihr sagen ... alles.

Kapitel fünfundzwanzig

»Du hast mit meiner Schwester geschlafen?« Jennifers Stimme stieg um drei Oktaven an und strapazierte sein Trommelfell, während sie aufsprang und anfing, im großen Wohnzimmer auf und ab zu laufen.

Vielleicht hätte er nicht direkt mit der Tür ins Haus fallen sollen.

»Jen, was ich sagen will, ist …«

»Nein. Warte mal kurz. Du kannst nicht einfach diese Bombe platzen lassen und dann versuchen, es wieder zurückzunehmen.« Sie stieß einen tiefen Seufzer aus und stemmte die Hände in die Hüften. »Wann?«

»Vor fast acht Jahren.«

»Acht …« Ihre Augen weiteten sich. Sie hatte begriffen, welche Bedeutung diese Zahl hatte. »Heißt das … bist du …?«

»Nein, bin ich nicht. Ich bin zu Andrea gegangen und habe sie gefragt.«

Jennifer starrte ihn an, während sie ausatmete und auf den Stuhl gegenüber von ihm sank. »Bist du dir sicher?«

»Sie hat nein gesagt.«

»Ich will einen DNA-Test.«

»Damit bin ich einverstanden.«

»Aber du bekommst Sami nicht, falls du es doch bist. Ich will nicht, dass sie wie ein Ball zwischen uns hin und her geworfen wird. Dieses Kind braucht Stabilität und ein Zuhause, und mit all den Stunden, die du arbeitest, kannst du ihr das nicht bieten. Du kannst vorbeikommen, wann immer du willst, und sie sehen, aber ...«

»Hey, hey. Warte mal. Wir müssen das nicht jetzt sofort lösen.«

»Warum? Willst du kein Besuchsrecht? Willst du kein Teil ihres Lebens sein? Warum hast du dann Andrea gefragt ... oh Gott. Andrea. Und mich.« Sie starrte ihn an, als wüsste sie gar nicht mehr, wer er eigentlich war.

Und sie hatte recht; sie wusste es nicht.

Verdammt, er hatte das hier wirklich vermasselt.

Er setzte sich auf den Stuhl neben sie und nahm ihre Hand.

Glücklicherweise ließ sie es zu.

»Jen.« Er fuhr mit seinen Fingern ihre Finger nach und sammelte seine Gedanken, bevor er aufblickte. Trotz all der Reden, die er in den letzten zehn Jahren gehalten hatte, war keine jemals wichtiger gewesen als diese hier. »Ich habe noch ein Geständnis.«

»Oh Gott, was denn noch?«

Er zuckte zusammen. Er hatte es verdient. »Mein Name ... Früher hieß ich ...«

Sie starrte ihn mit einem Ausdruck an, den er nicht deuten konnte.

»Früher hieß ich John Becker. Der John Becker, der mit dir zur Schule gegangen ist. Derjenige, dem du Hilfe bei einer Hausarbeit angeboten hast.«

Sie zog ihre Hand nicht weg, aber sie sagte auch nichts.

Er fuhr fort. »Ich habe ihn legal ändern lassen, als ich ... als ich aus dem Pflegefamiliensystem raus war.«

»Warum?«

Er holte tief Luft. »Ich brauchte eine Veränderung. Nein, ich musste mich ändern. Jemand anderes werden. Siehst du ...« Er fuhr sich mit der Zunge über die Lippen. Er hatte das noch nie zuvor jemandem gegenüber zugegeben. »John Becker — ich ... ich war ein harter Brocken. Ein Junge, der ständig auf Krawall gebürstet war und eine viel zu große Klappe hatte. Meine Mutter —«

Verdammt. Er hatte nicht geplant, so tief in sein Seelenleben einzutauchen.

Andererseits hatte Jennifer es verdient, alles zu erfahren. Wenn sie ihn jemals lieben sollte, musste sie ihn kennen. Und das war ein Teil dessen, wer er war. Wer er gewesen war.

»Deine Mutter ...?«

»Meine Mutter war ... ein Wrack. Genau wie Andrea. Aber sie hatte keine

Schwester wie dich, der sie mich hätte geben können. Ich landete in Pflegefamilien, und nachdem ich von einem Haus zum nächsten gereicht wurde, nun ja ... ich dachte mir, wenn meine eigene Mutter — die Frau, die mich eigentlich bedingungslos lieben sollte — es nicht konnte, dann würde es auch sonst niemand tun. Also habe ich quasi dichtgemacht und niemanden mehr an mich herangelassen. Aber als ich dann aus dem System raus war und sah, dass das Leben darin eigentlich leichter gewesen war als draußen, wurde mir klar, dass ich mich auf niemanden außer mich selbst verlassen konnte, also brauchte ich schnell einen Plan. Ich musste mich ändern, und der erste Schritt zum neuen Ich war ein neuer Name. Ich wählte Beckett, weil es nah genug an dem Spitznamen war, auf den ich schon immer gehört hatte, und Fields nach dem Sozialarbeiter, dem ich tatsächlich nicht egal war. Das hat mir neues Leben eingehaucht, sodass ich mich durchs College bringen konnte und, naja, der Rest steht in meinem LinkedIn-Profil. Ich wollte es dir sagen, aber ich wollte nicht, dass du Beckett Fields so ansiehst, wie du John Becker angesehen hast.«

»Ach ja? Und wie habe ich ihn angesehen?«

Er schluckte. »Mit Mitleid. Das hätte ich nicht ertragen. Nicht von dir.«

»Mensch, du hast mich wirklich nicht gekannt, oder?« Sie entzog ihm ihre Hand und schüttelte den Kopf. »Das war kein Mitleid. Es war die zaghafte Hoffnung, dass ich dir näherkommen könnte. Aber dann hast du mich abserviert, ohne mir eine Chance zu geben. Ungefähr so, wie du es gemacht hast, als du hierherkamst.«

»Was meinst du damit?«

»Ich wusste vom ersten Tag an, wer du bist.«

»Aber du hast nichts gesagt.« Lag es daran, dass ihr die Highschool-Zeit peinlich war – oder dass er so getan hatte, als würde er sie nicht kennen?

Gott, er hatte es wirklich vermasselt. Praktisch vom ersten Tag an.

Sie zog eine Augenbraue hoch. »Ich habe mich daran erinnert, wer du in der Schule warst, und dachte mir, dass du schon deine Gründe haben wirst. Damit konnte ich leben, da zwischen uns ja noch nicht viel passiert war. Und als es dann doch so weit war ... dachte ich, wir würden dieses Gespräch endlich führen — aber dann bist du einfach verschwunden. Ein dämlicher Zettel und ... nichts. Und jetzt erzählst du mir, dass du mit meiner Schwester geschlafen hast, und ich soll ... was? Damit einverstanden sein? So tun, als wäre es nie passiert?«

Er verzog das Gesicht. »Nein. Ich suche keine Ausreden, aber es war nichts, was ich geplant hatte.« Wenn er diese Nacht vor all den Jahren doch nur ungeschehen machen könnte ... »Andrea ... Es war reiner Zufall, dass ich sie in jener Nacht in einer Bar getroffen habe. Ich hatte gerade einen großen Erfolg im Job und wollte feiern, und sie war dort, und ...« Er atmete aus. »Der nächste Teil wird auch nicht besser klingen als das, was ich dir schon erzählt habe, aber du musst verstehen ... dieser Tag in der Schule, als du mir Hilfe angeboten hast?«

Er wartete auf ihr Nicken.

»Ich habe dich an dem Tag nicht zurückgewiesen. Ich war einfach zu perplex, um dir zu antworten.«

Sie verdrehte die Augen. »Ich habe dich perplex gemacht? Na, danke auch.«

Er zuckte zusammen. »Sorry, das kam falsch rüber.« Er rutschte auf dem Stuhl nach vorn und nahm wieder ihre Hand. »Ich war total verknallt in dich, Jen. Vom ersten Moment an, als ich dich sah, warst du der Inbegriff meines Traummädchens. Aber was hätte jemand wie du in dem Herumtreiber gesehen, der ich war? Ich hatte null Hoffnung, es in dieser Welt jemals zu etwas zu bringen, und du hattest jemanden verdient, der dir die Welt zu Füßen legen konnte. Als du mir also die Hilfe beim Projekt angeboten hast, bin ich, nun ja ... ich bin erstarrt. Ich konnte keinen vernünftigen Satz herausbringen. Und dann war es dir peinlich und du bist weggegangen, und damit war die Chance vertan. Wie erbärmlich wäre es gewesen, wenn ich dir hinterhergekrochen wäre?«

»Du hättest nicht kriechen müssen.«

Er schüttelte den Kopf. »Schön, das zu glauben, aber ich kenne die Realität. Ich war der Bad Boy. Ich war eine Herausforderung. Du warst das Goldmädchen. Selbst wenn wir zusammengekommen wären, hätte es nicht funktioniert. Ich musste erst erwachsen werden und begreifen, dass ich aus meinem Leben selbst etwas machen musste. Dass es niemand anderes für mich tun konnte. Dass es von mir kommen musste.« Er tippte sich auf die Brust. »Denn wenn ich es nicht selbst in die Hand genommen hätte, wäre es nicht passiert. Ich musste aufwachen und die Realität so akzeptieren, wie es in deiner Welt niemals möglich gewesen wäre. Ich wäre in dieser Welt nur ein Blender gewesen, und das hätte mich verbittert gemacht, was für uns beide nicht gut gewesen wäre.« Er zuckte mit den Achseln, mit dieser Wahrheit hatte er schon lange Frieden geschlossen. »Es war, wie es war. Aber in jener Nacht, als ich Andrea sah ... sie war eine Verbindung zu dem, der ich früher war, und dazu, wie weit ich gekommen war — und zu dem Mädchen, das ich wirklich gewollt hatte.« Er holte noch einmal tief Luft, wohl wissend, dass er jetzt wie ein Arschloch klingen würde, aber er musste ihr alles offenlegen, wenn es eine Chance geben sollte, dass sie das hier klären konnten.

»Sie hat mich angemacht und ich dachte mir, warum nicht? Wenn ich dich nicht haben konnte, dann eben das Nächstbeste.« Er legte einen Finger auf ihre Lippen. »Ja, ich weiß, wie das klingt, und glaub mir, ich bin nicht stolz auf mich. Das war ich auch am nächsten Morgen nicht, und das schon, bevor ich sie dabei erwischt habe, wie sie in meinem Badezimmer Koks zog. Ich habe sie rausgeworfen und dachte, das wäre das Ende meiner Teenager-Fantasie.«

»Aber dann bist du hier aufgetaucht.«

»Ja, ich bin hier aufgetaucht.« Er sah sie an, für den Fall, dass dieser Moment der letzte wäre, den er mit ihr hatte. Er wollte sich jedes noch so kleine Detail von ihr einprägen. »Und dann habe ich mich gefragt, ob ich meinen Traum vielleicht doch noch verwirklichen könnte.«

»Deinen Traum? Mich?«

Könnte ... könnte sie wirklich bereit sein, ihm zu verzeihen? Könnte er wirklich so viel Glück haben? »Ja. Dich, Jennifer. Dich.«

Er hielt den Atem an, während sie ihm in die Augen sah, und wagte es kaum, der Hoffnung Raum zu geben.

»Aber was ist mit meinem Traum, Beck?«

Beck. Nicht Beckett.

Er schluckte den Kloß in seinem Hals hinunter. »Was ... was meinst du damit?«

»Mein Traum.« Sie stand auf. »Du kommst mit all diesen großen Geständnissen hierher, als würden sie alles wiedergutmachen, aber es geht hier nur darum, was du willst. Was ist mit dem, was ich will?«

»Ich —«

»Nein.« Sie hob die Hand. »Du hattest dein Wort, jetzt bin ich dran.« Sie fuhr sich mit der Hand über den Mund und ging dann von ihm weg.

Beck hatte keine Ahnung, was sie sagen würde, und es machte ihm eine Heidenangst. Hatte er gerade den größten Fehler seines Lebens begangen, indem er ehrlich war?

Aber er konnte nichts anderes als ehrlich sein, wenn das hier funktionieren sollte.

Lieber Gott, bitte lass das — uns — funktionieren.

Sie wirbelte herum. »Ich bin kein Pokal, den man gewinnen kann. Ich bin eine Frau mit Gefühlen und Hoffnungen und Träumen. Ein Mann hat schon sein Bestes gegeben, um diese zu zerstören, und dann war da noch Andrea, die sich um niemanden außer sich selbst geschert und mich mit dem Chaos alleingelassen hat. Ich musste mein ganzes Leben wegen Entscheidungen ändern, die andere Leute getroffen haben. Ich beschwere mich nicht, denn ich liebe Sami, als wäre sie meine eigene – und das werde ich bis an mein Lebensende tun – aber ich muss es nicht hinnehmen, dass ich von den Launen anderer abhängig bin. Es freut mich ja so sehr für dich, dass du beschlossen hast, all das bei mir abzuladen, damit es dir besser geht, aber jetzt stehe ich da und kann die Scherben aufsammeln. Großartig. Du hast mit meiner Schwester geschlafen, bist aber nicht der Vater ihres Kindes — was soll ich mit dieser Information anfangen? Und du hast praktischerweise verschwiegen, wer du bist, sodass ich mir selbst einreden musste, dass es keine Rolle spiele. Aber weißt du was? Es spielt eine Rolle. Das alles spielt eine Rolle. Ich will für niemanden die zweite Wahl oder der Trostpreis sein. Ich verdiene es, um meiner selbst willen gewollt zu werden. Nicht weil ich eine Tochter habe oder mal nett zu dir war oder, verdammt, keine Ahnung, weil du irgendwelche Schuldgefühle hast. Das hier ist mein Leben und ich bestimme die Regeln. Ich will einen Partner, der das alles mit mir durchsteht – das Gute, das Schwere, die ganze Sache mit den guten und den schlechten Tagen. Nicht jemanden, der meine Anrufe nicht erwidert oder unpersönliche Zettel hinterlässt, nachdem ich mich ihm geöffnet habe. Ich will jemanden, der auf meiner Seite steht und nicht hinter meinem Rücken agiert. Ich will jemanden, der sein Leben wirklich mit mir teilen will und mich nicht nur ausnimmt oder benutzt. Ich finde nicht, dass das zu viel verlangt ist, und ich bin nicht bereit, mich selbst zu verbiegen, nur weil du Entscheidungen triffst, die mich betreffen, ohne sie mit mir zu besprechen. Du hättest mir sofort sagen sollen, wer du bist. Und du hättest mir verdammt noch mal von Andrea erzählen sollen, bevor wir ... du weißt schon ...«

»Du hast recht. Das hätte ich tun sollen.« Beck stand auf. »Ich hatte nur nicht erwartet ... ich hätte nie gedacht ...«

»Was? Dass ich ein echter Mensch mit Gefühlen bin?« Tränen traten ihr in die Augen.

Er fühlte sich wie der größte Idiot auf Erden. »Nein.« Er trat einen Schritt auf sie zu. Diese Tränen und ihr geöffnet habe mussten doch etwas bedeuten, oder? Es musste bedeuten, dass sie emotional genauso viel in dieses Gespräch investiert hatte wie er, was bedeutete, dass sie etwas für ihn empfand, das es zu retten lohnte.

Diese Hoffnung ließ ihn einen weiteren Schritt auf sie zugehen. »Ich hätte nie gedacht, dass ich das Glück haben würde, dich in meinem Leben zu haben, wenn du die Wahrheit kennst.«

»Also warst du bereit, alles zu tun, um mich dazu zu bringen? Und inwiefern unterscheidet sich das von Trent und Andrea und meinen Eltern und sogar meiner Großmutter?«

Gott, er verpatzte es völlig. »Du hast recht, Jen. Ich habe meine eigenen Regeln aufgestellt, was das hier angeht. Was uns angeht. Aber das hat sich geändert — du hast mich verändert. Ich habe immer wieder versucht, eine Mauer um meine Gefühle für dich herum aufrechtzuerhalten, aber ... es war sinnlos. Denn es darf keine Mauern geben, wenn ich mit dir zusammen sein will. Du bist alles, was mir in meinem Leben gefehlt hat. Du bist so unglaublich großzügig und selbstlos und dein Herz ist so unendlich groß. Dein Glaube an das Gute im Menschen macht mich demütig. Deine Seele ist viel zu gut für jemanden wie mich, aber ich will ihrer würdig sein. Deiner würdig sein. Deshalb musste ich reinen Tisch machen und dir alles sagen — mich vor dir entblößen, dir zeigen, wer ich wirklich bin — wenn ich jemals eine Chance haben will, dich in meinem Leben zu behalten. Weil ich das so sehr will.« Wenn er Jennifer und Sami nicht in seinem Leben hätte, wäre das das größte Scheitern, das er je erlebt hätte. Es würde alles, wofür er gekämpft hatte, bedeutungslos machen. Es würde den Menschen, der er geworden war, bedeutungslos machen.

Er musste es ihr begreiflich machen. Er musste ihr klarmachen, dass sie alles für ihn war.

»Ich habe meine Arbeitszeiten hier geändert und deine Anrufe nicht erwidert, weil ...« Er schluckte. »Weil ich Angst hatte.«

»Vor was? Vor mir? Vor Sami?«

Er schüttelte den Kopf. »Nein. Vor mir selbst. Davor, es nicht richtig zu machen und ... nicht gut genug zu sein.« Er hob die Hand, als sie den Mund öffnete. »Ich weiß, was du sagen willst. Den Kontakt komplett abzubrechen, war eine selbsterfüllende Prophezeiung, das ist mir klar. Aber du musst verstehen, Jennifer, dass du weißt, wer ich früher war. Deshalb wollte ich es dir nicht sagen, als wir uns das erste Mal trafen. Ich wollte Beckett sein, nicht John, aber dann ...« Er erzählte ihr alles, auch die Sache mit dem Mietwagen und dass er weiter unten an der Straße geparkt hatte, bis sie weggefahren waren. »Und ich habe euch beide zusammen beobachtet, wie Sami gehüpft ist und du gelacht hast, und mir wurde klar, dass euer Leben auch ohne mich einfach weiterging. Dass es sich nicht änderte, wenn ich nicht Teil eures Lebens war, aber meins ...« Er biss sich auf die Lippe. »Meins stand still. Ich konnte mich bei der Arbeit nicht konzentrieren, mein Haus war einsam, und alles, was ich tun wollte, war, hierherzukommen, auf die Knie zu fallen und dich anzuflehen, mich ein Teil deines Lebens sein zu lassen.«

»Und das hast du nicht getan, weil ...«

»Weil ich jetzt genau dasselbe getan habe wie damals in der Schule. Was ich immer tue, um mich selbst zu schützen. Ich habe dich ausgeschlossen.«

»Du hättest also nie etwas gesagt? Wenn ich nicht früher aufgetaucht wäre und Sami nicht verschwunden wäre ...«

»Nein. Ich meine, doch. Ich meine ...« Er atmete tief aus. »Du bist mir so wichtig, Jennifer, dass ich meinen eigenen Instinkten nicht vertraue, wenn es um dich geht, weil ich dich so sehr will, aber ich wollte mit dir reden. Das musste ich einfach. Du hattest es verdient, es zu verstehen. Ich musste nur noch herausfinden, wie. Und wann. Aber dann ist Sami verschwunden und —«

»Ich bin kein Teenagertraum, den man gewinnen kann, Beckett. John. Ihr beide — ihr alle — müsst das endlich begreifen.«

»Ich weiß, Jennifer. Ich habe Mist gebaut, aber ich bin bereit, mich zu bessern. Ich will mich bessern. Ich hätte das alles vor dir verheimlichen können, aber ich kann — ich werde — dich nicht anlügen. Nicht mehr. Nicht nach all dem hier. Du hast mehr verdient. Wir – wenn es ein Wir geben kann – haben mehr verdient. Das hier ist keine Teenager-Fantasie. Das hier ist echt, und was ich für dich empfinde, ist echt und für immer. Du bist eine Frau, die man auf Händen tragen muss. Und Sami auch. Sie braucht eine Familie und ich brauche sie genauso sehr wie ich dich brauche. Ich liebe dich und ich liebe sie, als wäre sie meine Tochter, ganz egal, was ein DNA-Test sagt.« Er holte Luft, sein Herz hämmerte gegen seine Rippen. »Was ich mühsam zu sagen versuche, ist, dass ich dir das geben will, was du dir wünschst, Jennifer. Ich will dieser Mensch für dich sein. Ich möchte mit dir eine Familie gründen. Ich möchte Sami und ich möchte uns – sogar deine Großmutter. Ich möchte derjenige sein, an den du dich anlehnst, der dich unterstützt, der dich ewig liebt. Ich will das Märchen und ich bete zu Gott, dass du es auch mit mir willst. Ich verspreche dir, keine Entscheidungen mehr zu treffen, ohne sie vorher mit dir zu besprechen, und ich werde alles tun, was in meiner Macht steht, um des Vertrauens, das du mir schenkst, würdig zu sein, wenn du uns nur eine Chance gibst –«

Sie brachte ihn mit einem Kuss zum Schweigen.

Es war die beste Art, auf die er jemals zum Schweigen gebracht worden war.

»Heißt das, du wirst mein Papa?«, fragte Sami von der Küchentür aus.

Gott, er hoffte es so sehr.

Er atmete tief durch, als sie sich voneinander lösten, und sah sie an. »Genau an dem Punkt bin ich gerade, Sami. Ich muss sie erst noch richtig fragen.«

Sami hüpfte ins Zimmer. »Du meinst auf einem Knie, oder? Hast du einen Ring?«

Jennifer schnappte nach Luft, aber Beck lachte leise. »Weißt du was, Sami? Es ist mir völlig egal, was ein DNA-Test sagt. Du gehörst zu mir.« Er sah zu Jennifer. »Wenn du es zulässt.« Er griff in seine Tasche, holte den Ring heraus und sank auf ein Knie. »Wenn du mich willst.«

Tränen füllten ihre Augen.

Er betete, dass es Freudentränen waren. Aber wenn er schon dabei war, dann setzte er jetzt sein ganzes Herz auf eine Karte. »Jennifer Langston Bingham, ich weiß, dass ich nicht perfekt bin und noch viel lernen muss, aber ich habe schon früher wichtige, lebensverändernde Dinge gelernt, und ich kann mir nichts Wichtigeres und Lebensverändernderes vorstellen als dich.« Er blickte kurz zu Sami. »Euch beide. Also, wirst du mir bitte die Chance geben, dich alle Tage meines Lebens zu lieben, zu ehren und zu achten?« Er schluckte. »Willst du —« er blickte wieder zu Sami — »und Sami, mich heiratest?«

»Ja!« Sami stürzte sich auf ihn, warf ihn von seinem Knie um und der Ring flog ihm aus der Hand.

Jennifer fing an zu lachen. Und zu weinen. Dann warf sie sich ebenfalls auf die beiden, ihre Arme umschlossen beide. »Ja, John Becker Beckett Fields, solange du versprichst, nie wieder ein Geheimnis vor mir zu haben, werde ich – und Sami – dich heiraten.«

Und genau so nahm Jennifer die zwei Teile von ihm und machte sie zu einem Ganzen. Machte ihn heil.

Beck pustete sich ein paar ihrer Haare und die von Sami aus dem Gesicht. »Das verspreche ich dir, Jennifer. Darauf kannst du dich verlassen.«

Epilog

Zehn Monate und eine lang ersehnte Hochzeit später …

»Oh, ich wusste die ganze Zeit, dass ihr beide zusammenendet. Ihr wart nur zu stur, um es einzusehen. Ihr habt eure Großmutter gebraucht, um der Sache etwas nachzuhelfen.« Oma Lois bediente sich an einem der Würstchen im Schlafrock vom Buffet, das zum Esszimmer führte. Das war der heutige Veranstaltungsort für die monatliche Pokerrunde der Männer, die sich inzwischen zu einem wandernden Familienevent entwickelt hatte, bei dem auch Ehefrauen und Kinder zusammenkamen.

Jennifer sah sich im Haus um. Mit den fünf Kindern von Bryan und Beth, den Zwillingen von Sean und Livvy sowie Sami und Cassie war das Haus zum Bersten voll.

Und bald würde es noch voller werden – gleich doppelt –, aber das war das kleine Geheimnis von ihr und Beckett.

Oma zeigte mit einem Chicken Finger auf sie, während Sami und Cassie mit übervollen Tellern an ihnen vorbeigingen. Sie hatten das heutige Menü ausgewählt. »Und wann macht ihr euch endlich an die Arbeit, um mir mehr Urenkel zu schenken?«

Jennifer gefiel das Wort »mehr«. Es hatte Oma Lois viel Zeit gekostet –

fast acht Jahre –, um an diesen Punkt zu kommen, aber zum Glück hatte sie es geschafft. Natürlich hatte Jennifers Hochzeit mit Beckett geholfen; sie hatte die Familie geschaffen, von der Oma – und Jennifer – glaubten, dass Sami sie brauchte. »Es ist, äh, in Planung, Oma.«

»Igitt.« Sami blieb stehen und starrte sie mit offenem Mund an. »Ich glaube nicht, dass das eine gute Idee ist.«

Jennifer sah sie an. »Warum nicht?« Bis vor einer Sekunde hatte Sami noch um ein Geschwisterchen gebettelt.

Sami schauderte. »Meredith hat mir erzählt, wie Leute Babys machen, und das ist einfach nur eklig. Das solltet ihr nicht tun.« Sie sah zu Beckett, der gerade Omas Getränk von der Bar in der Anrichte brachte. »Daddy sollte das nicht tun. Einfach … igitt.«

Cassie hörte auf, an ihrem Donut zu kauen. »Was ist daran igitt? Meine Mama hat gesagt, der Storch bringt die Babys. Aber wisst ihr was? Ich verstehe nicht, woher die wissen, welches Baby wohin gehört. Störche wirken irgendwie dumm. Zumindest die im Zoo. Dr. Bingham, bekommen Störche Lobotomien, bevor sie in den Zoo kommen?«

»Oh, Cassie, nein. Das stimmt nicht.« Sami blähte die Brust auf und rollte die Schultern zurück. »Da kommen Babys nicht her. Pass auf, Meredith hat nämlich gesagt …«

Jennifer schob Sami einen der Mini-Hamburger in den Mund. »Wir überlassen es Mrs. Mumford, Cassie das zu erklären, was sie wissen muss, ist das klar?« Ihre hochgezogenen Augenbrauen duldeten keinen Widerspruch. Die gute alte Meredith. »Und Cassie, ich glaube, du meinst Lobotomien, und nein, keinem Tier wird eine Lobotomie verpasst, bevor es in den Zoo kommt. Zoos sind dazu da, Tieren zu helfen.« Sie drehte die Mädchen um und schob sie in Richtung des Tisches im Wohnzimmer, wo ein paar Brettspiele die Aufmerksamkeit der Kinder fesselten. »Und jetzt reicht es mit diesem Thema, habe ich mich klar ausgedrückt, Samantha Renee?«

Sami nickte und zog sich dann den Hamburger aus dem Mund. »Versprich mir nur, dass ihr zwei nicht …« Sie warf Beckett erneut einen Blick zu, sah dann zurück zu Jennifer und schauderte. »Das macht.«

»Wir besprechen das morgen.«

Das würde wohl ein ganz anderes Gespräch beim Frühstück werden, als sie geplant hatte.

Oma Lois schüttelte den Kopf, als die Mädchen weg waren, und kicherte.

»Ich hoffe, ich bin noch da, wenn sie ihre Meinung über das ändert.« Sie nahm Beckett das Getränk ab. »Und bitte, macht das unbedingt.« Sie tätschelte ihm die Wange. »Ich kann gar nicht genug Urenkel haben.« Sie zwinkerte ihm zu, bevor sie davonschlurfte.

»Wusstest du, dass deine Großmutter exzellente Ideen hat?« Beckett reichte ihr einen Teller mit ein paar Rocky Mountain Oysters – seinem Beitrag zum heutigen Buffet.

Er hatte eine Menge Sticheleien von den Jungs einstecken müssen, aber sie und Beckett hatten über ihren Insider-Witz nur gelacht.

»Ein Baby zu bekommen?«

»Nun, das ... und eines zu machen. Ich habe gehört, das ist der leichteste Teil.« Er küsste sie auf die Schläfe. »Zumindest war es das für uns.«

Jennifer schüttelte lachend den Kopf. »Ich komme immer noch nicht über deine Veränderung hinweg. Dass dich das Sesshaftwerden und das Gründen einer Familie nicht in die Flucht schlägt.«

Er gab ihr einen flüchtigen Kuss auf die Wange. »Nö. Meine Füße sind genau hier fest verwurzelt.«

»Und du bist dir sicher, ja?«

»Jen, das Einzige, worüber ich mir jemals sicherer war, war, dass ich dich nicht aus meinem Leben gehen lassen konnte. Ich schätze, ein gemeinsames Baby wird dafür sorgen, dass du hierbleibst.«

»Zwei Babys«, flüsterte sie, weil sie es niemandem sagen wollten, bevor sie nicht mit Sami gesprochen hatten. »Und dass ich gehe, stand nie zur Debatte.«

»Für mich auch nicht. Ich bin langfristig dabei, Jen. Inklusive jeder Windel, jedem dreibeinigen Hund, jeder tyrannischen Katze und jeder Badewanne voller Streu. Du und Sami und wer auch immer sonst noch dazukommt, weil wir das machen, ihr werdet für den Rest meines Lebens an meiner Seite sein, und ich könnte nicht glücklicher sein.«

»Hey, Beck!«, rief Liam aus dem Esszimmer. »Bist du dabei oder was?«

Beckett sah zu seinen Freunden und legte seine Hand flach auf Jennifers Bauch. »Danke, Lee, aber nein. Das Gewinnerblatt halte ich bereits hier in der Hand.«

Ende. Danke fürs Lesen!

Bitte helfen Sie anderen Lesern, meine Bücher zu finden, indem Sie dort eine Rezension hinterlassen, wo Sie es gekauft haben. Und wenn Sie mehr von meinen Geschichten sehen möchten, blättern Sie einfach um!

SO HEIR WAREN MÄDELSABENDE NOCH NIE
Auch
HINGUCKER
mögen Süßes
BEEF CAKE INC.
JUDI FENNELL
SO HEIR WAREN MÄDELSABENDE NOCH NIE

Auch Hinqucker mögen Süßes

Zucker ist süß, aber Rache auch ...

Alles, was Lara Cavallo will, ist ihr Backereigeschäft Cavallo's Cups & Cakes zum Erfolg zu führen und endlich keinen Unterhalt mehr von ihrem miesen, betrügerischen Ex-Mann annehmen zu müssen. Doch zuerst muss sie ihre Kleider finden und aus dem fremden Hotelzimmer fliehen, in dem sie aufgewacht ist, bevor sie sich noch weiter vor dem Besitzer dieses prachtvollen nackten Hinterteils blamiert, den sie durch die Badezimmertür erspäht. Sie muss sich auf ihre Cupcakes konzentrieren. Für einen Muskelprotz hat sie keine Zeit, egal wie verlockend er auch sein mag.

Cupcakes sind süß, und Lara ist es auch ...

Alles, was Gage Tomlinson will, ist ein Weg, seiner alleinerziehenden Schwester zu helfen, die Krankenhausrechnungen für seinen sechsjährigen Neffen zu bezahlen, der bei einem Unfall mit Fahrerflucht schwer verletzt wurde. Tagsüber auf dem Bau zu arbeiten und nachts als Besitzer der exotischen männlichen Tanztruppe BeefCake, Inc. tätig zu sein, lässt nicht viel Zeit für Vergnügungen. Zu dumm, dass das süßeste Ding, das er seit Ewigkeiten gesehen hat, bei ihm ohnmächtig wird und dann das Weite sucht, bevor er auch nur einmal naschen konnte. Er hat eine Schwäche für Süßes, und nur Laras »Cupcakes« werden ihn zufriedenstellen.

Doch als Cupcake schließlich auf Beefcake trifft, ist es heiß genug, um die Buttercreme direkt vom Kuchen zu schmelzen.

Der Morgen danach

Das war nicht ihr Hotelzimmer.

Die Anzugjacke, die achtlos über der Stuhllehne lag, war Laras erster Anhaltspunkt.

Die dazugehörende Hose, die daneben auf dem Fußboden lag, war ihr zweiter.

Die Bewegung der Matratze, als jemand hinter ihr das Bett verließ, war ihr dritter.

Oh, mein Gott. Was hatte sie getan?

Okay, es war ziemlich offensichtlich, was sie getan hatte, aber, oh Gott …

Lara kniff die Augen zusammen, als dieser Jemand um das Fußende des Bettes herumkam und wagte es erst, vorsichtig die Augen zu öffnen, als sie hörte, wie die Badezimmertür geöffnet wurde.

Oh Mann. Der nackte Hintern von dem Kerl sah wirklich gut aus. Ohne Hose wahrscheinlich besser als mit – schade, dass sie sich nicht an den Anblick mit Hose zum Vergleich erinnern konnte.

Schade, dass sie sich überhaupt nicht an den Kerl erinnerte.

Die Badezimmertür fiel ins Schloss, und Laras Blick fiel auf ihre Beine – Zeit für den zweiten Schock des Morgens: Sie trug nur ein T-Shirt. Und es war nicht ihres.

Sie wollte nicht darüber nachdenken, wem es gehörte oder wie sie in besagtes T-Shirt gekommen war; sie wollte sich einfach nur ihr Kleid, ihre Schuhe und ihre Handtasche schnappen und verdammt noch mal verschwinden, bevor ihr erster und letzter One-Night-Stand damit fertig war, das zu tun, was auch immer ein One-Night-Stand am Morgen danach machte.

Sie nahm das Kleid von der Kommode – nein, sie wollte nicht darüber nachdenken, wie es dorthin gekommen war –, zog sich das T-Shirt über den Kopf, dann das Kleid und suchte verzweifelt nach ihrem BH. Sie wollte einfach nur hier raus.

Ihre Schuhe lagen neben dem Stuhl – einer darunter – und ihre Handtasche hing, Gott sei Dank, an der Hotelzimmertür.

Fünfundzwanzig Sekunden. Das war alles, was sie brauchte, um dem Lara-Untypischstem zu entkommen, was sie je in ihrem Leben getan hatte.

Es dauerte weitere fünfunddreißig Sekunden, bis der verdammte Aufzug endlich auf seinem Weg in den – sie schielte auf die Etagenmarkierung über dem „Abwärts"-Pfeil – zehnten Stock war.

Gott sei Dank war niemand im Aufzug. Sie brauchte keine Zeugen für ihren Bußgang.

Gott, Jeff würde ausflippen, wenn er sie jetzt sehen würde. »Sexuell langweilig und uninspirierend«, hatte er gesagt, um die Affäre zu erklären – unter anderem –, aber diese Flucht bewies eindeutig das Gegenteil.

Sie konnte es nicht glauben. Sie war dreißig Jahre alt und hatte ihre eigene, aufstrebende Konditorei, aber ein Drink zu viel auf dem Junggesellinnenabschied ihrer College-Mitbewohnerin hatte sie dazu gebracht, sich einen zufälligen Kerl für eine Nacht hemmungslosen Sex aufzugabeln. Nur, um ihr Ego zu trösten, das von ihrem Ex mit Füßen getreten worden war, der es nicht einmal verdient hatte, dass man über ihn nachdachte, geschweige denn versuchte, seine Behauptung zu widerlegen.

Es war hemmungsloser Sex gewesen, oder?

Sie schloss die Augen und versuchte, ein Bild heraufzubeschwören, aber das Letzte, woran sie sich erinnern konnte, war der Swing auf der Tanzfläche.

Sie wusste nicht, wie man Swing tanzt, aber das hatte sie offenbar nicht davon abgehalten.

Oh Gott, ihr Kopf. Und ihr Bauch. Und dieses Wattegefühl in ihrem Mund …

Die Glocke ertönte, als der Aufzug im zweiten Stock ankam. Sie tastete nach ihrem Zimmerschlüssel und stolperte in einen gottlob menschenleeren

Flur. Ihr Zimmer war ein paar Türen weiter, denn zum Glück hatte sie beschlossen, auf dieser Reise allein zu schlafen.

Also, nicht mit einer Freundin.

Wer war der Typ? Sie hatte keine Ahnung, wie er aussah, geschweige denn, wie er hieß.

Als sie es endlich in ihr Hotelzimmer geschafft hatte, stöhnte sie auf. Wie schlimm war es, dass der einzige erinnerungswürdige Teil von ihm sein nackter Hintern war und dass sie sich nur daran erinnerte, weil sie ihn unmittelbar vor ihrer Flucht gesehen hatte?

Sie schälte sich aus ihrem Kleid – sie trug es verkehrt herum – und ging ins Bad. Dusche, Frühstück und ein großes Glas Orangensaft, dann konnte sie sich ihr Auto schnappen und aus Dodge verschwinden, damit sie nicht riskieren musste, ihrem größten Fehler in nächster Zeit zu begegnen. So weit der Plan.

Aber die Frage war: Was war dieser Fehler eigentlich genau? Dass sie ihn überhaupt aufgegabelt hatte oder dass sie sich an nichts mehr erinnern konnte, was danach gekommen war?

* * *

Gage rubbelte sich mit dem Handtuch die Haare trocken und wickelte es sich dann um seine Hüften. Er wollte Dornröschen da draußen nicht mit nackten Tatsachen schockieren, wenn sie ihre herrlichen Augen öffnete.

Er fing sein Lächeln im Spiegel ein. Ja, es war wölfisch, aber warum sollte es das nicht sein? Er hatte immerhin die schönste Frau auf der Party abbekommen, und das schloss die zukünftige Braut mit ein.

Sicher hatte er dafür seine eigenen Regeln gebrochen – keine Partys mit den Gästen –, aber sie war hereingekommen und hatte ihn umgehauen.

Es wäre wirklich zum Lachen, wenn es nicht so, nun ja, nicht so zum Lachen wäre. Er stand nämlich sonst nicht auf klein, dunkel und kurvig. Schlanke Sexbomben waren eher sein Typ. Zumindest war das bisher so gewesen. Aber dann war sie hereingekommen, ihre Kurven hatten seine Handflächen zum Schwitzen gebracht, ihre Locken hatten geradezu darum gebettelt, dass er seine Finger darin vergrub, und diese schokoladenbraunen Augen ... Sie hatten so laut Schlafzimmer geschrien, dass sie fast die Musik übertönt hatten.

Es war ihm diesmal wirklich schwer gefallen, sich auf die Show zu konzentrieren.

Gott sei Dank wussten die Jungs ohnehin, was sie zu tun hatten. Markus hatte es ein wenig zu gut gewusst; er hatte sich von der ersten Nummer an auf Lara konzentriert.

Glücklicherweise hatte niemand die spontane Programmänderung in Frage gestellt, die er vorgenommen hatte, damit Markus bis zur Mitte des zweiten Aktes von der Bühne war.

Zu diesem Zeitpunkt hatte der Alkohol, der an dem Tisch geflossen war, dafür gesorgt, dass Laras Interesse nicht mehr nur auf Markus gerichtet war.

Da hatte er seinen Move gemacht.

Seinen Move gemacht. Gage stöhnte. Wie alt war er – zwanzig? Er hatte nie einen Move machen müssen; die Frauen strömten zu ihm.

Aber sie hatte hinten in ihrer Sitzecke gesessen, umgeben von Freundinnen, hatte auf die Bühne gestarrt und nicht so ausgesehen, als würde sie so bald dort herauskommen.

Er schnappte sich seine Zahnbürste. Er hätte seinen Zug früher machen sollen. Dann hätte sie vielleicht auf die letzten beiden Runden verzichtet. Die Frau war ein Leichtgewicht. Sie hatte es bis zum Hotelaufzug geschafft und hatte dann in seinen Armen buchstäblich abgeschaltet. Das hatte zwar seinen Abend getrübt, nicht aber seine Libido.

Er hoffte nur, dass sie heute Morgen etwas wacher war.

Er beendete das Zähneputzen und füllte einen sauberen Becher mit Wasser. Sie würde es brauchen, und es gab ihm einen Grund, sich neben sie zu setzen.

Und hoffentlich noch viel mehr tun.

Er öffnete die Tür leise. Er wollte derjenige sein, der sie weckte, nicht der Lärm oder das Licht aus dem Badezimmer.

Aber ... sie war weg.

Er sank gegen den Türrahmen. Das geschah ihm recht. Er spielte jedes Wochenende mit den Fantasien von Hunderten von Frauen, aber die eine, deren Fantasie er persönlich wahr werden lassen wollte, hatte offenbar kein Interesse daran.

Royally Sunk

Bis über beide Ohren

Reel ist ein Meermann ohne Schwanzflosse, und Erica hat panische Angst vor dem Ozean. Nur eine Sache könnte sie ins Wasser bringen: eine Pistole. Und nur eine Sache könnte sie dort halten: der sexy Meermann, der ihr das Leben rettet, nur um sein eigenes aufs Spiel zu setzen.

Ins tiefe Blaue

Valerie ist eine Meeresprinzessin, die mitten auf dem trockenen Land festsitzt. Rod ist der Prinz, der sich aufmacht, sie zu retten. Aber können sie den Komplott eines Usurpators vereiteln und rechtzeitig zum Meer zurückkehren, bevor seine Flosse – und sein Thronanspruch – für immer verschwinden?

Der Fang des Lebens

Logan ist vom Zirkus *weggelaufen*; alles, was er will, ist ein ganz normales Leben. Die nackte Frau, die plötzlich auf seinem Boot auftaucht, ist alles *außer* normal. Besonders als sich herausstellt, dass Angel eine Meerjungfrau ist – und ein wütendes Seeungeheuer hinter ihr her ist.

Liebe auf Klippenkurs

Prinzessin Mariana ist keine Hochstaplerin; sie ist wirklich eine Künstlerin, was sie mit der Statue beweisen will, die sie auf einer einsamen Insel meißelt. Das Problem ist, dass Jace sich genau dort versteckt. Die eine Sache, die Mariana aus ihrem königlichen Gefängnis befreien wird, ist also genau die Sache, die Jace umbringen wird. Romanzen sind schon schwer genug, aber wenn ein Tsunami im Wetterbericht steht, landet die Liebe schnell auf den Felsen.

Wellen schlagen

Lesen Sie mehr über „Den Vorfall", der Erica Todesangst vor dem Ozean einjagte, den Grund, warum Valerie, die verlorene Prinzessin, gefunden wurde, und wie Logans kleiner Sohn Michael eine Meerjungfrau entdeckte. Die Geschichten *vor* den Geschichten.

<u>Bottled Magic</u>

Ich träume von Dschinnis

Matts Glück wendet sich endlich, als der Dschinn Eden aus ihrer Flasche entkommt und direkt in seinem Schoß landet. Buchstäblich. Und sie schwört, niemals wieder dorthin zurückzukehren. Zu ihrem beiderseitigen Unglück will der Typ, der sie dort eingesperrt hat, sie zurückhaben, und er wird vor nichts zurückschrecken, um sie zu bekommen.

Der Dschinni weiß es besser

Samantha erbt das Anwesen ihres Vaters, mitsamt einem Dschinn, der noch einem letzten Herrn dienen muss, bevor seine Leibeigenschaft endet.

Sam ist mehr als bereit, Kal die Freiheit zu schenken – bis ihr gieriger Ex beschließt, dass niemand Sam haben darf, wenn er sie nicht haben kann.

Mein bezaubernder Dschinni

Zane hat das Herrenhaus der Familie geerbt, das er gar nicht schnell genug loswerden kann, um die Gerüchte über die verrückte Vergangenheit seiner Familie endlich zum Schweigen zu bringen. Schade nur, dass der Dschinn, der die Ursache für diese Gerüchte war, befreit wurde und erneut sein Unwesen treibt. Nur legt sie es dieses Mal auf sein Herz an.

Dein Wunsch ist ihm Befehl

Erfahren Sie, wie Kal in seiner Laterne gefangen wurde und warum er 1001 Herren dienen muss. Die Geschichte vor der Geschichte.

<u>Once-Upon-A-Romance Series</u>

Die Schöne und der Beste

Jolie ist tagsüber Privatköchin und nachts Liebesromanautorin. Als sie einen Job bei dem attraktiven, zurückgezogenen Künstler Todd ergattert, hat sie den perfekten Helden für ihr Buch gefunden. Bis Todd dahinterkommt und sie aus seiner Küche, seinem Haus *und* seinem Herzen wirft.

Wenn der Schuh passt

Es war einmal vor langer, langer Zeit in einem fernen Land, da lebte ein Mädchen namens Aschenputtel. Dies ist nicht ihre Geschichte. *Dies* ist die Geschichte von Lucinda Isabella Casteleoni, die, genau wie ihre Namensvetterin, eine böse Stiefmutter, zwei geschmacklose Stiefschwestern und unzählige Stunden knallharter Arbeit (nicht) vor sich hat. Doch im Gegensatz zu der Märchenprinzessin ist von Bellas Traumprinzen weit und breit nichts zu sehen. Bis ein kleiner alter Mann mit funkelnden grünen Augen ein Schuhgeschäft am Ende der Straße eröffnet. Dann beginnt der Zauber...

· · ·

Hinter dem bleigefassten Glas
Eine versehentliche Reise ins mittelalterliche England lässt Werbefachfrau Kate händeringend nach einem Heimweg suchen... Aber kann sie den attraktiven Ritter in glänzender Rüstung, in den sie sich verliebt hat, mit zurücknehmen?

BeefCake, Inc.

Auch Hingucker mögen Süßes
Lara will, dass ihre Cupcakes ein Erfolg werden. Der Exotic Dancer Gage hätte nichts dagegen, sie mal zu probieren, aber sein Arbeitsplan, um die Krankenhausrechnungen seines Neffen abzubezahlen, lässt ihm keine Zeit dafür. Bis zu einer Party, bei der Muskelpakete auf Cupcakes treffen, und *oh ja*, das ist verdammt lecker!

Auch Hingucker machen Fehler
Als Bryan Jenna fälschlicherweise für eine Prostituierte hält und sie erkennt, dass er der Vater ihres Adoptivsohns ist, nehmen die Fehler und Missverständnisse ihren Lauf. Aber da wächst noch etwas anderes zwischen ihnen. Manchmal kann ein falscher Abzweig genau der richtige Weg sein...

Auch Hingucker verdienen eine dritte Chance
Tanner will seine Ex-Frau für immer aus seinem Leben haben, aber als deren Großmutter einen Schlaganfall erleidet und er so tun muss, als wäre er immer noch in Juliet verliebt, wagt er da eine zweite Chance bei der einen Frau, die ihn nie aufgehört hat zu lieben?

Auch Hingucker bringen Herzen zum Schmelzen

Wenn das hier Verlieren war, dann war er ja total bekloppt, dass er sich überhaupt drauf eingelassen hat.

Gina ist schon ewig in Darien verknallt – bis zu dem Tag, an dem er sie in der Schule gedemütigt hat. Fünfzehn Jahre später lässt er sie völlig kalt. Der Exotic Dancer Darien ist in die Stadt zurückgekehrt, um einiges wiedergutzumachen. Unter anderem das Schlamassel, das er Gina vor Jahren eingebrockt hat... und *vielleicht* die Flamme von einst neu zu entfachen. Aber der einzige Weg, das Eis um Ginas Herz zu schmelzen, besteht darin, die Hitze aufzudrehen, sowohl bei der Arbeit... als auch privat.

Manley Maids

Was passiert, wenn drei unwiderstehlich sexy Brüder eine Pokerwette gegen ihre geschäftstüchtige Schwester verlieren? Sie werden für deren Putzunternehmen zwangsverpflichtet. Ab sofort stehen Ihnen die Manley Maids zu Diensten. Zufriedenheit garantiert.

Was eine Frau will

Resort-Besitzer Sean plant, ein historisches Anwesen zu kaufen, um sich einen Namen zu machen und Millionen zu scheffeln. Er zieht unter dem Vorwand ein, den Laden zu putzen, um eine Bedingung des Erbes zu umgehen. Aber die Erbin Olivia und ihre Menagerie gehen ihm unter die Haut, und er stellt fest, dass die Pokerwette, die ihn in dieses Schlamassel gebracht hat, nicht die einzige Spielwende für ihn bereithält.

Was eine Frau braucht

Filmstar Bryan will Ruhm und Reichtum, keine Wiederholung seiner knausrigen „normalen" Kindheit. Nach dem Medienrummel um den Tod ihres Mannes braucht Beth nichts mehr als ein normales Leben für sich und ihre Kinder – und der Filmstar, der eine Wette verloren hat und nun ihr Haus putzen muss – samt Paparazzi im Schlepptau – passt da so gar nicht rein. Doch als aus Flirts Verführung wird, muss Bryan Beth davon überzeugen, dass er mehr ist als nur eine Putzhilfe. Oder ein Schauspieler. Denn er spielt die Hauptrolle in einer umgekehrten Aschenputtel-Geschichte, und es könnte die Rolle seines Lebens sein.

Was eine Frau verdient

Liam hat keine Geduld für Frauen, die das Geld eines Mannes ausgeben, ohne einen Gedanken an echte Arbeit zu verschwenden. Aber um seinen Wetteinsatz einzulösen, muss Liam das It-Girl Cassidy nicht nur ertragen, sondern ihr auch noch hinterherputzen, nachdem ihr Vater ihr den Geldhahn zugedreht hat. Ohne Geld und ohne ein Zuhause, das Liam putzen könnte, bleibt Cassidy keine Wahl, als ein Jobangebot anzunehmen – als Liams neues Dienstmädchen. Wenn zwischen ihnen die Funken fliegen, wird es dann die wahre Liebe oder nur eine weitere schmutzige Affäre?

Was für eine Frau

MaryAlice Catherine ist bereit, das Haus der Freundin ihrer Großmutter zu putzen, nur um festzustellen, dass deren arroganter Enkel, in den sie als Mädchen verknallt war – was er die ganze Zeit wusste –, dort wohnt. Sie ist zu Tode blamiert. Jared erinnert sich anders daran; Mac war schon immer eine rechthaberische kleine Person, aber er wird sie jetzt nicht das Sagen haben lassen. Doch wenn die beiden zusammen in einem Haus leben, ist nicht abzusehen, wer am Ende den Sieg davonträgt.

Was ein Kerl will

Beckett ist bereit, seine verlorene Pokerwette zu begleichen. Er ahnte nur nicht, dass er mit seinem Herzen bezahlen müsste. Jennifer ist diejenige, die ihm einst entwischt ist, und jetzt steht sie direkt vor ihm. In ihrem Haus. Das er putzen soll. Jennifer kann es nicht fassen, dass der Bad Boy aus der Highschool, in den sie wahnsinnig verliebt war, in ihrem Haus ist. Aber wenn ihr Ex-Mann ihr eines beigebracht hat, dann, dass man sich auf einen Bad Boy nicht verlassen kann. Bis Beckett alle Karten auf den Tisch legt und sich als jemand entpuppt, auf den Jennifer am Ende doch wetten kann.

313

Über Judi Fennell

Judi Fennell, Amazon-Bestsellerautorin und preisgekrönte Autorin, liebt die Liebe und liebt das Lachen, daher findet in jedem ihrer Bücher etwas davon. Schau dir ihre unbeschwerten, augenzwinkernden paranormalen und romantischen Komödien unter an wwwJudiFennell.com. Von Wassermännern über Flaschengeister bis hin zu Männern in Dienstmädchenuniformen und männlichen Strippern – es gibt immer etwas zu lachen und zu lieben. In ihrer „Frei"-Zeit hilft sie Autoren beim Schreiben und Indie-Publishern mit ihrer Formatierung, Cover-/Promo-Design, Redaktion, Firma, www.formatting4U.com. Judis Familie hat viele vierbeinige Mitglieder, und in dem Moment, in der diese anfangen A) zu singen, B) Kleidung zu nähen oder C) das Haus zu putzen, wird der Moment sein, an dem Judi aufhört zu schreiben ...